SURRENDER
by Pamela Clare
translation by Kyoko Nakai

タータンの戦士にくちづけを

パメラ・クレア

中井京子［訳］

ヴィレッジブックス

タータンの
戦士に
くちづけを

おもな登場人物

アニー（レディー・アン・バーネス・キャンベル）	イギリス貴族の娘
イアン・マッキノン	マッキノン・レンジャー部隊の隊長
ウィリアム・ウェントワース卿	イギリス軍の大佐。イアンの上官
クック	ウェントワースの副官
モーガン コナー	イアンの弟。マッキノン・レンジャー部隊の隊員
ジョゼフ	イアンの親友。マッヘコンネオク族の戦士
ダギー キャム キリー ブレンダン マクヒュー	マッキノン・レンジャー部隊の隊員
ドクター・ブレイク	エリザベス砦の軍医
アバークロンビー	イギリス軍の将軍
ジャン＝マリー・ドゥラヴェ	フランス人の神父
ベッツィ	アニーの侍女
ベイン・キャンベル	ビュート侯爵。アニーの伯父

プロローグ

一七五五年七月二十八日
ニューヨーク植民地　ハドソン河沿いオールバニ

　どこよりも文明から遠く離れた最果ての地まで来たのだと、もしウィリアム・ウェントワース卿が証明したければ、窓から下を見おろすだけで充分だった。ほこりまみれの通りで、一度も入浴をしたことがなさそうな不潔きわまりない男が、さらに汚れきった売春婦を相手に、さかりのついた獣のように後ろから激しくのしかかっていた。そのすぐそばでは一匹の犬が土の上で排便している。情交する男女に気づいた様子もなく通行人が素通りしていく。

　こうした光景に嫌悪感を覚えるべきだろう、とウェントワース卿は思った。だが、むしろ軽い喜びを感じた。植民地に派遣されて四カ月になるが、いまだにここの住民たちはさまざまな気晴らしの種になるし、広大で美しい土地にも興奮を感じる。

　背後では、彼の副官に任命された若き将校クック中尉が、つい先日のブラドック将軍の大敗について懸命に弁明していた。「将軍にはあれほど深い森であんな残忍な敵を相手に戦った経験がなかったんですよ、閣下。フランス軍とその同盟軍が正々堂々たる戦いを挑んでくると思っていらした。まさか、山賊みたいに物陰から狙い撃ちされるなんて」

「つまり、彼はインディアンの偵察隊や現地の人間から情報を仕入れなかったということか？」ウェントワース卿は窓から外を見つめたまま、尋ねた。その視線は眼下の卑猥《ひわい》な行為にはりついていた。男はすでにことをすませ、半ズボンのなかにペニスを押しこんでいるところだった。

「はい、閣下」クック中尉は口を閉じて気詰まりな沈黙に浸った。

不愉快な真実と向き合わざるをえない。

「なぜブラドックは負けた？」

売春婦がぼろぼろのスカートを伸ばすと、男のほうを振り返り、料金を求めて薄汚れた手を差しだした。

「閣下、どうかご容赦を。将軍はつい数週間前に埋葬されたばかりなんです。いくらなんでも、礼を失するのではないかと……」

「君を呼んだのは、ブラドック将軍の死を称《たた》えるためではなく、彼の敗北を分析するためだ。昇進し、いずれ戦場で指揮官となるつもりなら、他人の戦略的ミスから学ばねばならない。わかるか、中尉？」

「はい、閣下」

「では、話せ。なぜブラドックは負けた？」

「将軍は現地民の助言には耳を貸さず、しかも、インディアンの戦士たちを怒らせたため、多くのインディアンが将軍の連隊から離脱しました」

股間《こかん》の疼《うず》きを満足させた通りの男は明らかに金を払う気がなさそうだった。彼は売春婦の横っ面を殴って地面に張り飛ばした。

「要するに、将軍は自分の限界を見誤ったということだな」ウィリアム・ウェントワース自身、この過ちだけは決して犯すまいと心に誓っている。「ブラドックは傲慢《ごうまん》ゆえに命を落とし、大勢の部下の命までも犠牲にした愚か者だ」

「は、はい、閣下」

売春婦はもがきながら立ちあがった。垂れた乳房が襟ぐりの大きいボディス（前をひもで締める胴着）からはみ出しそうだった。彼女は男に飛びかかって嚙《か》みつき、爪を立てた。

「国王陛下にこの大陸での戦勝をもたらすには何をしなければならない？」

男は売春婦をふたたび殴り、手にはナイフを構えた。

「あの、異教徒どもの戦いぶりをわれらも身につけねばならないと思います」

「あるいは、そういう戦いのできる者たちを陛下の軍隊に組み入れるか」ウェントワース卿は、外で進行する下品ないざこざに見入ってしまい、ひとりごとのように答えた。

男が腕を振りまわした。売春婦は飛びのいたが、うっかりスカートの裾を踏み、悲鳴をあげながら後ろに倒れこんだ。

今にも起こりそうな流血ざたを止めようとウェントワース卿が窓から身を乗りだしたそのとき、どこからともなく長身の男が現われた。猟師か辺境の住人らしき風体だった。ウェントワース卿がまばたきもしないうちにその猟師は男を地面にねじ伏せ、ナイフを奪い取った。

これほど俊敏な動きは見たことがなかった。インディアンの血が混じっているのだろうか？　黒髪が背中まで垂れている。肌は褐色に陽灼《ひや》けし、両腕はインディアンの紋様で飾っているが、服装はヨーロッパ風で、革の半ズボンに簡素な毛織り地のシャツを着ている。優に百八十センチを超える長身で、毛皮の束と幅広の剣らしきものを背負っていた。その剣の柄《つか》には格子縞《タータン》の布が巻きつけられている。

スコットランドから逃れてきたハイランド人か。

男は片手にライフルを持っている。左の腰には鞘《さや》に収めたナイフ。右腰には拳銃。左肩に角製の火薬入れを掛け、胴まわりには火打ち石と弾薬の革袋をさげている。

このハイランド人が争いをまとめ、男に金を払わせる様子をウェントワース卿はじっとながめていた。服も見た目も似通った、兄弟とおぼしきふたりの男がさらに加わっていた。

例の男は怒りにまかせて硬貨を地面に投げつけた。

売春婦はすばやくそれをつかみ、噛んで偽金でないことを確かめると、その場から逃げ去った。

クック中尉がウェントワースの隣に立った。「閣下、何かお気に障ることでも？　お望みとあれば、ああいうごろつきどもは柵の外へ追い払いましょう」

ウェントワースはかぶりを振ると、いかにも若者らしい嫌悪感を浮かべたクックに笑顔を向けた。「中尉、君はレンジャー部隊について知っているかね？」

「もちろんです、閣下。ジョージ王戦争の折、奇襲部隊が活躍しました。先日もジョンソン将軍が、今回の戦争にはあのような部隊が必要だと話しておられました」

　眼下の通りでは先ほどのハイランド人が男を助け起こし、ナイフを返した。だが、逆上した男はハイランド人の胸を突き刺そうとばかりに突進した。ハイランド人はにやりと笑って苦もなく身をかわすと、ひと蹴《け》りして男の脚を払い、男は無様に地面へ倒れこんだ。

「わたしもジョンソンの意見に賛成だし、エリザベス砦《とりで》でわたしの指揮下に入るレンジャー部隊を作れという指示も受けている。それを成功させるには、ああいう男たちを説得して入隊させねばならないな」

　クック中尉は顔をしかめた。「あの連中は見るからに手がかかりそうで、イギリス軍の規律を守れるとは思えませんが。驚いた、あれはハイランド氏族のタータンじゃありませんか？」

　ウェントワースは笑みを刻んだ。「あの者たちの身元、それに、このオールバニで何をしているのか、それを知りたい。彼らの一挙一動を監視しろ、中尉。ただし、悟られないように用心しろよ。必要とあれば人を雇ってかまわんが、明朝まではあの三人のスコットランド人についてひとつ残らず調べあげろ」

「了解いたしました、閣下」中尉はうやうやしく礼をした。

「さがってよろしい」ウェントワースは窓辺から離れ、チェス盤へと戻った。

　駒はきれいに並べてある。新しいゲームを始めるとするか。

イアン・マッキノンは激しい憤怒《ふんぬ》を懸命にこらえながら、赤い軍服のイギリス兵のあとから階段をのぼっていったが、手首と足首を拘束する重い手錠と足かせのせいでその動きはぎこちなかった。鎖が不快な金属音を響かせている。彼の後ろにはモーガンとコナーが続き、銃剣を構えた五人の兵士がその背後を固めていた。

「おれたちは何もやってないよ」

コナーの声は、お仕置きとして今にも父親にベルトで尻を打たれそうな少年を思わせた。だが、彼らの罪状は殺人だった。潔白を立証できなければ鞭打《むちう》ちどころですむ話ではない。

イアンと弟たちが町を出ようとした途中、十人を超える兵士に襲われ、逮捕されたのだ。モーガンとコナーは剣を抜いて戦おうとしたが、イアンが止めた。

「間違いとわかっていることで命を落とすのは無意味だぞ」彼は弟たちに言い聞かせ、あえて手錠を受けた。

三人はぽかんと見つめる野次馬たちの前で逮捕され、丘陵に建つ砦まで連行された。そして、じめじめした牢《ろう》のなかで待たされた。今回の告発について三人で話し合い、誰も殺害していないと確認するだけの時間はたっぷりあった。なにしろ、三人が三人とも一杯や二杯ではすまない量のウイスキーを飲んでいたので、前夜の出来事については記憶がいささか曖昧《あいまい》だったのだ。

コナーいわく、彼は愛らしいキャリー・ヴァンダルの腿《もも》のあいだで夜を過ごし、かなり年配の夫を失った彼女を慰めていた。イアンとモーガンはオルディア・クーパーの居酒屋でくつろいでいた。モーガンはチェッカーで遊び、酒場の女主人のふくよかな娘といちゃついていたが、やがて欲情に負けて娘を二階へ連れて行き、セックスを楽しんだ。イアンはビールを相手にひとり残り、ジーニーに思いをはせていた。長い蜂蜜《はちみつ》色の髪と大きな茶色の目の乙女。

家に帰ったら入浴してひげを剃《そ》り、清潔なシャツを着てジーニーの父親の農場まで馬を走らせ、彼女との結婚の許しを求めるつもりだった。家長のグラントがほかの求婚者たちよりもイアンを気に入っていることは、彼にもわかっていた。マッキノン家の農場は肥沃《ひよく》で、トウモロコシや七面鳥の燻製《くんせい》、鹿肉など食料もたっぷり備蓄し、イアンの農耕や狩猟の技術を証明している。ただし、ジーニーを妻に迎えるにはしかるべき手続きを踏まねばならない。運がよければ、夏の終わりには新婚の初夜を迎えているだろう。

だからこそ、彼は弟たちとオールバニまで来たのだ。母の金の結婚指輪をジーニーの華奢《きゃしゃ》な手に合うように加工してもらえないかと思い、鉄砲鍛冶《かじ》を訪ねた。鍛冶屋は喜んで依頼に応じ、指輪から切り取ったわずかな金を報酬として受け取った。

イギリス兵に取り押さえられたとき、あえて争わなかったのはジーニーのことを考えたからだ。いまいましいイングランド人と揉《も》め事を起こすような男にあのグラントが娘をくれるわけはない。こんな誤解はすぐに解けるだろうとイアンは思った。そして、弟たちを連れてオールバニから農場に戻る。

先頭のイギリス軍将校は階段をのぼりきり、右側の短い通路へと向かった。裁判所かどこかではなく、なぜこんな場所へ連れてこられるのかわからなかったが、イアンは気に入らなかった。何かがおかしい。

将校が足を止め、ひとつしかないドアをノックした。

なかから声が聞こえ、入れと言った。イングランド人の尊大な言いまわしだった。

弟たちと共に乱暴に押しこまれたのは広い部屋で、しゃれた椅子や銀の燭台《しょくだい》、黒っぽいつややかな木材でできた大きなライティングテーブルが並んでいた。四方の壁には金色の額縁に収まった数々の肖像画。部屋の中央にはきちんとかつらを着用した若いイングランド人がすわり、指先を強く押し合わせ、額に皺《しわ》を寄せながら、大理石のチェス盤の駒をじっと見つめていた。首に掛けた真鍮《しんちゅう》製の三日月形の飾りが将校の身分を示し、指にきらめく指輪が貴族であることを物語っていた。

イアンは反射的にこみあげた激しい嫌悪感を押し殺し、弟たちにすばやく視線を投げ、警戒を促した。今はササナック（スコットランド人がイングランド人に用いる蔑称）に対する不満を露骨に表わすべきではない、と。

彼らを部屋に連れてきた将校がうやうやしく一礼した。「連行してまいりました、閣下」

なるほど、この男は〝閣下〟なのか。しかも、傲慢だ。彼は指一本で発言をさえぎり、なおもチェス盤に目をこらしていた。これが永遠に続くのかと思われたころ、ようやく彼は黒いポーンをつかみ、ひとつ前へ進めた。そして、席から立った。

彼はイアンとほぼ同じ背丈だったが、体格は劣っていた。陽射しを毛嫌いする紳士階級のように皮膚は青白いが、容貌は男らしく、強靭《きょうじん》さすら帯びていた。眉は黒っぽく、真っ白なかつらと対照的だった。冷ややかな灰色の目でまずコナーを見つめ、次いでモーガンを見た。そして、最後にイアンと目を合わせたが、まるで彼の魂まで値踏みするかのように視線を注ぎつづけた。

イアンは我慢できなくなった。「おれはイアン・マッキノン。このふたりは……」

いきなり銃の台尻で腹をひと突きされ、イアンの肺から空気が噴きだした。

「話せと言われるまで口を開くな！」若い将校がイアンの面前で怒鳴りつけた。

「もういい、中尉」〝閣下〟は素っ気なく手首をひと振りして退けると、ライティングテーブルのほうを向いて自分のグラスにブランデーを注いだ。「イアン・マッキノン、おまえのことならよくわかっている。横にいるそのふたりはおまえの弟のモーガンとコナー。おまえたちは子供のころにニューヨークへ渡り、辺境地域で成長した。そこで異教徒どもと交わり、インディアンたちの言葉もいくつか話せるようになった。おまえの父ラックラン・マッキノンは三年前の冬に他界。母親イーラセイド・キャメロンは数年前に亡くなった。おまえの祖父はイアン・オーグ・マッキノン。スコットランドのマッキノン氏族の野蛮な氏族長で、わが叔父がカロデンの戦いで勝利したあと、若僭王《わかせんおう》チャールズの逃亡を手助けしたカトリック教徒の反逆者だ」

カロデンの戦いで勝利したわが叔父。

拳で殴りつけられたようにこの言葉がイアンの胸に突き刺さり、強烈な憎悪に襲われた。あの苛酷《かこく》な春の戦いでマッキノン一族の血が荒野を赤く染めたが、それは何週間も続く大虐殺のほんの序章にすぎなかった。その虐殺を命じたのはたったひとりの男。イギリス国王の息子、〝皆殺し〟のカンバーランド公。

イアンは必死にジーニーの顔を思い浮かべ、声に憎しみが表われないように抑えた。「では、あんたは……」

貴族の男はブランデーを片手にふたたび向きなおった。尊大な笑みを浮かべている。「ウィリアム・ウェントワース卿だ。ロッキンガム侯爵ロバート・ウェントワースの三男。母はアメリア・ソフィア王女。わが祖父は……ま、ここまで言えばわかるだろうが」

もちろん、イアンにはわかった。

イギリス国王ジョージ二世。

彼の脳裏に怨嗟《えんさ》の言葉が次々に浮かんでは消え、と同時に、無数の疑問がわいた。だが、口にしたのはひとつだけだった。「なぜおれたちをここへ?」

ウェントワースはゆっくりとグラスをまわしてからブランデーを口に含み、飲みこんだ。「わたしの知るかぎり、おまえたちはまもなく殺人の罪で有罪となり、絞首刑になる」

イアンは弟たちに目をやったが、ふたりの顔には驚愕《きょうがく》が表われていた。「われわれは有罪の宣告どころか、まだ裁判すら受けていない。容疑そのものが間違ってる。なんらかの誤解によるものだ」

コナーの声には軽蔑《けいべつ》がみなぎっていた。「おれたちがやったという証拠でもあるのか?」ウェントワースはグラスを置くと、コナーをにらみつけた。「昨夜、おまえたち三人はヘンリー・ウォルシュと遭遇し、殺害した。昨日の午後、おまえがここの窓の下で争った相手だ」

「そんなのは嘘っぱちだ! おれたちは何も……」銃の台尻で一回、二回と脇腹を突かれ、彼の反論はうめき声に変わった。

イアンは握り拳を固めながらウェントワースのほうへ一歩近づいた。「二度と弟に暴力をふるうのはやめさせてもらいたい。さもないと、どれほど野蛮な血がおれの体内に流れているか見せつけてやるぞ!」

ウェントワースは兵士に向かってうなずき、兵士はコナーから離れた。「戦いぶりはすでに見せてもらった。じつは、おまえの言うとおり、その野蛮な血を見込んで、こちらからひとつ提案をしようというわけだ」

イアンの首の後ろの毛が逆立った。「提案とは、どんな?」

「おまえと弟たちに対する刑の執行を猶予するようにわたし個人が取りはからう。その代わり、おまえはわたしの指揮下でレンジャー部隊を率い、国王陛下のためにフランス軍とインディアンの連合軍と戦うんだ」

あまりのばかばかしさにイアンは噴きだしそうになった。「冗談だろう!」

「冗談で言っていると思うか? この大陸での権益を確保するためには、土地柄とインディアンの流儀を心得ている者たちが必要なんだ。それに、わたしが手助けしないかぎり、おまえも弟たちも間違いなく絞首刑に処せられる」

イアンは歯ぎしりをした。「おれたちが有罪だという証拠は何かあるのか?」

ウェントワースは肩をすくめた。「死体で足りないというなら、ほかにどんなものでも出してみせるさ」

ようやくイアンにも状況が読めた。同じカトリックで、しかも、伝統的にハイランド氏族の盟友でもあるフランスを相手に、イギリス軍のために戦うと同意しないかぎり、彼ら三人は犯してもいない罪に問われて殺されるのだ。イギリス国王の孫息子の言葉より、反逆者でカトリックのハイランド人の言葉を信じるイングランド人がどこの法廷にいるというのか。

イアンの頭に血がのぼった。「それじゃ奴隷と同じだ!」

ウェントワースは冷酷な声で答えた。「自由意思であろうとなかろうと、国王陛下に仕えるのはおまえの義務だ」

イアンは四方の壁に囲いこまれたような気分になった。彼はせめて声だけでも冷静に保とうと努めた。「もし同意すれば弟たちはどうなる?」

「どこへなりと好きなところへ行けばいい。一方、おまえには、レンジャー部隊の隊員にふさわしいと思われる百五十人の人員を集め、装備をととのえるための新兵徴募許可証と充分な資金が与えられる。八月二十一日にはエリザベス砦でわたしの直属となり、おまえが死ぬか、または、この戦争が終わるまでわたしに仕えろ。もし現われなかったり任務を放棄した場合には、脱走罪でおまえは銃殺、ふたりの弟は殺人罪で絞首刑だ」

「引き受けるな、兄貴！　こんな男、クソ食らえだ！」モーガンは悪魔でさえ卒倒しそうな悪態をゲール語で並べ立てた。

「死ぬことなど、おれは怖くない」コナーの声には静かなあきらめがこもっていた。「絞首刑になろう！　イングランド人の嘘で殺されたハイランド人はおれたちが最初じゃないし、最後でもないだろうから」

イアンは自分の身にふりかかった耐えがたい選択肢について考えると、ろくに息もできないほど苦しかった。憎むべきイングランド人のためにフランス人を殺すか、それとも、恥辱と苦悩をかかえて弟たちと共に死ぬか。

しかし、もっと大きな問題があった。

ジーニー。愛《いと》しいジーニー。

あのグラントが娘を兵士の嫁にするわけがない。農場主と結婚させることを望んでいるのだ。戦場で戦う男ではなく、土地を耕し、子供たちを育てることに情熱を持つ男。もしイアンが銃と剣を手に取れば、ジーニーとの結婚はもはやありえない。

農場の問題もある。農場が大きく発展し、アメリカの地でよみがえったマッキノン氏族の礎《いしずえ》となることを、父親は夢見ていた。これは果てしない重労働で、体力的にも精神的にもきつい。もし彼がイギリスのために戦えば、弟たちふたりきりで作物を植えて収穫し、森を切り拓かねばならないだろう。

さらに、名誉もかかっている。一族や同胞を虐殺したイギリス国王に仕えれば、彼は名誉を失うだろう。名誉をなくした男になんの価値がある？

「返事は？」ウェントワースが人を値踏みするような目つきでじっと見つめていた。

「やめろ、兄さん！」

「断われ！　絞首刑になるならそれでもいい！」

イアンはモーガンとコナーに目をやり、自分の手に託された弟たちの命の重さを感じた。

やがて目を閉じ、彼は無言の祈りを天に投げかけた。

神よ、許したまえ。

1

一七五七年九月十四日
スコットランド　インバラレイ

薄ら寒いじめじめした独房の片隅でレディー・アン・バーネス・キャンベルはうずくまり、震えていた。流れる涙ですっかり頬が汚れていたが、彼女は気づいていなかった。虚《うつ》ろな目で暗闇をただ見つめていた。腐りかけた藁《わら》のなかを動きまわるネズミたちにもほとんど注意を払わなかった。ネズミを気にかけている場合ではない。

いつ裁判所の官吏が現われてもおかしくないのだから。そして、町の広場に引き立てられるだろう。親指に焼き印を押され、生涯消えない窃盗犯の印を残される。あげく、恥辱にまみれたまま流刑地へ送られるのだ。

でも、わたしは何も盗んでいない。何ひとつ。

「ああ、お母さま！」

しかし、もはや母が助けに来てくれることはない。母はつい三週間前に亡くなった。肉体から息を奪われ、魂を切れ切れに引き裂かれて。これは事故で、痛ましい悲劇だと伯父のべインは主張したが、アニーはごまかされなかった。召使いたちが小声で話す噂《うわさ》を耳にしていた。伯父の不自然な性癖や他人の苦痛を喜ぶ異常性について。この何年かのあいだに数人が不審死を遂げていた。若い男女の召使いたちで、彼らの死はどれも同じような説明で片づけられたものだ。そのあと、母から警告された。

――万一、わたくしの身に何かあったときは、わたくしの宝石類と現金を持ってすぐさまこの屋敷からお逃げなさい。グラスゴーまで行き、かつてお父さまの弁護士だったアーガス・シートンを探しなさい。ベイン伯父さまを信用してはだめよ！　あなたにとっては大好きな伯父さまでしょうけど、でも、あの人を信用してはいけないの！　わかる、アニー？

アニーにはわからなかった。このときには。

もしわかってさえいたら。母が真実を話してくれていたら。なんとか母とふたりで伯父から逃れる手だてを考えただろうに。しかし、恥ずかしさのあまり娘には打ち明けられなかったのだろうし、今となってはもう手遅れだ。母は死んだ。

深い悲しみでアニーの心は押しつぶされそうだったが、必死に嗚咽《おえつ》をこらえた。お母さまの声が聞きたい。髪に手を触れてほしい。あの優しい微笑を見たい。何気ない仕種《しぐさ》に示される母の愛。永遠に失って初めて、それがどれほど貴いものであったかアニーは思い知った。お母さまを失ってどうやって生きていけるというのか？

彼女はひとりぼっちだった。

しかも、焼き印を押され、異境へと船で送られる運命だ。かつて彼女が父親代わりとして慕い、尊敬した男のせいで。

まるで悪夢に呑みこまれたような気分だった。

毒にも似た恐怖が吐き気と共に体内に広がっていく。焼きごての痛みとはどれほどひどいものなのだろう？　流刑地までの旅を生き抜けるだろうか？　奴隷として強制的に仕えさせられる相手とはどんな人びとだろう？

――勇気を出せ！　恐怖に負けるな！

遠い昔、父親から言われた言葉がいきなり脳裏に浮かんだ。彼女は五歳で、ポニーの乗りかたを父から教わっているときだった。ポニーの背は地面からはるかに高く見え、彼女は怖くてたまらなかった。だが、あの長い一時間、鞍《くら》にまたがっていられたのは、父の励ましの声と温かい笑顔があったからこそだ。やがて、自信を持って乗りこなせるようになったとき、父の褒め言葉は明るい陽射しのように思えた。これまでで最も幸せな夏だった。

一年後、プレストンパンズの戦いでジョージ二世側についた父は、ジャコバイト（名誉革命後の反革命勢力で、ジェームズ二世の復位を支持した一派）の両刃の大剣で一刀両断され、彼女の兄弟たち、ロバート、ウィリアム、チャールズも無惨に斬り殺された。ベイン伯父も共に戦い、負傷したのだが、剣を振って兄や甥《おい》たちの遺体を守りきり、略奪を阻止するためにみずからの血を流し、その功で英雄としての名誉を得た。

アニーは六歳だった。

しばらく彼女は母と共に屋敷に残っていた。だが、伯爵とはいえ、父は裕福ではなかった。悲しみに打ちひしがれ、債権者に迫られた母は、領地を売却し、夫の兄であるベインの屋敷で暮らさざるをえなかった。侯爵で男やもめ、成長した息子はロンドン暮らしというベイン伯父は、喜んでふたりを近くの領地へ迎え入れてくれたように見えた。親切心から受けいれたわけではなかったのだとアニーが知ったのは、母が亡くなってからだった。もしお父さまや兄弟たちが生きてさえいてくれたら。何もかもが違っただろうに。もしお父さまが生きていたら……。

足音だ。

彼らがやってくる。

アニーは唾を飲みこもうとしたが、口のなかは乾ききっていた。胸が痛くなるほど動悸《どうき》が激しい。胃に食べ物が入っていれば吐いていたかもしれない。

——勇気を出せ！

彼女は震える脚で懸命に立ちあがり、スカートの皺を伸ばした。そして、頬の涙をぬぐった。どんな目にあおうとも、それでもわたしはレディー・アン・バーネス・キャンベルなのだ。

鉄製の鍵が触れ合う音。錠がはずれる音。蝶番《ちょうつがい》が動く耳障りな音。揺らめく一条の光が独房に射しこんだかと思うと、大きくドアが押し開けられ、ネズミや藁に光が広がってふたりの男が姿を現わした。この三週間というもの、彼らのいやらしい視線を浴び、下品な言葉を聞かされ、触ろうとする手を必死にかわしてきた。

「おれがいなくて寂しかったか？」ふたりのうち、長身のファーガスが卑猥な笑みを見せて笑った。「さあ、一緒に来い」

背が低いほうのワットが彼女の腕を乱暴につかんだ。「紳士がおまえに会いに来てるぞ」

「紳士？」アニーの胸にかすかな希望がわいた。ひょっとしたら、裁判所はアーガス・シートン宛の彼女の手紙を送ってくれたのかもしれない。わたしが紛れもないレディー・アン・バーネス・キャンベルで、伯父が訴えたような手癖の悪い召使いなどではないと、父の旧友が立証しに来てくれたのだろう。「わたしをその方のところへ連れて行きなさい」

「『その方のところへ連れて行きなさい』だと」ファーガスが口真似してからかい、手錠を出した。「こいつ、まるでおれたちが寝床の支度をしにきた召使いみたいな口の利きようじゃないか」

「この藁の上で一発やっちまえば、ちっとは身のほどってものがわかるんじゃないのか？おれたちに押し倒されたら澄ましこんじゃいられないだろうからな」

アニーはふたりの威《おど》しに少しも動揺しないふりをし、精いっぱい彼らのやる気をそごうとした。怯《おび》えた処女のようにふるまえばよけいにふたりをあおるだけだと、早いうちに気づいていた。彼女は手首を差しだした。冷たく重い鉄が肌に触れ、ファーガスが手錠を掛けた。

「今はそんなお遊びをしてる時間はないんだぞ、ワット」ファーガスがアニーの胸に目をやってにやりと笑った。「がっかりさせて悪かったな」

男たちは彼女を独房の外へと押しやり、狭い通路を進ませた。あちこちが欠けた灰色の石壁には鉄の燭台が取りつけられ、太い黄色の蠟燭《ろうそく》が揺らめく光を放っている。彼女の独房と同じアーチ形の小さな扉が十数個並び、その向こう側から悲惨な人間の声が響いてくる――うめき声、つぶやき、女のむせび泣き、罵声《ばせい》、異様な笑い声。アニーは一刻も早くこの場所から逃れたいと思った。この悪臭からも孤独からも恐怖からも逃れたい。

でも、たぶん、わたしはここを出ていくんだわ。彼女はそうなるように心の底から祈った。紳士というのが誰なのか想像を巡らせ、心が躍った。シートン弁護士にちがいない。手紙を書いたのは彼だけなのだ。ほかには誰もいないのだから。

何年も訴訟事務を取り扱ってすっかり腰の曲がった親切な彼なら、なんとか彼女を自由の身にしてくれるだろう。そして、逃げたときに伯父の館《やかた》に置いてきた私物すべてと共に宝石類を取り返してくれるはずだ。そのあと、無事にインバラレイを出たら、まず真っ先に熱いお風呂に入ってやわらかなベッドで眠りたい。この三週間ものあいだ、どちらとも無縁だったのだから。

やがて別の通路に入ったが、判事の前に連れだされたときのように階段をのぼるのではなく、左に曲がって階下の闇へと通じる階段に向かった。

アニーは足を止め、黒い石の階段を見つめた。背すじに冷たい不安が走った。「ど、どこへ連れて行くの？」

ファーガスに強く押されて彼女はあやうく倒れそうになった。「すぐにわかるこった」

一歩おりるごとにアニーの疑念と恐怖は大きくなった。この牢獄で公共向けの部屋はすべて上階にあり、階下ではない。父の弁護士が来てくれたのであれば、彼女と会うために上階で待たされているはずだ。

――勇気を出せ！

だが、勇気はどこからもわいてきそうになかった。階段下の戸口にたどりつくころにはまたもや体が震えていた。

ファーガスが鉄の取っ手をつかんでドアを押し開けた。

ベイン伯父だ。

アニーの顔から血の気が引き、脚がふらついてよろけそうになった。最後の希望が絶たれたのだ。

かつて父と慕った男が、部屋の中央で燃える炉火の前にいた。周囲には残虐な行為のために使用するとしか思えない数々の道具があふれている。かつらも着けず、普段着姿の伯父はだらしなく見え、まるで眠れなかったかのように顔には疲労の皺を刻んでいた。彼は険しい目つきで彼女を見つめたまま、看守らに「彼女をなかへ」と告げた。

ファーガスとワットは含み笑いを洩《も》らしながらアニーを力ずくで部屋へ押し入れ、その背後でドアを閉めた。

「あいつらがおまえにいやらしい真似をすることはなかったはずだ。たっぷり金を渡しておいたからな」伯父はアニーの父親によく似ていた。同じ青い目、同じ笑顔、同じ角張った顎《あご》。無邪気に彼を慕い、信頼したものだ。しかし、彼は父とはまったく違っていたのだ。

「あの愚か者どもめ。わたしがおまえを手込めにしに来たと思っている。おまえもそう思っているのか？　なるほど、そのようだな。どうしてわたしにそんなことができるというんだ？　弟の愛娘《まなむすめ》に？　血のつながった姪《めい》に？」

アニーは毅然《きぜん》と顎をあげた。「では、どうしてここへいらしたんですか？」

「もちろん、おまえに最後のチャンスを与えるためだよ。約束さえしてくれればいい。そうすれば、馬車を表にまわそう。昼には館のおまえの部屋に戻り、暖炉の前で温かい湯に浸かりながらホットチョコレートを飲んでいられる。料理人におまえの好物を作らせよう。セージ風味の詰め物をしたヤマウズラ、洋ナシのシロップ掛け、ケーキ。そして、今夜は自分のベッドで眠れるんだ」

宝物と安らぎが詰まった自分の部屋を思いだすとアニーの目に新たな涙があふれた。たくさんの本。クリスマスにお父さまからもらった磁器の人形。お祖母《ばあ》さまのものだった銀製の柄のブラシ。新婚当時の両親の肖像画。羽のようにやわらかいベッド。お風呂の温かい湯、バラの香りの石鹸《せっけん》、おいしいヤマウズラ、それらが五感に迫ってくる気がした。家に帰りたい。この牢獄を出て悪夢を終わらせたい。

伯父の申し出を受けいれてもいいのではないだろうか？　承諾すれば彼女に対する告発を取りさげるだろう。後悔した愛すべき姪という役割を演じつつ、次の逃亡のチャンスを待てばいい。そうよ、それくらいのことはできる。ネズミも焼き印も、海外へ船で流されることもなくなる。

伯父の腕に飛びこんで許しを請い、昔のように心から慕いたいと思う気持ちも残っていた。伯父を信じ、母の忠告を忘れ、今までどおりの暮らしに引きこもりたかった。

——ベイン伯父さまを信用してはだめよ！　あなたにとっては大好きな伯父さまでしょうけど、でも、あの人を信用してはいけないの！

アニーは伯父の視線に目を合わせた。「わたしを傷つけたりベッドに押し入ったりしないと約束してくれますか？」

嫌悪の表情がベインの顔によぎった。「そんなばかげた考えを誰から吹きこまれたんだ、アニー？　わたしはずっとおまえを愛し、わが子のように育て、娘として接してきた。わたしがおまえを傷つけたことなどあるかね？」

これまでの幸せな思い出が次々とよみがえってきた。ベイン伯父の膝《ひざ》に抱かれてスコットランドの古代の歴史物語を聞かせてもらったこと。誕生日に純血種の牝馬《ひんば》を買ってもらったこと。カドリーユの踊りかたを教えてもらったこと。

アニーは伯父のほうへ一歩近づいたが、そのとき、別の光景が脳裏に浮かびあがった。横たわる母の亡骸《なきがら》。頬には涙の跡がこびりつき、首のまわりには濃い紫色の痣《あざ》が痛々しく残っていた。

アニーは伯父の顔をじっと見つめた。かつては親しみを持ってながめた顔だが、今はその皮膚の下に潜む獣が見える。いつしか彼女は笑い飛ばしていた。「わたしを傷つけたことがあるかですって？　わたしはこの牢獄にいるんですよ、そうでしょう？　伯父さま、あなたの嘘のせいでわたしはこんな汚れきったネズミだらけの場所に押しこめられ、口汚い言葉を吐き散らしては触ろうとする男たちに囲まれているんですよ」

「おぉ、アニー、許しておくれ！　わたしは腹が立ったんだ。今まであれだけかわいがってきたのに、まるで泥棒みたいにおまえがこっそり館から逃げだしたとわかって、我慢できなかった。二度とこんな真似はしない。もしグラスゴーに行きたいのであれば一緒にグラスゴーまで行こうじゃないか」

これを聞いてアニーは悟った。伯父から逃げるチャンスは二度とないだろう。彼女の行動を監視し、日夜、見張りをつけるだろう。どこへ行くにも彼が一緒についてくる。この牢獄と同様、彼の館でも囚人と変わらない扱いになる。母と同じ目にあうのは時間の問題だ。選ばねばならない道の険しさに恐怖を覚えるあまり、彼女はほとんど何も言えなかった。

「ああ、伯父さま！」

ベインの顔に勝利の笑みが広がった。「それでこそわたしのアニーだ。おまえはこうして教訓を学んだ。さあ、家に帰ろう」

アニーはかぶりを振り、後ろへさがった。「いいえ、一緒には行きません」

一瞬、唖然《あぜん》としたようにベインはアニーを見つめた。だが、やがてその顔つきは冷酷になった。「ここに残って、その先に待っているものを受けいれるというのか？」

アニーは自分の運命を決定づけるとわかっていながら、あえてその言葉を口にした。ぞっとするほど恐ろしい言葉。この三週間ずっと投げつけたかった言葉。「お母さまが亡くなった夜、あなたが一緒にいるところを見たんです。あ、あなたは、ほかの人たちを殺したように、お母さままでその手で殺したのよ。自分のゆがんだ快楽のために！」

ベインの鼻孔がふくらみ、今まで見たこともないほど激しい憤怒の表情が浮かびあがった。彼は威しつけるようにゆっくりとアニーに近づいた。そして、手を伸ばし、彼女の髪をつまんで指先でさすった。青い目が冷たく凍りついている。やがて、彼は笑い声を放った。

「取り澄ました処女の小娘に快楽の何がわかるというんだ?」

彼はアニーから離れ、手をたたいてファーガスとワットを呼び入れた。そして、炉火へと近づき、それまでアニーが気づかなかった焼きごてを引き抜いた。「女を台に縛りつけろ。脚から衣類を剝《は》ぎ取れ」

アニーは狼狽《ろうばい》し、心臓が張り裂けるのではないかと思うほど一気に鼓動が激しくなった。

「やめて、お願い！　伯父さま、あなたがこんなことをするなんて！　わたしは公共の場で焼き印を押されるはずです！　こんなところじゃなくて！」

だが、彼女の叫びは男たちの笑い声にかき消された。

彼女は荒々しい手でつかまれ、木の台へと引っ張っていかれた。死にもの狂いで抵抗し、叫んだが、男たちは手早く彼女を仰向けに寝かせ、スカートを腰までずりあげ、両脚を押し広げて縛りつけ、ドロワーズ（長くゆったりとした半ズボン状の下着）を引き裂いた。

ベインが台へと近づいてきた。顔には異様な表情。その手には焼きごてを握り、こての先にはTの文字（泥棒Thiefの頭文字）がオレンジ色に燃えていた。

「お願い、伯父さま、やめて！　どうかあなたの弟を思いだして……」

「わたしがどれほどつらいかおまえにはわかるまいな、アニー。しかし、おまえに嘘を言いふらされてはたまらない」彼はむき出しになった腿の内側のやわらかな肌を撫でた。「このあたりがいいだろう。おまえの美しさを損ないはしないが、いずれ愛する男ができたとき、これを見れば……どんな男でもおまえを捨てるぞ」

「やめて、お願い！」

内腿に響くジュッという音。

すさまじい激痛。

響きわたる彼女自身の悲鳴。

2

一七五八年三月二十日
ニューヨーク辺境 オッター・クリーク近辺

本能で彼は目覚めた。こんな敵地の奥深くに侵入して夜明けまで寝ているのは、命知らずの愚か者だけだ。北に向かってあと一日の行軍でタイコンデロガ砦にたどりつく。万にひとつの危険も冒せないほどフランス軍に接近しているのだ。

イアン・マッキノンはまぶたを開けたが、目に飛びこんできたのは熟睡している弟モーガンのひげ面だった。モーガンの向こう側ではコナーがまだいびきをかいている。

イアンはモーガンをこづいた。「起きろ」

モーガンが目を開け、大あくびをした。

「おい、おまえ、臭いぞ!」イアンは上体を起こした。

「兄貴だっていいにおいだ」モーガンは伸びをしてからコナーを揺り起こした。

昨夜造った野宿用の粗末な差し掛け小屋からイアンは出ると、クマの毛皮をしっかり着込み、周囲を見まわした。寝ているあいだに十センチ以上の新雪が積もり、空気は冷たかった。彼は小屋のなかに立てかけておいた、火薬も銃弾も装塡《そうてん》済みのライフルをつかむと、用を足すために林のなかへと入った。

すでに部下たちが身動きを始めている。なかには身支度をととのえ、体を温めるために足を踏みならしている者もいた。ほぼ三年におよぶ戦闘で早起きは習慣になっていた。屈強なスコットランド人と頑固なアイルランド人で編成された部隊だけに、小うるさい古女房みたいにイアンがいちいち起こしてまわる必要はなかった。

定期的に行なうタイコンデロガ砦の偵察に出発して四日め。任務は簡単なものだった。フランス軍駐留部隊の人数の把握、砦への補給路の観察、そして、前回の偵察時から砦そのものに手が加えられているかどうかの確認だ。明らかにイギリス軍の将軍たちはこの夏にタイコンデロガ砦の攻撃を計画している。

「隊長」

「よぉ、ダギー」

「神のご加護を、隊長」

「おまえもな、キャム」

イアンは用を足すと、活気づいていく部隊の静かなざわめきに耳を澄ました。自分が率いるレンジャー部隊に誇りを感じずにはいられなかった。森に関する彼らの豊富な知識、射撃の腕前、生き延びる能力。植民地のどこを探しても彼らほど有能な戦士はいないし、今度の厳しい戦争に果敢に挑める男たちなのだ。指揮官としてそんな彼らを率いるのは名誉だし、彼らと共に戦うのも誇らしい。いざとなれば、彼らと共に死ぬのも名誉だろう。

だが、これまでに失った部下やカトリック教徒の血が流されたことを考えると、いくら誇りを持ったところで良心の呵責《かしゃく》が消せるものではない。ハイランド人にとってはフランス人こそが常に味方であり、イングランド人は最も憎むべき敵なのだ。イギリスを支配するドイツ系プロテスタントの王のために、フランスのカトリック教徒を殺すことには激しい嫌悪を覚える。

こんな生活は彼が求めていたものではなかった。彼が選んだ暮らしではない。あの薄汚いイギリス貴族に押しつけられたものだ。実際、イアンは奴隷にすぎない。ご主人さまの命令に従って戦う僕《しもべ》なのだ。〝少佐〟と呼ばれようが〝レンジャー部隊長〟と呼ばれようが関係ない。ウェントワースはイギリスのために戦えと彼に銃を突きつけて強制した。弟たちも兄ひとりを危険な目にあわせるわけにはいかないと言って、士官として彼と共に戦う道を選んだ。こうして三人全員がまんまと罠《わな》にはまった。

約三年間、イアンとレンジャー部隊はウェントワースが求めるとおりの働きをしてきた。至るところでフランス軍を攻撃し、彼らの作戦を攪乱《かくらん》し、湿地や森を利用して苦しめつづけた。戦闘にも何度も直面し、多くの貴い部下を失うと同時に無数のフランス人とインディアンを地獄へ送った。命を守るために文明人にはとうてい理解できないこともやってきた。はたしてまだ人間と呼ばれるだけの価値があるのだろうか、とイアンはときどき、思う。

かねがね想像していたことだが、二十八歳までには身を落ちつけ、傍らには妻、膝には子供たちがいるものと思っていた。たわわに実ったトウモロコシ畑、息子たちや娘たちの足もとをうろつくたくさんの鶏、肥えた畜牛や豚、汁気たっぷりのリンゴであふれる果樹園、陽射しを浴びて心地よく乾く干し草の山、そんな光景を脳裏に描いていたものだ。息子たちには狩りを教え、優しい妻の手で女らしく成長していく娘たちを見守る。たぶん、長生きして孫たちの姿を見ることもできるだろう、と。

結婚相手はジーニーだとずっと思ってきた。

まさかこんな人生になろうとは想像すらしなかった。

闇の向こうで歩哨《ほしょう》が合い言葉を口にした。「ジョージ王のコッドピース（ズボンの股間部に付けた装飾的な袋）」

耳慣れた声が合い言葉を返した。「空っぽ」

イアンはズボンのひもを締めると、近づいてくるジョゼフ大尉を見つめながら挨拶の言葉を投げかけた。「オックワイ」やあ。

闇のなかで白い歯が光った。「オックワイ。ここじゃ婆さんどもが休憩中かい？」

イアンがにやりと笑った。「ああ。そっちのひ弱な小僧っ子どもが戦士ってわけか？」

「充分に戦える連中さ」

ふたりは野営地に戻り、この日の戦略を練った。イアン率いるレンジャー部隊が先陣を切って集結地点まで偵察に向かい、ジョゼフ大尉の部隊は背後を固めて、タイコンデロガ砦からフランス軍が襲撃してこないか警戒する。

イアンはジョゼフを兄弟同然に信頼しているし、必要とあればジョゼフもその部下たちも彼と共に死ぬまで戦ってくれると確信していた。ジョゼフと知り合ったのはイアンがまだ十六歳のときだった。ある秋の日の午後、マッキノン農場にジョゼフと父親が姿を見せ、マッキノン一家が新しい家で初めての厳しい冬を越すためにと、トウモロコシと鹿の干し肉を持ってきてくれた。戸口に現われたインディアンを見てイアンの母親は恐怖に怯えたものだが、隣人であるこのマッヘコンネオク（「流れ速き河の民」の意）、すなわち、モヒカン族とのあいだには、すぐに友情が生まれた。彼らの多くはクリスチャンだが、しかし、真の意味でのキリスト教徒ではない、とイアンの父は何度も指摘していたものだ。

イアンとジョゼフは共に成長して一人前の男となり、戦士としての儀式も一緒に受けて入れ墨を刻んだ。日々、三人の息子がマッヘコンネオク族のようになっていくことに父が心を痛めていることはわかっていたが、インディアンの友人たちからさまざまなことを学んだおかげで家族全員が生きていけたし、農場も大きくすることができたのだ。

「じゃ、今夜、集結地点で落ち合おう」ジョゼフはイアンの肩に手を置き、にやりと笑って見せた。「これ以上は行軍できないと思ったら知らせてくれ。たぶん、おれの部下たちがおまえの荷物を運んでやるぞ」

「おまえこそ、森のなかで迷わないように気をつけろよ。もしも……」

そのとき、遠くから銃声が響いてきた。

アニーはブリキのバケツに注ぎこむ牛の乳をながめながら、凍えた指を温めてくれる乳牛の乳首に感謝した。三カ月、毎日この作業を続け、今では貴重な乳の一滴たりともこぼさずに手早く搾乳《さくにゆう》できるようになった。もはやホーズ奥さまから鞭打たれる理由はないはずだ。

とはいえ、この女主人が彼女を殴るには理由など必要ない。どれほどアニーが努力しても、奥さまは満足しないようだった。アニーの言うこと、やること、何もかもに難癖をつけた。アニーが考えていることまでわかると主張するありさまだった。

「あんた、あたしたちなんかに仕えてるのは口惜しいって思ってるんでしょ？」昨夜、アニーが鍋《なべ》からこそげ取ったわずかなウサギの脂をあかぎれだらけになった手にすりこんでいたとき、それを見咎《みとが》めた女主人はそう言い放った。

「いいえ、奥さま！」とアニーは答えた。

だが、その返事よりも早く、女主人は木のスプーンで彼女の手の甲を強く打ちつけた。アニーは奥さまの手からスプーンを奪い取り、炉の炎に投げこみたくてたまらなかった。

彼女がすでに妊娠後期になっているのは好都合だった。アニーのほうが身軽で動きが速く、しかも、女主人の虫の居どころがわかるようになっていた。一度ならず、大急ぎで離れて殴打を免れたことがある。しかし、奥さまはいつまでもお腹が大きいわけではない。それに、ホーズだんなさまがなんらかの思いこみから罪や不行跡があるとして彼女を罰する気になれば、その手を押しとどめるすべはなかった。めったに殴られることはないが、その一撃は骨が震えるほど強烈だった。

ベイン伯父はことあるごとに召使いを殴ったが、アニーは一度も手をあげたことはないし、父や母も決してそんな真似はしなかった。召使いのなかには何代にもわたって一族に仕えた者たちがいたし、彼らはその事実を誇りにしていた。アニーがコルセットを着ける年齢になって以来、アニー付きになった侍女のベッツィは、奉公人どころかなんでも話せる親友のような存在だった。しかし、奴隷として数ヵ月働いてみると、はたしてベッツィも同じように友情を感じてくれていたのか、それとも、アニーに仕えることを不愉快な下働きとみなしていたのか、いったいどちらだろうと考えずにはいられない。わたしが彼女をなつかしく思い返しているように、ベッツィもわたしがいなくなって寂しいと思ってくれているだろうか？

あまりにも悲惨なこの運命がアニーに重くのしかかり、悲しみ、後悔、わびしさで押しつぶされそうだった。あと十四年もこの境遇に耐えていけるだろうか？

昨夜、彼女はロスセーにある父の館で穏やかに過ごしている夢を見た。全員がそこにいた。父と母、それに、ロバート、ウィリアム、チャールズ。家族そろってクリスマスの準備をしているところで、ヤドリギやヒイラギを飾り、笑いながら歌を口ずさんでいた。この七ヵ月間が単なる妄想にすぎなかったかのように温かい幸せを感じた。

「ずっとわたしのそばにいて」ひとり残される不安にいきなり襲われて彼女は言った。

父が優しく彼女の手を握った。「みんな、いつまでもおまえと一緒にいるよ、アニー」

だが、目が覚めてみると彼女はひとりぼっちで藁布団に横たわり、粗削りな丸太の天井を見あげていた。夢ははかなく消え、残ったのはほろ苦い心の痛みだけだった。

涙が目にしみ、牛の乳房も牛乳もバケツもぼやけて見えた。泣いているところを気づかれないように、アニーは粗末な毛織物の服の袖で頬の涙をぬぐった。もし見られたら間違いなくまたたたかれるだろう。この服も、もちろん、彼女のものではなかった。だんなさまが期限付き奴隷としてアニーを買い取ったその日、自分よりずっと上等の服とペチコートを着ている彼女を見て、奥さまは交換を要求したのだ。アニーのコートと手袋、ブーツも奪い取り、アニーには彼女のみすぼらしい木靴を履かせた。

「あんたがそんな上物を着て、奥方さまのあたしがこんな毛織りの服なんて、おかしいじゃないのさ」

奥さまがアニーより背が高く、肩幅が広くて足も大きいことなどお構いなしだった。彼女はその場で服を脱げと命じた。アニーにとってせめてもの慰めは、ブーツが奥さまの足にはきつくてつま先が痛いとわかったことだ。

伯父の館から脱走しようとした晩、ベッツィから借りた服が上質なものと思われたのは不思議だった。アニーが今までに身に着けた衣装のなかであれほど質素で地味な服はなかったのだから。グラスゴーへたどりつくまで身元を偽るために侍女の服を着たのだ。母の宝石類をペチコートの裾に縫いこみ、夜の闇に紛れて逃げたが、大きな道まで出たところですぐ伯父に捕まってしまった。

そして、今や泥棒の汚名を着せられ、恥ずかしくも内腿の肌にその焼き印を押された。生涯残る傷を伯父は喜んでそこに焼きつけた。故郷から遠く離れ、十四年が過ぎるまで、あるいは、それ以前に死んでしまうまで、彼女は他人の所有物なのだ。伯父を拒み、伯父に関する邪悪な真実を知ってしまったために与えられた罰。

アニーは立ちあがると、牛乳をこぼさないように注意しながらバケツを横に置いた。牝牛の綱を解いて子牛のもとへ戻らせ、新鮮な藁とオート麦を馬たちのところへ運んだ。初めてここへ来たとき、彼女は牛の世話もガチョウの羽をむしることもトウモロコシパンを焼くことも何ひとつ知らなかった。しかし、今ではそれが彼女の生活になっている。

重労働は苦にならないし、厳しい暮らしぶりも気にはならなかった。最初のうちこそ怯えたものだが、広大な荒れ野もフランスとの戦争も、略奪してまわる敵軍の恐怖も、夜に響きわたるオオカミの遠吠えももはや気にならない。伯父の魔の手から逃れるためであれば、こうした苦難は甘んじて受けいれる。

ただ、悲しいのは自由を失ったことと……そして、生涯、結婚することもなくわが子を育てることもないという確信だった。ふたたび自由の身になるころには三十二歳で、結婚適齢期をはるかに過ぎている。そんな女を結婚相手に望む男などいないだろう。

しかも、あの焼き印。泥棒と断定されて焼き印を押された女を妻にし、自分の子供たちの母にしたいと誰が思う？

――いずれ愛する男ができたとき、これを見れば……どんな男でもおまえを捨てるぞ。

いくら自分の潔白を主張したところで無駄なのだ。誰も信じてくれないということは苦い経験から身にしみてわかっていた。

いつものことを考えるたびに陥る絶望感と闘いつつ、アニーは牛乳のバケツをつかんだ。納屋の戸口までわずか三歩進んだとき、奥さまの悲鳴が聞こえた。いよいよ産気づいたのかとまず思った。だが、次に聞こえてきたもので心臓が止まりそうになった。

荒々しく叫ぶいくつもの甲高い奇声。

インディアンだ！

息が止まり、耳の奥で脈が雷鳴のようにとどろいた。

響く銃声。さらなる悲鳴。身の毛がよだつほど苦悩に満ちた叫び声だ。

アニーにはわかった。彼女の主人と女主人は瀕死《ひんし》か、あるいは、すでに絶命したのだ。

彼女ひとりが残った。

パニックで血が凍りついた。アニーは小屋の真ん中に立ちつくし、息もできず、半分ほど開いた納屋のドアを見つめながら、今にもふりかかる死を思った。話はいろいろ耳にしていたが、一瞬で死ぬことが神の恵みとすら思えることばかりだった。でも、わたしは死にたくない。

煙のにおいがして彼女はわれに返った。

インディアンたちは母屋に火をつけていた。いや、母屋だけではない。納屋の壁の割れ目からも煙が渦を巻くように入りこみ、続いて小さな炎が次々と現われた。

怯えた馬たちがいななき、前脚を振りあげた。牛の親子も鳴いている。

頭に浮かんだ考えは中途はんぱなものだったが、それでも彼女は牛乳のバケツを投げ捨て、まず牛の親子、次いで馬たちを放した。動物たちは本能のままに納屋から外へと走りでた。

これが唯一のチャンスだとアニーは思った。家畜がインディアンの気をそらすように祈りながら、彼女は裏手の窓から脂を塗った羊皮紙を剝ぎ取り、窓枠を乗り越えて雪の積もった地面に飛び降りた。胸を突き破るほど心臓が激しく打っていた。

母屋に近い納屋の反対側からは残忍な勝利の雄叫《おたけ》びが聞こえた。早朝の空に灰色の煙が巻きあがっていく。目の前は雪の荒野。そして、その向こうに黒っぽい森が広がっている。

アニーは勢いよく立ちあがって駆けだした。頭にあるのはただひとつ――生き延びることだった。

大きすぎる木靴のせいで転びそうになった。彼女は靴を蹴り脱ぎ、長いスカートの裾《すそ》をたくしあげ、凍《い》てつく雪の冷たさも感じずに安全な森めがけて裸足《はだし》で走った。やっと森までたどりついたそのとき、一本の矢が頰をかすめた。

見つかった！

悲鳴すら出ないほどの恐怖に取りつかれ、彼女はどこへ向かうのか見当もつかないままやみくもに木のあいだを駆け抜けた。枝が肌にぶつかり、服や髪を引きちぎった。雪の下に隠れた鋭い石や木の枝で足が切れ、つま先に突き刺さり、幾度も転びかけた。森の薄闇が周囲を押し包み、ろくにものも見えなかった。

息切れして肺が苦しい。脚の筋肉が強烈に痛む。傷だらけの足が脈打つ。だが、それでも、彼女は走った。心臓が破裂しそうになるまで駆けた。脚が鉛のように重くなり、息がすすり泣きになるまで走りつづけた。

しかし、彼らは追ってきた。

背後で笑い声が響いた。フランス語と聞き慣れない異教徒の言葉で口々に叫びあう声。彼らはアニーを追いまわし、狩りでもするように追いつめ、それを楽しんでいた。彼らは肉食動物で、彼女は獲物にすぎなかった。

涙が頰を濡らした。恐怖の涙、絶望の涙、憤怒の涙。こんなふうに死ぬなんていや。見知らぬ土地でひとりぼっちで命を落とし、死体は野獣の餌食《えじき》になるなんて。頭のなかで祈りの言葉にすがりついたとき、いきなり足もとから地面が消えたように思えた。

氷ととがった岩場の上を転げ落ち、気がつくと、凍った小川のそばでうつ伏せに倒れ、顔は雪に埋もれていた。一瞬、彼女は呆然《ぼうぜん》とし、息が切れたままほとんど身動きができなかった。

だが、そのとき、聞こえた。誰かの荒い息づかいが。

顔をあげ、険しい土手の上に目をやると、ひとりのインディアンが見えた。男は残忍な笑みで唇をゆがめながら彼女を見おろすと、なにやら理解できない言葉で仲間に向かって叫んだ。

戦慄《せんりつ》がアニーの体内を駆けめぐり、吐き気とともに口のなかが異様に乾いた。男の目が明らかな殺意を告げていた。それも、ひと思いに殺すつもりはない、と。

アニーは寒さと恐怖と痛みで震えていたが、必死に両手両膝をついて体を起こし、男の黒い目を見返した。いつのまにか言葉が口から出ていた。奥歯を嚙みしめて威嚇《いかく》するように言い放った言葉。「死んでたまるもんですか！」

彼女はおぼつかない脚で必死に立ちあがった。決して傷ついた動物みたいに力なく地面に倒れたまま死んだりはしない。

土手の上にさらに四人のインディアンとフランス軍兵士がひとり、姿を現わした。彼女を見つけたインディアンは手斧《ておの》をつかんで急斜面をおりてきた。

ほとんど力は残っていなかったが、それでもアニーは足もとの石を拾い、後ずさりながらチャンスを待った。

だが、男の仲間たちが上から見ていた。彼らは口々に叫んだが、きっと注意しろと言ったのだろう。男は彼女の握りしめた手を見て笑い飛ばした。

その口に真っ向から石が当たり、あざ笑いが血に染まった。

一瞬、男は仰天したようにアニーを見つめると、折れた歯を一本、吐き飛ばした。目が怒りで燃えていた。アニーがたった一歩しか後ろへさがれないうちに男はすばやく距離を詰め、手斧を振りあげた。

天国で家族と再会できるだろうかと思った直後、頭にすさまじい痛みが襲いかかった。

3

犠牲者に近づく長身のアベナキ族をイアンは森の陰から見つめながら、内心、怒りに燃えていた。

転落して体のあちこちに傷を作り、血を流した若い娘は、もつれた金髪を雪まみれにして必死に起きあがろうとしていた。「死んでたまるもんですか!」

耳になじむスコットランド訛《なま》り、女らしい勇気、なんとしても生きたいという強い欲求、それらがイアンの胸の奥を揺さぶった。彼女は祈りの言葉すら口にしない。

勇敢な女だ。

イアンの部隊は野営を撤収してすばやく森を移動し、銃声の響いた場所にたどりついた。ジョゼフ大尉の一隊が脇を固めてくれている。フランス軍とアベナキ族の部隊が近くにいることはわかっていたが、木の精霊のようにいきなり森から現われた娘と、その背後にいるインディアンを見るまで、まさかこれほど間近に迫っているとは思ってもいなかった。

その娘は今は裸足で立ちあがっていた。ぼろぼろになった灰色の服。陽射しのようにまばゆい金髪はすっかり乱れて腰まで垂れている。彼女はかがんで石をつかんだ。

「おい、気をつけろ」アベナキ族のひとりがにやにや笑いながら土手の下の仲間に怒鳴った。「その女、石を持ってるぞ。おまえの分厚い頭蓋骨《ずがいこつ》に一発お見舞いするつもりだぜ」

無意識のうちにイアンはライフルを構え、撃鉄を起こしていた。

モーガンが銃身に手を掛けて引きおろした。「兄貴、正気か？　おれたちが受けた命令はわかってるだろ。ここは見過ごすしかない。あの女にしてやれることはないんだから。さあ、行こう」

偵察任務はいつもそうだが、彼らは秘《ひそ》かに森を移動し、応戦するのは待ち伏せにあったときだけと決まっている。特別な指示がないかぎり、捕虜は取らずに皆殺しにする。途中で戦闘に遭遇しても参戦はしないし、辺境で暮らすイギリス人を保護することもない。隠密行動が第一の目的なのだ。

イアンはウェントワースに従うと約束したし、これまでその約束を守ってきた。だが、イアンにはイアンなりのルールがある。マッキノン・レンジャー部隊は戦利品として頭皮を剝ぐことはしない。軍服を着用しない。聖職者を殺さない。女子供とは戦わない。木立の陰にうずくまったイアンは、ここで若い女を見殺しにするのは自分の手で命を奪うようなものだと思った。

弟からライフルをもぎ取ったそのとき、女がアベナキ族の顔めがけて石を投げつけた。それがもののみごとに命中し、イアンは胸がすくような喜びを覚えた。「ウェントワースがなんだ！　このまま素通りして、あの女が八つ裂きにされるのを許すことはできない」

「おれだって、かわいそうだとは思うさ。でも、あぶなすぎる。部隊を危険にさらすことになるわけだし、そうなったら兄貴はウェントワースから鞭打ちの懲罰を受けるぞ！」

「それならそれでいい」イアンはふたたびライフルを構えたが、手遅れだった。

アナベキ族の男は手斧の背で女のこめかみを殴り、彼女は雪原にくずおれた。

一瞬、イアンの胸に痛烈な後悔がよぎったが、女が死んでいないことにすぐ気づいた。

男は性器を出そうと腰布の下に手を入れたが、女はうめきながらうつ伏せになり、這《は》って逃げようとした。

男はモカシンを履いた足で彼女の背中を押さえつけ、仲間たちも岩だらけの斜面をおりてきた。まさに若い女の肉体をむさぼろうとする獣だった。

イアンの体内で凶暴な血が煮えたぎった。あいつら、皆殺しにしてやる。「モーガン、部下たちを連れて先に行け。目指すは集結地点。ただし、おれを待つな。もし夜明けまでにおれが姿を見せなくても前進しろ。いいな？　おれの身に何が起ころうと任務は達成するんだ。おまえがウェントワースから非難されちゃたまらないからな」

モーガンの顔には信じがたいという表情が浮かんだ。「兄貴の気持ちはわかるよ。あの女にジーニーの面影を見てる。でも、ジーニーは死んだんだ、兄貴。もう助けることはできないんだよ！」

胸に突き刺さるモーガンの言葉をイアンは無視した。グラント家の農場が敵軍の襲撃を受け、男も女も家畜も、命あるものがすべて虐殺されたとき、彼は二百キロも離れたところにいた。戻ったのはジーニーの埋葬から二週間後で、隣には新しい夫の墓もあった。そうとも、今さらジーニーは助けられない。しかし、どこの誰であろうと、あの気の毒な娘を救うことならできる。

息を切らして走ってきたコナーがふたりのそばにしゃがみこんだ。「ここから東へ二キロの地点にフランス軍とアベナキ族約三百人の軍勢がいる。あいつらはその偵察隊なんだ。二キロばかり北の農場が焼き討ちにあって、主人と女房が殺されていた。女房は身重だったってのに。おれたちが不意打ちを食らわないように、ジョゼフ大尉の部隊がフランス軍本隊を見張ってるところだ」

コナーはひと息ついてからまた口を開いた。「いったいこんなところで何をしてるんだ、兄さん?」

モーガンが答えた。「頭がおかしくなっちまったんだ」

イアンは弟たちを無視し、敵の心臓に狙いを定めた。「モーガン、みんなをここから連れだせ。今はおまえが指揮官だ」

「せめておれたちも一緒に戦わせてくれよ! 向こうは六人。いくら兄貴でもひとりじゃ……」

「行けと言ったんだ! これは命令だ、大尉」

「冗談じゃない。こんなの、ばかげてる！」モーガンは悪態をつき、躊躇《ちゆうちよ》を見せたが、やがて命令を守るために音もなく立ち去った。

今度はコナーが喧嘩《けんか》腰になった。「兄さん、理性が吹っ飛んじまったのか？ ウェントワースに糾弾《きゆうだん》されるだろうし、フランス軍の主力部隊をおれたちのほうに呼びこむはめになるんだ。仲間たちが死ぬぞ。結成以来、ずっと兄さんについてきた優秀な部下たちが！」

コナーの言うとおりだった。戦いの音が響き、偵察隊が戻ってこないとなれば、フランス軍がこちらへ向かってくるだろうし、遠くエリザベス砦まで何十キロも森づたいに引き返すイアンの部隊を探し当てるだろう。任務そのものが危うくなる。たかが女ひとりの命にそれだけの危険を冒す価値があるのか？

イアンは背を向けるべきなのだ。命令に従う。女はフランス人とアベナキ族の好きなようにさせればいい。これまで人の死を見てきたし、部下の死も見てきた。任務を果たすためとあれば瀕死の人間を置き去りにしたことだってある。なのに、どうしてこの女を放っておけないのか？

娘は男の足の下から逃れようと暴れ、蹴りつけ、背後からスカートをまくられて悲鳴をあげた。

「愚か者と罵《ののし》ってくれればいい。だが、あの娘を見捨てることができない。これはおれが選んだことだ。おれひとりでやる！ うまくいったらあとで落ち合おう。さあ、行け！」コナーの姿が森の奥に消えたところでイアンは一族の家訓をつぶやいた。

「運命の女神は勇者に味方する」

そして、引き金を絞った。

銃弾はアベナキ族の胸を貫き、もがく女のそばに死体となって崩れ落ちた。

イアンはライフルを捨てると拳銃を抜いて狙いをつけ、その一発でフランス人兵士が倒れた。

次の弾丸を込める時間も不意をつく効果もなくなり、イアンは片手に手斧、片手にナイフを持って雄叫びをあげながら森から飛びだした。

仰天したものの、戦う覚悟はある残った四人のアベナキ族は、一歩も引かずにやはり雄叫びで応じた。

イアンは手斧を投げ、いちばん近くにいたインディアンの胸に突き刺さった。ヒュッと空気を切るような音を聞きつけ、すばやく右によけて棍棒《こんぼう》をかわした。そして、振り向きざま、攻撃してきた男の腹へ深々とナイフの切っ先を沈めた。

雪を踏む音が背後で聞こえたので、ナイフを抜き、くるりと向きを変えて投げたが、そのとき、ライフルの銃声が鳴り響いた。イアンのナイフを肩に、銃弾を喉に受けたアベナキ族の戦士が地面に倒れた。イアンの弟たちが命令に背き、じっと兄を見守っていた証拠だ。あとで尻に強烈な蹴りを入れてやらねば、とイアンは思った。しかし、今はそれどころではない。

残った武器は両刃の大剣だけになり、彼は背中の鞘から引き抜くと、手になじんだ重い剣を構えた。

ひとり残ったアベナキ族はかろうじて戦士に加われるほどの若さで、恐怖をありありと浮かべた顔でイアンとその長い剣を見つめていた。「マック・イン・ノン？」

イアンはアベナキの言葉で答えた。「オホ、マッキノン・ニア」ああ、おれはマッキノンだ。

若き戦士は目を見開き、よみがえった悪霊でも見るように呆然とイアンに視線をはりつけた。一瞬、逃げだしそうだった。だが、彼は顎をあげ、ナイフを強く握りしめると突進してきた。

彼はイアンの剣で胸を貫かれて死んだ。

イアンは剣を引き抜いて若者の革のシャツでぬぐうと、女のほうを振り向いた。

傷つき、恐怖に取り憑《つ》かれた娘は、いつのまにか手近のやぶのなかへ入りこんでいた。野生動物のように身を隠している。殴られたこめかみの傷口からはまだ出血していた。足も血まみれだ。

イアンは剣を持ったまま近づき、やぶのそばに膝をついて手を伸ばした。「さあ、おいで、もう終わったよ」

しかし、娘は彼の手を取るどころか、ますますやぶの奥へと逃げこんだ。「や、やめて！いや！」

イアンは戸惑った。「いいか、おれは君の命を助けたんだ。怖がる必要はない」

そのとき、彼は女の目を見た。瞳孔《どうこう》が開いている。まるで彼の姿すら見えていないような目。こんな表情をした部下たちの目をこれまでにも見たことがあった。この女は傷つき、ショックで呆然とし、寒さに凍えているのだ。

イアンは雪原に剣を突き刺し、背中の荷物をおろすと、クマの毛皮を脱いだ。そして、両膝をついてやぶの奥まで手を伸ばし、女のウエストをつかんで慎重に引き寄せた。彼女を暖めてやらねばならない。でないと、死ぬだろう。

「やめて！」女は絶望と苦悩に満ちた声を張りあげ、意外なほどの力で抵抗した。イアンの腕のなかで蹴り、たたき、身をよじった。

しかし、彼女はけがをしているし、なんといっても女で、イアンよりはるかに小さかった。彼は無理やり毛皮で彼女の体を包みこむと、しっかり抱き寄せ、彼女の耳もとに繰り返しささやいた。「もうだいじょうぶだ。おれは君を傷つけたりしないから」

その言葉がやっと女の心に届いたのだとわかった。彼女の体から力が抜けた。彼女はイアンの胸に頭を沈め、震えながら言った。「と、とても、さ、寒いわ！」

イアンはクマの毛皮をきつく巻きつけてやった。「これで少しは暖まるだろう。逃げ道を探してくるからここで休んでいるといい。おれは遠くには行かないからな」

だが、すでに彼女は気を失っていた。

アニーはとても不思議な夢を見ていた。大きなクマの背に乗っているような感じだった。

恐ろしいクマではなく、彼女を襲う気配もない。それどころか、やわらかな分厚い毛皮で暖めながら、彼女を背負っていつ果てるとも知れない森のなかを延々と進んでいく。

そのクマはときどき、人間の男に変わるようだった。魅力的な顔に凄《すご》みのある青い目の男性が彼女にささやき、水を飲ませ、強烈に痛むこめかみを雪で冷やしてくれる。名前を訊きたかったし、クマについても訊きたい。自分の身に何が起きたのか訊きたかったが、言葉を発することはできそうになかった。

そこで、ただ夢見心地のまま漂っていた。

イアンは背負った女の体を少し動かし、荷物用の負い革を胸のいちばん広いところまで引きおろした。

女が眠りながら泣き声を洩らした。

彼女の背中にまわした負い革にたえず締められて痛むのだろうが、しっかり背負うためにはそうするしかなかった。もしフランス軍部隊に追いつかれたら身を隠すために走ることになる。そんなときに彼女が背中から落ちたら間違いなくふたりとも命はないだろう。

彼は女の脚を支えるために腿の下へ両手を当て、毛皮にきちんと包まれているか確認すると立ちあがり、雪に覆われた丘の斜面をおりた。この日は朝からかなり暖かく、かんじきを履いていてもやわらかくなった雪に足を取られそうだった。彼はまだかんじきを後ろ向きに履いているため、つまずいて女もろとも転落しないように一歩一歩注意して進んだ。

気絶した彼女を襲撃現場のやぶに寝かせ、そのあいだに彼は必要な備品を殺した敵から奪った。火薬、弾薬、余分のナイフと拳銃。そして、女のために革のレギンスと内側に毛皮を張ったモカシン。そのあと、剣とナイフ、手斧をきれいに拭《ふ》き、ライフルと拳銃には弾を込めた。女のふくらはぎにレギンスを巻きつけ、出血して氷のように冷たくなった足に暖かいモカシンを履かせると、森周辺を偵察してすぐに計画を立てた。

まず攻撃者の人数をごまかすために現場一面をかんじきで踏みつけてまわった。さらに、これから進もうとする方向とは反対のほうへ森を駆け抜けた。近くの崖の縁まで行き着くと、最後の一歩は踏まずに片足で立った。そして、木に寄りかかってかんじきを前後逆さまに履き、ここまでの自分の足跡をひとつひとつ注意深く踏みつけながら女のもとへ引き返した。敵がこの足跡をたどり、イアンが崖から落ちたと勘違いしてくれることを願った。あるいは、迷信深い連中であれば、彼が大きな鳥に変身して飛び立ったと信じるかもしれない。

こうして偽装工作をすませたイアンは、負傷した部下を何度も背負ってきたように、女を背中におぶって負い革でしっかり留めつけた。彼の背中の温《ぬく》もりとたっぷりした毛皮に包まれて女の震えはまもなく止まり、深い眠りの底へと落ちたようだった。けがの手当てもしてやりたかったし、特にこめかみの裂傷がひどいのだが、ふたりが生き延びるためにはなによりも敵を出し抜かねばならない。

幸い、女はレンジャー部隊員よりはるかに軽く、イアンの歩みが遅くなることはなかった。むさ苦しい男どもよりずっと魅力的だし、においもいい。なんという名前だろう？　いくつなんだろうか？　顔は若々しく美しいが、体は女らしい曲線があってやわらかいし、あの勇気は子供とは違う強さを物語っていた。

——死んでたまるもんですか！

彼女は目の前に突きつけられた死をにらみ返し、きっぱりと拒んだのだ。一人前の男でも泣いて慈悲を請う者は多いだろうに。

あの果敢な勇気が報われるように全力を尽くしてやろう、とイアンは思った。夜間に移動し、必要とあればずっと背負っていく。おそらくフランス軍本隊はレンジャー部隊のほうを追跡するだろうが、アベナキ族は血の報復を求めるだろう。戦士の一団を送りこみ、彼を捕まえて村へ連行する。息子や夫や父親を亡くした女たちは、その殺害者を拷問することで悲しみを和らげる。しかし、いくら復讐に飢えていても食事や睡眠を後まわしにして追撃に飛んでくるとは思えない。かんじきを使ったイアンの策略が功を奏していれば、たぶん、追っ手より一時間ばかり先行しているはずだった。今夜も明日も歩きづめに歩いてこの差を数時間に延ばしたいとイアンは考えていた。

狩る側には休息の余裕がある。だが、狩られる側にはない。

頭上で一羽の大ガラスが高く伸びたマツの枝から飛び立った。風に乗った翼はほとんど羽音を響かせない。イアンは足を止め、耳を澄ましたが、聞こえるのは鳥のさえずりだけだった。

しかし、アベナキ族はたしかに追ってきている。気配が感じられた。

イアンの心配はこの追っ手だけではなかった。エリザベス砦までまだ三日の行程が残っているうえに、ひとり分の食糧しか携行していないのだ。部隊の食糧の大半は荷造りして橇《そり》で運ぶ。切迫して、狩りをする時間がないときは、荷物に入れているトウモロコシ粉で腹を満たせるが、物資の欠乏には慣れていた。飢えを無視することも、栄養の足りない体で長距離の行軍に耐えることもできる。だが、この若い娘にそれが無理なのは明らかだ。

さらに、レンジャー部隊のことも気がかりだった。ジョージ湖周辺の土地について、彼らは白人だろうとインディアンだろうと誰よりもよく知っている。隊員たちは屈強で、困難に耐える訓練も戦闘の訓練も生き延びる訓練も受けている。だが、数では二対一という劣勢だ。もしフランス軍に側面を包囲され、待ち伏せを受ければ、深刻な被害が出るだろう。しかも、イアンのせいで隊員が死ぬのだ。万一、モーガンやコナーの身に何かあったら……。

イアンは自分の行動についてほぼ一日じゅう考えつづけた。彼はウェントワースの命令に背き、弟や部下、任務を危険にさらした。たったひとりの女のために。砦まで無事にたどりつけたとしても、深刻な運命が待ちかまえているだろう。だが、それでも、自分のしたことを後悔する気にはなれなかった。

——死んでたまるもんですか！

彼女はあれほど必死に生きようとし、激しく抵抗してみずから命を守ろうとした。素知らぬ顔であの場を去り、彼女が強姦《ごうかん》されたあげくに無惨な死を遂げたら、あの悲鳴や叫び声は生涯、彼を苦しめたことだろう。苦しめられるのは今まで彼が殺した男たちの顔だけで充分だった。

ああ、そうとも、追いつめられた彼女を見てジーニーが頭に浮かばなかったと言えば嘘になるだろうし、心のどこかでは常にジーニーを悼み、思いどおりの人生にならなかったことを悲しんでいるのは確かだ。

だからこそこうなった。女は彼を必要としていた。たとえどんな命令を受けていたにせよ、もし背を向けて彼女を陵辱《りょうじょく》と虐殺の被害者にしてしまえば、もはや自分を男とは呼べなくなっていただろう。

彼は丘の下までおり、凍てつく河を渡りきると、背中の痛みを無視して東のジョージ湖を目指した。集結地点で弟たちと落ち合う当初の計画には見切りをつけていた。アベナキ族の一団を彼らのほうへ誘導したくなかったし、フランス軍本隊と遭遇する危険を避けたかった。部下たちのためにも彼自身のためにも単独行動がふさわしいと判断した。

しかし、戦略がないわけではない。彼らレンジャー部隊は去年の十二月、湖が凍ったときにこの河口に細長い小型ボートを四艘《そう》隠しておいたのだ。あれから数カ月がたち、ボートが発見されずに無傷で残っている可能性は低いが、時間と労力をかけてでも確かめる価値はある。夜はボートで移動し、日中は岸辺で休息を取ることがもしできれば、体力の温存につながり、追っ手に残す手がかりも減り、砦まで早くたどりつけるだろう。女にとってもそのほうが楽だ。

もちろん、夜中に湖をボートで渡ることにもそれなりの危険はあるのだが。

4

アニーは痛みで目覚めた。足が焼けつくように痛む。そして、気づいた。彼女のスカートをめくって両脚のふくらはぎを触っている男の手。

とたんに記憶がよみがえった。

手斧を持ったあのインディアン。あいつがわたしを……。

一気に恐怖がわき起こり、アニーはすっかり覚醒《かくせい》した。彼女は悲鳴をあげ、やみくもに蹴りつけたが、踵《かかと》が男の股間を直撃したことに気づいた。

「うぐっ！」男は苦悶《くもん》のうめき声を放った。

アニーは目がまわりそうだったが、必死にこらえて立ちあがろうとした。

しかし、男は力が強く機敏で、ひどく腹を立てていた。一瞬のうちに彼女に覆いかぶさって仰向けに押し倒し、片手で彼女の口をふさいで黙らせた。そして、額を押しつけ、耳もとでささやいた。その声はまだ苦しげだった。「男の股《また》ぐらを蹴るなんて、命を助けてもらった礼にしては風変わりだな！」

それを聞きながらアニーは三つのことに気づいた。まず男のハイランド訛り。彼はインディアンではなかったのだ。次に彼の目の色。山奥の湖のように深い青で、なおかつ、怒りに燃えていた。三つめは彼の体だ。立派なたくましい肉体。その全身が彼女に覆いかぶさり、毛織りの服の上からでさえ強靭さが熱く伝わってくるようだった。アニーは妙な息苦しさを覚えた。

「まったく」男はまたもやうめき、食いしばった歯の隙間から息を洩らした。「たしかに、目を覚ましてみたら見知らぬ男に体を触られていたと誤解しても不思議はないが、しかし、おれには君を辱めようなんて魂胆はこれっぽっちもない。むしろ、なんとか助けようとしてるんだ。君は頭がよさそうだし、もしそうであれば二度と悲鳴をあげたりしないだろう。なにしろ、報復を狙う敵の追っ手が背後に迫ってる。連中をすぐにもここへ呼びたいのでなければ、じっと黙ってることだ。いいか？」

アニーはうなずいたが、まだ心臓がドキドキしていた。

男はゆっくりと彼女を放し、上体を起こしてしゃがみこんだ。「じゃあ、そのまま横になっててくれ。傷の手当てをしてやるから」

彼は大柄でたくましかった。背が高く、体重は彼女の二倍はあるだろう。漆黒の豊かな長い髪を結びもせず、腰のあたりまで垂らしている。衣服は革ズボンと、袖を肘《ひじ》までまくりあげた質素なシャツ。腕や手首には黒い線や幾何学模様など奇妙な柄の入れ墨。首には革ひもで小さな木製の十字架を掛けている。そして、顔は魅力的だが、男らしくもある。黒い頬ひげが伸びた四角い顎。鼻すじはまっすぐだが、明らかに折ったと思われる箇所がわずかに盛りあがっていた。左の眉の上に小さな傷跡があり、そのせいでいささか険悪そうに見える。どこを見ても男そのものといった容貌だが、やけにふっくらした唇と男性にしては妙に長い睫毛《まつげ》が和らいだ印象を加えていた。

そのとき、ふとあるものが目に留まった。大きな両刃の剣。荷物のそばの地面に切っ先を突き立てている。その柄にはハイランドのタータン生地が結びつけてあった。各氏族特有のタータンを誇示するのは違法行為だが、これが彼の正体を物語っている。反逆氏族の一員。ジャコバイトの一派。野蛮人。アニーの背すじに悪寒が走った。「あ、あなた、マッキノン一族ね」

抑えるひまもなく言葉が口から飛びだした。

男は目にかすかな炎をのぞかせて彼女をちらりと見た。「もしそれが気に入らないというなら、次に誰かが助けに現われるまでここでひとり待ってもらうしかないな」

そんな助けが現われないことは言われるまでもなくわかっていた。アニーは口調を和らげようと努めた。「た、助けていただいて感謝してます」

彼女はゆっくりと起きあがったが、頭がズキズキと痛んだ。彼女の視線は男の両腕の奇妙な入れ墨に注がれた。そうよ、この男は野蛮人だわ。お父さまや兄弟たちを殺した連中と同じなのよ。

こんな男、信用してはいけないわ。

でも、信用するしかない。

彼女の命はこの男にかかっているのだ。

彼は小さな陶器の壺《つぼ》に指を入れて何かねっとりしたものをすくい取ると、彼女の右の足首の切り傷にこすりつけた。強烈にしみた。

アニーはあまりの痛みにあえぎ声を洩らし、男の手を払いのけようとした。「何をするつもりなの?」

男は彼女の手首をつかみ、さらに別の傷口へ塗った。「これは化膿《かのう》止めの軟膏《なんこう》だ」

「でも、痛い! すごくしみるのよ! いったい中身はなんなの?」

男はにやりと笑った。「さあね。マッヘコンネオク族の婆さんたちが作る薬だ。たとえあの婆さんたちから秘伝の内容を聞きだそうとしても、おまえはただの男なんだから、あれこれ訊かないで肉をたくさん獲《と》ってこいと言われるのがおちさ」

マッヘコ……男の発した言葉は実に不可解だった。喉の奥に詰まって当然なのに、すんなり出てくる不思議な響き。「あなた、インディアンに友達がいるの?」

「ああ、おれも弟たちも、この土地に来たときからマッヘコンネオク族とは友達づきあいをしてきた。彼らから多くを学び、共に生き、共に戦った。さてと、おれが続けようか? それとも、自分で塗るかい?」

焼き印! あれをもう見られてしまったかしら?

アニーはすばやくスカートの裾を膝まで引きおろした。「わ、わたしが自分でやります」

男は軟膏の壺を彼女の手に押しつけると、立ちあがった。「どんな小さな傷でもひとつ残らずそれを塗れよ。これから先、長い道のりが待ってるんだからな。熱を出して倒れられちゃ困るんだ」

アニーは軟膏のにおいを嗅《か》いだ。この奇妙な化膿止めにしても、それをくれた男にしても、はたして信頼していいものかどうかわからなかった。軟膏は松ヤニに似たにおいがした。長い道のりとはどういう意味かと男に訊こうとしたやさき、彼女は自分の足に目を留めた。青黒く腫《は》れあがり、引っかき傷や深い切り傷だらけになった足。ふくらはぎやすねも浅い傷や痣に覆われていたが、足先ほどひどくはなかった。まるでガラスの破片の上を走り抜けたようなありさまだ。

そのとき、自分の身にふりかかった出来事が一気によみがえり、音や映像となって彼女の心を埋め尽くした。苦悩に満ちた悲鳴。森へ逃げたこと。土手を転げ落ちたこと。淫《みだ》らな目つきであざ笑う男。石。振りあげられた手斧。

アニーは左のこめかみに手をやり、痛みにたじろいだ。指先に何か粘っこいものを感じる。手を見ると血が付いていた。「まあ、どうしましょう……」

周囲の森が回転しはじめた。胃がむかむかする。全身が激しく震えた。

彼女は必死に息を吸いこむと、痛む足でふらつきながら立ちあがり、手近の木立へ行こうとした。

どこからともなくたくましい腕が伸びてきて彼女を地面へ引き戻した。「いったいどこへ行く気なんだ?」

「お願い! 吐きそうなの!」胃袋が痙攣《けいれん》している。

「だったら、ここで吐けばいい。こんな体で走れるわけがないんだ」

もはや彼女に猶予はなく、胃のなかにあった乏しい中身を雪の上に吐き、男が長い髪を後ろで押さえてくれていた。嘔吐《おうと》が治まると、震えと虚脱感に襲われ、同時に恥ずかしさを感じた。

だが、思いだしたのだ。あの銃声。彼女をレイプしようとした男がすぐそばに倒れたこと。戦いの音、瀕死の声。剣を持った男。

そうよ、この人がわたしの命を救ってくれた。

彼女は深く息を吸い、体を落ちつけようとした。「ほかの……母屋にいたほかの人たちは? みんな……し、死んだの?」

「ああ。本当に君には気の毒だが」その声は低く穏やかだった。

アニーは主人であるホーズ夫妻になんの愛着もなかったが、あのような悲惨な最期を遂げたことや、奥さまのお腹にいた罪もない赤ん坊を思いやると、自然に涙があふれ、後ろめたい気持ちがわき起こってきた。「わたしは納屋にいたんです。ふたりの叫び声が聞こえて、それで……それで、わたしは逃げた。ふたりを助けに行くべきだったのに。そばにいなければいけなかったのに」

「そんなことをしたら君も殺されていた。生き延びようとしたからといって何も恥じることはない」

アニーはかぶりを振り、頰に涙が流れ落ちた。「わたしは怖かった。ひとり逃げてしまった。あのふたりを見殺しにしたんです」

「自分を責める必要なんてまったくないさ。君ほど勇敢な女性を見たことはないくらいだ。いざとなったら男も顔負けの勇気で戦ったんだから」彼の言葉は慰めと安らぎに満ちていた。

「あの……ふたりを見つけたんですか？　埋めてくださったの？」

「部下たちが見つけたが、埋葬してる時間はなかった。残念ながらね」

信じがたい思いと怒りでアニーは男をにらみつけた。「あのまま放置して動物の餌《えさ》にするなんてできません。文明人のやることじゃないし、無慈悲な行ないだわ！」

男が辛辣《しんらつ》な笑い声を放った。「ここは文明とかけ離れた未開の土地なんだよ」

良心の呵責と激情に突き動かされてアニーは立ちあがろうとした。「戻らなければ！　それがわたしの務めだから」

男の顎の筋肉がこわばった。彼はアニーの両腕をつかんで軽く揺すった。「今の君の務めは生き延びることだ！　身内のためにできるのは彼らの冥福《めいふく》を祈ることだけなんだよ。だいいち、亡骸のあるところから優に一日分の距離は歩いたし、アベナキ族の戦士がおれたちの血を求めて追ってきてるんだからな」

身内？　この人はホーズ夫妻をわたしの身内と思ってるの？　アニーはあやうく笑いそうになった。

だが、やがて少しずつ事実が呑みこめてきた。

彼女が仕えた主人は死んだ。彼女の年季奉公の証文も母屋と共に燃え尽きたことだろう。彼女が罪人だということを知る者は周辺にはいないし、十四年の年季奉公に縛られた身だということも誰も知らない。彼女をホーズの使用人として登録した判事、彼女をアメリカへ連れてきた船長や同じ船で送られた囚人しか知らないのだ。だが、それらの人びとはごくわずかで、この広大な大陸に散ったか、または、遠く離れている。

わたしは自由なのだ。

そう気づいてアニーは呆然とした。

こんなにあっけなく自由になれるものなの？　この森から出て新しい生活を始めればいいだけ？　無理やり奪われた未来の、少なくともその一部だけでも取り返せるのかしら？　伯父に陥れられた悲惨な人生から逃げられるの？

「君の名前は？」

アニーは物思いにふけっていたため、男に訊かれてハッとわれに返った。彼女はいったん開きかけた口を閉じた。もはやわたしはレディー・アン・バーネス・キャンベルでもなければ、アニー・キャンベルと名乗ることもできないのだ。「アニー・バーンズです」

恥ずかしさで胸が詰まった。今まで一度もこんな嘘はついたことがないのに。しかし、もっとひどい嘘、重大な不正行為を正すためとあれば、この程度の嘘がそれほど大きな罪になるのだろうか？　奪われた自由を取り戻すために多少の偽りは許されるだろうか？　彼女にはわからなかった。

「近くに家族はいるのかい？　ご主人とか兄弟とか？」

「いいえ。あのふたりが……ほかにはもう誰も」アニーは目を閉じた。自分の返答にわれながら気分が悪くなった。わたしは嘘をついているのだし、この人に同情される資格はないのに。

「君が苦しむことになって残念だ」男がゲール語で話しかけた。

母国語の心地よい響きにアニーは喉が熱くなり、新たな涙が目にあふれた。彼女は胸の内の葛藤《かっとう》を懸命に抑えこんだ。一瞬、ふたりは無言ですわっていた。

「おれはイアン・マッキノンだ、ミス・バーンズ。君が自分で傷の手当てをするなら、おれはボートの準備をしてこよう。そろそろ陽が沈むし、あまりにもここで時間を食いすぎたからな」彼はあたりに警戒の視線を投げてから立ちあがり、木立のなかへと向かった。

「わたしたち、どこへ行くんですか？」アニーは涙をぬぐい、過去ではなくこれから先の日々について考えようとした。初めて周囲に目を向けると、森のなかの小さな空き地にいることがわかった。左側の木立の奥には湖らしきものが透けて見えたが、ボートはどこにもなかった。

「エリザベス砦だ。ここから二、三日かけた厳しい旅になる。どんな事態がふりかかってくるか、それ次第だがな」彼は地面が盛りあがったところまで行き、何かを掘るように雪を押しのけはじめた。「なるべくボートで時間を稼ごう。そのほうが君にとっても楽だろうし。その足ですぐ歩きたくはないだろう?」

アニーは疼く良心を静めつつ、傷の手当てに集中しようとした。軟膏を指に取ると、左のすねにできた特に深い引っかき傷へ塗りつけた。強烈な痛みに息を呑み、うめき声を噛み殺した。傷口にしみた痛みは少しずつ薄らぎ、ヒリヒリする程度におさまった。彼女はさらに軟膏を取り、息を詰めて別の傷口に塗った。しみることがわかってしまうと我慢しやすくなった。

彼女は会話で痛みから気をそらそうと、歯を食いしばりながら質問した。「今朝はどうやってわたしを見つけてくださったの? 近くにあなたの農場があるの?」

彼は取り払った下草や枝を放り投げているところで、その下から湿った黒い土が現われていた。「君のほうがおれを見つけたと言うべきだろうな」

答えを濁すつもりらしいとアニーは感じた。「ここはどのあたりなんですか?」

「タイコンデロガの南にあるジョージ湖の東岸だ」

そう言われてもアニーにはピンと来なかった。「どうやってここまで?」

「君を背負って歩いてきたんだよ」

アニーは愕然《がくぜん》として彼を見つめた。「ここまでずっと?」

「君はそれほど重くないからね。大の男をかついで、はるかに長い距離を歩いたことは何度もあるし」

この男がやってくれたことにアニーは驚嘆した。あの場に五人のインディアンとフランス人がひとりいたことまでは記憶にある。彼らを相手に不利な戦いに挑んでアニーの命を救っただけでなく、彼女を背負って森のなかを延々歩いてきたとは。

脳裏にあの夢が思い浮かんだ。あのクマ。

彼女は軟膏の壺をそばに置き、スカートを足もとまでおろして男を見あげた。「マッキノンさま、あの……あなたを蹴ったりして申しわけありませんでした」

彼はかがんで汚れたロープのようなものをつかんだが、アニーに顔を向けもしなかった。「もういいさ。だが、二度とするなよ。男として使い物にならない人生を送るつもりはないんだ」

あからさまな物言いにアニーの頬が赤くなった。「つまり、わたしが言おうとしているのは……いったい何をなさっているんですか？」

「ボートの準備だ」彼は盛り土の下に延びていると思われるロープを引っ張った。すると、盛り土が動いた。それは盛り土ではなく、土に覆われた帆布だった。そして、その帆布の下から四艘の小さなボートが姿を見せた。シーダー材のボートが裏返しに並んでいた。

マッキノンは船体の隅々まで点検するように手で触ると、一艘を横倒しに引き起こしてから慎重に表に返し、ボートの内側を調べはじめた。三対のオールが腰掛け板にしっかり縄で固定されていた。彼のボートなのかとアニーが訊こうとしたとき、舳先《へさき》に書かれた〝マッキノン少佐〟という文字が目に入った。

彼女はあらためてマッキノンを見あげ、彼の言葉を思いだした。

——部下たちが見つけた。

この人、軍の指揮官か何かなのかしら？ だとしたら、あれだけの敵と戦って倒したのも納得がいく。でも、軍服は？ それに、部下はどこにいるの？

彼の返事を聞いて初めてアニーは自分がこれらの疑問を口に出していたことに気づいた。

「おれはイアン・マッキノン少佐。マッキノン・レンジャー部隊の隊長だ。われわれは各人が適当と判断した場合を除き、軍服は着用しない。部下たちは……」彼の視線がアニーの背後の暗い森へと流れた。「みんな、帰還するためにどこかで戦ってるだろう」

アニーはマッキノンを見つめた。初めてこの男を見ているような気分だった。「あなた、レンジャー部隊の人なんですか？」

「ああ」べつに誇らしく思っている様子はなかった。

もちろん、レンジャー部隊についてはアニーも聞いていた。ホーズだんなさまがたびたび彼らの話を持ちだし、ロバート・ロジャーズ（レンジャー部隊を編成し、フレンチ・インディアン戦争で活躍）や多くのレンジャー部隊がいなかったら、とっくにこの戦争で負けているだろう、と奥さまに力説していたものだ。彼の話しぶりではまるでレンジャー部隊は無敵のようだった。大げさに誇張しているだけにすぎないとアニーは思ったが、マッキノン少佐という人物を実際に見て、今日、彼女のためにやってくれたことを思い返すと、あの話は真実だったのかもしれないと思いはじめた。

「国王陛下のレンジャー部隊の一員に加わるのは大変な名誉だと聞いています」

いきなりマッキノンが顔をあげ、アニーをにらみつけた。その眼差しは突き刺すように鋭かった。「おれはイギリスのために戦ってるわけじゃないし、あのハノーヴァー家の男はおれの王じゃない」

アニーは唖然としてただ彼を見つめるしかなかった。反逆的な言葉にも辛辣な口調にも、まるで横っ面を張られたように衝撃を覚えた。自分の命は彼にかかっているという自覚だけはあったので、口を閉ざしていることができた。彼の視線を感じたアニーは必死に驚きを隠し、無関係な質問を投げかけた。「ど、どうして部下の方々と一緒じゃないんですか？」

マッキノンの目にその答えが表われていた。

部下と一緒でないのは彼女のせいなのだ。

イアンは泥の上を押してボートを湖に出した。湖面にはまだ薄く氷が張っていたが、重く頑丈な船体はたやすく氷を割って進んだ。最後のひと押しでボートは水に浮かんだ。

彼はもやい綱をしっかり握って近くの木に結びつけると、オール二対を布で包み、なおかつ、一本のオールを舷縁《ガンネル》に装着する作業に取りかかった。残った一本は船底に置いた。準備が整うと、彼は荷物を取りに戻った。そろそろここから出発しなければ。長居しすぎた。もしアベナキ族が追跡してきているなら、そう遠く離れてはいないだろう。

幸いにも女は意識を取り戻した。二度と目を覚まさないのではないかと数時間前には思ったくらいだ。今では質問をするほど頭がはっきりしている。勘に障る質問もいくつかあったが。

イギリスとそれを統治するドイツ出身の国王を彼が拒絶したとき、女の顔によぎった怒りの表情を彼は見逃さなかった。彼女はバーンズと名乗った。イアンはハイランドの小氏族に関する知識を思いだそうとした。彼女の話しかたはハイランド人のそれだし、彼がゲール語を話したときに彼女は明らかに理解していた。しかし、氏族について勉強してから長い年月が過ぎ去った。ひょっとして、可憐《かれん》な国王支持者をかかえこんでしまったのだろうか?

イアンはこのいささか腹立たしい可能性に注意を向け、彼女の愛らしさは考えないようにした。絹のような金髪に気持ちをそらされるわけにはいかなかった。頬骨の高いハート形の顔にも。明るい薄緑色の瞳や影を落としそうなほど長い睫毛にも。透きとおるように白くやわらかな肌にも。ふっくらと盛りあがった胸にも。愛らしいバラ色の唇にも。もしそういったものに気を奪われたら、いずれ命を落とすことになるだろう。

だいいち、ここからエリザベス砦までまだまだ先は長い。その間ずっと欲情をためこんでいたのでは身が持たない。

戻ってみると、彼女はクマの毛皮にくるまって空き地にぽつんとすわっていた。大きすぎる毛皮にすっぽり包みこまれた彼女は、小さく無力に見えた。周囲の木立へしきりに目を向ける様子から、迫りくる夜の闇に怯えていることがわかる。だが、けなげにも声ひとつ洩らしていない。

彼女がイアンに気づいた。その顔に安堵《あんど》と警戒心が交錯した。

この女はまだおれを信用していないのだ。

わからないでもないが、こうして露骨に気づかされると腹が立つ。命を助けただけではこちらの誠意は伝わらないのか？

イアンはいらだちをひとまず抑え、彼女のそばに膝をついて荷物をまとめた。「レギンスとモカシンを履くんだ。必要だからな。軟膏は塗り終わったか？」

彼女はレギンスと格闘し、なんとかスカートを持ちあげずにはこうとしているようだが、さすがに不可能だった。「はい」と彼女は答えた。

「いや、ひとつ忘れてるな」イアンは革製の水筒を取って自分のネッカチーフに少量の水を垂らした。そして、彼女のこめかみに押し当てた。

アニーはたじろいだ。

「じっとしてろ」イアンは彼女の顔と髪の生えぎわにこびりついた血糊を注意深く洗い落とした。だが、手斧を受けた皮膚はぱっくりと裂け、まだ血がしみだしていた。縫合が必要だった。「これは縫わないとまずいな」

「な、なんですって？」アニーは目を大きく見開いた。

「手早くやるよ。これまで何度もやってるからだいじょうぶだ」イアンは荷物をあさって針と糸を用意した。

「やめて！　あなたが縫うなんてだめよ」アニーはイアンが手にした針を見つめた。

「怖いのか？」

アニーは毅然と顎を持ちあげた。「いいえ。でも、あなたは医者じゃないわ」

「砦にたどりつくころには傷口がふさがって、医者でもきれいに縫えなくなるぞ」彼はラム酒の入ったフラスクを渡した。「これを飲むといい。元気が出る」

アニーはイアンをにらみつけながらフラスクを受け取り、コルク栓を抜いて一気に飲んだが、とたんに咳きこんであえいだ。「の、喉が！」

イアンは笑い声を押し殺した。「さあ、おれの膝に頭をのせるんだ」

アニーは険しい目つきでにらんだが、言われたとおりにした。「わたし、怖くありませんから」

不意にイアンは手がものすごく不器用になったような気がした。ごつい毛むくじゃらの顔をした臭い男たちの縫合には慣れているが、愛らしい若い女の白い柔肌にはまったく慣れていないのだ。彼はアニーの頭を横に向け、針を刺して皮膚に通した。

彼女の口からシュッと息が洩れたが、声は出さなかった。

彼は縫った糸をきつく引いて結んだが、またもやあえぎ声が聞こえた。彼女を殴ったあの冷血漢をもう一度殺してやりたいと、イアンはいつしか思っていた。今度はたっぷり時間をかけてなぶり殺しにしてやりたい、と。「なるべく痛くないようにしたいんだが」

「いえ……だいじょうぶです」

イアンは縫合する相手がレンジャー部隊の無骨者であればいいのにと思いつつ、できるだけ手際よく処置を進めた。だが、アニーは時折あえぐほかは声をたてなかった。「よし、終わった。でも、今度はあの軟膏を塗らなきゃならない」

アニーはうなずいた。額が汗で濡れ、顔は蒼白だった。

イアンは針と糸をしまい、小さな壺を出して軟膏を指ですくい取った。「さあ、おれのこっちの手を握れ」

アニーはためらった。やがて、冷えきった華奢な指がイアンの指にからまった。

イアンの体に熱いものがしみこんだ。彼はそのなめらかな手を親指で撫でずにはいられなかった。「いいかい？」

彼女はうなずいた。

縫合した傷口に彼は手早く軟膏を塗りつけ、皮膚に浸透させた。

アニーは泣きそうな声を出し、唇を噛み、彼の手を握りしめたが、やがて目を閉じたままじっと横たわった。

イアンは彼女の頬を撫でてやりたい衝動をこらえた。「これで処置は完了だ、ミス・バーンズ」

「あ、ありがとう。でも、なんだか……あまり気分が……よくないわ」

それはイアンも同じだった。肺の空気が空っぽになったような感じだった。彼はアニーに手を貸してすわらせると、自分は立ちあがった。「ボートに荷物を積みこんでくる。戻るまでにでかける用意をしておいてくれ」

イアンは武器を点検し、荷物をまとめてボートへと運びながら、アニーの面影を頭から消そうとした。すでに太陽は沈み、西の水平線にかすかな赤い光だけを残している。今夜の月は新月に近く、敵の姿を見つけるのはむずかしいだろう。幸いなことに、その闇のおかげで敵側もふたりを見つけるのはむずかしいはずだ。

彼は足早に狭い空き地まで戻ろうとした。残った三艘のボートを破壊したら出発だ。数メートル進んだとき、空き地から五百メートルばかり北の林からやかましい大ガラスの鳴き声が響いてきた。そして、次の瞬間、森全体が静まりかえった。

アベナキ族だ。

彼は走った。

5

アニーは恐る恐るこめかみの傷に手を触れた。傷口は小さく等間隔に縫われていた。きれいな縫い目と言ってもおかしくない。今まで経験した最悪の痛みでなかったことは確かだ。真っ赤に燃えた焼きごてをやわらかな肌に押しつけられ、肉を焼かれるすさまじい激痛にまさるものなどありえない。

マッキノンは野蛮人かもしれないが、彼女に苦痛を与えないようにずいぶん気を使ってくれたようだ。手まで握ってくれた。あの大きな手。すっぽり包みこまれて、自分の手がやけに小さく感じられた。大きいけれど、妙に優しい手。節くれ立った親指で撫でていた。もちろん、彼女の痛みを少しでも和らげようとしただけだ。しかし、ああやってただ触れられただけなのに、あの指の動きをひどく意識せずにはいられなかった。

あの男はマッキノン一族なのよ、アニー。それを忘れてはだめ。

しかし、アニーは戸惑い、気持ちが落ちつかなかった。彼は大柄で荒っぽく、剣で生きる男だ。でも、彼女の命を助け、優しさを示し、思いやりすら見せてくれた。彼はレンジャー部隊の隊長として戦っている。しかし、反逆者の言葉を口にする。恐ろしいと思う部分もあるが、でも……惹《ひ》かれる部分もあった。

――おれはイギリスのために戦ってるわけじゃないし、あのハノーヴァー家の男はおれの王じゃない。

彼のような男たちが国王に敵対したのだ。彼のような男たちが戦争を引き起こし、イギリスに殺戮《さつりく》をもたらした。彼のような男たちが彼女の父と兄弟を殺し、冷たい地面に横たわる屍《しかばね》に変えた。

彼のような男たち。でも、彼ではない。

あの当時、アニーと同様、彼もほんの子供だったわけだし。

何をどう考えていいのかわからなかったので、彼女は革製のレギンスに脚を入れた。インディアンの女はこういうものを身に着けるのか？　なんて奇妙なはきものかしら。だが、今朝、もしこれをはいていたら脚が引っかき傷や切り傷だらけにはならなかっただろう、とふと思いついた。

ちょうどモカシンを履き終えたとき、銃を抜いたマッキノンが空き地に駆けこんできた。

「走れ！　ボートまで！　早く！」

胸がどきんとしてアニーは飛びあがったが、足と頭の痛みがひどくて四つん這いになり、意識を失うまいと必死にめまいをこらえた。

銃声と大砲のような轟音《ごうおん》が聞こえ、彼女は悲鳴をあげた。顔をあげると、ついさっきまでボートだったものから炎と煙が立ちのぼっていた。木片があたりに降りそそいだ。

「行け、アニー!」マッキノン少佐は最後に残ったボートの覆いめがけて何かを投げ、拳銃の狙いをつけて引き金を引いた。

またもや爆音と木片の雨。

そのとき、アニーの後ろから耳慣れた恐ろしい音が聞こえた。

インディアン戦士の雄叫び。

彼女は無理やり立ちあがり、激痛に耐えて二歩、歩いたが、そこで体が地面から浮きあがるのを感じた。彼女は少佐の首に両腕を巻きつけて息を詰め、彼は湖へと木立のなかを駆け抜けた。

湖面で静かに揺れるボートが薄闇の向こうに見えた。

イアンは水辺まで駆けこんでアニーをボートにおろすと、もやい綱を解くために引き返しながら、「漕《こ》げ!」と叫んだ。

アニーは腰かけ板を乗り越えてオールをつかみ、湖に先端を落として引いた。しかし、ボートは反対側に動いて岸にぶつかった。「まあ、どうしましょう!」

「おい、何を……!」イアンはもやい綱をボートに投げ入れ、肩を舳先に当てて湖へ押し戻し、腰まで水に浸かって走った。「漕げ! そっち側だぞ」

アニーは狼狽のあまり吐き気すら感じながら先ほどとは反対にオールを動かすと、船体が湖岸から離れた。彼女はありったけの力で漕いだ。

　イアンが飛び乗った。「伏せろ。おれの後ろに！」

　彼女はオールを放して船底に突っ伏した。イアンが力強く水をかくたびに船体が揺れた。どれくらい岸から離れたのか見当もつかなかったが、突然、銃声がとどろき、板材に食いこむ鉛弾の鈍い音が響いた。アニーは悲鳴を押し殺し、船が沈みませんようにと祈った。

　イアンの悪態が聞こえ、顔をあげてみると、彼のシャツの袖が血で赤く染まっていた。それでも彼は漕ぎつづけていた。背中や肩の筋肉が大きく張りつめ、ボートは湖面を進んでいく。

「けがはしなかったかい？」彼はぐいぐいと漕ぎながら肩ごしに振り返ってアニーに目を向けた。

「いいえ」彼女は血に濡れた彼の腕を見た。「でも、あなたこそ撃たれてるわ！」

「なんでもないさ。ただのかすり傷だ。朝まで保《も》つ。そのまま頭をさげてろよ」

　一瞬、水面をかき分けるオールの音のほかには何も聞こえなかった。

　またもや銃声が響いたが、すでに遠く離れた感じだった。

　やがて、湖岸から低い叫び声が聞こえてきた。「マック・イン・ノン！　サーバ、マック・イン・ノン！」

　暮れなずむ夕闇ごしに数人の人影が見て取れた。今朝、アニーが遭遇した男たちと同じインディアンで、フリントロック式銃を手に岸辺からふたりを見つめている。

今日二度も死に神の粘っこい手がアニーに届こうとした。そして、二度ともその手から逃れられた。ただし、この少佐のおかげで。

「なあ、ミス・バーンズ。これまでにボートを漕いだことはないのかい？」

「いいえ、ありません、少佐。申しわけ……」

「その呼びかたはやめてくれ」

「正しい敬称ではないんですか？」

「マッキノンでもマックでもイアンでも、とにかく好きに呼んでくれていいが、〝少佐〟はだめだ」

「はい……イアン」彼を洗礼名で呼ぶのはなんとなく気が引けた。「では、わたしはアニーと呼んでください」しかし、すでにそう呼ばれていたことに気づいた。

「銃に弾を込めたり撃ったりできるか、アニー？」

「いいえ」ほかにもまだあった。湖に出ている以上、彼には教えておくべきだと思った。

「それに、わたし、泳げません」

イアンの口からふたたび悪態が洩れた。「この土地へ来てまだそう長くはないようだな」

アニーはわけもなく恥ずかしさを覚えた。銃を撃つこともボートを漕ぐことも、あるいは、クマと戦うことも学ばなかったのは彼女の責任ではない。そんなものを必要としない人生を送ってきたのだから。「三ヵ月です」

イアンは露骨に鼻を鳴らした。「君の修業は明日から始めるぞ。今は少し寝るといい」

だが、彼女は尋ねずにはいられなかった。「岸辺にいたインディアン、あなたになんて叫んだんですか?」

短い無言ののち、彼は答えた。「明日こそおれを見つけるぞ、ってやつらの言葉で言ったんだ」

アニーの背すじに冷たい悪寒が走った。

イアンはリズミカルにオールを動かしながら、足もとに横たわり、疲れ果てて眠っている女をながめた。そろそろ夜明けで、もうすぐ起こさねばならない。だが、まだいいだろう。穏やかな寝顔だが、彼女が戦慄の体験を生き延びたことは充分すぎるほど表われている。黒ずんだ片方の目。腫れあがり、ひどい痣ができたこめかみ。縫い合わせて皺が寄った皮膚。この傷跡は残るだろう。きれいに消す手立てはない。

イアンの胸に少しずつ熱い怒りがふくれあがった。女子供を攻撃の対象にするなんて、最悪の罪だ。無垢《むく》な心を打ち砕き、幼い命を無惨にたたきつぶすのは男のやることではない。

アニーが寝返りを打ち、顔を横へ向けたひょうしに首の白い肌があらわになった。クマの毛皮がはだけ、やわらかく盛りあがった乳房の片方がのぞいた。

イアンは拳をみぞおちに食らったような衝撃を覚えた。

抑えきれない情欲。

彼女が意識を取り戻して以来、ずっと無視しようとしてきた。しかし、闇に包まれて彼ひとりしかいない今ここでおのれの赤裸々な欲望を否定しても無駄だった。この女が欲しい。オールをしまって彼女を腕に抱きしめ、目を覚ますまで口づけしたい。そのあと、なめらかな肌を味わい、豊かな乳房の重みを両手に感じ、熱く締まった彼女のなかに彼自身をうずめ、ふたりそろって耐えられなくなるほどの歓喜の極みへと導く。

彼女はまだ未経験だろうか？　たびたびスカートで脚を隠そうとしていた仕種からすれば、おそらくそうだろう。処女であろうとなかろうと大したことではないが、彼女にセックスの手ほどきをするという考えが気に入った。彼女の乳首を吸う最初の男、彼女の奥深くを突きあげる最初の男、彼女に絶頂の叫びをあげさせる最初の男。

痣があろうと傷があろうと彼女ほど美しい女にはめったに会ったことがない。だが、ただ美しいだけではないのだ。彼女はどこかが違う。ひとり際立つ特徴がある。彼女は勇敢だ。強靭だ。聡明《そうめい》だ。たとえ、攻撃されるボートを漕げなくても、泳げなくても、武器に弾薬を込められなくてもかまうものか。

彼女は悪態のつきかたもよくわかっていない。レンジャー部隊のキャンプにしばらくいれば間違いなく直るだろうが。

――まあ、どうしましょう！

なんてのんきな悪態だろうか。無慈悲なアベナキ族が相手ではどうしようもないだろう。

本当にあぶなかった。間一髪だった。虫の知らせがあったのだから傷の縫合は後まわしにしてすぐ出発すべきだったのに。朝になってからでもよかった。しかし、つい彼女に心を奪われ、あの瞳に夢中になってしまった。あげく、ふたりそろってあやうく命を落とすところだった。

いったいおれはどうなってしまったんだ？　この女を初めて見て以来、命令に背き、部下たちを見捨て、任務を危うくし、追ってきているとわかっていながらその戦士の一団を間近に引き寄せる愚を犯した。

たぶん、あまりに長く女から遠ざかっていたせいだろう。

弟たちとストックブリッジを訪ねたのはもう二カ月も前だ。ストックブリッジではマッヘコンネオク族の娘たちが喜んで彼らをベッドに迎え入れてくれる。お互いなんの恥じらいもなく快楽を交換した。あのピューリタンの宣教師ジョナサン・エドワーズが退屈な説教にいくら熱弁を振るったところで、この手のことになるとマッヘコンネオク族に羞恥《しゅうち》心という概念は通じなかった。寒い冬の夜を過ごすには楽しい方法、それだけだ。

イアンが初めてセックスの味を知ったのは、ジョゼフの姉レベッカ・アウパウテウンクの手ほどきを受けたときだった。十七歳だった。彼女は少なくとも二十五にはなっていて、そのテクニックは彼の少年っぽい空想を超えていた。弟のジョゼフから追跡や戦闘について学んだように、レベッカからは女を喜ばせる方法を教わった。それ以来、彼をベッドに誘いたがるマッヘコンネオク族の女は常にいたし、ジーニーに求婚していた時期を除けば彼のほうも喜んで応じた。

この戦争に拘束されていなければ、ストックブリッジにいる黒い目の女たちの誰かを妻に迎えていたかもしれない。だが、女に与えられるものは何もなかった。家も、名前すらも。

ウェントワースの策略にはまり、絞首台と引き替えにこの凄惨《せいさん》な戦いへと送りこまれてからというもの、マッキノンという名前には暗い影がつきまとうようになったし、放置された農場は荒れ果ててしまった。かつてトウモロコシが実っていた畑は今や低木や若木に占領されている。家畜はイギリス軍の食糧としてとっくの昔に売り払い、食料貯蔵室は空っぽになった。去年の夏、母屋と納屋が敵軍に焼かれたのでいずれ建て直さねばならない。ウェントワースから休暇がもらえるたびに兄弟で力を合わせるのだが、以前のような豊かな農園を再現するにはこれから何年もの努力が必要だろう。

あの農場が息子たちの手でマッキノン氏族の新たな故国になることを父は夢見ていた。だが、農園は衰退し、マッキノンの名前にまで泥を塗るはめになった。

女に与えられるものは何もないのだ。

イアンはふたたびアニーに目をやり、この女にはどんな人生が待ち受けているのだろうと思った。家族は殺され、家は破壊された。彼女はどこへ行くのか？　誰に養ってもらうのか？　誰に守ってもらうのか？

ひとつだけ断言できるのは、それが自分ではないということだった。

だからこそ、ズボンのひもはきっちり締めて、決して手を出すんだじゃないぞ、いいな、イアン。

彼は振り向いて東の水平線を見た。ほんのかすかに白んでいる。

もう夜が明ける。

彼はオールを引き入れ、アニーのそばにすわって抱き寄せた。

アニーは疲れきっていた。誰かが起こそうとしている。しかし、全身が痛み、どうしてもこのまま寝ていたい。彼女は闇と夢のなかへさらに身を沈めた。

それはいい夢だった。彼女は男が彼女に口づけしている。張りのある温かい唇。最初は優しいキスで、彼女を焦らすように唇に何度も軽く触れた。やがて、口と口を合わせ、彼女を引き寄せた。

アニーの唇がちりちりと疼き、いつのまにか自分から口づけを返していた。男の唇をさらに求めて体を寄せた。

「ああ、アニー。絶対に君の口づけは甘いと思ってたよ」

男はあのハイランド人だった。マッキノン少佐。イアンだ。彼がわたしにキスをしている。わたしもこの口づけが続けばいいと思っている。ただの夢なのだから。

ふたたび彼の唇がアニーの口をふさぎ、舌が彼女の唇のラインをなぞると、押し開いてさらになかへ……。

アニーが不意に目を開けた。舌と舌がからみ合っていなければ悲鳴をあげていたかもしれない。彼女はイアンを押しのけ、引っぱたくつもりだったが、彼女の腕はすでに彼の首に巻きつき、その髪をつかんでいた。

唇を離したのはイアンのほうだった。

彼はアニーの口を手でふさぎ、自分の口もとに指を一本当てて声を出すなと促した。暗闇のなかですら、緊迫した目の表情がアニーにも見えた。

静かな波の音が聞こえ、体の下が揺れている。そして、彼女は思いだした。

ボート。湖。襲撃。

ただでさえドキドキしていた心臓が胸のなかで跳ねあがった。

イアンが顔を寄せて彼女の耳もとでささやいた。「もうすぐ夜明けだ。岸までたどりついてボートを隠さなきゃならない。手探りで進んでいくようなものだし、対岸で誰が野営してるかわかったものじゃない。とにかく、音をたてるな。おれの言うとおりにするんだ。いいな？」

アニーはうなずいた。

「さあ、起きて。目をこらし、耳を澄ませろ。だが、何があろうと声ひとつ洩らすな」イアンは彼女を放すと、音もなく移動して腰かけ板に戻り、そっとオールを湖面に沈めた。

イアンの大胆なふるまいに対する怒りはいったん忘れ、アニーは静かにすわって、前方の濃い闇を見つめたが、舳先の向こうは何も見えなかった。ここがどの辺なのか、どちらの方向に漕ぐのか、どうしてこの人にはわかるのだろう？　ひょっとして、星かしら？　でも、星だけではとがった岩も見えないし、安全な上陸地もわからないだろう。敵の野営地やオオカミの群れに突っこんだらどうなるの？

彼女はイアンを振り返った。眉間に皺を寄せ、集中した顔つきだ。彼は耳を澄ましている。アニーも耳を澄ました。

初めは自分の胸の鼓動しか聞こえなかった。だが、徐々に闇のなかからいろいろな音が聞こえてきた。

静かに水をかくオールの音。

フクロウの鳴き声。

ボートのきしむ音。

ひたひたと水が……何かに当たる音。岸だろうか？

顔をあげてイアンを見ると、彼もその音に気づいていた。彼はオールを引きあげ、《ボート》を湖の動きにまかせた。その視線はまっすぐ前に向けられている。

そのとき、闇のなかから聞こえてきた。人の咳。

アニーはハッとあえいだ。舳先のすぐ向こうに誰かが立っているのかと思うほど間近で咳の音が響いたのだ。

ボートが後ろ向きに動きだした。早くもイアンが懸命に漕いでいた。

ひとかき。ふたかき。三かき。

「今のはなんだ《ケス・ク・セ》？」怒りを含んだささやき。

アニーにもわかった。彼女のあえぎ声が向こうに聞こえたのだ。

6

血が凍りついた。身動きも息をすることもできず、アニーは全身を耳にしてすわっていた。最初の声に別の声が加わった。アニーはフランス語を理解できないが、彼女のあえぎ声が彼らの耳に入ったことだけはわかった。

しだいに彼らのささやき声が遠のき、ようやくアニーは震える息を吐いた。

だが、今度は光が闇を切り裂いた。つい今しがた彼らがいたところから光が放たれ、男の姿が浮かびあがったが、ただし、男は岸辺ではなく大きな船の甲板に立っていた。フランスの軍服姿で、カンテラをかざしている。

イアンが耳もとでささやいた。「落ちつけ。あいつはバカだ。あれじゃ光がまぶしくて、おれたちの姿が見えるわけはない」

アニーは振り向いてイアンの顔を見た。決然とした表情で、恐怖の色などみじんもない。どうしてこんなに落ちついていられるの？　この人には怖いものなんてないのかしら？　あやうくフランスの軍船に衝突するところだったというのに!

どうしましょう!

アニーは震えながら大きな毛皮のなかへ身をすくめた。目には見えない危険が闇と一体になって周囲から迫ってくる。辺境地があぶないところだとは知っていたが、昨日まではこれほど過酷で危険だとは思ってもいなかった。こんなふうにたえず恐怖や脅威にさらされて、普通の人たちはどうやって耐えているの? きっと、多くの人が毎日の日常と向き合い、生きつづけるために精いっぱいのことをしているのだろう、と彼女は思った。

わたしもそうしなければ。

ボートの揺れとふたたび訪れた静寂のおかげで恐怖が少しずつ和らぎ、いつしかアニーは先ほどの夢を思いだしていた。ただし、夢ではなかったのだが。あれはまさに現実だった。眠っている彼女をイアン・マッキノンが腕のなかに抱き寄せ、口づけしたのだ。

彼がわたしにキスをした!

これをどう考えるべきなのか? 彼はわたしの命を救ってくれたが、これからその見返りを求めるつもりなのだろうか? 困っている女を助けて報酬を要求するような男なのか? まさしく伯父がそういう男だった。

とにかく、わたしは身の安全と引き替えに貞操を与えるような真似は絶対にしない。男の性欲のはけ口に使われるくらいなら、この荒野にひとり置き去りにされたほうがましだ。いずれマッキノンと直談判するチャンスがきたら、彼の行為について自分の意見をはっきり伝えよう。決して受けいれられるものではない、と。正しい行ないではない。高潔な男のすることではない。

　あれは……ただ驚愕するしかなかった。

　アニーは一度も口づけされたことはない。あれほど刺激的なものとは想像していなかった。彼女は知らず知らず唇に手をやり、イアンの唇を押しつけられたときの熱い疼きのようなものを思い返していた。ほかにも覚えていることがある。肌に触れた顎ひげのざらついた感触、舌をまさぐるあのなめらかな動き、彼女自身の血が沸きたつような興奮。

　彼女の視線はイアンの顔に惹きつけられた。

　彼は東の水平線を染める淡い光に目をこらしていた。

　そして、アニーにもわかった。ふたりがまだ湖にいるうちに太陽が昇れば、船の男たちに見つかってしまうのだ。

　イアンは疲労と筋肉痛にも負けずに力いっぱい漕いだ。夜明けは目の前に迫っている。彼らの姿が陽の光にさらされる。対岸まであと少しだった。彼は湖を渡って西側で野営するつもりだった。そうすれば、アベナキ族の戦士団とのあいだに湖をはさむ形になる。アベナキ族もどこかにカヌーを用意しているかもしれないので、越えられない障害物とは言えないが、少なくとも追跡の速度は落ちるだろう。

　もちろん、彼が湖を渡ったかどうかアベナキ族にはわからない。それもあって夜中に移動したのだ。しかし、曙光《しょこう》が湖を照らす前にこのボートを岸に着けなければ、誰かの目に留まってしまうことは避けられない。インディアン部隊だけでなく、あの船のフランス軍、あるいは、湖を一望できる者。

アニーは背すじをこわばらせ、毛皮にくるまって闇に目をこらしている。彼女があえぎ声を洩らしたせいであやうく見つかりかけた。もしレンジャー部隊員なら厳罰に処するところだ。でも、彼女はレンジャー部隊の一員ではないし、罰したいとも思わない。罰するくらいならもう一度キスするほうがよほどいい。

彼は声をかけ、優しく揺すって起こそうとしたのだが、アニーは深い眠りに落ちていて身じろぎもしなかった。そこで、夜のあいだじゅう頭から離れなかったことをした。つまり、ロづけだ。ほんの軽く唇を合わせる程度のつもりだったのだが、その唇はすばらしく甘美で、さらに求めずにはいられなかった。しかも、初めのうちこそなんの反応もなかったが、だが、たしかに彼女は彼のキスに応えたのだ。

しだいにその唇が熱を帯びてしなやかになり、彼女のほうからロづけを返してきた。そっと身を乗りだし、ロとロを合わせてきた。明らかにこうしたロづけは初体験だろうが、それでも彼女の敏感な反応ぶりにイアンは驚愕した。眠っていてもこれほど情熱的なのだから、欲望に火がついたらどんなふうになるのだろうか？

まったく、そんなことを考えてる場合じゃないんだぞ。とりわけ今は。この女にキスするなんて、おれは無分別な愚か者だ。少なくともさらにあと一日は彼女を連れて荒野を旅するのだし、もしどうにも抑えきれない欲望に目覚めたら取り返しのつかない残酷な代償を払うはめになるだろうに。

遠く前方で岸辺を洗う波音が聞こえた。

「声をたてるな、アニー。いいな、静かに！」

アニーはうなずいた。決然とした表情と恐怖がその顔に入り交じっていた。

すでに水ぎわやその向こうの黒っぽい木立が見えるほどあたりは白んでいた。そして、何か影のようなものが動いた。

イアンはオールを引きあげ、ライフルを構えた。だが、すぐに安堵の息を吐いた。五頭の牝鹿が水を飲みに岸辺へ来ていたのだ。ここで野営を張っているインディアン戦士はいなかった。

彼はボートのもやい綱を結んで留めると、アニーのところへ戻った。彼女をヒマラヤスギの高木の根もとまで運ぶと、ふたたびボートに引き返した。湖面には夜明けの淡い光が延びはじめていたが、彼は舳先をつかんで小さな船を暗い物陰へとゆっくり引きずった。

ボートを隠し終えたころ、アニーのほうは空腹をかかえて朝食を求めていた。アベナキ族の襲撃を受けた前夜から何も口にしていないのだ。しかし、イアンが荷物から鍋を出し、やわらかなポリッジ（穀類を水や牛乳で煮た粥状のもの）や温かい紅茶を用意してくれると期待していたとしたら、それは大きな間違いだった。荷ほどきをするどころか、彼はかんじきを履き、荷物をつかんで彼女に近づいてきた。

「これを着けろ」彼は重い大剣も入った荷物と、それを背負うための負い革をアニーの背後に置いた。

アニーは負い革を身に着けたことはなかったが、ホーズだんなさまが背負った姿は見たことがある。彼女はビーズ飾りの付いた幅広の負い革を頭の上から掛けた。しかし、それは彼女よりはるかに肩幅の広い人間用に作られたものらしく、肩を通り越して腰まで落ちてしまった。

「こういうふうにやればいい」イアンが負い革の片方をアニーの肩に引っかけ、反対側の腰まで斜めに延びるように直した。そして、彼女の背中の重い荷物を調節すると、アニーの手を取った。「立てるかい？」

イアンは手ぶらなのになぜ自分が重い荷物を背負っているのか戸惑いつつ、歯を食いしばり、彼の力を借りて立ちあがろうとした。その痛みはすさまじく、彼女はうめき声を嚙み殺した。「ごめんなさい……でも、歩けそうにないわ」

「君に歩けとは言ってない。ほんの一瞬でいいから立ってくれ」彼はアニーに背を向けると膝をついた。「さあ、腕をおれの首に巻きつけろ」

彼はふたたびアニーを背負うつもりだったのだ。

彼女は上体をかがめて腕をそっとイアンの肩にあずけた。彼が腰をあげた。

とたんに彼の腕がアニーの膝下に伸びてかかえあげ、彼女の腿が彼の腰に巻きついた。こんなふうにぴったりと体をくっつけるのは気詰まりだったし、なにより恥ずかしかった。長いスカートの裾は腰のあたりまでまくれあがり、両脚で彼の胴体をはさんでいるのだから。

昨日もこんなふうに背負われてきたのだろうか？

「まあ、どうしましょう！」

イアンが含み笑いを洩らした。胸の奥が鳴るような低い響きだった。「しっかりつかまってろよ」

「野営はしないんですか？」

「するさ。でも、湖からもっと離れたところでだ」あとの説明はなく、彼はボートを残して湖に背を向け、坂をのぼりはじめた。

背負ったアニーの重みを苦にする様子もなく、ほとんど無言でじっと前を見据え、歩きやすい道を選んでひたすらのぼった。息づかいはゆったりしているし、アニーの手のひらに伝わる心臓の鼓動は力強く安定していた。

これほど密着しているため、足並みに合わせて締まってはゆるむ硬い筋肉のうねりまで感じ取ることができた。肉体の動きにじかに触れ、熱い肌に押しつけられ、自分の体で彼を包んでいるというのは、とても親密な感触に思えた。マッと革と汗のにおいがした。混ざり合った香りは不思議に心地よかった。アニー自身が苦労して歩いているわけでもないのに、彼女の胸の鼓動までが速くなっていた。

どうしてこの人はわたしにキスしたのかしら？　またやろうとするかしら？

二度と許しはしないわ。貞操を守るために何もかも失ったのだ。今となってはわたしに残されたものはこれだけ。野蛮人のハイランド人に保護してもらう引き替えに貞操を差しだしたりはしない。

しかし、それよりもあの焼き印を見られ、官憲に突きだされる危険は絶対に冒せない。新しい人生のチャンスをやっと手にしたというのに。失った過去の生活とは雲泥の差だが、少なくとも自由になった。何があってもこの自由を失うようなことはしない。

太陽が高く昇ったころ、ようやくイアンが足を止め、アニーを地面におろしてその背中から荷物をはずした。丘の頂上に近く、人目につかない空き地まで来ていた。片側には岩場が突きだし、反対側は険しい谷だ。東側の眼下には深い森が広がっている。西の木立ごしには湖が見おろせ、湖面が陽光できらめいていた。

イアンは近くの木立から手斧で次々に枝を切り取り、小さな差し掛け小屋を組み立てた。内部にはマツの枝で簡単な寝床を作った。アニーは魅了されたようにその手際よい動きを見つめていた。やがて、イアンが革の水筒を出してたっぷり飲むと、アニーに渡した。

水はものすごく冷たく、妙な味がした。

イアンが笑みを見せた。「根生姜《ねしょうが》だ。壊血病の予防になる」

たぶん、水が刺激になったせいだろうが、壊血病と聞いたとたんにアニーの胃袋が大きな音をたてた。近くに敵がいたら彼らの耳にまで届いたことだろう。アニーは片手で腹部を押さえたが、顔は真っ赤に染まった。

イアンは荷物から革袋を引っ張りだして彼女の膝へ放り投げた。「つかめるだけ取って、よく嚙んで水と一緒に飲みこめ。腹のなかでふくらんで空腹感が少しはおさまる。おれはさっきの船を偵察してくるからな」

アニーは袋を開けてみたが、なかには炒《い》ったトウモロコシ粉しか入っていなかった。あまりにもお腹がすいていたため、彼女はひと握り分をつかんで口に入れた。食感は砂に似ていなくもなかった。乾燥したトウモロコシの粉を歯ですりつぶし、水で喉の奥へと流しこんだ。これが朝食なの？

彼女は卵やベーコン、バターたっぷりのパンを思い浮かべないようにした。固めに炊いた温かなポリッジとか。牛乳と蜂蜜を入れた熱い紅茶とか。クロテッドクリーム（高脂肪牛乳を煮詰め、その表面の脂肪分を固めたもの）。新鮮なイチゴ。あるいは、スコットランドにいたころにいつも朝食で食べていたものならなんでも。

そういったものを脳裏から払いのけようとしたが、無理だった。

食べ終わってイアンを探すと、彼は数メートル先で腹這いになり、偵察用の小型望遠鏡で彼方の湖を見ていた。しばらく無言のまま、あちこちに望遠鏡を向けると、やがて口を開いた。「ちょっとおいで。君にこれを見せたい」

アニーはイアンのそばまで手と膝で這っていった。彼女は望遠鏡を使うのは初めてだったので、イアンに教えてもらわねばならなかった。

「違う、反対だ。そう、それでいい。どうだ、あれが見えるか？」

はるか眼下の湖面がまるですぐ目の前にあるようでアニーは驚愕した。少し望遠鏡の位置を動かすと対岸が見えた。また動かせば彼らが上陸した湖岸も見えるだろう。「あれって？」

「ほら、こっちだ」イアンはアニーの上から腕を伸ばして望遠鏡をつかみ、ひげ面を彼女の頬に押し当てながら望遠鏡の位置を直した。

そして、アニーにも見えた。

一隻だけではなく、四隻ものフランス軍船。

アニーは望遠鏡を取り落としそうになった。自分たちの遭遇した危険がどれほど恐ろしいものだったのか、実感となっていきなり迫ってきた。一瞬、彼女は口も利けなかった。「あのとき、もし見つかっていたらどうなったのかしら?」

イアンは彼女の手から望遠鏡を受け取った。「その場で撃ってこなければ捕虜にして、おれたちふたりを尋問しただろう。もし船長が高潔な男であれば君の身を部下どもから守り、捕虜になったフランス軍人と引き替えにイギリス軍へ返すだろうな。もしそうでなければ、酒のフラスクみたいに君は順繰りに輪姦《まわ》されて、やつらの餌食になる。そんな目にあったら、もうおしまいだよな」

アニーは吐き気に襲われた。そして、こんな恐ろしいことを冷静に話せるこのハイランド人はどういう人間だろう、と思った。「じゃあ、あなたはどうなるの?」

「フランス軍は情報を聞きだすためにおれの口を割ろうとするだろう。そのあとはアベナキ族におれの身柄を引き渡す。やつらは大いに喜び、楽しみながらおれを拷問してなぶり殺しにするさ」

その言葉が呼び起こすイメージでアニーは気分が悪くなった。これほど親切にしてもらいながら、あやうくそんな苦痛と恐怖に陥れるところだったのかと思うと、つらくてたまらなくなった。「ごめんなさい、イアン。わたしの思慮が足りないせいであなたが命を失いかけたなんて」

彼はもう一度、望遠鏡を目に当てた。それをおろしたとき、彼の青い目は険しく、声は冷徹だった。「君がレンジャー部隊員なら懲罰の対象になる。おれたちふたりの命を危うくしたんだからな。だが、君はレンジャー部隊の隊員じゃないし、軍人ですらない。この辺境の地での暮らしにも慣れてないんだしな」

アニーの体が不安で震えた。「わ、わたしをどうするつもり？」

「君の尻を鞭打ってやりたいよ、アニー・バーンズ」

アニーは言葉が出ないほど憤慨した。ホーズ奥さまみたいにわたしのお尻を鞭打つの？　わたしは子供じゃないのよ！　あなたの思いどおりにできる所有物でもない！　まだ興奮が冷めず、口が利けなかったが、そんな彼女の顎をイアンが指先でつかんだ。

彼の声には間違いなく凄《すご》みがあった。「いいか、よく聞くんだ。おれは、君が思ってるよりはるかに大きな危険を冒して君を助けた。ここから生きて逃れたいのであれば、今後はおれに従え！　いつでもおれの言うとおりにしろ。この辺境では二度めのチャンスはめったにないんだからな」

間近に顔を寄せたイアンは、このきつい言葉の最後をキスで締めくくりたい妙な衝動に駆られた。彼女の味はまだ舌に残っているし、口づけに負けた彼女のやわらかい唇の感触は今も思いだせる。しかし、現在の状況は非常に深刻で、欲情に身をゆだねる余裕などなかった。彼はアニーから手を離した。

彼女の憤りが伝わってきた。そして、強い不安も。いいだろう。こうやって威しておけば、いずれふたりとも助かるかもしれない。

アニーは恐怖の色を目に浮かべつつ、顎をあげた。「もちろん、あなたの指示には従うつもりだったんです。ただ、びっくりしてしまって。本当にすみませんでした。一度ならず命を助けてもらった。わたしのせいであなたが苦しむくらいなら、そもそもわたしを見つけてくれないほうがましだった。あなたには全面的に従います。ただし、ひとつだけ例外はありますけど」

この最後の言葉にイアンは驚いた。彼の意思ははっきりわからせたつもりでいたのに。

「で、その例外というのはなんだ？」

アニーは気持ちを落ちつけるように深呼吸すると、イアンの目をまっすぐ見つめた。「生き延びるために貞操を失うつもりはありません。もしそれがあなたの助力と保護を受けるための代償なら、どうかわたしをここへ置き去りにしてください」

この侮辱的な言動にイアンはカッとなった。おそらく、心のなかにそういう考えがまったくなかったと言えば嘘になるからだろう。彼はさらに顔を近づけ、自分でも辛辣だと感じるような声を響かせた。「おれは従えと言っただけで、君の貞操を求めた覚えはないぞ。それに、甘く考えるな。ここにひとり残ったら一週間たたないうちに死ぬからな」

アニーの顔から血の気が引いたが、それでも毅然と顎をあげていた。「どうしてわたしにキスしたの？」

我慢できなかったからだ、と内心、イアンは思った。「君を起こさなきゃならなかったし、それで悲鳴でもあげられたら困るからだ。口と口を合わせたのは、単に君を黙らせる方法にすぎない」

今度はアニーが怒りの表情を見せた。「手で押さえればすむ話じゃないですか！」

否定のしようがなかったので、イアンは真っ先に思い浮かんだ言葉を口にした。「じゃあ、なぜキスに応えたんだ？」

アニーの頬がほんのりとバラ色に染まり、彼女は目をそむけた。まるで踏みつけられた春の花のように、未熟で傷つきやすい気分に襲われた。

おまえはひどい男だ、マッキノン、とイアンは思った。この娘はさんざんつらい目にあってきたというのに。

彼はアニーの頬に掛かったひと房の金髪を払いのけてやりたかったが、その衝動をこらえた。「おれはそんな恥知らずな真似はしないから心配するな。君がおれの指示に従ってくれさえすればほかには何も求めない」

アニーはイアンと目を合わせた。彼女の緑色の瞳は不信感で曇っていた。「二度とあなたの足手まといにならないように努力します」

イアンは自己嫌悪を吹っ切るように立ちあがり、アニーを両腕に抱いて差し掛け小屋のなかへと運んだ。

アニーは混乱する感情を懸命に整理しようとした。彼女は手厳しく非難されたが、それは仕方がない。ここはスコットランドの森ではなく、なんといっても植民地の辺境地帯なのだから。わたしの不注意のせいでふたりとも殺されたかもしれない。彼が腹を立てるのは当然なのだ。

でも、わたしだって彼に腹を立ててもいいんじゃない？　まるで奴隷か手に負えない子供にお仕置きするみたいに、わたしのお尻を鞭打つなんて威したりして！　そういう手荒な扱いをホーズ夫妻から受けたが、耐えるしかなかった。彼女はふたりの所有物で、どんなに理不尽なことをしても彼らには法的な権利があったから。でも、わたしはマッキノン少佐の部下ではない。彼から罰せられる対象ではないのだ。

しかも、あのキス。わたしは眠っていた。それにつけこんで彼は唇を奪った。こうやってレンジャー部隊員はお互いを起こす規則なのだと言われても、絶対に信じないわ。でも、彼はそれ以上のことはしなかった。

――じゃあ、なぜキスに応えたんだ？

この質問には返事のしようがなかったし、だからこそ悩んでいるのだ。

イアンは彼女を寝床におろしたが、それは驚くほどやわらかく弾力があった。そして、彼は自分の装備を解きはじめた。角製の火薬入れをはずし、腰の鞘からナイフを抜き、背中からも別のナイフをはずした。次に剣を置き、拳銃も取った。だが、ウエストの小袋はそこに付けたままだった。「たぶん、この一夜でやつらより十二時間は先行したはずだ。その半分を睡眠にあてよう。それから君のレッスンを始める」

「レッスン？」

「ああ。そろそろ火器類の装弾を覚えてもらわないと。この未開の地でおれと一緒にいるからには、技術を覚えて役に立ってもらいたい。君自身のためにもね」彼は急ごしらえの小屋の隅に武器をすべて置いた。そして、アニーの狼狽を気にも留めずにそばに横たわった。

「毛皮を脱げよ」

アニーは戸惑ったが、指示に従うと約束したので言われたとおりに脱いだ。

イアンは毛布のようにそれをかぶり、片側を持ちあげた。「さあ、アニー」

隣に並んで寝ろと言うの？　小さな差し掛け小屋にはふたりのあいだにわずかな隙間を作るだけの余裕はあった。「でも……」

「おい、頼むから早くしてくれ！」イアンはアニーの腰に手を伸ばして引き寄せた。そして、彼女の顎までコートで覆った。「眠るんだ」

アニーは彼に包まれている気がした。彼女の腰はイアンの硬く締まった腿に押しつけられ、彼女の背中と彼の胸が密着していた。筋肉が隆起し、奇妙な模様が入った腕でウエストを抱かれ、彼の息づかいが髪を揺らした。切ったばかりのマツの香りに混じって彼の体臭が漂う。アニーはこれほど間近に男性と接したことはなかった。こんな状態で眠れるわけがないじゃない！

しかし、頭では拒んでいてもまぶたのほうはすぐに重たくなった。いつしか眠りへと誘われながら、イアンが昨日一日じゅう彼女を背負い、夜は夜でずっとボートを漕いでいたことに気づいた。彼は一睡もしていなかったのだ。

7

　暖かく、心地よかった。なかば眠り、なかば目が覚めているようなまどろみのなかで、アニーは自分を包みこんでいる温もりへさらに体を寄せた。規則的に脈打つ鼓動が頬を打ち、呼吸に合わせて上下する誰かの胸が感じられた。切りたてのマッと革と男のにおいがした。

　彼女はいきなり目を開いた。愕然とした。

　大きなクマの毛皮の下で彼女はイアンの胸に顔を押し当て、たくましい二の腕に頭をのせていたのだ。反対側の腕は彼女の体に巻きつき、しっかりと抱き寄せている。ふたりの脚は互いにからまり、彼の筋肉質の腿《もも》が彼女の脚のあいだに割って入り、しかも、彼女はその上から脚を掛け、スカートは腰の近くまでたくしあがっていた。

　一瞬、アニーはじっと動かなかった。脈だけが激しく打っている。イアンを起こしたくはなかった。彼に睡眠が必要だというだけでなく、こんな格好でふたりがからみ合っている姿を見られたりしたら死ぬほど恥ずかしい。それに、尿意をもよおしていた。彼が眠っていてくれたほうがむしろありがたいくらいだ。

アニーはイアンのウエストに掛けていた腕を引き、頭を持ちあげようとしたが、髪が彼の体の下にはさまっていることに気づいた。彼女は片手で髪の束をつかみ、ゆっくりと引き抜いた。そして、慎重に後ろへ体をずらしはじめた。だが、イアンの腿が彼女の股にきつくからみついていて、動こうとすると敏感な部分の柔肌とこすれ合ってしまう。

アニーはこわばった。もう一度、動いた。また止まり、ふたたび試した。

この摩擦はアニーを動揺させ、彼女の下腹の奥深くに熱い塊を送りこんだ。悩んだすえに彼女はイアンを起こさない努力をあきらめ、すばやく体を離して毛皮の下から出た。

奇跡的に彼は目を覚まさなかった。まぶたは閉じたままで、褐色に陽灼《ひや》けした肌に黒い睫毛が映え、息づかいは穏やかで規則的だった。この二日間の過酷な旅で疲れきっているのだろう。

差し掛け小屋から這いだしてみると、外には青空が広がっていた。太陽はすでに天空を横切り、午後遅くになろうとしている。木の枝では鳥たちがさえずっていた。雪は溶けかかっている。微風が木の梢《こずえ》を揺らし、マッと雪と湿った大地の香りを運んでくる。空気はまだ冷たいが、春はすぐそこまで来ていた。

しかし、この一瞬の平穏は現実とは遠かった。それを知るには自分の姿を見るだけで充分だった。服は裂けて血に汚れ、髪はもつれてくしゃくしゃだ。足はあいかわらず痛い。顔を見ることはできないが、イアンが縫合してくれた裂傷は触れればわかるし、痣だらけになっていることもわかった。

アニーは命の恩人である男に目を向けた。本当に魅力的ではあった。ただし、入浴と床屋が必要だが。こんなに髪を長く伸ばした男は見たことがない。父の周辺にいた男性たちは上品で洗練され、髪を短く切り、髪粉を振りかけた上等なかつらをかぶっていた。彼らは褐色になるまで陽灼けするような真似は絶対にしないだろうし、動物の皮を着たり奇妙な模様の入れ墨をすることもないだろう。

六人の敵を相手に戦い、丸一日、わたしを背負って運んでくれることもないだろうけど。

不本意にもつい比較してしまうのだが、かつて彼女がハンサムだと思っていた紳士たちの顔の印象が急に変わり、きざで軟弱で甘すぎるように感じられた。イアン・マッキノンとは違う。彼は寝顔でさえ活力と男らしさがみなぎっている。

いつのまにかじっと見つめていたことに気づき、アニーはゆっくりと立ちあがった。うめき声を押し殺し、痛みをこらえながら一歩一歩、必死に木立のなかへと歩いていった。

そのためらいがちな足音も、ハッと息を呑む音もイアンには聞こえたし、アニーの痛みまでが伝わってきた。彼女の辛抱強さに敬服せざるをえなかった。精神力の強い娘だ。

彼はアニーを起こしたくなかったのでずっとまどろんでいたのだ。彼女が目を覚ましたのはわかった。一瞬、息を詰めたからだ。彼は眠ったふりをしたまま、からみ合った体をほどこうとする彼女の恥じらいと他愛ない行動を楽しんでいたが、もじもじと体をくねらせ、身もだえするアニーの動きがやがて彼の血をたぎらせ、ペニスを石のように硬くした。彼女の秘部が彼の腿と偶然にも擦れ合い、その接触に彼女が驚愕《きょうがく》したとき、思わずイアンは彼女のふっくらと丸みを帯びた腰をつかみ、そうした摩擦が女の体にどんな反応をもたらすか実際に教えたくてたまらなくなったが、意志の力を振り絞って我慢した。

たとえ眠っていても彼女を抱いているのは夢のように心地よかった。腕のなかでひどく華奢《きゃしゃ》に感じられたが、体はやわらかかった。彼女をベッドに誘うことも求婚することも不可能なのだと、一度ならず自分に言い聞かさねばならなかった。このいまいましい戦争が終わり、農場を再建するまでは彼女に与えられるものは何ひとつないのだから。彼女ほど美しい花がそのときまで誰の手にも摘まれないまま残っているとは思えなかった。どんな女性であれ、待っていてほしいと頼むのは無理だということもわかっている。

ジーニーにも待っていてくれと頼まなかったか？　そうとも、頼んだ。しかし、彼女は三カ月我慢しただけでほかの男と結婚してしまった。彼女が選んだのはアイルランドのアルスター地方から来たばかりの農場主で、自分と妻の命を守る能力がなかった。今はふたりそろって地中に眠っている。

あと一年もしないうちにアニーは誰かの妻になるだろう。彼女の夫になるなんて運のいいやつだ。アニーは豊かな情熱の持ち主だ。敏感で、活気に満ち、気性も激しい。それは間違いなかった。

イアンは不機嫌な気分で上体を起こした。ちょっとした発散が必要なだけだ。それですっきりする。五分ほどひとりきりになるか、ストックブリッジで一夜を過ごすか。それでアニーのことは考えなくなるだろう。ただし、残念ながら今のところそのどちらも無理なのだ。

彼はクマの毛皮を払いのけたが、肩に刺すような痛みを感じた。

撃たれた傷だった。疲労困憊《こんぱい》していたためきれいに忘れていた。

頭からシャツを脱ぐと、乾いた血糊に生地の一部が貼りついていた。弾丸が皮膚を切り裂いていたが、心配するほど深くはなかった。彼はネッカチーフに水を垂らして血を拭き取った。

引きずるような足音が聞こえ、目をあげると、アニーが空き地の端で木に寄りかかり、真っ青な顔で痛みに耐えていた。まだ機嫌が直らないイアンはネッカチーフを放り投げ、足取りも荒く近づいて彼女を抱きあげた。その口調は思ったよりも無愛想に響いた。「ひとこと頼めばいいんだ、アニー」

「これから先ずっとわたしをかかえてもらうわけにはいかないわ」

「足はすぐによくなるさ」イアンはアニーを寝床におろすと、その横にすわって軟膏を手に取った。彼はひどくしみる軟膏を肩の傷に塗りつけたが、隣の女から気が紛れてかえってありがたかった。

返事がなかったのであらためて目をやると、彼女はものすごく居心地が悪そうな様子だった。その理由に思い当たったイアンは、ついからかわずにはいられなかった。「よく眠れたかい？」

彼女は空を見たが、顔はピンクに染まった。「ええ」

「おれの体温で暖かく寝られたんじゃないのか?」

彼女は森に覆われた谷へ視線を落としてうなずいた。ピンクが真っ赤に変わった。

「よかった。おれの腕はいい枕になったかい?」

ギョッとしたようにアニーがイアンに目を向けた。そして、その視線は彼の胸へと落ちた。彼女は大きく目をみはり、すぐさま顔をそむけた。

なるほど、シャツを脱いだおれを見て戸惑ってるってことか? どういうわけかイアンはこれが気に入り、不機嫌が薄れはじめた。彼は笑みをこらえつつ、細長い清潔な布を持ちあげた。「こいつを手伝ってくれないか? 片手じゃ包帯を巻けないからな」

アニーは屈辱感が顔に出ないように努めた。この人は知っていたんだわ。知ってるのよ! 彼女が彼の腕に頭をのせて寝ていたことを知っている。つまり、ふたりの体があんなふうに強くからみ合っていたこともおそらく知っているのだろう。

アニーはイアンと目を合わせないようにしながらそばへ寄り、彼の手から布を受け取ると、両膝をついて腰をあげた。「生き延びるためには礼儀作法を気にしていられないでしょうけど、でも、あんなふうに寝るなんて不愉快だったんじゃないかしら?」

「いや、不愉快どころか楽しかったよ。いつもはたいてい弟たちと寝るんだ。君はあいつらよりずっといいにおいだった」

「あなたたちはお風呂に入ったほうがいいかもね。石鹸《せっけん》とお湯があれば……」イアンの肩に残る生々しい傷を見てアニーは押し黙った。鉛の銃弾で肉がえぐられている。深くはないが、見るからに痛そうだ。これも彼女のせいだった。正しい方向に漕いでいれば彼が撃たれることはなかっただろう。

不意に、軽率で愚かな子供のような気分に襲われた。何人もの命が失われたというのに、彼と同じ寝床で寝たぐらいのことでくよくよしているなんて。アニーはイアンの肩から腕にかけて注意深く布で包みはじめた。「痛む?」

「いや。ほんのかすり傷だ」

布を巻きながら指先が彼のなめらかで温かい肌に触れ、そのたびにアニーは息を呑んだ。イアンの腕は硬く筋肉が盛りあがり、付け根のあたりは両手でもかかえられないほど太かった。前腕部に刻まれた神秘的な模様は上へと延び、上腕のいちばん太い部分を取り巻く奇妙な形の帯模様につながっていた。

「こんな手つきで痛くならなければいいんだけど」

イアンが喉の奥で笑った。「ビクビクしなくてもいいさ」

しかし、アニーはびくついていた。シャツを脱いだ男性など見たことがなかったし、上半身裸の男をまのあたりにして気が動転した。うねり、隆起する筋肉。赤ワインの色を帯びた平たい乳首。胸に掛けた木の十字架と同じくらい褐色の肌。黒く縮れた胸毛は腹の中心部まで延び、鹿革のズボンの下へ消えていた。不作法でがさつなところはあるが、実に堂々として……しかも、美しい。

アニーの下腹が妙に熱くなり、内心、狼狽した。ほとんど思考能力が働かないまま、彼女は巻いた布の端を小さく結んだ。そして、自分でも気づかないうちに指先が彼の左腕に刻まれた帯に触れ、模様をなぞっていた。連続する螺旋《らせん》。ジグザグの線。三角形。それに、この形は……。

「クマの爪だ。おれは成人したときにマッヘコンネオク族のマッククアウ一族、つまり、〝クマの一族〟の養子になったんだ」イアンは、ゆっくりと入れ墨をなぞりつづけるアニーの顔を見つめた。彼女の指は炎のように熱い跡を残した。

アニーは驚いて彼を見あげた。「養子に?」

「ああ。おれが炉端でいつまでも連中の食料を食いまくってることに婆さんたちが愛想を尽かして、おれを一族に加えたんだよ。そうすれば、客扱いをしなくていいし、魚釣りに行かせられるからね」

この話にアニーは笑みをのぞかせた。

「これ、痛かった?」彼女の指は無邪気に入れ墨を触りつづけている。

「ああ、正直、痛かったね。でも、これを見たときの親父の怒りのほうがよっぽどすごかった」どうしてこんなにも言葉がすらすら出てくるのだろう、とイアンは不思議に思った。彼はめったに考え事はしないし、まして口数は非常に少ないのだ。「親父はこの入れ墨のせいでおれが異教徒になるんじゃないかとひどく心配してた」

手首の内側の敏感なところまでアニーの指がおりてきた。彼女はふたたびイアンと目を合わせた。彼女の好奇心が必ずしも無邪気なものではないと、その目が物語っていた。そして、アニー自身もそれを感じた。ふたりを互いに惹きつける引力。

彼女は唐突に手を離した。「ごめんなさい。こんなふうに触るなんて不作法だったわ」

満たされない血のたぎりにもかかわらずイアンは陽気な気分になり、アニーの手をつかんで自分の唇に当てた。彼女の目の色が濃くなった。ああ、そうだとも、彼女も感じているのだ。「興味を持つのは当然のことさ。さて、腹ごしらえをするか」

アニーはもう一度試した。暴発防止のためにまず重いライフル銃の撃鉄をハーフコックポジションに起こしてから、火蓋《ひぶた》を前に押して火皿を開ける。次に少量の黒い火薬を火皿に入れて閉じる。

そのとき、お腹が低く音を響かせた。頬が赤くなるのを感じ、イアンに目をやると、彼はにやにやと笑っていた。「あなたたちレンジャー部隊は、干したトウモロコシ粉だけでどうやってそんなに大きくたくましい体を維持できるの？」

イアンの笑みがさらに広がった。「極端に食べないのは襲撃か強行軍のときだけだ。砦《とりで》に行けばもっとまともな食事が取れるさ。さあ、次は弾込めだ」

アニーは長い銃口に少量の火薬を詰めた。膝で立って手を長く伸ばさねば届かない仕事だった。そして、弾丸を銃口に入れ、長い棒で銃身の奥まで押しこんだ。最後に棒を銃床部に戻した。今度は棒をイアンにぶつけることはなかった。

「よくできた」イアンはライフルをつかんで撃鉄を元の位置に戻すと、銃口にコルクを押しこんだ。「このあとはどうする？」

「撃鉄を起こし、狙いをつけて発砲する」アニーは自分でも意外なくらいイアンの褒め言葉がうれしかった。「思ったほどむずかしくはないのね」

イアンが低い声で笑った。「ああ、陽だまりにすわって鳥のさえずりを聞きながら銃の装弾をするのはむずかしくない。だが、敵弾が飛び交い、周囲で瀕死《ひんし》の仲間が悲鳴をあげているところで、何度も弾込めをするのは厄介なものだ」

イアンの目から笑みが消え、アニーの背すじに悪寒が走った。「そんなこと、考えもしなかったわ。さぞかし恐ろしいでしょう」

「戦争だからな」イアンはライフルを傍らへ置き、横向きに寝ころんで片肘を立てた。幸いにも彼はシャツを着ていた。そうでなければアニーは口も利けなかっただろう。「冷静な頭、正確な狙い、すばやく次の弾を込める技術、それが生死を分けるんだ」

興味を持つのは当然だとイアンは言ったが、たしかにアニーの好奇心は疼いていた――彼に対して。人とこれだけ話をするのは実に久しぶりのことだった。ホーズ夫妻が彼女に言葉をかけるのは叱《しか》りつけるときか、あるいは、聖書の厳格な教えを説教するときだけだった。こうしておしゃべりができるだけでとても気持ちがよかった。

「たくさんの戦闘を見てきたの？」

イアンの視線は空き地の端に並ぶ黒っぽい木立に向けられていた。「ああ、うんざりするほど」

「どうすればすばやい装塡ができるのかしら?」

「そんなことは知らないままでいられるように神に祈ることだ」イアンは水筒を取って口に流しこむと、アニーに手渡した。「戦争の話は女には向いてない」

アニーは水を飲み、水筒に栓をしてイアンに返した。「でも、戦争で女たちが死ぬし、子供も一緒に命を落とすわ。戦争の真実をどうしてわたしたちから隠すの?」

アニーはホーズ奥さまとお腹の子供を思いだし、またもや自責の念に襲われた。

一瞬、イアンは無言だった。やがて、彼は手を伸ばし、指先でアニーの頰の線をなぞった。「男が女の目をのぞいたとき、そこに恐怖が刻みこまれていたらいやなものなんだ。喜びや温もり、ある程度の純真さ、そういったものを見たい。世の中の苦しみやつらさから妻や子供たちを守るのが、男にとっては当然の務めであり願望なんだ」

なぜかイアンのこの言葉を聞いてアニーは胸が詰まった。こみあげる涙をまばたきで払いのけ、イアンに見られていなければいいがと思った。「このアメリカに来てどれくらいになるの?」

「やけに質問が多いな」彼は慎重な眼差しでアニーを見つめた。「一七四六年にスカイ島を離れた」

「カロデンの戦いのあとね」うっかり口にしてしまってからアニーは後悔した。

イアンはほんのしばらく黙りこんだが、その眼差しはアニーを貫くようだった。「ああ、そうだよ、カロデンの戦いのあとだ。あの〝皆殺し〟のカンバーランドとその手先アーガイルがジャコバイト軍を一掃し、男という男を斬り殺し、多くの女子供まで殺戮したんだ」

「嘘よ！　アーガイル公が女子供を殺すなんて……」

すかさずイアンが体を起こし、顔を間近に寄せた。その目は青い炎を思わせた。「カンバーランドとアーガイルの軍勢は、夫や息子が無惨に殺されるさまを女たちに無理やり見せた。そのあげく、強姦して虐殺した。年寄り、人妻、若い娘、女という女を」

嘘だ。嘘に決まっている。わたしの一族の男たちが罪もない女子供を殺すわけがない。アニーは怒りに震えながらも、それが声に表われないように懸命にこらえ、自分の命がこの男にかかっていることを思いだそうとした。「それをあなた自身の目で見たの？　それとも、勝利者を誹謗《ひぼう》中傷したがる敗残者のひどい作り話かしら？」

「当時、おれはまだ青二才で、大剣を振るえるほどの力はなかったが、そんなことでやつらがおれを見逃したりはしなかった。友人やいとこも大勢殺されたからな。祖父が自分の命と引き替えにおれを救ってくれた。だが、血も涙もないイングランド軍は正々堂々と祖父と戦い、名誉の戦死を遂げさせようとすらしなかった。やつらは祖父を薄汚い囚人船に押しこめ、彼の土地を奪い取った。そうとも、おれはこの目で見たんだ。あのカンバーランドなら残虐非道な行為がどういうものか、こっちのインディアンにも教えてやれるだろうよ！」

――おれの祖父。祖父を囚人船に押しこめた。彼の土地を奪い取った。

アニーにもようやくわかった。イアンはただのマッキノンではなかった。彼はあの、あのマッキノン、つまり、マッキノン氏族の氏族長の名を受け継ぐ孫なのだ。

彼がジョージ王を忌み嫌うのは当然だった。憎悪が彼の血に流れているのだ。

イギリスへの忠誠心がわたしの血に流れているのと同じように。

「王を毛嫌いしているのに、どうしてその王のために戦っているの？」

「絞首台で死ぬか戦争で戦うか、ふたつにひとつの選択を迫られたんだ」

アニーの胃が不安そうに跳ねあがった。「つまり、あなた、囚人なの？」

イアンが高笑いした。「カトリック教徒のスコットランド人とくれば、有罪じゃなくても絞首刑にできるのさ。違う、おれは囚人じゃない。おれとふたりの弟は殺人罪の濡《ぬ》れ衣《ぎぬ》を着せられ、すでに有罪と決まっている裁判に臨むか、イギリスのために戦うか、選べと言われたのさ」

殺人罪。

この言葉で体に冷たい戦慄が走り抜けたアニーは、自分を助けてくれた男についてほとんど何も知らないことを思い知らされた。彼に人が殺せるの？　ええ、それはもちろんだけど。でも、殺人？

「目が疑ってるね、アニー。でも、おれを恐れる理由なんて何もないんだ。殺人容疑はおれたちを軍に入れるためのでっちあげだった。おれたちは殺人なんてやってないからな」

ふたりのあいだに張りつめた重苦しい沈黙が交錯した。

まだ胸がドキドキしたまま顔をあげると、イアンが表情の読めない目でじっと彼女を見つめていた。彼女はもう少し差し障りのない話題に話を戻そうとした。「なつかしくはないですか？　スコットランドを思いだすことはない？」

イアンは幅の広い肩をすくめた。「たまになつかしく思いだすね。あの水、海の香り、クーリン山脈の山並み。でも、もう人生の半分近くはこっちで過ごしてるわけだから。おれにとってスカイ島の高地地方《ハイランド》はただの思い出にすぎない。で、アニー、君はどこの出身なんだ？」

彼は会話の続きのように何気なく質問を投げかけたが、アニーはそう簡単には引っかからなかった。彼女は躊躇した。

イアンは小声で悪態を洩らした。「アニー、おれを無慈悲な男だと思ってるのか？　君がどこに忠誠を誓っていようとおれの知ったことじゃない。たとえ君がアーガイル公爵の娘だとしても、こんな辺境の地にか弱い女をひとり置き去りにはしないさ」

アニーは彼の目を見つめ、その言葉に偽りがないとわかった。

「わたしはロスセーの出身で……」不意に声が詰まってしゃべれなくなった。脳裏には、ウィームズ・ベイを明るく照らす太陽、草原と海岸の入り交じった香り、水辺から海へと舞い飛ぶカモメの鳴き声が思い浮かんだ。しかし、彼女にとってはすでに失われたものだ。父や兄弟、そして、母と同様、スコットランドは消え失せた。

熱い涙があふれて頬に流れ落ち、とうてい耐えられない悲しみで胸が締めつけられた。彼女はなんとかその悲しみをこらえようとした。

イアンが腰をあげ、ネッカチーフをはずしてそっと彼女の涙を拭いた。「どうしてアメリカへ?」

「お母さまが……亡くなって、ほかにはもう誰もいなくなったの。何もかもなくなってしまった。家も家族も」

「ここ以外に」

ここ? ホーズ夫妻のことを言ってるのね。アニーは後ろめたい気持ちでイアンの目をまともに見ることができなかった。「ええ」

「この植民地に渡ってきてどれくらいになる?」

「四ヵ月」長く孤独な四ヵ月だった。

「それじゃ、スコットランドが恋しいのも当然だな。苦労も多かったろうし、しかも、最後の身内まで亡くしてしまったんだから」

「ええ」アニーは気分が悪くなり、また新たな涙が目を熱く濡らした。わたしはこの人の親切や同情を受けられる立場ではないのだ。わたしはひとり逃げ、ホーズ夫妻を死なせた。しかも、またもやイアンに嘘をついている。

「君がまだ自分を責めていることは顔を見ればわかるよ」イアンが前かがみになってアニーの頬に親指を滑らせた。「君がどうあがいたところで彼らのためにできることはなかったんだ」

アニーは話したかった。彼に真実を話したかった。惨めな身の上を何から何まで。すべて話してすっきりしたかった。本当に彼も偽りの罪に陥れられたのであれば、きっとわたしの話を信じてくれるだろう。でも、もし信じてもらえず、官憲の手に引き渡されたら、わたしはまたどこかへ売られてしまう。もっと冷酷な主人か女主人のもとへ。それだけは避けなければ。「ごめんなさい、もうわたしは……」

イアンがうなずいた。「横になって休むといい。おれがちゃんと見てるから。陽が沈んだら出発する」

アニーはマツの枝の寝床に横たわり、イアンがクマの毛皮を掛けてくれた。しかし、すぐ眠りに落ちることはできなかった。

8

　イアンはライフルと拳銃の手入れをしながらアニーの寝顔をながめていた。頭は彼女のことでいっぱいだった。

　一七四五年のジャコバイトの反乱で彼女の親族がイギリス国王支持派であったことは間違いない。彼女はロスセー出身だと言った。記憶が確かであればロスセーはキャンベル氏族の土地で、ビュート島にあるはずだ。どうやら、アニーの一族の男たちはカロデンの戦いではこの大氏族に付き従って政府軍に加わり、スコットランドの土にスコットランド人の血を大量にまき散らしたようだ。

　カロデンの戦いがもたらした惨劇について彼女が何も知らないことは腹立たしかったが、だからといって、アニーを責めるわけにもいかなかった。当時、彼女はまだほんの子供で、父親の膝に抱かれて遊んでいる年ごろだったろう。故郷に凱旋《がいせん》したロスセーの男たちが、ハイランドで強姦と虐殺のかぎりを尽くしてきたと妻や娘に語って、おのれの武勇を汚すとは思えない。

アニーが体を動かした。悪い夢でも見ているのか、額に苦しげな表情が浮かんでいる。

イアンはそっと彼女の頬を撫でた。その手の感触でアニーは落ちついたようだ。彼の胸に
アニーを守ろうという不思議な感情がふくれあがった。

女にとって辺境地で生きることはむずかしい。それだけは確かだ。飢え、病気、殺戮が彼女たちの周囲にひしめく。たとえこうした環境で生き延びても出産で命を落としたり、多くの子供を埋葬する悲しみに耐えかねて亡くなる女もいる。美しさや優しさに情け容赦なく襲いかかる厳しい土地なのだ。

とはいえ、辺境に生きる女としてアニーは場違いに思えた。勇気も精神力もあり、必死に助かろうと戦ってはいたが、どこか奇妙なところがあると認めずにはいられなかった。

彼女の足に軟膏を塗ったとき、その皮膚は不思議なほどなめらかでやわらかかった。ちょっとありえないことだが、裸足で過ごしたことなど人生で一度もないような、すべすべした足だった。

手もそうだ。あかぎれはあったが、真新しいたこがあるだけで、ほとんど働いたことがないのではないかと思わせる。彼は手を握って撫でたが、そのときの感触はまるで絹のような手触りだった。

話しぶりも貧しいハイランドの女とは明らかに違っていた。上品で、教育を受けた女の口調だった。

しかし、仕立てが悪く、ぶかぶかでみすぼらしい毛織りの服は、まさに極貧の小作農の女房が着るような代物だ。

そうとも、この女はどこかおかしい。

しかし、そんなことを考えても意味がない。無事に砦までたどりつければもう彼女の心配をする必要がなくなる。命令違反の罪で彼には懲罰が待っているだろうし、アニーのことも彼女に感じた欲求もすべて忘れておしまいだ。おそらくウェントワースは次の輸送便で彼女をオールバニへ送るだろう。あとは彼女が自分の力で道を切り拓いていくしかない。

イアンは最後の拳銃の槊杖《さくじょう》に掃除用の布を巻いて銃身へ押しこみ、オールバニでひとりぼっちになるアニーのことは考えないようにした。彼女をだまし、いいように利用したあげく通りに捨てる冷酷な男たちであふれた危険な町。しかし、いったんこの森を出てしまえば彼女の行く手を守ってやるすべはほとんどない。彼は自由の身ではないのだから。

イアンは西の水平線に目をやり、あと一時間ほどで陽が落ちるだろうと思った。湖を偵察し、戦士の一団や軍船がいないか確認する必要があった。野営地の周辺も見まわって、敵がうろついていないか、あるいは、待ち伏せしていないか、確かめねばならない。そのあと、最後のわずかな夕陽を頼りにふたたび出発する。

もし何ごともなくうまく運べば、今夜が湖面を進む最後の夜になるだろう。ボートで湖の南岸まで行く。数時間の休息を取ってからその先は徒歩で進まざるをえない。闇のなか、エリザベス砦までの道を進むような真似は絶対にできない。砦を目指す今回の道のりで最も危険な区間になるだろう。

イアンは荷物をまとめはじめ、もっと寝かせてやりたいと思いつつアニーを起こすことにした。

「女を台に縛りつけろ。脚から衣類を剝《は》ぎ取れ」

「お願い、伯父さま、やめて！　どうかあなたの弟を思いだして……」

赤く燃える焼きごて。

彼女の内腿を撫でる伯父のいやらしい手。

「このあたりがいいだろう……いずれ愛する男ができたとき、これを見れば……どんな男でもおまえを捨てるぞ」

「お願い、やめて！」

身が引き裂かれるようなすさまじい痛み。

彼女自身の悲鳴。

アニーはすばやく彼女を抱きかかえた男の手を払いのけた。喉に嗚咽《おえつ》がこもった。「やめて！」

「落ちつけ、アニー。夢を見ただけだ」

「お願い、やめて！」凄絶《せいぜつ》な悪夢でまだ頭が混乱したまま目を開けると、彼女はあのハイランド人の腕のなかにいた。「イ、イアン？」

「ああ、そうだとも。だいじょうだよ」彼はアニーを抱きしめ、その髪を撫でた。胸の奥から穏やかな低い声が響いた。「おれがいるかぎり、誰も君を傷つけたりはしない。おれが生きているかぎり絶対に」

口には恐怖の味がしみこみ、全身が震えていた。アニーはイアンにしがみついた。彼は力強く温かく、常軌を逸した世の中で頼りがいのある存在に思えた。少しずつ震えがおさまり、彼のたくましい抱擁に支えられて悪夢の衝撃が薄らいだ。

「ご……ごめんなさい」急に戸惑いを覚えたアニーはイアンの胸から頭をあげ、目をそらした。このあいだ、こんなふうに抱かれたとき、口づけされたのだから。

イアンの手が彼女の頬を包みこみ、そっと彼女の顔を自分のほうに向けた。彼の目に非難の色はなく、ただ心配そうに見つめているだけだった。知らず知らず流していた涙を彼が親指でぬぐい取った。「謝ることなんてないさ。悪夢にうなされるのは恥ずかしいことじゃない」

そう言われてアニーはためらったが、いつのまにか口を開いていた。「あなたも見るの……悪夢を？」

イアンの目に色濃い翳《かげ》りが満ちあふれ、彼はその目を森へとそむけた。「ああ、そうとも、見るさ」

そして、彼は立ちあがった。背負う荷物のほかは武器類をすべて身に着けていた。

「もう出発するの？」

「いや、まだだ。まずおれがこの周辺と湖のボートのあたりを偵察してくる。それがすんだら戻ってくる」彼は腰から拳銃を一丁抜き取り、銃身を反対に向けてアニーに手渡した。「万一、銃声が聞こえたらあそこの岩場に身を隠せ。もし命があればおれは君のところへ帰ってくる。もしも命が……」

拳銃を受け取り、その重みを手で感じたとき、冷たい恐怖で胃が縮みあがった。イアンが戦いで命を落とし、自分がこの荒野でひとり取り残されることなど、アニーは今の今まで思いつきもしなかった。突然、伯父の悪意が遠くかけ離れた些細《ささい》なものに感じられた。「わたしも一緒に行っちゃいけないのかしら？　もしあなたが殺されたら、どっちみち、わたしも死ぬんですもの。たとえ殺されなくても飢え死にするわ」

イアンはしばらく考えたようだが、やがてかぶりを振った。「いや、だめだ。ここにいろ。ちょっと待ってるだけだ。おれのことが恋しくなる前に戻ってくるさ」

そして、彼は音もたてずに丘をおりていき、アニーひとりが残された。

待っている時間はやけに長く感じられた。太陽は水平線の彼方に低く沈みかけている。アニーはクマの毛皮にすっぽり身を包み、差し掛け小屋の奥で縮こまった。森と夕闇の静けさが重苦しく迫ってくるようだった。

彼は戻ってくるわ。絶対に戻ってくる。

手にした拳銃に目をやると、空気の冷たさとは無関係の寒けに背すじが震えた。何不自由のないかつての安楽な生活が遠い昔のことに思われ、この新しい生活がひどく不可思議で恐ろしいものに思えた。いずれそのときが来たら、わたしはこの引き金を引いて人を殺せるのだろうか？

彼女を襲ったあの男が頭に浮かんだ。彼女が石を投げつけたインディアン。

そうよ、殺せるわ。

彼女は別のことを考えようとしたが、ふと気づくと、拳銃に弾を込める手順を頭のなかで復習し、練習していた。

――陽だまりにすわって鳥のさえずりを聞きながら銃の装弾をするのはむずかしくない。だが、敵弾が飛び交い、周囲で瀕死の仲間が悲鳴をあげているところで、何度も弾込めするのは厄介なものだ。

まわりの森から秘《ひそ》やかな物音が響いてくる黄昏《たそがれ》のなかでも、そう簡単にはいかないんじゃないかしら？

そして、思いたった。練習をしなくては。再装塡が必要な場合に備えて火薬と弾丸を用意しておかなきゃ。きっとイアンは荷物のなかに彼女の分を残してくれているだろう。

アニーは荷物を調べ、予備の火薬と銃弾を探した。

小さなブリキのバケツ。折りたたみナイフ。フォーク。角製の小型容器に入った塩。ブリキのカップ。ラム酒のフラスク。ブリキの皿。軟膏の壺。包帯用の布。布に包んだ銀白色の灰汁《あく》石鹸。蠟燭《ろうそく》。針と糸。羊皮紙に包んだ生姜のかけら。しかし、火薬も銃弾もなかった。

アニーは急に怒りを感じた。肝心の弾薬をくれもしないくせにどうして再装弾の方法なんて教えるの？　彼が戻ってきたらどうしても訊いてやろう。彼はちゃんと戻ってくるから。

お腹が鳴った。空腹で喉も渇いている。ふたり分の食糧なのだから自分だけがここでトゥモロコシ粉を食べるのは良心が許さなかったが、少なくとも喉を潤すぐらいはいいだろう。革製の水筒を探したが見つからず、イアンが持っていったにちがいないと気づいた。彼女はあの喉が焼けつく刺激を思いだしつつ、ためらいがちにラム酒のフラスクへ手を伸ばした。栓を抜き、においを嗅いでから口もとへ運んだ。

「アニー、だめだ！」

アニーは驚いてフラスクを取り落としそうになった。イアンが木立のなかから猛然と駆け寄ってきた。

「おい、いったいなんの真似だ、これは？」イアンが彼女の前に膝《ひざ》をつき、その手からフラスクを取りあげ、栓をした。「飲んだのか？　アニー、どうなんだ？」

彼女は首を横に振った。「い、いいえ」

イアンは大きな安堵と共にこみあげる怒りを感じた。喉を絞めあげてやりたい衝動をこらえた。「おれの荷物をあさるなんて、いったい何をやってるんだ？」

「わたしは火薬と弾を探していただけよ。それに、喉が渇いていたの」

「これの中身が何か知ってるのか？」

アニーは顎《あご》を突きあげた。「ラム酒でしょ？」

「ああ、ラム酒だ。毒入りのラム酒だよ！　ちゃんとしたラム酒が入ったフラスクはいつもおれが携帯している。この毒酒はひと口飲んだだけで一巻の終わりだ。飲んでしまったらもう救う手立てはない」

アニーの顔から血の気が引き、目を大きくみはった。「毒入りのラム酒？　どうして……？」

「おれが捕まった場合、敵は必ずおれの持ち物をあさるだろう。ちょうど君がやったように な」恥ずかしそうに赤く染まるアニーの頬へイアンはちらりと目をやった。「もしおれに運があれば、敵はおれを殺したり向こうの陣地へ連行する前に、このフラスクをまわし飲みして死ぬだろう」

「まあ、どうしましょう！」

フラスクを唇に当てたアニーを見た瞬間、イアンは恐怖で凍りついた。あと一秒でも帰りが遅れていたらいったいどうなっていたことか……。

彼はアニーの膝に水筒を投げた。「いいからそれを飲め！　飲み終わったらでかけるぞ」

「ひとこと話しておいてくれればよかったのに」アニーは水筒をつかんで栓を抜き、水を飲んだ。

まだ怒りのおさまらないイアンはフラスクを荷物に押しこんだ。「君が泥棒みたいにこっそりおれの荷物をあさるなんて、考えもしなかったからだ！」

アニーは水筒を突き返した。顔が深紅に染まっていた。「わたしは泥棒なんかじゃないわ！」

たしかに彼女の言うとおりだと感じ、イアンの良心が疼《うず》いた。事前に警告しておくべきだった。だが、レンジャー部隊員ではない者と荒野を旅することには慣れていなかった。実は、この毒酒入りフラスクが荷物に入っていたことはほとんど忘れていた。それが喉まで出かかってはいるのだが、まだ腹が立っていて正直に話す気にはなれなかった。彼女のせいでこれほどゾッとしたことに腹が立ち、彼女に警告し忘れた自分にも腹が立っていた。

「君は子供より手がかかるな」

アニーの顔に不快感がよぎった。そして、彼女は思いがけない行動に出た。差し掛け小屋から這いだすと、立ちあがり、おぼつかない足取りで歩きだしたのだ。

イアンはアニーと並んで歩いた。片目で森を、片目で彼女を見ていた。ここまでやり抜くとは想像していなかった。蒼白の顔と荒い息づかいから察するに、一歩一歩が恐ろしく痛むにちがいない。これはおまえのせいだ、と心の声がささやきかけてきたが、イアンははねつけた。傷だらけの足で歩くはめになったのは浅はかな女のプライドのせいで、彼がそう仕向けたわけではない。

傾斜はだんだんきつくなり、いったん溶けてまた凍った雪は滑りやすく、冷たかった。足もとに注意しろと口を開きかけたそのとき、アニーが足を滑らせた。

イアンはすばやく彼女のウエストに手をまわして支えた。「気をつけろ。ここからは坂が険しいし滑りやすい。おれの手をつかんだほうがいいんじゃないのか?」

一瞬、アニーはイアンに体を寄せた。だが、すぐに離れて彼を無視し、木の幹を支えに使って坂をおりつづけた。

「まったく、かわいげのない頑固な娘だ!」イアンは小声で悪態をついた。

それはアニーにも聞こえたし、彼が怒っていることもわかっていた。しかし、アニーも負けずに腹が立っている。わたしを泥棒呼ばわりするなんて! あれじゃはっきり泥棒と言われたようなものじゃないの。でも、わたしは何ひとつ盗んではいない。そもそも火薬と弾を渡してくれていれば、彼の荷物に近づきもしなかった。だいいち、あのラム酒に毒が入っているなんて、誰にわかるの? 前もって話してくれるべきだったのよ。彼は謝るべきで、いきなり声を荒げて子供を叱るみたいに怒鳴りつけるほうがおかしいのだ。

——君は子供より手がかかるな。

わたしは子供じゃないわ! 彼の助けが必要だとしたら、それは不慣れな土地の辺境にいて、しかもけがをしているからだ。ロスセーの館にいれば、こんな人に手を貸してもらう必要なんてないのに。

あなたには大勢の召使いがかしずいてなんでもやってくれたからでしょう、アニー。

アニーは木の枝に手を伸ばしながら、頭のなかに響くいらだたしい声と足の激痛を無視しようとした。こういった生活を知らないのはどうしようもないことだ。彼女がこんなところにいるのは、イアンのような男たちが彼女の父や兄弟を殺し、彼女の人生をこなごなに打ち砕き、彼女と母を残忍な伯父のもとへと追いやったからだ。

イアンのような男たち。でも、イアンではない。

彼はわたしの命の恩人だ。ずっと彼女を守り、優しさと安らぎを与えてくれた。もし彼もイギリス国王を呪い、彼女の親族の残虐行為を非難しているとしたら？

——そのあげく、やつらは強姦して虐殺した。年寄り、人妻、若い娘、女という女を。

アニーは木に寄りかかって歯を食いしばり、うめき声を噛《か》み殺した。目がまわりそうになりながら視線を投げると、湖まではまだかなりの距離が残っていた。

「おい、アニー！　おれが助けてやると言ってるのにどうして自分から苦しい道を選ぶんだ？」

アニーはなおも怒りの感情にしがみついたまま、さらに一歩を踏みだした。

そのとき、いきなり口を手でふさがれ、力強い腕で地面へと押し倒された。イアンの体が上から覆いかぶさっていた。彼女の華奢な背中に彼の腰がのしかかり、胸が彼女の両肩を押さえつけている。

イアンが彼女のこめかみのあたりでささやいた。「音をたてるな」

アニーは全身に恐怖を感じてうなずいた。

イアンが彼女の口から手を離した。ライフルの撃鉄を起こす小さな音が聞こえた。

そして、彼女にも見えた。

岸辺から少し離れた湖面を四艘の小舟が音もなく進み、それぞれの舟にはインディアン戦士が五、六人乗っていた。アニーを襲った男と外見はほぼ同じで、それぞれがフリントロック式銃らしきものを持っている。彼らは何かを探すように湖岸を見つめていた。

あのボートだわ！

ボートは岸からそう遠くない下草のなかに裏返して隠してある。もしあれが見つかってしまったら……。

心臓の鼓動が大きな音をたて、インディアンたちに聞こえないのが不思議なくらいだった。アニーはきつく目をつぶり、顔を雪に押しつけて息を殺した。

やわらかな唇がこめかみに触れ、そっとささやきかけた。「落ちつけ、アニー」

彼女が目を開けると、小舟はほとんど間近に見えた。戦士たちが顔をあちこちに動かして、一心不乱に岸を見つめていた。そして、ひとりが視線を丘の斜面に向けた。男の目がまっすぐアニーをとらえ、その凝視が暗い影となって彼女をかすめたように思えた。

イアンの体がこわばるのをアニーは感じ取った。

インディアンのひとりが何か話した。アニーはボートが見つかったにちがいないと思った。しかし、彼らに上陸する気配はなく、ひどくゆっくりと湖を引き返し、やがて見えなくなった。

アニーはためこんでいた息を吐き、覆いかぶさっていたイアンの重みも離れた。

唐突にたくましい腕が彼女を無理やり振り向かせた。藍色の瞳が彼女の目を射抜いた。

「この先、ボートまでおれが君を背負っていく。いっさい文句は言うな」

あと一時間で夜が明けるころ、ふたりはジョージ湖の南岸までたどりついた。何時間もボートを漕ぎ、荒野で六日を過ごしたおかげでイアンは疲労困憊していたが、それでも休むわけにはいかなかった。彼はボートを手際よく隠してから、アニーを背負って内陸まで短い距離を進み、夜明けを待つことにした。大きな岩の風下側に絶好の隠れ場所が見つかり、彼はアニーに拳銃を持たせてひとりそこに残し、周辺の偵察にでかけた。近くで野営する敵はいないと確認して戻ってみると、暗闇のなかでアニーが目を大きく見開き、撃鉄を起こした拳銃を構えてすわっていた。

彼女が飛びあがった。「今の、聞こえた?」

周囲からは闇に包まれて眠る森の音しか聞こえなかった。木立のあいだを吹き抜ける風、オオカミの遠吠え、砂と石に打ち寄せる波音。

「今のって、何が?」イアンはわれながら不機嫌そうな声だと思った。

「悲鳴のような音が聞こえたわ」

「なんだ、あれか。あれはピューマだ」今夜のイアンはずっとアニーに対して無愛想だったが、その理由を話すことはできなかった。アニーを怒鳴りつけたい気持ちと、抱き寄せてしゃにむに口づけしたい衝動の板ばさみになって、彼はひと晩じゅう悶々《もんもん》としていたのだ。強く張りすぎた弓のように、いつ弾《はじ》けてもおかしくない気分だった。

そのとき、アニーの顔に浮かんだ恐怖の色に気づいた。イアンは彼女の前に膝をつき、顔に掛かった髪を払いのけてやると、激情を抑えこんだ声で言った。「心配するな。ずっと遠くにいるんだし、おれたちに危害がおよぶことはない。さあ、そろそろ寝よう」

9

アニーがやっと眠りに落ちたかと思ったとき、またもやイアンに揺り起こされた。体のふしぶしが痛み、疲労と飢えで頭がぼんやりしたまま起きあがってみると、すでに夜が明けていた。こんなにも疲れたことが今までにあったろうか？　あと一時間眠れるものなら何を失っても惜しくないくらいだ。熱いお風呂にも入りたい。ポリッジと紅茶を口にしたい。

わたしは疲れ果て、わずかな気力すらないありさまなのに、どうしてイアンはこんなにも活気に満ち、精力的に見えるのかしら？　彼の苦労のおかげでふたりはこうして生きている。アニーを背負って森を歩きづめに歩いたのは彼だし、二夜続けてボートを漕いだのも、彼女が眠っているあいだ見張りを続けたのも彼だ。イアンのほうこそ疲労困憊しているはずなのだ。

アニーは自分の弱さに恥じ入り、背すじを伸ばして少しでも頭をすっきりさせようとした。せめてイアンの背から落ちないように必死にしがみつき、抱きすくめられても文句を言わずに我慢することぐらいならできる。わたしはすぐ怖《お》じ気《け》づくような意気地なしではない。生まれつきこういう厳しい生活に慣れているわけではないが、機転は利くほうだし、少なくとも勇気はある。

彼女の理解が正しければ、たぶん、エリザベス砦まで陸路であと一日ほどだろう。もう一日ぐらい我慢はできる。

イアンがトウモロコシ粉の入った革袋をアニーに手渡した。「ここで少し待ってろ」

そして、彼は小さなブリキのバケツを持って湖のほうへ向かった。

アニーはひと握りのトウモロコシ粉を口に入れて嚙み、水筒の冷たい水で空っぽの胃袋へと流しこんだ。

長い一夜だった。その前夜にフランス軍船と遭遇したせいで用心深くなり、二度とイアンの足を引っ張るような真似はしないと決意した彼女は、ずっと起きているつもりで湖面の闇を見つめ、息ひとつするにも気を使っていた。

しかし、イアンは怒っているように見えた。ほんの数回、口を開いたその声はぶっきらぼうで、顔つきは険しかった。カロデンの戦いをめぐる彼女の発言で感情を害したのかもしれない。あるいは、軍船のフランス軍兵士の注意を引いてしまったことにまだ腹を立てているのか。それとも、例の毒入りラム酒のせいだろうか。ただし、あれは絶対にわたしの責任ではないのだが。

——君は子供より手がかかるな。

アニーは少しでも役に立ちたくて、もうひと組のオールを使って自分も漕ぐと言ったが、彼は首を横に振った。

「そんなことをしてもやかましい音をたてるだけさ」

そのとおりだろうと思って、アニーはよけいに恥ずかしくなった。凍《い》てつくような沈黙とともに危険で長い一夜が過ぎ、アニーはただ無力感といらだたしさと恐怖を感じるだけだった。

本当にややこしい人だわ！　悪夢に怯《おび》える彼女を優しく抱いて慰めてくれるときもあるかと思うと、彼女の存在を無視し、自尊心を傷つける。

少なくとも、あれから二度と口づけはしてこないが。

どうして二度と口づけしないのかしら？

そう思うたびにアニーの胸が高鳴った。強く押しつけられたあの唇の熱い感触。彼女の口をまさぐる舌の焼けつくような衝撃。押し当てられたたくましい肉体。

——ああ、アニー。絶対に君の口づけは甘いと思ってたよ。

彼の言葉を思いだすだけで息が詰まった。そして、自分も喜びを感じていたことに気づいた。彼女もあのキスを楽しんでいた、と。

その真実に思い当たっても、それでもアニーは受けいれなかった。唇を奪われたのは、わたしが眠りこけて夢を見ているときだった。喜びを感じたのは夢うつつで朦朧《もうろう》としていたからだ。貴族の娘として上品に育てられたわたしが、荒っぽいレンジャー部隊員で、ハイランドの反逆者の野蛮人なんかとキスして喜べるはずがないじゃないの?

ふと顔をあげると、彼女の心をかき乱している当の本人が近づいてきた。顎ひげはさらに伸びて色濃くなり、長い黒髪はあいかわらず束ねもしないで無造作に垂らし、粗野な印象を深めている。首もとが開いたシャツの陰から黒い胸毛がのぞいている。このシャツを脱いだときの様子や、その胸に抱きすくめられたときの感触を思いだして、アニーはまたもや息が詰まった。

イアンはほとんど音をたてずに歩いた。大柄のくせに動きは敏捷《びんしょう》ですきがなく、なめらかだった。とても優美だ、とアニーは思った。そう思って自分でも驚いた。男の優美さとは、広い舞踏室のなかに限られた資質だとこれまで考えていた。男が女性の足を踏まずに巧みにカドリーユを踊れるか、あるいは、踊れないか。しかし、ここにはまったく異質の優美さがあった。練習とは無縁の優美さ、本能的な優美さ、動物のような優美さ。

彼はアニーの前にバケツを置くと、荷物のそばに膝をつき、昨日、彼女が目にした石鹸と布を取りだした。「冷たい水で足の痛みが和らぐだろう。よかったら足を洗って軟膏をまた塗り足すといい」

その思いやりに驚きつつアニーはイアンから布を受け取った。「ありがとう」

「手早くやるんだぞ。おれは偵察に行ってくる」彼は立ちあがり、音もなく森へ入っていった。

アニーは水に触れてみたが、氷のように冷たかった。彼女はモカシンを脱ぎ、傷だらけの足を出した。そして、水に布を浸して絞ると、石鹸をこすりつけた。足を洗うつもりでいたのだが、気づくと布を顔に当てていた。

喉の奥から声が洩《も》れそうだった。気持ちがよかった。冷たい水が肌を刺激し、汚れを洗い落とし、生き返ったような心地がした。水を一滴も無駄にしないように気をつけながら顔を洗い、さらに喉をぬぐった。冷たい滴が首を流れ落ち、服の下へと入りこんだ。次に彼女は足と足首を洗った。

しかし、まだ物足りない。

アニーは周囲に目をやって近くにイアンがいないことを確かめた。それからひざまずいてクマの毛皮を脱ぎ、服と肌着を両肩からウエストまでずりおろした。ほんの少しの時間があればそれですむ。

今まで野外で裸になったことなどないし、自分がこれほど大胆な真似をしていることにわれながら信じられない気持ちもあった。彼女はバケツに布を浸して絞ったが、自分の体を見て目をみはった。土手を転げ落ちたときの打撲であちこちに紫色の痣《あざ》ができていた。片方の乳房には引っかき傷、右の腰の上には赤いみみず腫れ。まさに死と隣り合わせだった証拠が体に残されていた。

彼女は身震いした。

すべてを忘れたくて彼女はすばやく手を動かした。まず胸から腹部をぬぐい、次に腕と肩。微風が吹いて濡れた体に鳥肌が立ったが、冷たい水は打ち身や痣の痛みを和らげてくれた。泥や土、乾いた血を洗い落とすと、ふたたび自分を取り戻したような気分になってきた。

「これを見れば聖者でも誘惑されるだろうな。でも、おれは聖者じゃない」

アニーはハッと息を呑み、両腕で乳房を覆った。

イアンが三メートル先に立っていた。ライフルの銃床を地面に突き、銃身を片手で持ったまま、露骨な眼差しをアニーの体に注いでいた。

「あ、あなた、見るもんじゃないわ！」

「君こそ、裸になるもんじゃない」

イアンは口が利けたことに驚いた。胸をあらわにし、濡れた肌でひざまずくアニーの姿をひと目見たとき、息を呑んだ。突風に舞う灰のように思考が乱れに乱れた。そして、いつのまにかその場に棒立ちになっていた。ペニスは痛いほど硬くなり、この数日間の怒りと欲求不満が混じり合って激しい性欲が体を貫いた。

浅い傷や痣だらけでも彼女は美しかった。恥ずかしそうに頬がピンク色にほてり、明るい薄緑色の目は純潔な乙女の警戒心で大きく見開かれている。ふっくらとした乳房は張りがあり、バラ色の乳首は寒さで固く締まっている。肌はクリームのようになめらかで、肩はやわらかな曲線を描いていた。

イアンは女性を丁重に扱うように育てられたが、今は丁重ではいられない気分だった。母方の古代ヴァイキングの血が体内によみがえり、熱く煮えたぎっていた。アニーの髪をつかんで押し倒し、彼女の同意があろうとなかろうと男の本能にまかせて彼女をわがものとし、秘部のさらに奥まで何度も何度もおのれを突き立てたい。そんな衝動に駆られた。

アニーは片腕で胸を隠しながら、肌着と服を手探りした。

「それはそのままにしておけ」

明らかに動揺した目つきでアニーは彼を見つめ、ふたたび服に手を伸ばした。

「そのままでいろと言ったんだ」イアンはふたりの距離を縮め、彼女の傍らに膝をついた。頭にある考えはただひとつ。彼女に手を触れずにはいられない。

アニーの息づかいは荒く、体は震えていた。目はまん丸になるほど大きく見開いている。

イアンは彼女の手首をそっとつかみ、片方ずつ自分の唇に引き寄せた。「君の美しさを隠さないでくれ」

そして、彼はアニーの裸身をじっくりとながめた。荒い息づかいに合わせて上下に動くなめらかな乳房は、彼の大きな手を埋め尽くすほど豊かだ。乳首はまるで男に吸われたかのように固く突きだして濡れている。片方の乳房にはまだ生々しい赤い引っかき傷が残っていた。この胸の奥で野鳥の羽ばたきのように小刻みに動く心臓の鼓動までが伝わってくる。

イアンの体を欲望が貫き、疼く股間《こかん》へ熱い炎の塊を送りこんだ。息をするのも苦しかった。このたわわな乳房を両手で包みこみ、乳首を口に含んで舌と歯でもてあそんでやりたい。

彼は胸の引っかき傷に唇を押し当ててキスした。

アニーがハッとあえぎ、焼き印でも押されたみたいに体を引いた。「お、お願い、やめて……」

猛《たけ》り狂う鼓動に合わせてイアンの耳の奥で性欲がうなりをあげていた。張りつめたペニスが革ズボンを押しつけ、女と交わりたいと訴えている。「何も怖がることはないさ、アニー」見え透いた嘘だ。もしおれの下心を知ったらアニーは平手打ちでも食わすか、あるいは、悲鳴をあげて逃げるだろう。

おまえはゲス野郎だ、マッキノン。この娘が処女で、死ぬほど怖がっているのがわからないのか？

イアンは欲望を必死に抑えこみ、アニーの手首を放すと、布をつかんでバケツに浸した。

「後ろを向けよ。背中を拭いてやろう」

彼女はふたたび胸を隠し、少しためらってから言われたとおりに背を向けた。

イアンは布を絞り、アニーのふっさりとした長い豊かな金髪を片方の肩に掛けてから濡れた布を背中に押し当てた。小さく息を呑む音が聞こえ、震えが伝わり、激しい脈の動きが首すじに浮きあがっている。イアンの体内の炎はますます燃えさかった。

彼は痣のできている部分に注意しながらやわらかな肌にゆっくりと布を滑らせ、ほっそりした背中から品よく盛りあがった腰へと手を動かした。そして、それが目に入った。

転落でできた濃い紫色の痣の下に、革の鞭《むち》の跡としか思えない薄くなりかけた黄色い傷跡が残っていた。誰かが彼女を鞭打ったのだ。しかも、何度も。

冷たい怒りがイアンの血のたぎりをかき消し、自分自身への嫌悪感だけを残した。この気の毒な娘は痣と傷だらけで、しかも、これが初めてではないというのに、彼の頭には彼女を自分の思いのままにすることしか浮かばない。口づけするなんてもってのほかだ。一度だけ彼女を味わいたいと思い、それが想像をはるかに超えるほどすばらしかったので、今はもっと欲しいと思っている。

愚か者め、ズボンがきついのはおまえのせいだ、マッキノン。

しかし、どんな男にも彼女を傷つけることは許さないと誓ったのではなかったのか？

ああ、そうとも、誓った。

おれという男から彼女を守れないのであれば、そもそも彼女を守ることなど不可能ではないか。

イアンは布を置き、アニーの服を肩まで持ちあげた。「さあ、これでいい。服を着ろ。出発の時間はとっくに過ぎてる」

アニーはイアンの大きな背中におぶさり、森のなかを運ばれていた。彼の不吉な言葉が脳裏から離れなかった。

「アベナキ族はおれたちの行き先を知ってるんだ、アニー。湖ではうまくまいたが、やつらは執念深く跡を追ってくるか、あるいは、エリザベス砦に通じる道沿いで待ち伏せるだろう。ここから先がいちばんの難所になる。絶対に音をたてるなよ」

ふたりが通り過ぎた砦の焼け跡はまるで死の遺物で、危険な道のりを歩んでいるのだと思い知らされた。イアンはそこをウィリアム・ヘンリー砦と呼び、慎重に離れて物陰を進んだ。「あそこは去年の夏に陥落し、大勢の男や女子供たちまでが砦と運命を共にしたんだ」

去年の夏、この砦が焼けているころ、わたしは伯父の館で何不自由なく暮らし、伯父の邪悪さにも母の苦しみにもまったく気づかず、アメリカでの戦争もほとんど知らなかったのかと思うと、アニーは不思議な気がした。行く手にどんな運命が待ちかまえているのか想像すらできなかった。母の死も、伯父の残虐非道ぶりも、過酷《かこく》な新世界で繰り広げられる戦争の恐怖も。

音もなく飛んでくる矢で命を落とすのだとホーズだんなさまから聞かされたことがある。この広大な大地ではそれがありうるのだろうと、アニーはやっと理解できた。頭上にも周囲にも森が広がっているように思えるし、丘や木立、渓谷や岩場、どこにでも恐ろしい可能性が潜んでいる。どこかで死が彼らをつけ狙っているのだ。

物陰で何かが動いた。キツネだ。

木の枝が揺れ動いた。二匹のリス。

素裸の胸に注がれたイアンの熱い視線にどれほど戸惑い、かつ、動揺したか、しばらくアニーは忘れた。彼の眼差しに動悸《どうき》が速くなったことも忘れた。敏感な手首の内側にキスされたとき、下腹部に奇妙な温《ぬく》もりが広がったことも。背中を拭いてもらったとき、その感触に肌がゾクゾクしたことも。イアンに背負われて下草に埋もれた道を抜け、斜面をのぼってはおり、雪や氷や岩を乗り越えて進むあいだ、アニーはひたすら生き延びることだけを考えた。

午前もなかばに差しかかったころ、イアンは水筒に水を足すために小川のそばで足を止めた。彼はアニーを地面におろし、重い荷物を彼女の背中からはずした。彼の額一面に汗が噴きだしている。これだけ足場の悪いところを、アニーを背負って延々と歩きつづけるのは決して楽なことではないと彼女にもわかっていた。

「もしすませておきたいことがあったら今のうちだぞ。でも、遠くには行くな」イアンは小川のそばに膝をつき、氷の穴の下へ革製の水筒を突っこんで水を入れた。

アニーは痛む足で少しだけ川から離れ、用を足した。そして、できるだけ早足に引き返した。イアンの横にすわり、水筒からごくごくと水を飲む彼をながめた。彼女の視線は彼の喉の筋肉にはりついていた。

彼は袖で口をぬぐった。「喉は渇いてないか？　飲むなら今だぞ。また水を足せるからな。この先、休憩を取りたくないんだ」

アニーが水筒を受け取って飲みはじめたそのとき、音が聞こえた。遠くで何かが弾けるような音……。

銃声だ。

すぐさまイアンが立ちあがり、額に皺《しわ》を寄せてじっと耳を澄ませた。そして、目を閉じ、息を吐いた。一瞬、深い疲労感とも自責の念とも取れる表情がその顔によぎった。

「イアン？　今のは何？」

「おれの部下たちだ。それに、弟たち。みんなが攻撃を受けてるんだ」

イアンはできるだけ急いで南の砦を目指した。アニーを戦闘に巻きこまないように戦いの場から離れようとした。銃声はいったんやんだが、ふたたび始まり、今度はさらに近くから聞こえた。そして、また止まった。状況を確認するために部下たちのもとへ行く必要はない。イアンが自分の手で彼らを鍛えたのだ。彼らが戦闘で使う作戦や計略、陰謀は知り尽くしている。

頭のなかにその情景が浮かんだ。

数でこそ負けているが、レンジャー部隊はすぐ砦へと退却はしていないだろう。側面からの包囲を防ぐために円状に陣形を組み、フランス軍とその同盟軍のアベナキ族に一斉射撃を加えたことだろう。フランス軍の戦線が崩れたところで彼らは退却し、砦へと急ぐ。

だが、フランス軍は態勢を立て直してふたたび追撃してくる。そこで、部下たちはまたもや円形にまとまり、ふたりずつ組んで発砲と装弾を繰り返し、切れ目なく敵軍に銃弾を浴びせる。でも、このあと、何が起きたのだ？

静寂の意味がイアンにはわからなかった。

フランス軍が勝利を収めたのか？　それとも、ふたたび陣形を崩し、そのすきに部下たちは森のなかへと姿をくらましたのか？

イアンを悩ませる疑問はこれだけではなかった。何人の部下が死んだのか？　森へ逃れたものの、負傷して手足や命を失うかもしれない部下が何人いるのか？　何人が捕虜となり、敵の手による苦痛に満ちた無惨な死を待っているのか？　それに、モーガンとコナーはどうなった？

こうなる可能性はわかっていた。任務を危うくするかもしれないとわかっていた。部下を失うかもしれないし、ひょっとしたら弟たちまで失うかもしれない、と。それでも彼は命令に背いた。この決断の代償は永遠に消えることがないだろう。

しかし、彼はアニーの命を助けたことを後悔していなかった。生きている彼女のやわらかな温もりが背中から伝わってくる。そして、守ってやりたいという衝動がふたたび体の芯《しん》からわきあがってきた。あんな苛酷な運命は彼女にふさわしくない。彼女の死を黙って見ていたとしたら、それは彼自身の手で殺したも同然なのだ。

彼女を鞭打ったのは誰だろう、とイアンはまたもや考えた。コナーが雪のなかで発見した死体の男だろうか？　彼女の身内の？　きっとそうにちがいない。ほかにはいないのだから。

アニーは抵抗もせずに甘んじて鞭打たれるような従順な女には見えない。つまり、彼女にとってはあの夫婦が唯一の身内で、どんなにひどい扱いを受けても我慢しないことには家から追いだされてしまうと感じていたのだろう。もしそうだとしたら、あの男が死んでなによりだとイアンは思った。女を殴る男など、母親から与えられた命に値しない存在なのだ。

木陰から鹿が飛びだしてきてイアンの物思いをさえぎり、彼の意識を現実へ引き戻した。気を散らしている場合ではなかった。地面は険しく岩場が多くなり、どこに敵が隠れていてもおかしくない。彼は鋭く突き立った岩場を見つけた。部下のひとりがいつもフランス兵の待ち伏せに使っていた場所だが、そのとき、ふたたび銃声がとどろいた。

しかも、今度はすぐ近くで。

10

イアンは突き立った岩場めがけて斜面を駆けのぼった。そう遠くない背後の森ではライフルの発射音と叫び声が響きわたっている。まずはアニーの避難場所を確保しなくてはならない。そのうえで、戦闘態勢に入ろう。

斜面は険しく氷雪で覆われ、走りながらもかんじきが滑った。彼は強烈な脚の痛みを無視してひたすら走った。

背後の怒号と銃声がますます迫ってくる。

突き立った岩場にたどりつくと、その向こう側に飛びこみ、アニーを背中からおろした。

彼女の顔は蒼白で、目を大きく見開いていたが、戦闘の現場が恐ろしいほど間近だというのに恐怖心に負けてうろたえてはいなかった。

「いいか、頭を低くしていろよ」イアンはアニーが背負っていた荷物をおろすと、彼女の手をつかんで低く身をかがめ、さらに斜面の上へと導いた。

突きでた岩場に見えた場所は、裏側にまわると低い岩壁になっていた。舳先《へさき》のように切り立った岩の部分だけが完全に地面から露出し、人ひとりがまっすぐ立っても反対側から姿を見られることはない。だからこそ、待ち伏せするには絶好の場所なのだ。北側から攻撃される心配はなく、南側に身を潜め、敵を見つけたら簡単に撃つことができる。

イアンは狭い岩の裂け目にアニーを入れ、拳銃と火薬と弾を渡した。「ここでじっとしてるんだ。敵がすぐ目の前に来るまでは撃つな。引きつけてから一発で仕留めろ。ちゃんと聞いてるか、アニー?」

彼女はうなずいた。あのアベナキ族の男と向き合ったときと同じ、恐怖の入り交じった勇気がその顔に表われていた。アニーが彼の手をきつく握った。「気をつけてね、イアン!」

どうしてそんなことをしたのかイアンにもわからなかった。おそらく、常軌を逸した戦場の空気がすでに彼を押し包んでいたのだろう。アニーの恐怖と強い決意が心のどこかに響いたのか。あるいは、単純にそうしたかっただけかもしれない。

彼はアニーの髪をつかんで顔を寄せ、口づけした。

口づけされる、とアニーにもわかったが、それでも彼の熱い唇に驚かずにはいられなかった。ほんの短いキスだったにもかかわらず、その一瞬、アニーは恐怖を忘れた。

イアンはアニーから離れ、彼女の頬を撫でると、片頬でにやりと笑った。「さすがに怒らないよな」

そして、彼は腹這《ば》いになって岩壁づたいに移動し、アニーから三メートルほど離れた。真剣な表情で岩壁の向こうをちらりとのぞいた。そして、ふたたび腹這いになり、アニーに視線を向けた。

「この下にフランス軍とアベナキ族がいる。おれの部下たちを包囲する気なんだ。おれたちがここにいることは知らないから、的撃ちみたいにひとりずつ仕留められるだろう。だが、やつらも切迫してくればこっちへ逃げこもうとするかもしれない。もしそうなったら、そこに隠れてるんだぞ、いいな？」

「ええ」

この人、頭がおかしいんじゃないの？　わたしが飛びだしてフランス兵と戦うとでも思ってるのかしら？

しかし、すでに彼は顔をそむけ、ふたたび岩ごしにのぞきこんでいた。彼はライフルを構え、撃鉄を起こして狙いを定め、少し待った。そして、何かラテン語のような言葉をつぶやき、撃った。

その銃声にアニーは仰天し、飛びあがった。

「落ちつけ、アニー」イアンは早くも仰向けになって次弾の装填《そうてん》に取りかかっていた。ライフルの上で彼の手がすばやく動く。やがて、彼はふたたび腹這いになり、銃の撃鉄を起こして発砲した。実に手慣れて無駄がなく、幾多の戦闘を戦い抜いてきた男らしい行動だった。

アニーは恐怖に怯えつつ、その動きに魅了されてじっと見守っていた。彼は装弾しては不可能としか思えない速さで撃ち、腹這いの姿勢からすばやく仰向けになってまた腹這いになる。まるで魔法にでも操られたようにアニーは上体を起こし、首を伸ばしてそっと岩壁からのぞいた。丘の下は雪が血で染まっていた。フランス兵の死骸が地面に横たわり、そばにはインディアンの死体も転がっている。ほかの何十人もの兵たちは木立の陰に隠れ、岩壁には背を向けて暗い森のほうへ銃を向けていた。レンジャー部隊との絶え間ない撃ち合いに気を取られ、背後にイアンがいることにまったく気づいていないのだ。

イアンがまたもや発砲し、またひとりが倒れた。

鮮血。強烈な火薬のにおい。苦痛の悲鳴。

「おい、アニー、頼むから引っこんでてくれ！」

彼女は吐き気を覚えながら小さくうずくまった。見たくなかった。

イアンが将校に狙いをつけて引き金を引いた。

男は前のめりに倒れたきり、そのまま動かなかった。

イアンは弾を込め、秒数を数えた。自分の位置を敵に悟られないように部下たちの射撃のタイミングに合わせて発砲していたのだ。彼は腹這いになって狙いをつけた。フランス軍の陣形がすでに崩れていた。

指揮官を失って狼狽《ろうばい》した兵士たちは、倒れた同胞の死体につまずきながら退却しようとしている。レンジャー部隊は隊形を守りつつさらに発砲を続け、怯えて逃げ場を求めるフランス兵をひとりひとり狙い撃ちして倒した。

「いいぞ、みんな、その調子だ」イアンは長身のアベナキ族に狙いをつけて撃ち、次の弾を込めた。

しかし、レンジャー部隊の勝利の予感に誇りと安堵を感じたのもつかのま、今度は自分とアニーの身に死の危険が迫っていることに気づいた。フランス兵とアベナキ族が岩壁に身を隠そうと丘を駆けのぼってくる。

こうなることを恐れていたのだ。

彼はアニーがいるところまで這って戻った。彼女はクマの毛皮にくるまって縮こまり、顔には戦争の恐怖を刻みこんでいた。できることなら彼女に見せたくはなかったが、こうなってはどうすることもできない。

イアンは両刃の大剣を背中から抜き、常に柄頭《つかがしら》を飾っているマッキノン氏族のタータンの布をはずした。「敵軍は崩れたが、フランス兵たちがこっちへ逃げてきている。君はここでじっとしてるんだ。絶対に声をたてるな。どうしても必要にならないかぎり銃は使うな。万一、おれの身に何かあったときは、部下たちが来るまで待ってこれを見せるんだ。弟たちが安全なところへ案内してくれるだろう」

彼は毛織りのタータン地をアニーの手のひらに押しつけて握らせた。

アニーが顔をあげてイアンを見た。その美しい顔に狼狽と恐怖が浮かんでいる。「イアン……」

アニーが彼の身を案じているのだとイアンは直感的に悟った。彼はアニーの唇に指を一本当てた。「しゃべっちゃだめだ」

そして、彼は大きな剣を鞘《さや》に戻し、彼女から離れた。ライフルを肩に掛け、腕を使って前へと這い進み、かろうじてすわれる高さの岩壁までたどりついた。そこで彼はライフルをつかみ、撃鉄を起こして狙いを定めた。

長く待つ必要はなかった。逃げてきた最初のフランス兵がほぼ同時に岩壁の端へ現われた。

イアンが撃った。

兵士が倒れた。困惑の表情を残してその目から光が消えた。

イアンはライフルをそばに放り投げ、二丁の拳銃を抜いて突撃した。

生き残ったフランス兵に向かって突進していくイアンの姿を、アニーは恐れおののいて見つめていた。拳銃でふたりの男が倒れ、手斧《ておの》でさらにひとりが倒れた。しかし、敵は大勢で彼はたったひとりだ。部下たちはどこにいるのだろう?

岩壁ごしにのぞいてみたが、フランス兵とインディアンしか見えなかった。この戦いでイアンもわたしも死ぬだろう、とどこか醒《さ》めた目で実感した。

死にたくない。イアンも死なせたくない。

坂の下ではイアンが大剣を抜いていた。フランス兵のなかには森のなかへと引き返す者や丘をさらにのぼってくる者もいたが、岩場の前に立ちはだかる唯一の障害であるイアンに立ち向かう者たちも当然いた。

イアンはアニーと敵とのあいだに身を置いていた。フランス軍が敗走するか、あるいは、彼自身が倒れるまでその場にとどまるだろう。

アニーは見たくなかったが、目をそらすことができなかった。ひとりのフランス兵がイアンを銃剣で突き刺そうとし、反対に胸を切り裂かれた。拳銃を構えた兵士は腕ごと切り落とされた。さらにまたひとりが倒れ、雪原にはらわたが飛び散った。

ハイランド人が大剣を自在に振るうことは知っていたが、その残酷さをまのあたりに見るとはアニーは考えたこともなかった。胸が悪くなり、恐ろしくてたまらなかった。しかし、イアンがこの死の刃をふたたび振るったとき、彼女のために彼が血を流しているのだと悟った。彼女の命を助けるために彼は戦っているのだ――またしても。

まだ森に潜むレンジャー部隊の銃撃に押されて、フランス兵がさらにイアンのほうへ向かってきた。ひとりの兵士がイアンの横をすり抜けるなり、振り返ってライフルを構えた。イアンにはそれが見えていない様子だった。彼は背を向けたまま、別の兵士の銃剣を切り落としていた。

アニーは無意識のうちに立ちあがると、拳銃を両手で握りしめ、魔法にかかったように坂をおりていった。フランス兵がアニーに気づいた直後、彼女は引き金を引き、男の目が驚愕で大きく見開かれた。

ふたつの出来事が同時に起きたように思えた。握った銃が跳ねあがり、兵士が地面に倒れてのたうった。

自分の行動に呆然《ぼうぜん》としながらアニーは煙が漂う拳銃を見つめ、雪原ですでに動かなくなった男を見つめた。

次に何が起きたのか、アニーにはわからなかった。

血も凍るほどゾッとする叫び声が森からわき起こった。まるで森そのものが悪魔に取り憑《つ》かれたようだった。暗がりから荒々しい男たちが一気に姿を現わし、フランス軍めがけて突進した。そして、イアンがそこにいた。アニーを地面に押し倒し、盾となって重い体で彼女をかばった。

背後で隊員たちに指示するモーガンの大声が聞こえ、コナーの勝利の雄叫《おたけ》びがとどろいた。弟たちの無事を神に感謝しつつ、イアンはアニーの震える体を探って傷がないか確かめた。

「この娘、けがをしたのか？」モーガンが傍らに膝をついた。「彼女の活躍は見届けたよ。あのクソ野郎がおれの視界に入ったとき、ちょうど彼女が撃ったんだ」

「活躍どころか、この女は二度もおれの命令を無視したんだ。まったく、できるものなら生き皮を剝いでやりたいよ！」イアンはアニーの体を起こしてすわらせた。無事とわかったとたんに恐怖が激しい怒りに変わった。「いいかげんにしろよ、アニー！　じっと隠れてろって言ったじゃないか。撃たれなかったのは本当に運がよかったとしか言いようがないんだ」

アニーが目を合わせた。緑色の瞳に生気はなく、どんより翳っている。「イ、イアン？」

その翳りの意味がイアンにも痛いほどわかった。彼女はショック状態なのだ。戦争の恐ろしさをそのまっただなかで見てしまった。それどころか、彼女自身が人を殺したのだ。初めて出陣した若い兵士みたいに、なんとか折り合いをつけようとしている。女に耐えられるはずのない苦悩だ。

岸に打ち寄せて泡と砕ける波のように猛烈な怒りは消え去り、いつしか彼はアニーを強く抱きしめ、髪を撫でていた。「本当に愚かで勇敢な女だ！　どうしておれの言うとおりにできないのかな？」

「いったい兄さんはそこで何をやってるんだ？」コナーが後ろのほうから呼びかけた。

モーガンが答えた。「彼女に罰を与えてるところだと思う」

「もし隊員相手にやったら反乱が起きるだろうな」

午後早く、彼らは砦にたどりつき、ジョゼフ大尉の一隊もすぐあとに続いた。イアンはウェントワースへの詳しい報告はモーガンに任せ、自分はレンジャー部隊の基地として使われている島まで浮橋を渡ってアニーを運んだ。戦闘以来、彼女は黙りこくったままだ。忍耐の限界に差しかかっていることは間違いなかった。

イアンは彼女をかかえて自分の小屋に入り、暖炉の前の椅子にすわらせると、ひとりの部下には温かい食事を、もうひとりの部下にはお湯と洗濯に使う木のたらいを持ってくるように命じた。

「たらい？」キリーが唖然《あぜん》とした顔つきでイアンを見た。「帰還早々、洗濯をするつもりなのかい？」

「そんなわけがないだろ！　この女のために風呂の用意をするんだ」

キリーの眉が帽子のつばに隠れるまで跳ねあがり、口の両端が引きつった。「了解」

食事を取りに行った隊員のほうが先に戻ってきた。バスケットに入れたパンとバター。ゆでた牛肉の薄切りや焼きたてのポークソーセージ、ゆでたジャガイモを山盛りにしたブリキの大皿。

においを嗅《か》いだだけでイアンの口に唾があふれ、胃袋が音をたてた。「テーブルに置いてくれ。おまえも向こうで食べてこいよ、キャム」

「はい、隊長」キャムはうっとりした目つきでアニーを見つめ、その視線はイアンの気に障るほど長くはりついていた。「かわいそうにな」

「軍曹？」イアンは若い部下の肩をつかんで小屋の外へ放りだしたい衝動をこらえた。

キャムは料理を置くと、急いで出ていった。

イアンはアニーのそばへ歩み寄り、その背中からクマの毛皮をそっと脱がせた。「さあ、おいで。温かい料理を食べよう」

アニーはどす黒い影に満ちた暗黒の世界をさまよってきたような気分だった。壊滅したフランス軍から遠く離れたことはわかっていた。無事に砦までたどりついたこともわかっていた。しかし、自分の身に起きたとは思えないほど何もかもが遠く感じられた。ひょっとしたら、夢なのではないか、と思うほどに。あの雪原で銃撃戦があり、大勢の男たちが死んだ。

しかも、わたしが兵士を殺したなんて。

だが、料理のにおいでわれに返った。

丸三日間、トウモロコシ粉だけで命をつないできたのだ。イアンに誘われるままテーブルに近づくと、目をみはった。ゆでた牛肉、きつね色に焼けたソーセージ、パン、バター、ジャガイモ。ごちそうの山に見えた。自分でも気づかないうちにパンとソーセージをつかみ、むさぼるように食べはじめていた。

信じられないほどおいしかった。

イアンが隣に腰をおろし、彼女の肩に手を触れた。「ゆっくり食べるんだ。でないと、具合が悪くなるぞ」

そのときになって初めてアニーは、本能のままに手づかみで料理を口に放りこんでいたことに気づいた。「ご、ごめんなさい」

イアンがブリキのフォークをテーブルごしに押しだした。「何も謝ることはない。さあ、一緒に食べよう」

ふたりは黙って食事を取った。アニーはフォークで、イアンはナイフを使って食べたが、やがてアニーはもうひと口も入らないほど満腹になった。予想外に早くお腹がいっぱいになったのだ。

「胃が少し縮んだんだな」とイアンが説明した。「明日の朝になればもっと食欲が出るだろう。さて、次は風呂に入って、そのあと、ゆっくり寝ればいい」

お風呂と聞いただけで夢のようだったが、アニーは疲れきっていた。まぶたがすっかり重たくなっていたが、そこへ傷跡のある古参兵が木のたらいを運び入れ、バケツ数杯分の熱い湯を注ぎこんだ。

「アニー？」イアンの声で彼女はハッと目を覚ました。

知らないうちに眠りこんでいた。

「風呂の支度ができたよ。椅子の上に石鹸があるし、体を拭《ふ》く布もある。おれは外に出るから、ゆっくり湯に浸かるといい。すんだらドアの掛け金をはずしておいてくれ」

イアンは背を向けて出ていこうとした。

アニーは彼の手をつかんだ。「ありがとう、イアン。わたしを助けてくれて。こんなに親切にしてくれて。すべてに感謝します」

彼はアニーの手を取り、身をかがめてキスすると出ていった。

アニーはモカシンとレギンスを脱ぎ、次に服と下着を脱いだ。そして、熱い湯に体を沈めてため息をついた。

ようやく終わったのだ。

その知らせにウェントワース卿は心底、驚いた。

「隊は帰還いたしました、閣下。若い女が一緒です。少佐の行動についてマッキノン大尉は多くを語りませんでしたが、どうやらマッキノン少佐がその若い女を救出したようです。スコットランド出身の田舎娘らしいのですが、あやうく敵に強姦《ごうかん》され、虐殺されるところを助けたとか」

ウェントワースはチェス盤に並んだ駒にじっと目を向けていたが、実際には見ていなかった。クック中尉はモーガン・マッキノンの報告を最後まで伝えた。

レンジャー部隊はタイコンデロガまで行き、近くのラトルスネーク・マウンテンの山頂から敵の砦を偵察した。火薬と兵器を満載した十六艘《そう》の平底船から積み荷がおろされ、ワイアンドット族のインディアン四十三人が砦へ入っていくのを確認した。彼らの見積もりでは、敵軍の兵力はフランス軍とカナダのパルチザンが約七百人、それにインディアン戦士がやはり七百人ほどで、合わせて千四百人。

しかし、偵察任務を終えて帰途についた最初の朝、辺境の一家を襲撃したフランス軍とアベナキ族の偵察隊に遭遇した。彼らはただひとり生き残った若い娘を強姦して殺害しようと襲いかかっているところだった。

「マッキノン大尉の話によりますと、逃げだした女が彼らの野営地までやってきそうだったため、やむなく行動を起こしたとか。女は襲撃で負傷していたので、少佐は部下たちを先に行かせ、ひとり女を背負ってこの砦まで戻ってきたそうです。にわかには信じがたい話ではありますが」

ウェントワースは疑念すら抱かなかった。これまでレンジャー部隊の活躍ぶりは見てきたし、彼らが人並みはずれて強靭《きょうじん》で、途方もない離れ業をやってのける能力はわかっていた。

「敵は追ってきたのか？」

「はい、閣下」クック中尉が咳払いをした。ウェントワースが機嫌を損ねそうな知らせを伝えるときの癖だ。「フランス兵とインディアンを合わせた三百人の軍勢が、この砦から数キロのところまで執拗《しつよう》に攻撃を繰り返してきたそうです。マッキノン大尉の指揮のもと、レンジャー部隊は三度の攻撃を跳ね返し、この三度めの撃退で敵軍は戦意を喪失。大尉の概算では、フランス軍の戦死者は約百三十名とのことです」

ウェントワースはこの話もすんなり信じた。「わが軍の損失は？」

クック中尉がまたもや咳払いをした。「死者は四名です、閣下。負傷者が九名、うち二名は重傷です」

「マッキノン少佐とその女はどこにいる？」

「ふたりは部隊とともに到着しました、閣下。マッキノン大尉によれば、この砦から数キロ手前のあたりで部隊が少佐に追いついたそうです」

「負傷した女を背負っていたというのに、どうして少佐のほうが部下たちより先へ進むことができたんだ？」

「マッキノン大尉はその点については説明をしませんでした」

「少佐は今どこだ？」

「負傷兵を見舞っております」

ウェントワースは立ちあがって窓辺へ行き、これまでの報告について考えた。

今回の戦争に勝利するにはレンジャー部隊の存在が不可欠だと彼は心から信じている。未開人を打ち破るには未開人が必要なのだし、植民地にはそうした男たちが山ほどいる。異教徒。低俗な山師。奴隷。囚人。ヨーロッパの文明人の残骸をアメリカが養っているようなものだ。

数多くのレンジャー部隊員を見てきたが、マッキノン兄弟は最強の戦闘員と言っていいだろう。なかばインディアンに育てられた強情なハイランド人。彼らほどニューヨーク植民地の辺境を知り尽くしている者はいないし、射撃の腕は最高だった。戦闘がないときでも射撃の腕を競い合うのが彼らの大きな気晴らしなのだ。

それだけの技能があるからこそ彼らの傲慢《ごうまん》な態度にも目をつぶってきた。その反逆的な言動やウェントワースとその一族に対する強烈な憎悪をまのあたりにして、むしろ新鮮な思いすら抱いたものだ。イアン・マッキノンに出会うまで、〝ちんけなドイツの小君主〟などという大胆な発言をする者はいなかったのだから。

ウェントワースには人間の本性を理解しているという自負があった。人が人生に苦闘し、そのあげく、あまりにもわかりきった決断を下すさまを観察することに快感を覚える。人の心と能力を推し量り、ウェントワースの期待に応えようと彼らが奮起したり、あるいは、落ちこむ姿を見るのが楽しかった。人間性に関する知識を活かして人の行動を予測し、巧みに操ることが無上の喜びだった。

しかし、今回のことばかりはいかにウェントワースでも予測できなかったろう。

反逆的な言動を別にすればマッキノン少佐ほど軍務に精励する指揮官はいない。ウェントワースは彼を信頼していた。そうとも、信頼していたのだ。明晰《めいせき》な頭脳で部下を率い、どれほど厳しい難局も切り抜けてみせる有能なリーダーとして。必ず任務を遂行する部下として。私的なことより軍の目的を優先させる男として。この三年間、マッキノンはそれをやり遂げてきた。

だが、女ひとりを救うために自分だけ隊を離脱し、部下を見捨てたことは、重大な軍律違反だ。無視できることではない。よくても、淫《みだ》らな行為に走ったとして鞭打ちの刑。最悪は、敵前逃亡と反逆罪で死刑もありうる。

ウェントワースは副官に顔を向けた。「ただちに報告に来るようマッキノン少佐に命じたまえ。それから、その女も連れてこい。絞首台行きも辞さないほど少佐の心を動かしたスコットランドの麗《うるわ》しき乙女を見てみたい」

11

イアンは意識のないラックラン・フレイザーの顔を見つめながら、頭のなかで部下の名前を読みあげた。そのひとつひとつがナイフのように胸をえぐった。

ピーター。ロバート・ウォレス。ロバート・グラント。ゴーディー。ジョニー・ハーデン。

忠誠心に篤《あつ》い誠実な男たち。その全員が死んだ。最初は四人だったが、すでに五人になった。

陽が落ちるころにはラックランも死者の列に加わるだろう。

耐えがたい疲労感がじわじわとイアンを押し包んだ。これはおれのせいなのだ。途中で任務を放棄しなければこの男たちは今も生きていたかもしれない。しかも、ほかに負傷者たちもいる。

若いブレンダンはおそらく片脚を失うだろう。コナルは角製の火薬入れに弾が当たって腹部に大やけどを負い、ひょっとしたら助からないかもしれない。アンドルーは頭を強打し、まだ意識が戻らない。

ありがたいことに、ほかの隊員たちは回復しそうだった。

「隊長！」ブレンダンが病舎の奥から呼んだ。

イアンはラックランの額に片手を当て、小声で聖母への祈りをささやいて十字を切ると、空のベッドを通り過ぎてブレンダンのそばまで行った。「ゆっくり休め、いいな」

「あの娘さんは無事だったんですか？　彼女を生きて連れ戻したんですか？」そばかすの散ったブレンダンの顔は汗にまみれ、高熱で目がうるんでいた。「素敵な美人だと聞きましたが」

「ああ、無事だとも」イアンは彼の小屋で眠っているアニーを思い起こした。部下たちが彼女を話の種にしているのかと思うと複雑な心境になった。「それに、たしかに美人だ」

「よかった」若者の体が震えた。「同胞の女性を守れなかったら、ぼくらが戦ってる意味がないですよね？」

イアンは若者の顎の下まで毛布を掛け直してやった。「モーガンから聞いたが、真のスコットランド人らしく勇猛果敢に戦ったそうだな」

ブレンダンの顔が戦士の誇りで輝いた。「フランス軍なんて、ちっとも怖くないですよ」

しかし、若者の目には明らかに恐怖が浮かんでいた。イアンは安心させるようにその肩に手を置き、無理に笑顔を作った。「さあ、休め」

「隊長、この脚を切断することになったら、そ、そばについていてくれませんか？」若者がまたもや震えた。「隊長がいてくれれば勇気がわくから」

イアンはうなずいた。「もしもそういうことになったら付き添ってやるとも」

「ありがとうございます」若者の顔に感謝の色が広がった。「神のご加護を！」

「おまえこそ、大事にしろよ」イアンは立ちあがり、病舎から出ていった。急に胸苦しさに襲われ、肺に空気を入れずにはいられなかった。

なんという苦しい立場に自分を追いこんでしまったことか？　自分の行為の結果を見せつけられ、自分を信頼してくれた男たちの血で両手が真っ赤に染まり、彼らの死を心から悔やんではいるが、しかし、もしやり直すチャンスが巡ってきたら必ずや同じことを繰り返すだろう。これほど苦しい葛藤《かっとう》があるだろうか？

ほんの少し歩いたところでコナーと出会った。彼は豚肉の塩漬けをかじりながら病舎の脇へと手招きした。

「ウェントワースが呼んでるそうだ。クックの話じゃ、兄さんを絞首刑にしてやるって息巻いてるらしい」

「クックはたわごとばっかり言ってる能なしだ。話を大げさに誇張するのが好きなのさ。それで自分が偉い気分に浸れるってわけだ」

「でも、もし兄さんの読みが違っていて、あの野郎が本気で絞首刑を考えているとしたら？兄さんの行為は敵前逃亡だとウェントワースは言ってるらしい」

ウェントワースがそこまで拡大解釈をするとはイアンも想像していなかった。だが、驚くには当たらない。イアンと弟たちをこのいまいましい戦争に送りこんだとき、ウェントワースはひねくれた正義感を発揮して見せたではないか？「絞首刑にしたけりゃ、まずはおれを軍法会議にかけなきゃならない」

「軍法会議なんてことになったら隊員たちが黙っちゃいないさ。いざとなればみんながこぞって兄さんの逃亡を助ける。ひとこと命令すればいいだけだ」

「それはできない」イアンはコナーの肩に手を掛けた。「おまえもモーガンも隊員たちも、みんなが懲罰の対象になるからな」

コナーが小声で毒づいた。「何もかもあの女のせいだ。あんな女がいなけりゃ……」

イアンは無意識のうちに弟の胸ぐらをつかみ、その顔めがけてうなっていた。「おい、口を慎め！　アニーを責めるのは筋違いだし、二度と彼女を悪く言うな。彼女にはなんの関係もないことなんだ！」

コナーの顔に奇妙な表情が浮かび、それに気づいてイアンは口を閉じた。唐突にわき起こった激しい怒りにわれながら驚き、弟を放して後ろへさがった。

「あの女を侮辱するつもりで言ったんじゃないんだ。ただ、彼女のためにすでに多くの有能な男たちが死んだ。このうえ兄さんまでが絞首台にぶらさがるはめになるなんて、絶対にいやだからな」

「誰も絞首刑になんかならないさ」イアンにはやらねばならないことがあった。「おまえ、隊員たちと一緒にクックの気をそらして、二時間ばかり呼び出しの時間を稼いでくれないか?」

「あのうぬぼれた間抜け野郎を?」コナーがにやりと笑った。「お安いご用だ」

ほかにもうひとつ頼みがあった。「それから、コナー、もしおれの身に何かあったときはモーガンとふたりでアニーを守り、辺境から離れた安全なところに落ちつかせると約束してほしい」

コナーは躊躇《ちゅうちょ》した。眉間に深く皺を寄せ、青い目には疑念がみなぎっている。

「約束してくれ」

「兄さんにとってそんなに大事な人なのかい?」コナーの凝視がイアンの心を探っている。

「わかったよ、兄さん、約束する。兄さんの女はおれたちで面倒を見る」

「彼女はおれの女じゃない」イアンは弟をにらみつけると、足取りも荒く従軍商人の売店へと向かった。

背後から弟が呼びかけた。「なあ、たわごとばっかり言ってるのはどっちだよ?」

イアンが小屋に戻ったとき、アニーはマッキノン氏族のタータンを握って熟睡していた。

一族の歴史を振り返れば、このタータンに大きな意味がある時代もあった。マッキノン氏族というだけで彼女を手に入れられた時代も。

――兄さんの女。

コナーはアニーのことをそう表現した。しかし、彼女は彼のものではない。イアンには結婚する自由がないのだ。ウェントワースの策略で彼ら三兄弟は戦争が終わるまでこのエリザベス砦から離れることはできない。相手を未亡人にするかもしれないし、わが子を父のいない子供にするかもしれないというのに、女に生涯の伴侶《はんりょ》になってほしいと頼むことはできない。

そうとも、この女はおれのものじゃない。いずれ彼女は砦を去り、新しい生活を始めるためにオールバニに向かうだろう。おれはずっとここに残るのだ。

アニーはクマの毛皮にくるまって彼のベッドに横たわっていた。髪はまだ濡れていた。ぼろぼろになった服と下着が床に落ちているのを見て、彼女が素裸なのだと初めて気づいた。きっとあまりに疲れ果てていたため、服のことなど考えるゆとりもなく、たらいから這いでてベッドにもぐりこんだのだろう。あるいは、せっかくきれいに体を洗ったのにまた汚れきった服を着る気にはなれなかったのかもしれない。

イアンは暖炉に薪《まき》を足し、ぼろ布同然になった毛織物と亜麻布の衣類をつかんで暖炉の炎に放りこんだ。もうこんなものは必要ない。服はすでに調達した。

彼は金持ちではなかった。一族は財産を剥奪《はくだつ》されて国外に追放された。かつては権力のある大氏族長の孫だったが、今は財産といっても背負えるほどのもので、夢は大きな資産でも館《やかた》でもなく、春には手のなかでやわらかく崩れ、秋には豊かな実りをもたらしてくれる黒い肥沃《ひよく》な土だった。だが、少佐としての給料は受け取っているし、めったに使うこともないため、そこそこの金額がたまっていた。

彼はキャンバス地の袋を開け、売店で購入した品物を取りだした。アニーの髪をとかすための木の櫛《くし》。白いやわらかな綿の肌着二枚。綿のストッキングに絹のガーター。亜麻布のペティコート。コルセット。亜麻布の服は、濃い緑とピンクのストライプ柄のものと、もう一着、ピンクとアイボリーの幅の広いストライプ柄。それに、やわらかな毛織りのグレーのマント。ひどく小さく見える靴。髪をまとめるリボン。

イアンはこれまでに女物の衣類を買ったことがなかった。こうした長いスカートや奇妙な肌着類など女が着るものに関する唯一の経験といえば、それを脱がせることだけだ。ただし、ストックブリッジの女たちはこういう気取ったものは身に着けない。アニーのサイズを推測し、必要な衣類を教えてくれたのは売店の商人だった。もちろん、砦に女物の服はほとんどなく、将校の妻たちが売ったり置いていったものしかなかった。購入した衣類がアニーの体に合えばいいが、と彼は思った。

アニーが目を覚ましたときに目に入りそうなテーブルにイアンはそれらを積み重ねた。一瞬、アニーの寝顔をただ見つめた。感情が不安定に揺れた。彼女はさぞかし疲れ果てていることだろう。食事と入浴のためにかろうじて起きていられたぐらいだ。つらい夢を見ていなければいいのだが、とイアンは思った。この数日間で一生分もの恐怖と戦慄《せんりつ》を味わったのだ。しかも、あの腰の鞭の跡から察するに、それまでの生活も決して楽なものではなかっただろう。

外から大きな声が聞こえてきた。クックを近づけないように部下たちが何か仕掛けをしているのだ。彼はすばやく服を脱いだ。そして、剃刀《かみそり》を手に取り、冷えたたらいのなかに入った。ウェントワースが待っている。

毛皮にすっぽり包まれてアニーは眠っていた。イアンが身をかがめてその頬にキスしても起きなかった。クック中尉が彼女のじゃまをしないようにモーガンとコナーが小屋のドアを封鎖したときも起きなかった。彼らふたりが彼女の様子を見に小屋へ入り、暖炉の火に薪をくべたときもやはり起きなかった。

激怒するクックにイアンは一瞥《いちべつ》を投げた。白いかつらも軍服もずぶ濡れで滴が垂れている。浮橋で不運な事故に遭遇し、凍てつくハドソン河に落ちたようだ。イアンはこみあげる笑みを抑えた。部下たちはいい仕事をしてくれた。

ウェントワースはライティングテーブルの前にある金色の椅子にすわり、手首の象牙《ぞうげ》色のレースを見せびらかすように片腕を持ちあげた。軍服にはしみひとつなく、髪粉を振ったかつらには一本の乱れもない。冷徹な灰色の目がイアンを見据えていた。これまで見たことがないほど黙りこんでいる。つまり、これまでにないほど腹を立てているということだ。

「少佐、今のところ、わたしが耳にしたことには不快を覚えている。君はわたしの命令に従わなかったと率直に認めるのか？」

「ええ、そうです」

ウェントワースが立ちあがり、ゆっくりと慎重な足取りで近づいてきた。ワックスで磨いた木の床に踵《かかと》の音が響いた。「君の首には高額の懸賞金が掛けられていることを忘れたのかね？ 君が過ちを犯すのを敵軍は虎視眈々《こしたんたん》と待ちかまえているんだ」

「いいえ、忘れてませんよ」

「発砲によって君らの所在を敵軍に知らせてしまうことに気づかなかったのか？」

「どんなにばかな一兵卒でもそれくらいのことはわかるでしょう」

「君の軽はずみな決断の結果として部下に犠牲者が出る可能性は考慮したのか？」

「はい。そうならないことを祈りましたが」

「祈りが足りなかったことは明らかだな」ウェントワースの鼻孔が広がり、イアンの顔の間近まで身を乗りだした。そして、口を開いたが、その声はあくまでも冷静で、一語一語が明確だった。「現時点までに五名が戦死し、生存者のうち二名が重体だ。彼らは信頼していた指揮官が三百人もの敵軍の注意を引きつけたせいで命を落とし……」

「それくらいはわかってる！」イアンがカッとなって言い返した。「この悲しみを生涯背負って生きていく覚悟だからね。でも、あんたはあの場にいなかった。彼女がおれのすぐそばへ出てきたところを見ていない。彼女が生き延びようと必死に抵抗する姿を見ていないんだ。あの場に彼女を残し、強姦と虐殺の憂き目にあわせたら、おれは決して自分を許せない！」

「部下の無駄死には我慢できるのかね？」

「ああ、どうしてもというのであれば。彼らは訓練を受けたレンジャー部隊員で、戦争に慣れている男たちだ。少なくとも、彼らには戦うチャンスがあった」

「その女はいわば消耗品のようなもので、一方、充分に訓練を積んだ優秀なレンジャー部隊員は使い捨てではないと、国王陛下がお考えになる可能性は思いつかなかったのか？」

「おれはあの国王みたいに冷血な目で人間の命の重みを比べたりはしないんでね」

「戦争に犠牲はつきものだ、マッキノン少佐」

「戦争の犠牲なんてことをこのおれに説教するのはやめてもらいたいな、こぎれいな小君主さまよ！　あんたはブランデー片手にこの暖かい暖炉の前ですわってるだけだが、おれたちは戦いのなかで生き、戦いのなかで呼吸してるんだ。おれを絞首刑にしたけりゃすればいい！　背中の皮膚が破れるまで鞭打てばいい！　だが、あの場に置き去りにしてむざむざ敵に殺させることはできなかったし、それはおれのこの手で彼女を殺せないのと同じだ！」

ウェントワースの鼻孔がまたもや広がった。彼はゆっくり窓辺に近づき、背中で手を組み合わせた。

「よくわかった、少佐。明日の夜明け、君の身柄を営倉からレンジャー部隊のキャンプへ移し、そこで百回の鞭打ち刑に処する」そして、彼はクックに目をやった。「少佐を拘束しろ」

アニーは朦朧とし、ものすごい空腹感と共に目を覚ました。手にはイアンのタータンを握っていた。あの人に返さなかったのかしら？　返すつもりだったのに。体を起こし、周囲に目をやってどこにいるのか思いだそうとした。ドアの上のフックに大剣が掛かっていた。奥の壁の道具類のそばにはかんじき。片隅にライフルが立てかけられ、マントルピースの上には十字架。

イアンの小屋だ。エリザベス砦のレンジャー部隊のキャンプにいるのだ。脂を塗った羊皮紙の窓の外は暗くなりかけていた。もう夜なの？

暖炉では炎が力強く燃え、イアンがこの場にいたことを示している。ベッドに視線を投げたが、毛布をはねのけた跡も寝た形跡もなかった。彼女がひとりでベッドを使っていたのだ。

そのとき、クマの毛皮にくるまった体が全裸だと気づいてアニーは愕然《がくぜん》とした。服や肌着はどうなってしまったの？　彼女はベッドの端まで這い寄って、たらいのそばに服が落ちていないか探したが、そこにはなかった。室内を見まわしてもどこにもない。だが、テーブルが目に入った。

アニーは喜びの声を洩らしてベッドから飛び起きた。足の痛みであやうく膝から力が抜けそうになった。彼女は注意深く毛皮を体に巻きつけると、痛みにすくみながら狭い小屋のなかをぎこちなく歩いた。荒削りのテーブルにはストッキングに清潔な白い肌着、ペティコート、色のきれいな服が二着、置かれていた。素材は質素な亜麻と綿だが、今のアニーには見たこともないほど美しい衣装に思えた。

彼女はドアに目をやり、掛け金がはずれていることに気づいてすばやく掛けなおした。そして、毛皮を脱ぐと、もう何カ月も味わうことがなかった興奮を覚えながら着替えを始めた。

ストッキングのサイズはぴったりだった。肌着とペティコートも体に合っていた。コルセットのひもを自分ひとりで締めるのはむずかしかったが、どうにかきつく引き締めると、鯨ひげ（補正下着としての形を整えるボーン）が痣に当たって痛かった。それでも、ホーズ奥さまに衣類をすべて奪われて以来、コルセットを身に着けることがなかったので、やっときちんとした装いができた気分だった。

彼女は二着の服に触り、細いピンクと緑のストライプ柄の服を選んで袖を通した。うれしくてめまいがしそうだった。スカートの皺をなめらかに伸ばし、肌着の袖口を服に合わせると、全身をながめた。コルセットだけは少しきつかったが、服はまるであつらえたようにぴったりと体になじんだ。

あの人はこんなところでどうやってこれだけの素敵な衣類を手に入れてくれたのだろう？　わたしはどうやってお礼をすればいいの？　代金を払いたくても硬貨一枚持っていないし、交換できるものもない。でも、彼のために繕い物をしてあげることはできるだろう。あるいは、掃除とか。料理の才能はないけれど。

ふと視線を落として木の櫛に気づき、目に涙があふれた。アニーはそれを手に取り、柄に施された繊細な彫り物を手でなぞってから、もつれにもつれた髪に櫛を当てた。

ちょうど髪にリボンを編みこんでいたとき、ドアにノックの音が響いた。

「ミス・バーンズ。モーガン・マッキノン大尉だ。マッキノン少佐の弟ですよ。もし起きたのであればお話ししたいんだが」

ためらいがちにドアを開けると、ひと目で身内とわかるほどイアンによく似た男が立っていた。モーガン・マッキノンはイアンと同じく長身で、やはり藍色の目に黒髪だが、髪の長さはやや短く、革ひもで後ろにまとめていた。「ウェントワースがあなたと話がしたいそうだ」

「イアンはどこですか？」

モーガンはひょいと頭をさげて戸口をくぐり、ドアを開けたままにして椅子にすわりこんだ。心配そうな顔つきだった。彼女を見る目には優しさのかけらもなかった。「兄貴はあんたを助けるためにとんでもない危険を冒したんだ。兄貴から何も聞いてないんですか？」

アニーは腰をおろしてスカートの皺を伸ばした。いやな予感がした。「いえ、何も」

戸口のほうから声が聞こえてきた。「部下が五人死んで、八人が負傷して寝込んでるんだよ。兄さんが任務を遂行する代わりにあんたを助けると決めたおかげでね」

「そういう言いかたはないんじゃないのか、コナー？」

イアンの双子かと思うほどそっくりの男がやはり戸口をくぐって入ってきた。「本当のことを教えるべきだよ」

アニーは当惑し、胃が縮むような不安を覚えた。「どうか話してください。わたしには何もわからないんです」

説明したのはモーガンだった。アニーが土手を転げ落ちてきて彼らのすぐそばに現われたこと。レンジャー部隊は円滑に任務を遂行するためにほかの戦闘には介入せず、音もなく森を通り抜けろという命令を受けていたこと。イアンは三百人のフランス軍が近くにいることを知っていながら彼女を置き去りにすることができず、命令を無視して彼女を助け、結果的にフランス軍に彼らの居場所を知られてしまったこと。フランス軍の容赦ない追撃によってレンジャー部隊に多大な犠牲者が出たこと。

コナーがアニーをにらみつけた。「しかも、そのせいで兄さんは鞭打ち刑を受けることになってしまったんだよ。鞭打ち百回だ」

「な、なんですって？」アニーの頭から一気に血が引いた。「そんなばかな！」

コナーが腕組みをした。「ああ、そういうばかな事態になっちまったんだ」

モーガンの顎の筋肉が引きつった。「兄貴は営倉で手錠と足かせをはめられ、明日の夜明けには鞭打ち柱に縛りつけられて鞭打たれるんだ」

激しい怒りに震え、イアンの身を案じるアニーはいつしか立ちあがっていた。「では、司令官がわたしと話がしたいというのはなによりですわ。わたしもぜひお話ししたいですから。イアンがわたしのためにどれだけのことをしてくれたかお話しすれば、きっと感動してお慈悲を示されるでしょう」

モーガンが立って椅子を押しのけた。「あいにくウェントワースというやつは慈悲の意味を知らない男だが、とにかく、話すだけは話してもらおう」

アニーは床に置かれたモカシンを見つけ、痛む足を入れると、グレーのマントをはおった。「連れて行ってください」

彼女はできるだけ早足に小屋から出たが、そこで立ち止まった。荒っぽそうな男たちがまわりを取り囲んでいた。レンジャー部隊員とインディアンたちだ。数人は顔に見覚えがあった。だが、ほとんどは知らない男ばかりだった。みんな、険しい表情で彼女をにらんでいる。イアンの苦境も仲間の死もすべてわたしのせいだと非難しているのかしら、とアニーは思った。

たらいを運んできた白髪交じりの男が前に進みでて、ニッと笑った。彼の口調にはアイルランド訛りがあった。「おれの名前はキリーってんですよ、お嬢さん。こいつら、アホなスコットランド人どもに怖じ気づいちゃいけませんぜ。おまえら、きれいな女を見たことがないのかよ？」

集団のなかから声がした。「これほどのべっぴんさんは見たことがないね」

アニーの後ろでコナーが低くうなった。「そのぎらついた目を顔のなかに引っこめてろ、ダギー。でないと、おれが魚の餌にしてやるぞ」

モーガンが前に踏みだし、大勢の男たちに向かって声を張りあげた。「このお嬢さんはこれからウェントワースと話して理解を求めるんだ」

いっせいに男たちがうなずき、道をあけた。

アニーはモーガンとコナーに導かれて部隊員のあいだを通り抜けたが、彼らの熱い視線は感じなかった。彼女の頭にはイアンのことしかなかった。

あの人は寒さに震え、お腹をすかせているかしら？　彼女は牢獄《ろうごく》で過ごした日々をいやと言うほど覚えている。ネズミ、カビの生えたパン、暗闇、骨まで凍てつくような寒さ。

彼は恐れているだろうか？　百回も鞭打たれる苦痛は想像を絶するものだろう。たった一度の焼き印よりはるかにひどい痛みだ。死ぬことだってありうる。

彼はわたしを助けなければよかったと後悔しているかしら？　そうよ、悔やんでいるにちがいない。多くの部下を失ったあげく、これから公の場での鞭打ち刑という屈辱と苦痛に耐えねばならないのだから。

司令官は耳を貸してくれるだろうか？　ええ、きっと。わたしの訴えを聞いてもらわなくては。

わたしが説得してみせるわ。

12

イアンの弟たちの先導でアニーは、蜜蜂の巣のような格好のかまどと何列も並ぶ小さな小屋を通り過ぎ、薄暮のなかで銀のリボンのように輝く大きな河へと向かった。河の対岸にはエリザベス砦が建ち、赤と白の十字が組み合わさった美しいイギリス国旗が翻っていた。それを目にしてアニーの喉が熱くなった。故国のシンボルだ。

ふたりのレンジャー部隊員が橋を監視していた。彼らはモーガンとコナーに会釈し、そして、アニーをじっと見つめた。河に近づいたところで、それが堅牢な本物の橋ではなく、何艘ものボートをつないで厚板を張り渡した、いかだのようなものだとアニーは気づいた。少なくとも三十メートルはある浮橋が水面で上下に揺れていた。

「まあ、どうしましょう！」アニーは足を止めて目をみはった。「わたし、泳げないんです」

モーガンが彼女の腕に自分の腕をからめた。「あんたを河に落としたりはしないさ」

「それに、もし落ちても、キャムを呼んで助けだしてやるよ」コナーが低く笑った。「クックを河から引っ張りあげたのがやつなんだ。なぁ、兄貴、たとえ百歳まで長生きしたとしてもあれだけ大笑いできる見ものはないだろうな」

アニーにはふたりの軽口を聞いている余裕はなかった。彼女はひたすら浮橋を見つめていた。

臆病風に吹かれてどうするの、アニー！

彼女はモーガンの腕にきつくしがみつき、体が震えるような恐怖と闘いながら一歩、また一歩、と足を踏みだした。一歩進むごとにボートの列がわずかに沈み、足の下を流れる水の勢いに目がまわりそうになった。

「怖いんだったら下を見るんじゃない」まるで子供に諭すようにモーガンが声をかけた。

──君は子供より手がかかるな。

アニーは視線を対岸にはりつけ、落ちついた足取りで歩こうとがんばった。

足もとでは激流がうなりをあげている。

また一歩、さらに一歩。

ようやく対岸にたどりついたときには深い安堵《あんど》の息をついた。

目の前にはエリザベス砦の東側城壁が不気味な姿を現わした。ぼんやりと浮橋の警備に当たっているイギリス兵たちの横を通り過ぎ、モーガンとコナーはまるで迷路のような高い城壁のなかへと彼女を案内した。いちばん外周に近い城壁の内側には何百というキャンバス地のテントが整然と列をなし、内部の光でそれぞれが淡く光って見えた。次の城壁の内側には深い溝で分断された更地が広がり、その溝を越える橋はたった一本しかなかった。橋の向こう側には砦本陣の城壁が高くそそり立ち、暮れなずむ空に黒い影となって兵士や大砲の姿が浮かびあがっていた。

数人の兵士が粗野で卑猥《ひわい》な言葉をアニーに投げかけた。

彼女はマントでしっかりと体を覆った。

モーガンがふたたび彼女の腕を取った。「おれたちといるかぎり、やつらには指一本触れさせやしないさ」

「あいつらの薄汚い舌を切り落としてやるよ」コナーが兵士たちをにらみ返した。「彼女がササナックの将校の女なら、あんな下卑た口を利けるわけもないくせに」

ササナック。アニーはめったに耳にしたことがない言葉だった。アーガイル・キャンベル氏族はイングランドともイギリス国王とも結びつきが強く、〝ササナック〟は反逆や憎悪を表わす言葉だった。その言葉を間近で聞かされてアニーは居心地の悪さを覚えた。

しかし、イギリス兵のいやらしい目つきも不快だった。男性からは丁重な扱いしか受けたことがない――ベイン伯父に裏切られ、牢獄へ送りこまれるまでは。今では舐《な》めまわすような視線を浴び、下品な言葉を投げつけられるのがあたりまえになってしまった。平民の女性はいつもこんな扱いを受けるのかしら? とんでもないことだわ!

三人は砦本陣に入る門を通り抜けた。砦の四方の城壁に沿って二階建ての木造兵舎が並び、中央には町の広場のような大きな空き地が広がっていた。ひとつだけ際立って目立つ建物があった。大きさはほかの建物に比べて小さいが、ガラス製の窓があり、石造りの煙突が二本立っている。ふたりの兵士が入り口の両脇を固め、銃剣の付いたマスケット銃で武装していた。

その衛兵ふたりの前へモーガンとコナーはアニーを連れて行った。

「お偉いさんがこのお嬢さんに会いたいんだと」モーガンがアニーから手を離した。「ほら、彼女だ」

アニーはモーガンの声に込められた侮蔑《ぶべつ》に唖然《あぜん》として彼を見つめた。

ふたりの衛兵はモーガンをにらみつけたが、その目つきはこうした露骨なさげすみが今に始まったことではないのだと告げていた。

やがて、ひとりが口を開いた。明らかにイングランドの訛りだった。「おまえらの兄貴はこれまでの無礼のつけをようやく払うことになったな。次はおまえか、大尉？」

コナーが一歩前に足を踏みだしたが、モーガンが止めた。「兄貴は人として当然のことをしたために罰せられるはめになったんだ。人間の尊厳なんておまえらには理解できないだろうけどな」

一瞬、四人の男は無言のままにらみ合った。売り言葉に買い言葉で今にも喧嘩《けんか》が始まりそうだとアニーは思った。

彼女は前に進みでた。「どうして言い争うんですか？　あなたがた、この戦争では味方同士なんでしょう？」

答えたのはモーガンだった。「好きこのんで味方になったわけじゃない」先ほど口を開いた衛兵が怒りにぎらつく視線をアニーに向けた。「ここで待ってろ」戸口の奥へと消えていく衛兵をアニーは見つめていた。急に不安がこみあげてきた。ここの大佐という人はイアンの命令違反や部下の死をわたしのせいにするのかしら?

モーガンは彼女の心を読んだようだ。「何も恐れることはないさ」

アニーはひとつ深呼吸をし、恐れはしないと決意を固めた。大佐から貧しい辺境の小娘と侮《あなど》られてもかまうものか。どんなに落ちぶれようと、レディー・アンとしての誇りは失っていないのだから。

衛兵が扉を開け、彼女に入れと告げた。「なかへどうぞ」

「場所ならわかってる」と言ってモーガンがアニーより先に入った。

アニーは顎をあげ、スカートの皺を伸ばしてモーガンのあとに続いた。コナーが彼女の後ろからついてきた。

漆喰《しっくい》壁には金塗りの額に入った絵画が並んでいた。東洋で織られた厚手の敷物が、磨きあげた木の床に赤紫や黒、白の彩りを広げている。つややかなテーブルに載った銀製の枝付き燭台には細長い白い蠟燭が品よく連なっていた。

なかに入ってほどなくアニーは落ちついた。魔法の扉を開けたとたんに、右も左もわからない未開の辺境地から彼女のよく知っている世界に踏みこんだようなものだ。ここに住んでいる人物は明らかに紳士だし、彼女の話に耳を傾けてくれるにちがいない。きっと同情を示してくれるだろう。

モーガンに続いて次の部屋に入ってみると、ウェストコート（ジャケットの下に着用する胴衣）姿の男が三人、それぞれブランデーのグラスを手にして暖炉の前にすわっていた。ふたりがアニーに目をやったが、その好奇の眼差しはモーガンとコナーの存在に気づいてあからさまな軽蔑に変わった。

三人めの男は大理石のチェス盤をじっと見つめていた。陰になって顔色はわからないが、両手を組み合わせ、左右の人差し指を唇に押しつけている。首や手首を縁取る繊細なレース。指には輝くダイヤモンド。ウェストコートしか身に着けていないが、軍服には皺ひとつなく、髪粉を振った純白のかつらは一本の乱れもなく整っていた。

彼は指を一本立てて沈黙を求め、なおもチェス盤を見つめつづけた。

コナーが不満げにうなった。「おっと、またかよ」

数分かけた熟慮のすえ、大佐は白いビショップをつまんで前へ進めた。そして、アニーに顔を向けた。

アニーの息が止まり、足の下で床が傾いたように感じられた。

ウェントワース。

ウェントワース大佐。

ウィリアム・ウェントワース卿だ。

アーガイルの友人。カンバーランド公の甥《おい》。国王陛下の孫。

アニーは無意識のうちに膝を曲げ、両手でスカートをつまんで正式なお辞儀をしていた。

「か、閣下」

不安定な脚で体を起こしてみると、ウェントワースが彼女を見つめていた。黒い眉の片方を持ちあげているが、その目からはいっさい感情が読めない。「で、君は?」

何をやってるのよ、アニー! 彼に見分けがつくはずはないでしょ!

もちろんんだ。最後にウェントワースと会ったとき、彼女は十二歳の少女だった。ある夏の晩、彼がアーガイルを訪ねる途中で嵐を避けるためにベイン伯父の館で過ごしたときに会った。ウェントワース卿は二十歳かそこらで、母は娘に関心を引きつけようと煩わしいくらいに努力したが、彼はアニーにほとんど目もくれなかった。なにしろ、彼は王族の子息なのだし、彼女は貧しい伯爵の娘にすぎなかった。だが、あれから六年もたち、しかも、今は故国から遠く離れているのだ。

アニーは必死に頭のなかを整理しようとした。かつて会ったことがあり、強大な影響力を持つウェントワース卿なら彼女を信じ、彼女の名誉の回復とスコットランドへの帰還、そして、母の死の真相究明に手を貸してくれるのではないだろうか? しかし、ベイン伯父の友人としてあっさり伯父を支持し、彼女を処分するかもしれない。

彼はわたしの味方か、それとも、危険な存在だろうか?

その灰色の目にきらめく冷徹な光のせいか、あるいは、ベイン伯父と笑いながらブランデーを飲んでいた光景が脳裏に浮かんだせいかもしれないが、ここで身元を明かすのは得策ではないと何かが彼女に訴えた。

アニーは彼の疑念を掻《か》きたてていないことを祈った。「アニー・バーンズと申します、閣下」

「君がマッキノン少佐に命を助けられたという話は聞いていますよ、ミス・バーンズ」ウェントワースはふたたび腰をおろしたが、アニーにもモーガンにもコナーにもすわれという仕《し》種《ぐさ》はしなかった。「そうなった経緯を説明してもらいたい」

そこで、アニーはウェントワース卿に語った。ちょうど乳牛の乳搾りを終えたとき、叫び声や銃声が聞こえ、義理の姉夫婦――あやうく〝だんなさまと奥さま〟と言いそうになった――が亡くなったと気づいた。そのため、襲撃者の注意を少しでもそらそうと家畜を放し、羊皮紙の窓から出て裸足《はだし》で森へと逃げた。しかし、土手を転げ落ちたあたりまで話が進んだところでアニーの全身が震えだした。彼女は口ごもった。

「ミス・バーンズ、話を続けたまえ」

あの背の高いアベナキ族の男が目の前に見えた。あの目つき。彼が何をするつもりだったか、あそこに現われた男たち全員が何をするつもりだったか、彼女にはわかっていた。

「こんなに怯えてるのがあんたの目には見えないのかよ?」モーガンの声でアニーはどす黒い記憶の闇からハッとわれに返った。「この話は兄貴からもおれたちからもすべて聞いているはずだ。彼女にもう一度、恐怖を思いださせてなんになる?」

ウェントワース卿の凝視は依然としてアニーに注がれていた。「大尉、その理由を君に伝える必要はない。続けたまえ、ミス・バーンズ」

アニーはスカートの折り目を両手でつかみ、懸命に口を開いた。「あ、あの男たちが何をするつもりか、わかりました……わたしを傷つけ、殺すつもりだと。それで、わたしは必死に立ちあがり、石をつかんで男に投げつけたんです」

「男とは？」

「背の高いインディアンです。投げた石は彼の口に当たりました。すると、男は手斧でわたしを殴りました」アニーは縫合したこめかみの傷を指先で示したが、まだ震えはおさまっていなかった。「それからあとのことはほとんど覚えていないんです」

「つまり、君を襲った男たちをマッキノン少佐が撃退した記憶はまったくないのかね？」

「切れ切れに残っているだけです。銃声。戦いの音。それに、あの両刃の大剣。大剣を持った男性がいたことは覚えています」

「銃声は何発だった？」

アニーは記憶を呼び起こそうとした。「二回か三回……はっきりとはわかりません」

一瞬、ウェントワース大佐は無言のまま、アニーを見定めるようにじっと彼女を見つめた。

良心がアニーの心に重くのしかかり、とても落ちつきはらってはいられなかった。なにしろ、国王陛下の孫に嘘をついたのだ！　もしも嘘が発覚し、大佐が寛容でなければ、彼女はさらし台につながれ、耳を削がれるか、あるいは、もっとひどい目にあうだろう。

「植民地にはほかに身内はいるのか?」

「おりません、閣下」

「スコットランドに誰かいれば君のために知らせることも可能かもしれないが」

「ありがとうございます、閣下。でも、おりません。もうひとり も」信頼できる者は誰もいない。

ウェントワース大佐がうなずいた。「国の保護に頼る身というわけか。よかろう、ミス・バーンズ。君をどうするか、いずれ決めねばならない。さがってよろしい」

こんなにもあっさり退室を命じられてアニーは愕然とし、またもや身をかがめてていねいにお辞儀をした。彼女は自分の話をするためにここへ来たわけではないのだ。「大佐、お話をさせていただいてもかまいませんでしょうか?」

ウェントワースは額に皺を刻み、顔をしかめた。「よろしい」

「わたしを助けたせいでマッキノン少佐が鞭打ちの刑に処せられると伺いましたが」

「少佐が懲罰の対象となったのは、故意の命令違反によって結果的に五人の部下が戦死したためであり、君の命を助けたからということではない。どうやら少佐の苦境に心を痛めているようだが、君には関係のないことだ」

「いいえ、あります!」部屋にいる男たちの視線がいっせいにアニーに向けられた。「部下の方々が亡くなられたことには心からお悔やみいたしますし、どんな言葉でお慰めしてもその悲しみが和らぐことはないでしょう。でも、マッキノン少佐が何をしたにせよ、あの方は紳士らしくきちんとわたしを扱ってくださいました」

これは真実だ。ただし、二度の口づけと熱い眼差しは別だが。

依然としてウェントワースの顔には渋面が貼りついていたため、アニーはさらに説明を試みた。「少佐はわたしを助けるために何度も危険を冒してくださいました。わたしのせいであの方が苦しむのかと思うと耐えられません。今こうしてわたしが生きていられるのはあの方のおかげなのですから」

近くにすわっていたふたりの将校は、まるで彼女が子供じみた滑稽《こっけい》なことでも言ったみたいに低い笑い声を響かせた。

ウェントワース大佐は厄介な子供を見るような目つきだった。「ミス・バーンズ、君は女性でまだ若い。だから、マッキノン少佐の任務は部下を守ることで君を守ることではないと言っても理解しがたいだろう。君が命を落とせばさぞかし遺憾ではあったろうが、しかし、国王陛下にとっては軍人の命が優先する。辺境の地にふたたび住人が集まるのは可能だが、支配権を失ってしまえば取り返すのはほとんど不可能となるからだ」

アニーはこの言葉に横っ面を張られたような衝撃を覚え、頬に血がのぼるのを感じた。「領土のために人を捨て殺しにするのではなく、陛下の臣民を保護することこそ国王とイギリス軍の務めだとわたしは思っておりました！」

ウェントワース大佐が立ちあがった。表情に動じた色はない。彼はイアンや弟たちほど長身ではないが、それでも充分にアニーを見おろせた。その声は冷静で、凍てついた湖のように冷たかった。「明らかに君は戦争の本質を理解していない。わたしがマッキノン少佐を罰するのは軍律を維持するためにそうしなければならないからだ。マッキノン少佐はわたしの命令に背くと決めた時点で危険性については予測がついたはずだ。その償いとしてこれから懲罰を受けねばならない」

アニーはイアンの身を案じて吐き気を覚えつつ、ウェントワース大佐の険しい凝視に目を合わせると、ひざまずいた。「懇願いたします、閣下！　わたしが何を申しあげてもあなたさまのお慈悲の心を動かすことはできないのでしょうか？　イギリスは敵に包囲されるあまり、人に哀れみを寄せる余裕すらなくしてしまったのでしょうか？」

モーガンがアニーの背後に近づき、「気をつけろ、アニー」とゲール語でささやいた。

室内には沈黙が垂れこめ、暖炉の炎だけが音をたてていた。

「クック中尉、皆をさがらせろ。ミス・バーンズだけを残して」

「はい、大佐」若い将校が勢いよく席を立ち、ブランデーのグラスを置くと、モーガンとコナーを出口へと追い立てた。

「おれは彼女を守ると兄さんに約束してるんだ」とコナーが言い返した。「彼女のそばを離れるわけにはいかない」

「ミス・バーンズに危害がおよぶようなことはないと約束しよう」

モーガンが冷ややかな笑いで応じた。「約束？　あんたの約束なんて、マッキノン一族にはついぞ縁のないものだけどな」

しかし、大佐の決意は固く、アニーはたちまち彼とふたりきりにさせられた。彼女の汚名をそそいでくれるかもしれない男、あるいは、彼女をあっさり奴隷の身へと戻すか、へたをすれば伯父のもとへ送り返しかねない男と。

ウェントワースは目の前にひざまずく若い娘を観察した。彼女は目を伏せ、編みこんだ髪がさながら黄金の河のように床すれすれまで垂れさがっている。この女を助けるためになぜマッキノン少佐が任務を危険にさらしたか、その理由を推し量ることはむずかしくなかった。彼女には気概があり、たとえ青黒い痣だらけになっていてもその美しさは際立っていた。彼女の美貌が室内にいる男たち全員の血を熱くしていたし、もし正直な気持ちを言えばウェントワース自身も例外ではなかった。彼女の肌は透きとおるように白く、顔立ちは上品で体は肉感的だった。クックなどは女の盛りあがった胸を見たことがないのかと思うほど、彼女の襟ぐりの深いドレスの胸もとから目が離せないでいた。

しかし、この女にはウェントワースをためらわせる何かがあった。マッキノン少佐に対する献身的な擁護でも、間近に迫った懲罰に心を痛める姿でもない。残忍な襲撃から救出された女なら誰でもこのようにふるまうだろう。しょせん女とは従順なもので、政治や戦争を理解するようにはできていないのだ。

彼の関心を引いたのは彼女の態度だった。女性の礼儀正しいお辞儀を見たのは、ウィリアムズバーグの総督邸にいたときが最後だ。それに、彼女の話しぶりはたしかにスコットランドのものだが、無学な村人たちのようなひどい訛《なま》りはなかった。実際、言葉の選びかたが平民の収入ではありえない教育の高さを物語っていた。

　そして、初めて彼女が彼を見たときのあの反応。顔から血の気が引き、一瞬、気絶するのではないかと思ったくらいだ。しかも、貴族である彼に対して名誉称号である〝閣下〟という呼びかけをした。彼女が知るはずもないことなのに。

　明らかに彼女はわたしが誰であるかを知っていたのだ。わたしも知っている女なのだろうか？

「立ちたまえ、ミス・バーンズ」懇願の姿勢でいられることに居心地の悪さを感じてウェントワースは自分でも驚いた。「君の望みはなんだね？」

　アニーはひざまずいたままだった。「どうか、閣下、鞭打ち刑をご容赦くださいませ。お願いいたします。そして、今夜、彼に食べ物と毛布を持っていくことをお許しください」

「要求が多すぎるな」いったい森のなかで何があったのだろう、とついウェントワースは思った。この娘はマッキノン少佐のためにどこまでやるだろうか？　それを確かめる方法はあった。彼は身をかがめ、彼女の冷たい手をつかんで立ちあがらせた。「彼に食料と水、毛布を届けることは認めよう。残りの件については……少佐の懲罰を軽減する見返りとして君はわたしに何をしてくれるつもりだね？」

　アニーは耳を疑った。ウェントワース大佐は高潔な人物だと思っていたのに。この人はわたしの操を要求しているの？「わ、わたしに何をしろとおっしゃるのですか、閣下？」

　ウェントワースの凝視がアニーの目を貫いた。「鞭打ちの回数を半分に減らしたら、明日、君と一緒に夜を過ごさせてもらえるかな？」

君と一緒に夜を。

アニーはめまいと吐き気を覚え、さまざまな思いが脳裏を駆けめぐった。わたしは貞操を守るために伯父の館から逃げたのではなかったか？　無理やり処女を奪われるより、牢獄と焼き印と流刑をあえて受けいれたのではなかったか？　そこまでして守った純潔を今さらウェントワース卿に捧げられるのか？　彼と一緒に過ごすということは、処女を奪われ、焼き印を暴かれ、その後の運命を彼の気紛れにゆだねるとわかっていながら？

もし拒絶すれば純潔が損なわれることはなく、イアンのために精いっぱいの努力はしたのだと納得して立ち去れるだろう。イアンは恐ろしい懲罰を受けることになるが、それを宣告したのは彼女ではなくウェントワース卿だ。そして、彼女はアニー・バーンズとしてこのまま生きつづけられる。

しかし、そこでホーズ夫妻のことや、彼女がイアンに話したさまざまな嘘が頭に浮かんだ。イアンの親切や夜な夜な彼女を暖めてくれたことが思いだされた。指先で触れた彼の肌の感触。口づけのあの熱い衝撃。フランス軍が攻撃してきたときに、彼女を助けるために命をなげうつほどの活躍をしてくれたイアン。

――万一、おれの身に何かあったときは、部下たちが来るまで待ってこれを見せるんだ。

今こうしてわたしが生きているのはすべてあの人のおかげなのよ。

積み重ねた嘘と、あなたのために危険を一身に背負ってくれた人の苦悩を踏み台にして新しい人生を始めようとするなんて、あなたはいったい何を考えているの、アニー？

彼女は目の前に差しだされた厳しい選択肢について考えた。ウェントワース卿の申し出を拒んでイアンを見捨て、へたをすれば死ぬかもしれない百回の鞭打ちを受けさせるか、それとも、イアンの懲罰を半分に減らすために純潔を失い、なおかつ、自由まで失う危険を冒すか。

目に涙が滲《にじ》んだ。その目で彼女はあらためてウェントワース卿をにらみつけた。「悪しき行為を押しつけておきながら、いかにも正義の執行者のような顔をなさるなんて、どうしてそんなことができるのでしょう？　あなたは高潔な方ではありません！」

ウェントワース卿は冷たい目つきで彼女の心を推し量ろうとしていた。「なるほど。つまり、答えは『ノー』だな」

「いいえ、閣下」アニーの声は今にも途切れそうだった。「答えは……『イエス』です」

13

イアンは押しこめられた独房の壁に寄りかかり、じっと闇を見つめていた。いずれ書けるときが来たら、犠牲になった部下たちの遺族にすぐ手紙を出そう。彼はいつもそうしてきた。一通の手紙で未亡人の悲しみが和らぐはずはない。手紙を書くという行為でイアンの良心の痛みが和らぐわけでもなかった。だが、部下のためにそれくらいのことはしてやりたい。彼らが男らしく死んだことを愛する者たちに伝える義務があるのだ。

胃袋が大きく音をたてた。トウモロコシ粉の小袋を隠し持ってくるぐらいの知恵が働けばよかったと思った。しかし、これくらい、どうということはない。空腹よりはるかに不快な懲罰が待っているのだから。鞭打ち百回は男の骨身に応える重罰だ。

彼女はまだ眠っているだろうか？　小屋に彼女を残して出ていったときの様子を思い起こした。クマの毛皮に裸でくるまり、濡れた髪を枕に広げ、長い睫毛《まつげ》が痣だらけの頬に黒っぽい影を落としていた。縫合した傷は順調に回復し、数日後には抜糸が必要になるだろう。明日、手当てのために病舎に入れられたら、忘れず軍医に彼女の治療を頼まねば。

鞭打ちの傷がどれくらいで癒《い》えるのか見当もつかなかったが、ふたたび歩けるようになったら、辺境から離れたオールバニか、あるいは、ストックブリッジにアニーの落ちつき先を手配してやらなければ、と彼は思った。レベッカに頼めば引き受けてくれるだろう。鹿肉、七面鳥、魚などを運んでアニーを援助してやることもできる。

ただし、それ以上のことはしてやれないだろう。夏の軍事作戦はすぐに迫ってくるし、そのための準備はまだまだ残っている。ウェントワースは情のかけらもない男だから当分のあいだ休暇などくれるわけがない。だが、戦争が終わったとき、彼女がまだ独身だったら……。

おまえはいったい何を考えてるんだ、マッキノン？

彼は彼女と寝ることを考えていた。

いや、もっとだ。彼女に求婚しようと考えている。

それどころじゃないぞ！　結婚を考えているんだ。

おまえ、気は確かか、マッキノン？　あの娘をろくに知りもしないくせに！

ばかげた考えだと否定しつつも、心のどこかではそれほど愚かなことではないと思っていた。なにしろ、ふたりともハイランド出身だ。彼女は美しく、芯が強くて勇気があり、子供たちに必ずや伝わる優れた資質を持っている。一方、イアンには彼女を守り、養い、なおかつ、同じスコットランドの血に流れる情熱がどういうものか実際に教える能力がある。

ああ、たしかに。だが、彼女はプロテスタントで国王支持派の出身。彼はカトリックで、ステュアート朝を支持する氏族の出である。この婚姻そのものが法で禁じられていた。しかも、この戦争が終結するまで彼は身動きが取れないという事実もある。首には懸賞金が掛かっている。彼女を住まわせる家もない。

こんな結婚相手を断らない女がいたら前代未聞だぞ、マッキノン。まったく、ばかばかしい考えだ。

彼は腹立ちまぎれに藁《わら》を蹴《け》ったが、重い鉄の足かせに引き戻された。

そうとも、アニーはおれには向いていない。その事実を早く受けいれたほうが自分のためだ。戦争が終わるまでは女を愛する自由なんてないのだから。

でも、もし手遅れだったらどうするんだ？　もう彼女に惚《ほ》れてしまっているとしたら？

イアンは小うるさいハエでもつぶすようにその内なる声を抑えこんだ。

扉の向こう側からコナーの声が聞こえた。イアンは足かせを引きずって立ちあがり、鉄格子に顔を押しつけて耳を澄ませた。

やがて、扉が開き、コナー自身がランプを持って入ってきた。

「ほんのちょっとしかいられないんだ。おれの後ろにモーガン兄貴と兄さんの女が一緒にいる」

アニーはおれの女じゃないし、これからもそうはならないとイアンは言うつもりだったが、実際に口から出てきたのは違う言葉だった。「アニーがここに？」

「温かい食事とやわらかな毛布を持って兄さんを慰めに来てる」

イアンは顔に広がる笑みを必死に隠そうとしていた。「食い物はありがたいがね。ウェントワースが承知したとは思えない」

「いや、それが承知したんだよ」

そして、コナーが説明した。イアンが鞭打ち刑を受けると聞いてアニーがひどく動揺し、一日じゅう質問攻めにされるとも知らずにどうしてもウェントワースと話がしたいと言い張ったこと。ウェントワースの厳しい視線に彼女はよく耐え、それどころか、反論し、彼の正義の意識を問いただしたこと。

「彼女はこう言ったんだ。『領土のために人を捨て殺しにするのではなく、陛下の臣民を保護することこそ国王とイギリス軍の務めだとわたしは思っておりました！』って。そりゃ、ウェントワースは怒ったけどさ、彼女は気づいてなかったみたいだな。とても説得力のある話しかたをするんだ、兄さんの彼女は」

イアンの顔から笑みが消え、最も憎んでやまない男に立ち向かうアニーのことを考えた。彼女をウェントワースのそばに近づけるだけで耐えられなかった。「彼女は利口だし勇気もあるが、もしウェントワースに公然と反抗すれば砦から追いだされるぞ」

コナーが眉間に皺を寄せた。「早くここを出て新しい家に落ちつかせるのがいちばんだと思うけどな」

イアンはこみあげる怒りを感じた。「おまえもモーガンも彼女を嫌ってる。彼女を見る目つきでわかるぞ」

「いや、そんなことはない。あの人は勇敢で美人で、心根も優しい。でも、このまま彼女がここにいたら兄さんがどうなるか、心配なんだ。以前、ジーニーが……」

「ジーニーとはなんの関係もないことだ！」

コナーは納得していない様子だった。「とにかく、ここへ来たのは兄さんと口喧嘩をするためじゃなくて、状況を説明するためなんだ。もちろん、ウェントワースは兄さんの鞭打ちの回数を減らすことに同意しなかったが、するとアニーは慈悲を請うためにひざまずいて懇願したんだよ」

コナーの言葉がイアンにはすぐには呑みこめなかった。「彼女が何をしたって？」

「だから、ひざまずいて、兄さんの懲罰を許してほしいと懇願したんだ。おれはこの目でちゃんと見たんだから。本当さ、あの人は兄さんが好きなんだ」

アニーが男の前でひざまずくと考えただけで不愉快なのに、ましてそれがウェントワースとなると吐き気を覚えた。自分のためにやってくれたことだとわかるだけに、なおさら怒りは痛烈だった。「そんなばかげた真似をする必要はなかったのに。おれはあのクソ野郎に何ひとつ借りをつくる気はない。やつに慈悲を請うなんてまっぴらだ！」

「兄さん、少しは人の話を聞いたらどうなんだ？　ウェントワースはアニーだけを残して全員を部屋から追いだした。ふたりでずいぶん長く話をしていたんだ。ようやく外へ出てきた彼女は、ウェントワースが兄さんの鞭打ちを五十回に減らしてくれたと言っただけで、あとは何も話さなかった。それに、まるで幽霊みたいに真っ青だったよ」

怒りが不吉な予感に変わった。「クソッ、なんてことだ、アニー。おれはやつに首根っこを押さえられてるが、彼女まであいつの奴隷にするわけにはいかない。いったいどんな取引をやつは強要したんだ？」

「わからないが、おれは心配だ」コナーは声をひそめ、扉のほうに一瞥を投げた。「ほかにもまだある。アニーが初めてウェントワースを見たとき、顔から血の気が引いたんだ。蒼白になって、しかも、震えてた。と思ったら、彼女は宮廷の貴婦人みたいに腰を低くしてていねいにお辞儀し、『閣下』と呼びかけた。間違いないよ、彼女はウェントワースを知っていて、見たときに恐怖を感じたんだ」

イアンは弟を見つめ、この話の意味を理解しようとした。「そんなこと、ありえない」

「断言できるかい？　兄さんは彼女について何を知ってるというんだ？」

おれ自身、彼女がどことなく奇妙で、どういう素性の女だろうと思ったのではなかったか？　イアンはこの疑問を頭から払いのけた。「ウェントワースは彼女を知っているそぶりを見せたのか？」

「いや。でも、それはわからないよ。あの野郎は内心の考えを顔には出さないからな」

「彼女から絶対に目を離さないでくれ、コナー。ほかに方法がなければ、ジョゼフに頼んで連れてってもらってもいい。ウェントワースは快楽のためとあれば彼女を平気でもてあそぶだろう」

「その心配ならあいつだけじゃなく、この砦にいる好色な男ども全員に当てはまるな。この一時間のあいだだけで彼女にはあちこちから色目が飛んできて、入港したばかりの酔っぱらった船乗りであふれるパブの娼婦《しょうふ》より人気があったよ」

イアンは鉄格子に顔を押しつけ、監禁されていなければと心から思いつつ、奥歯を噛みしめて言った。「彼女を辱める男がいたら、体をまっぷたつに切り裂いてやるとみんなに伝えろ。ウェントワースも例外じゃない、とな。ここにいるかぎり、アニーはおれの保護下にあるんだ!」

この威嚇《いかく》に満ちた声はやがて消えたが、営倉の扉の外にいるモーガンとアニーの物音は聞こえてきた。

「兄さんの言葉はみんなに伝えるよ」とコナーが言った。

そして、耳障りな音と共に扉が開き、アニーがなかへ入ってきた。

イアンは息を呑んだ。

汚れてくしゃくしゃにもつれていた髪は、今はつややかな編み込みとなって背中にもマントの前側にも長く垂れていた。目は大きく、コナーが掲げるランプのか細い光のなかでさえ緑にきらめいている。彼が買った服を着ていた。鉄格子ごしとはいえ、服が体にフィットしていることはわかった。フィットしすぎていると言うべきかもしれない。不格好な灰色の服で隠れていた女らしい美しさがあらわになっていたのだ。片腕で毛布をかかえ、反対側の腕には布で覆ったバスケットをさげている。美しい顔は苦悩の色で翳《かげ》っていた。

おれのことを気づかって悩んでいるのか？　それとも、ウェントワースのせいだろうか？　赤い軍服の衛兵が扉から首を突っこんできた。「一度にひとりだ！　一度にひとり。全員をいっぺんに入れるほど大佐はおまえらを信用しちゃいないんだ。今度は女の番だ。おまえらふたり、外に出ろ！」

「兄さんのことが心配だ」コナーはランプを置いて立ち去った。

弟の心配が明日の鞭打ちだけでないことはイアンにも通じた。

アニーは不安そうに周囲を見まわした。足もとを走り抜けるネズミがいるのではないかと思っていたが、営倉はインバラレイの牢獄とはまったく違っていた。悲鳴も聞こえなければ苦痛と絶望の泣き声もない。人間の排泄物《はいせつ》のにおいも、かび臭さや腐敗臭もなく、マツの香りが漂っていた。四方の壁は冷たく湿った石ではなく厚板張り。木の床は藁が散っているほかはきれいだ。三つの独房は空だった。四番めの独房にイアンが立っていた。

一瞬、彼女は自分がここへ来た理由を忘れた。腕のバスケットも毛布も忘れた。明日、彼の身に待ち受けている恐ろしい罰も忘れた。

イアンは顎ひげをきれいに剃《そ》り落としていて、その顔はなめらかで驚くほどハンサムだった。髪はあいかわらず長いままで、結びもせずに垂らしていたが、つやがあった。洗ったのだろう。濃いブルーと白の格子縞のシャツを着ていて、開いた襟もとから黒く縮れた胸毛と筋肉がわずかにのぞいていた。やはり革ズボンをはいているが、これは清潔なものでレギンスも着けていない。腰からモカシンまでやわらかくなめらかなバックスキンで包まれている。

目を合わせたとたんに彼の怒りを見た。当然のことだと思った。彼はわたしの命を助けてくれた。そのせいで懲罰を受けるのだ。

そのとき、衛兵が口を開き、アニーはギョッとした。彼がそこにいることすら忘れていた。「奥の隅へ引っこめ、少佐。この女が食事をなかに置けるように鉄格子を開けるからな」

「バカめ、逃げる気なら今ごろどこか遠くまで行ってるさ」イアンは奥の片隅まで後ずさった。鎖を引きずる音が木の床に重く響いた。

錠に差しこまれる鍵の音でアニーの背中に悪寒が走った。

――この藁の上で一発やっちまえば、ちっとは身のほどってものがわかるんじゃないのか?

アニーは恐怖感を懸命にこらえ、悪夢のような記憶を脳裏から押しのけた。監禁されているのはわたしではなくイアンなのだ。

「それを床に置いたらまた外に出るんだ」

イアンの凝視を痛いほど感じながら、アニーは衛兵に言われたとおり、食料のバスケットと毛布を独房の扉のすぐ内側に置いた。

重い金属音と共に扉が閉まり、アニーは驚いて飛びあがった。

彼女はスカートの皺を伸ばし、努めて不安を隠そうとした。「少佐とお話があります。どうかふたりだけにしてください」

衛兵はにやりと笑い、舐めまわすようにアニーを見つめた。「なるほど、そういうことか。一緒に独房のなかに入らなくてもいいのかい？　なんなら、一週間分のラム酒の配給券と引き替えに……」

「その舌を切り取られたくなかったら言葉に気をつけろ」穏やかだが凄《すご》みのある声でイアンが制した。「おれはいつも鎖につながれてるわけじゃないからな」

衛兵の顔から血の気が引き、彼は背を向けて出ていった。

一瞬、営倉内に響く音は、アニーに近づいてくるイアンの足かせの重苦しい金属音だけだった。彼は鉄格子をつかみ、眉間に深い皺を寄せてアニーを見おろした。「アニー、君の心づかいはありがたいが、ここでおれとふたりきりになるようなことはすべきじゃない。あいつらにくだらない噂話《うわさ》のネタを提供するだけだからな」

「わたしはただ、あなたが寒くて、お腹をすかせているんじゃないかと思っただけなの」

「たしかに、そのとおりだった。でも、おれのために君が侮辱の的になることはない」彼は鋭い口調で言った。

「あの人たちがどう思おうと気にならないわ」

「薄汚い売春婦みたいに営倉のなかでおれと一発やったなんて、あいつらに言わせたいのか？」

この露骨な言葉にアニーは驚き、顔を赤く染めた。彼女は自分の手に視線を落とした。

「怒ってるのね。仕方のないことだわ。わたしの姿を見ただけで憎いと思われても当然ですもの。わたしを助けたせいでこんなひどい目に……」

「違う、アニー！　おれは怒ってるが、でも、鞭打ちを受けるからじゃない。君とは無関係で、ウェントワースが決めたことだ。おれが怒ってるのは、君があのクソ野郎の前にひざまずいて自分を貶《おとし》めたりしたからだ！　そうとも、コナーが話してくれた。それを聞いて胸を引き裂かれる思いがした！」

アニーは困惑してイアンを見つめた。どうして怒らなきゃいけないの？　ひざまずいたのはこの人のためだったのに。「わたしはただ命の恩人を助けようとしただけなのよ」

イアンの目つきは険しく、顎の筋肉がこわばった。「そのあげく、恩人の評判を安っぽく落とそうというのか？　それに、おれにはわかるぞ、アニー。ウェントワースの慈悲と引き替えに何を差しだすんだ？」

どうしてわかったの？

アニーはかぶりを振り、一歩、後ろにさがった。

鉄格子の隙間から勢いよく手が伸び、彼女の手首をきつくつかんだ。「さあ、言うんだ」

アニーの頬が怒りと屈辱感で熱く紅潮した。ウェントワース卿との取引についてはイアンの弟たちに何も話していないし、イアンにもわかるはずはないと思っていた。彼女は身動きが取れないまま、返事を探したが、イアンのほうが早かった。

「答える必要はない。君のその目に書いてある。なんてことだ、アニー。いったいどうして？」顔が憤怒《ふんぬ》で固まっていた。

アニーは今にも泣きそうだった。「あなたが苦しむと思うだけで耐えられないからよ！」

彼女の声に絶望が滲んでいた。イアンは冷たい鉄格子に額を押し当て、目を閉じて怒りを静めようとした。「弟たちと一緒にウェントワースのところへ行って、気が変わったと言うんだ。当初の予定どおり、刑を執行しろ、と」

アニーは首を横に振った。「いいえ、できないわ」

イアンは彼女を鉄格子まで引き寄せ、怒鳴った。「やれ、アニー。さもないと……」

アニーは腕を振りほどいてこすった。痛かったのだと初めてイアンは気づいた。

「あなたに命令される覚えはないわ、イアン・マッキノン！　ねえ、わからない？　あなたを助けるために全力を尽くさなければ、わたしは自分を許すことができないの」

「わかってないのは君のほうだ。君が無事で、誰にも汚されていないのであれば、おれは進んで鞭打ち柱に行き、百回の鞭打ちを不満ひとつ言うことなく受けただろう。それくらいの罰は喜んで受ける。だが、今となってはおれの苦痛の代償はなんだ？　背中に鞭の傷跡が残ることに変わりはないが、君はウェントワースの娼婦になりさがるんだ！」

その瞬間、アニーは殴られたような表情になり、目に涙が光った。そして、イアンにも予期できなかった行動を見せた。彼女は肌着の奥へ手を入れ、乳房のあいだからイアンのタータンの布を引きだした。「こ、これを持っていてもらいたかったの。あなたに力を授けてくれると思ったから」

イアンは言葉もなく呆然と見ていた。アニーは彼の手のひらに布を押しつけ、指で包みこませると、手の甲に口づけした。

「イアン・マッキノン、あなたに神のご加護がありますように」

イアンが返す言葉を見つけられないうちにアニーはすばやく出ていった。

「閣下、やつらはすでに鞭打ち柱を引き抜き、河に投げこむとわめいております」クック中尉が若々しい顔を紅潮させて憤慨していた。

ウェントワースは紅茶をすすりながら、白のナイトの動きでどのような攻撃ができるか検討し、なおかつ、この新たな事態について考えた。

ラム酒で気勢のあがったレンジャー部隊の隊員たちは深夜を過ぎたころから騒ぎはじめ、隊長の赦免と解放を要求した。すぐさまウェントワースは部隊を浮橋の向こう側に送りこみ、暴動には迅速かつ容赦のない対応をすると警告した。レンジャー部隊は禁じられているバグパイプの騒々しい演奏で対抗し、ついには砦《とりで》じゅうが眠りから覚め、正規兵たちは対岸に進軍して一戦におよぶと主張した。

そして、レンジャー部隊の面々は鞭打ち柱を撤去することでマッキノン少佐の刑の執行を阻止しようとしたらしい。

酔っぱらった頭で考えつきそうなことだとウェントワースは思った。「マッキノンの弟たちはどこにいる?」

「マッキノン大尉は、鞭打ちに抗議して砦を去ろうとするストックブリッジのインディアン部隊の慰留に出向きましたし、マッキノン中尉のほうはミス・バーンズの保護と部下たちの動揺を静めることに専念しているようです」

ウェントワースは頭痛が始まりそうな気配を察してこめかみに指を押しつけた。つまり、ストックブリッジのインディアンたちも反抗しているということか。これは予期しておくべきだった。マッキノン兄弟に対する彼らの忠誠心は強烈で、この三人のハイランド人を身内とみなしている。マッキノン大尉の説得が功を奏し、彼らがこれまでどおりイギリス国王に忠誠を誓ってくれればいいが、とウェントワースは期待した。彼らの技能が際立って優れていることは証明済みだし、その点ではレンジャー部隊も同様なのだ。

「稜堡《りょうほ》（要塞本体の突出部）頂上の大砲をレンジャー部隊のキャンプ地に向けろ。連中の頭ごしに六ポンド砲弾を三発、発射するんだ。それでやつらの酔いが醒めるか見てみよう。そして、レンジャー部隊にも正規軍にも即刻、外出禁止命令を出せ。当番兵以外の者が兵舎の外で見つかった場合は、マッキノン少佐と共に鞭打ち刑に処する。鞭打ち柱がもとどおり設営されたらすぐに」

「かしこまりました、閣下」クック中尉は形式的に一礼したが、命令実行のためにきびすを返そうとはしなかった。

ウェントワースがチェス盤から顔をあげ、副官の凝視を受けとめた。「なんだ?」

「部下五人の命を犠牲にしたというのにどうして彼らは少佐を擁護するのでしょう?」

「篤き忠誠心だよ、クック。忠誠心だ」

若いクックの顔にはまだ納得のいかない表情が残っていた。「はい、閣下」

怒声や罵声がイアンの耳に届き、部下たちが酔って騒いでいるのだとわかった。そのうちにマクヒューのバグパイプの音色まで流れてきた。不穏な事態になっているとわかった。彼は悪態をつき、独房内を歩きまわり、さらに悪態をついた。いったいモーガンとコナーは何をやってるんだ？　それに、アニーはどうなった？　ふたりは彼女を守ってくれているのか？

そして、大砲の発射音。六ポンド砲弾が三発。

やがて、静寂が訪れた。

こうして監禁されていることも、自分ではどうにもできないこともたまらなくいやだった。もし自由の身であれば、酔っぱらった部下たちの頭を殴りつけて分別をたたきこみ、この騒ぎをやめさせられるのに。アニーの安全を確保してやれるのに。ウェントワースと対決できるのに。

彼はウェントワースと話がしたいとすでに五回も六回も申し入れている。鞭打ち刑を当初の百回に戻し、アニーがどんな約束をしたにせよ、それを反故《ほご》にしろと要求するつもりだった。しかし、もちろん、ウェントワースは黙殺した。アニーの美しい肉体をわがものにする快楽を思えば、イアンの鞭打ちの回数など取るに足らないことだ。

ウェントワースがアニーに手を触れると考えただけでイアンの体内に凶暴な怒りが渦巻い

た。止めてやる。なんとしても止めてやる。

そのとき、ふと思った。もしアニーがウェントワースと寝たいとしたら？　彼女はウェントワースを知っている様子で、貴婦人のようなお辞儀までしたとコナーは言っていなかったか？

でも、彼女はやつを恐れているようだったとコナーは言ったんだぞ。恐れている男とベッドを共にしたがるわけがないだろう？

イアンはすわりこみ、手にしたタータンをじっと見つめ、きめの粗い毛織り地を親指でこすった。怒りと疑念で頭がいっぱいだった。とうてい眠れず、ほかにすることもないまま、彼は夜明けを待った。

14

アニーは眠れぬ長い一夜の疲労をかかえたまま、暖炉の炎を見つめていた。気持ちはいっこうに落ちつかず、混乱している。大砲の音にはたしかに仰天したが、男たちの怒号や罵声《ばせい》でうろたえはしなかった。コナーがそばで見張ってくれているので身の危険がないこともわかっている。

そう、彼女が恐れているのは夜明けであり、昇る太陽と共に始まる刑の執行だった。たとえイアンが見知らぬ男だったとしても鞭打ちには恐怖を感じただろう。ベイン伯父が召使いたちを罰したときも耐えられなかったし、時折、彼らをかばって違反行為を隠してやったものだ。さらし台のそばを馬車が通りかかるとき、さらされている哀れな人びとに目をやるのも嫌いだった。

しかし、イアンは顔も知らぬ他人ではない。まもなく彼が受けねばならない責め苦に心が痛んでならなかった。並みの男が持ち合わせない技術と勇敢さで彼はアニーの命を救ってくれた。いくらハンサムな男でも、しょせんは亡命したハイランドの野蛮人でしかないと最初こそ思ったが、その印象を一変させるほどの優しさが彼のなかにはあった。紳士に期待すべき気高い資質をいくつも持ち合わせていたのだ。一方、今回の鞭打ちを命じたあげく、イアンの身を案じる彼女をベッドに誘いこもうとしたウェントワース卿は、ベイン伯父と同じだ。外見は貴族、中身は野蛮人。

世界がまたもや大きく傾いてしまったような気がした。

この四日間のあいだにあまりにも多くのことが起きた。広大な森のなかでホーズ夫妻の小屋の炉端で寝ていたのが前世の出来事のように思える。あのふたりはすでにこの世にはなく、いまだかつて嘘をついたことなどなかった彼女が人をごまかす名人になり、純潔まであっさり手放そうとしている。

そして、命がけで彼女を助けてくれた男がその優しさの代償として恐ろしい苦痛を味わわねばならない。すでにむごい夜明けの光が黒っぽい森の向こうに姿を現わしはじめた。まもなくそのときがやってくる。

あの人は眠れただろうか？　やはり恐れているかしら？

わたしを責めているだろうか？

——だが、おれの苦痛の代償はなんだ？　背中に鞭の傷跡が残ることに変わりはないが、君はウェントワースの娼婦になりさがるんだ！

ひと晩じゅう、あのイアンの言葉が脳裏を離れなかったし、彼の言うことが正しいのだろうかとついつい考えていた。たとえ命を落とす危険を冒してでも百回の鞭打ちを受けさせるほうが彼のためだったのだろうか？　彼の苦しみを少しでも軽くしようとわたしが屈辱的な申し出に応じたのは間違いだったのか？

明らかに間違いだと彼は思っている。でも、あの人はわたしが知っていることを知らない。ホーズ夫妻に関する嘘を彼は知らない。わたしが年季奉公という刑罰に服していたことを知らない。アーガイル・キャンベル一族であることも知らない。

命がけで守っている女が実在の女ではないことを彼は知らないのだ。

アニー・バーンズという女は実在しない。

でも、そういう女を実在させてもいいんじゃないの？

ペイン伯父の背信行為によってわたしは充分すぎるほど苦しんだのではないの？　伯父の苛酷な嘘のおかげですでに何もかも奪い取られたのでは？　家も所持品も名誉ある名前までも。忌まわしい手段で奪われたものと引き替えに新しい名前を名乗り、新しい生活を築いて自分の人生を取り戻したっていいんじゃない？

この過激な考えで希望がわいてきたが、しかし、良心の痛みは少しも和らがなかった。

それでも、ひとつだけやらねばならないことはわかっている。自分ひとりで生きていく方法を身につけなければならない。この世を生き抜くために人を当てにはできないし、人生の道筋を誰かが用意してくれるまで待つこともできない。いずれイアンの傷が癒えたらニューヨーク・シティかフィラデルフィアまで行って、裁縫師か侍女として働き口を見つけよう。

もう一度、やりなおすのだ。

でも、万一、ウェントワースの子を身ごもったりしたら？

悪寒で体が震えた。ハンサムで、王家の血を引く男だが、彼とベッドを共にし、その手が自分の体に触れると考えただけで耐えられなかった。イアンがしたような口づけをあの男にされるのかと思うと吐き気と戦慄に襲われた。

それに、あの焼き印は？　もしもあれを見られたら……。

そのとき、ドアにノックが鳴り響いてアニーは飛びあがった。

冷たい鉄の塊のような恐怖が胃を重く沈めた。彼女は席を立ち、狭い部屋を横切ってドアを開けた。

険しい顔つきのコナーがそこに立っていた。「来いよ。時間だ」

リズミカルな太鼓の音が遠くから聞こえてくる。

アニーはかぶりを振って後ずさりした。「わたしには無理……」

「いや、来るんだ。来てもらおう」彼は強引になかへ入り、アニーのマントをつかんで顔の前に差しだした。口ぶりは無愛想だった。「あんたが一歩ごとに蹴ったり泣きわめいたりしようと、引きずってでも連れて行くぞ。兄さんの犠牲的行為にあんたが立ち会うことで兄さんの面目が立つんだからな」

この人たちはそんなふうに見ているの？　苦しむイアンを見ていることでわたしは彼に敬意を示したことになるわけ？　辺境の人たちというのはなんて風変わりな考えかたをするの

だろう？

わたしにはできそうにない。立ち会いたくない。

しかし、彼女はうなずいた。「その場にわたしがいることで少しでも彼の慰めになるのであれば行きましょう」

アニーはマントをはおってモカシンを履くと、コナーに続いて三月の早朝の冷気のなかへ出た。薄青い空は東側が淡いピンクに染まっている。微風に乗って薪の煙と塩漬けの豚肉を焼くにおいが漂ってくる。犬たちは残飯を探してあちこち嗅ぎまわる。だが、何ひとつ気づかなかった。ただ寒く暗く空虚に思えた。

小屋が並ぶ西側までたどりつくころには、すでにレンジャー部隊の隊員が階級順に並んでいた。イギリス正規兵のようにきちんと気をつけの姿勢を取っているとは言いがたかったが、それでもどうにか整列し、前夜の泥酔と大騒ぎのわりにはしっかり目が覚めているように見えた。彼らは通り過ぎるアニーに次々と首を向けた。

彼女の足取りがたじろいだ。

「あの連中があんたに手を出すことはないさ」コナーがアニーの背中に片手をあてがい、モーガンが立っているところへ導いた。

モーガンはいかめしい顔つきでアニーを見おろした。「おはよう」

コナーが嫌悪感をあらわにしてうなった。「やつらを見ろよ。ササナック、ハ、ハ、ハイエナどもめ！」

アニーがコナーの視線の先を追うと、エリザベス砦の城壁は野次馬の兵士でごった返し、指さして見物を決めこんでいる。その心ない行ないにアニーは激しい憤りを覚えた。こんなものをおもしろい見せ物だと思うやからがいるのか？

モーガンが地面に唾を吐いた。「やつらはこの日が来るのを首を長くして待ってたからな。イアン・マッキノンがぶざまな姿になる日を」

それはどうしてなのかとアニーはモーガンに訊きたかったが、ふと鞭打ち柱に目が留まり、体の力が一気に抜けた。それは彼らのすぐ前にあった。伐採した木の幹を使い、左右の柱には鞭打たれる者の手首を拘束する鉄製の手かせが取りつけてある。

「まあ、どうしましょう！」

「どうしようも何も、ここはそういうところなのさ、お嬢さん」モーガンが冷ややかに笑った。

太鼓の音が大きくなり、鳥のさえずりをかき消した。

そして、アニーの目に彼が見えた。

手錠と足かせをはめられたイアンが、前後を兵士にはさまれて浮橋を渡ってくる。兵士の銃剣が朝の陽を受けてきらめいていた。その後ろには若い鼓笛手がひとり、続いてクック中尉、いちばん最後にウェントワース卿が護衛兵を連れてやってきた。兵士たちは一糸の乱れもなく行進してくるが、イアンだけは拘束具のせいでほんのかすかに足取りが重い。それでも、まるで朝の散歩にでも出てきたようにのんびり歩いていた。

この一団が近づいてくるにつれてアニーの恐怖感がふくらんでいった。

ラッタッタという容赦のない太鼓の響き。凍りついた地面を踏み砕く軍靴の鈍い音。さまざまな金属音。足かせの鎖、真鍮《しんちゅう》製の靴のバックル、鞘に入ったサーベル。

この護送隊の一団がレンジャー部隊の列に差しかかり、その中央を進んでいった。

イアンはにやりと笑いながら部下たちに声をかけた。「やあ、諸君。聞こえたぞ、昨日の夜はちょっと騒いでたようだな。こんな朝っぱらから起こして悪かった」

これに対して大笑いや、「おはよう、隊長」とか「一緒に騒げなくて残念だったよ」といった大声がいくつも飛び交い、なかにはウェントワース卿に向けたゲール語の罵声も混じっていたが、ウェントワースの顔は平然としたままだった。

そして、イアンが彼女の前に来た。その目が彼女をとらえた。

アニーは彼の目を見つめた。そこにはまだ怒りが残っていたが、やがて和らいでいくのがわかった。

いきなり彼は手錠ごと両手首をアニーの頭の後ろにまわし、乱暴に引き寄せると、まるで獣のように荒々しく口づけした。指先を彼女の髪にからませ、力ずくで頭を後ろに引き、彼女がハッと驚いて息を呑んだすきに奥まで舌を突き入れ、口のなかをまさぐった。それは優しいキスどころではなく、彼女は自分のものだと主張し、ほかの男たちより先に刻印を押すような口づけだった。

それはたしかに刻印を押した。アニーの魂にまでくっきりと。

そして、抱き寄せたときと同じようにイアンはいきなり彼女を突き放し、しゃがれた声でその耳もとにささやいた。「絶対に許さないからな、アニー。君をあいつの奴隷になんかさせるものか！　おれは言いわたされたとおりの苦痛を引き受ける。じゃまをするな！」

アニーが何かを思いついたり言葉を口にするひまもなく、兵士の荒っぽい手でイアンは前に押しだされ、彼女は震えながら、ヒリヒリと疼く唇を指で押さえた。気持ちは乱れに乱れていた。

男たちの一団は鞭打ち柱まで行き着き、イアンの手首から手錠がはずされ、シャツを脱げと命じる声が響いた。イアンはするりと頭からシャツを脱ぎ、冷たい地面に放り投げた。そして、彼は鞭打ち柱のほうを向き、長い髪を片側に引き寄せて筋肉質の背中をあらわにし、両腕を伸ばした。兵士がその手首を柱の鉄の輪に固定した。

クック中尉が刑の執行状を読みはじめた。「イアン・マッキノン少佐、おまえは軍規を乱した行為により五十回の鞭打ち刑に処せられ……」

「おい、クック、おれがこうなった理由くらい、みんなが知ってるさ」

レンジャー部隊の隊員たちから大きな笑い声がわき起こった。

そして、イアンが肩ごしに振り返ってアニーを見た。「だが、回数は百回で五十回じゃないぞ」

顔を真っ赤に染めたクック中尉は手にした命令書に目をやり、次にウェントワース卿を見て指示を仰いだ。

ウェントワース卿はアニーに目を向けた。「ミス・バーンズ、どうも記憶が定かではないのだが、回数は五十回だったか、それとも、百回だったかな?」

ウェントワースがアニーに決断を任せ、耐えがたい悲痛な選択をまたもやここで彼女に迫ってきた。

彼女は唾を呑みこみ、男たち全員の熱い視線を意識すると、やがてイアンを見た。

——君が無事で、誰にも汚されていないのであれば、おれは進んで鞭打ち柱に行き、百回の鞭打ちを不満ひとつ言うことなく受けただろう。それくらいの罰は喜んで受ける。

彼の眼差しは冷静で、元気づけるようにじっと彼女を見つめ返した。

その目にこめられた強靭な意志を支えにし、アニーは裏切り者のような気分で声を振り絞った。「百回です」

アニーの心を溶かすほど温かい笑みがイアンの口もとに広がった。

「では、百回だ」ウェントワース卿がクック中尉に向かってうなずいた。

クックがひとりの兵士に合図した。鞭を手にした兵士が進みでた。彼は試しに鞭を振りあげ、ゾッとする音を響かせた。そして、イアンのほうに向きなおった。

アニーの背すじに恐怖が走り抜けた。「やめて!」

彼女は前に飛びだそうとしていたが、とっさにモーガンが両腕を伸ばして引き止めた。

「だめだ。兄貴のためにあんたができることはもうない。気を強く持ってくれ!」

イアンのむきだしの肌に打ちつけられた最初の一発でアニーの膝から力が抜けた。モーガンがすばやく支えなかったらそのまま倒れこんでいただろう。イアンの体が苦痛でこわばり、皮膚に赤い筋がふくれあがる様子を、彼女は目に涙をためて見ていた。恐ろしい鞭の音は続けざまに鳴り響いた。

それはイアンが想像していたよりもはるかにきつく、鞭の一撃一撃が骨身にしみこみ、心に衝撃をもたらした。弱った自分をさらけだしてウェントワースに満足感を与えるのは絶対にいやだったので必死に苦痛の叫びを噛み殺し、アニーのことだけを考えようとした。

アベナキ族を相手にひとりきりで絶望的な抵抗をしたアニー。

反対方向にボートを漕《こ》ぎ、恐怖で目を大きく見開いたアニー。

やわらかく温かな体を彼の腕のなかに横たえて眠ったアニー。

ウエストまで服を脱ぎ、濡れた乳房と冷気で締まったバラ色の乳首をさらしたアニー。

フランス兵に向かって発砲したアニー。

三十回を過ぎてイアンは数がわからなくなった。さらに数十回が加わったあたりで目がくらみ、吐き気がし、苦悶《くもん》で頭が朦朧としてきた。なおも鞭打ちが続き、いつしか柱に寄りかかっていた。脚が体重を支えきれなくなっていたのだ。

がんばれ、もう少しだ！

血が流れ、背中が熱く濡れている。汗が目にしみた。息が小刻みに震え、肺は懸命に空気を吸いこんで次の一発でまたすべて吐きだされる。それでも鞭は容赦なく飛んできた。

彼は頭のなかでアニーに寄り添い、彼女のことだけを考え、力も意志も誇りも剥《は》ぎ取ろうとする苦痛と闘った。

アニー！

さらに一発。また一発。そして、また一発。

やがて、兵士たちが彼の手首から手かせをはずしていることにぼんやりと気づいた。

ようやく終わったのだ。

そして、彼の意識は闇に消えた。

アニーはイアンの額に手を当て、熱が出ていないことに感謝した。眼鏡を掛け、もじゃもじゃの白い眉毛に大きな赤い鼻をした年配の軍医から、最も深刻な危険は感染だから注意しなければいけないと言われていた。

「時にはショック死する者もいるんだが、マッキノン少佐は実に頑健だな」ドクター・ブレイクがイアンの背中の血を洗い落としたとき、そう語っていた。「これなら間違いなく元どおりに回復するさ」

遠くから見ていてもひどい状態だったが、間近で見るイアンの背中の傷はまさに凄惨《せいさん》だった。肉を切り裂いた鞭の恐ろしさにアニーは言葉を失ったものだ。どれほどの苦痛だったか想像もつかないし、イアンの体に包帯を巻くドクター・ブレイクを見ていて、ウェントワース卿にどんな要求をされようとも、やはり最初の選択どおりイアンのために鞭打ちの回数を半分の五十回にすべきだったと後悔した。

最初、ドクター・ブレイクは彼女を追い払おうとしたが、アニーは頑としてそれを拒み、手伝いをすると言い張った。彼が持っていた薬瓶のラベルを彼女が声に出して読み、そこで彼女が文字を読めるのだと初めて知った軍医はようやく折れ、彼女がそこにとどまることを許した。

「君がいてくれると少しは役に立つかもしれないな」と医師は言った。

二度、イアンは苦痛で顔をゆがめながら目を覚まし、その二回ともアニーはスープとアヘンチンキをスプーンで彼の口に入れてやった。だが、イアンはアヘンチンキを拒もうとした。

「だめだ、アニー。アヘンは……頭が鈍る。おれはちゃんと……立たないと」

アニーは彼の髪を撫で、無理に笑みを浮かべた。「ばかなことを言ってる場合じゃないわ。さあ、眠るのよ」

そして、彼は眠った。

アニーは精いっぱい役に立とうと床掃除をしたり、細長い亜麻布を巻いて包帯を作り、干した植物を乳棒ですりつぶして粉にした。一方、ドクター・ブレイクは戦争の話をしながら患者たちの治療に当たっていた。足に銃創を負った患者。発熱した患者。フランス軍との戦闘で負傷したレンジャー部隊の隊員がふたり。そして、イアン。

軍医が語る話にアニーは聞き入ろうとしたが、どうしても集中はできなかった。脳裏に生々しい映像が浮かんでは消え、動揺がおさまることはなかった。鞭打ち柱につながれたイアン。血まみれの背中に何度も何度も打ちつけられる鞭。さぞかしひどい苦痛を味わったことだろう。でも、彼は声ひとつ洩らさなかった。

そして、あの口づけ。焼けつくように熱い唇も、むさぼる舌も、髪にからみついた荒っぽい指も、まだ感触がすべて残っている。しかも、いつかまたあんなふうにキスしてもらいたいとアニーは思っていた。たぶん、過労のせいだろう。なにしろ、昨夜は一睡もしていないのだから。この数日間だって普通ではなかった。あまりに多くの出来事に遭遇した。

発熱に効くというヤナギの樹皮をすり終えたとき、それまで熱にうなされて眠っていた若者が彼女に話しかけた。

「あなたが少佐の恋人ですか?」彼はアニーと変わらないくらい若く、そばかす顔に金髪だった。

少佐の恋人。

アニーは返事に困った。「マッキノン少佐はわたしの命を助けてくれたんです」

「あなた、本当に美人だ」若者の青ざめた顔に明るい笑みが浮かんだ。「美人だって少佐が言ってましたよ」

イアンがわたしの話をして、しかも、美人だなんて言ったのかしら? 「あなたもレンジャー部隊員なの?」

「マッキノン・レンジャー部隊所属のブレンダン・キニー二等兵です」彼は誇らしげに名乗った。

ドクター・ブレイクがキニー二等兵の脚の診察をし、解熱剤を投与しているあいだ、アニーは負傷の経緯を語るキニーに耳を傾けていた。

「最初の攻撃を受けたときだったんですよ。少佐の発砲音が聞こえて、敵軍が迫ってくるとわかった。やつらは襲いかかってきた。三百人を超えるフランス軍がね。でも、モーガン大尉とコナー中尉の指揮でおれたちも応戦した。おれは物陰に身を潜めようとしたときに敵弾を受けちゃってね」

――部下が五人死んで、八人が負傷して寝込んでるんだよ。兄さんが任務を遂行する代わりにあんたを助けると決めたおかげでね。

コナーの言葉がよみがえってきた。そして、ようやくアニーは理解した。

「あなたはとても勇敢だわ、キニー二等兵。負傷してしまってお気の毒に」

「気にすることはないですよ。隊長があなたを助けて本当によかった」

アニーは喉にこみあげた熱い塊を呑みこみ、まだ意識の戻らないイアンに視線を投げた。

「キニー二等兵、何か読んであげましょうか?」

イアンは宙に浮かんでいた。彼の周囲を温かい蜂蜜で包むようにアニーの声が流れてくる。彼女は話をしていた。彼自身が関わったことなのでよく知っている話だった。アベナキ族の村を襲撃したときの話だ。

「『……深い雪と獲物一匹いない凍てついた森のなかを進軍し、ついにブリザードで身動きが取れなくなった彼らは、飢えをしのぐためにみずからのベルトやレギンスをゆでるしかなかった』あなたたち、本当にベルトを食べたの、キニー？」

「ええ、もっとひどいものまでね。でも、女性にその話はできないけど」

「『二十五日間におよぶこうした苦しい行軍のすえ、ついに彼らは村を見つけ、そこにいるインディアン戦士たちを抹殺する目的で夜明けとともに村へ入った。この遠征についてマッキノン少佐がウィリアム・ウェントワース大佐に語った報告によると、おびただしい数の戦利品がテント小屋の棒に突き刺さっていたという』まあ、どうしましょう！」

真実ははるかに凄惨なものだったが、『ボストン・ガゼット』紙には抑えた描写しか載らなかった。彼女はどうやってあの記事を手に入れたんだ？　おれは夢を見ているんだろうか？　アヘンチンキで頭が朦朧《もうろう》としているイアンは答えを探そうとしたが、やがてふたたび気が遠くなっていった。

ようやく彼の眠りを覚ましたのは痛みであり、うっとうしいコナーの声だった。

「聞こえるか、兄さん？」

「ああ、聞こえるぞ、バカ野郎。おれの耳もとで怒鳴ってるんだからな！」口はざらざらに渇き、アヘンチンキの味がしたが、薬物の効果はとっくに切れていた。背中が強烈に痛かった。

「気分はどうだい？」その声はモーガンだった。

「背中の皮膚を鉄鈎《てつかぎ》で剝ぎ取られた気分だ」イアンが顔をあげると、弟ふたりが横に腰かけていた。

コナーが包帯だらけのイアンの背中に目をやった。「似たようなものさ。まったく、いいかげんにしてくれよ、兄さん。あんなざまを見るのは二度とごめんだからな！」

「同感だ」モーガンがうなずいた。「兄貴はよくがんばったよ。百回の鞭打ちで声ひとつたてなかった。部隊の者たちはみんな誇りに思ってる。それに、アニーも」

鞭打ち柱へと進む彼を見たときの、アニーの悲痛な表情がイアンの脳裏に浮かびあがった。「彼女を立ち会わせることはなかったのに」

「さぞかしつらかっただろうが、しかし、彼女は強い女性だよ」モーガンがイアンに水筒を渡した。「彼女は兄貴から決して目を離すことはなかった。涙を流しながらあの場にじっと立ち尽くしていた。実に美しかったな」

コナーがにやりと笑った。「あんなふうに泣いてもらえるなら、男たちの半数は喜んで兄さんの身代わりを引き受けたと思うよ」

イアンは水を飲むと、アニーを探した。つい先ほどたしかに彼女の声を聞いたのだが、しかし、姿が見えなかった。「彼女はどこだ？」

モーガンとコナーが視線を交わし、それを見ただけでイアンの全身に不安が広がった。

「彼女はどこにいる？」イアンは体を起こそうとしたが、目がまわるほどの激痛に襲われてふたたび腹這《ば》いに寝そべってしまった。

モーガンが先に口を開いた。「今の兄貴にはどうすることもできない。まず体力を回復するのが先決だ」

「うるさい！　アニーはどこにいるんだ？」しかし、イアンはその答えを聞くまでもないと思った。

コナーが目を合わせた。「あいつが連れて行った」

イアンは寝床のキャンバス地に拳をたたきつけた。「どうして彼女をちゃんと見ていてくれなかったんだ？」

「昨夜騒いだ罰として道路沿いの木の伐採をウェントワースが部隊全員に命じたんだ。おれたちは一日じゅうその作業に追われて、兄さんや彼女の様子を見に来ることができなかった」

もしアニーに指一本触れたらどうなるか、イアンはウェントワースに断言していた。独房から引きだされたとき、あの卑劣な男に対して、たとえアニーが恐怖心からどんな要求に応じようと彼女には手を出さないほうが身のためだ、ときっぱり言ったのだ。

「彼女に指一本触れてみろ。あんたのキンタマがあそこの旗竿《はたざお》から吹っ飛ぶはめになるぞ」鞭打ち柱へ向かうために整列した早朝、イアンは警告しておいた。「彼女はマッキノン氏族の保護下にあるんだ」

ウェントワースは納得したものと思っていた。だが、あのゲス野郎はおれに百回の鞭打ちを科したあげく、おれや弟たちを追い払い、アニーを手に入れようとした。

頭に残っていたアヘンチンキの霧が激しい怒りのせいできれいに消え去り、イアンは強烈な痛みに歯を食いしばりながらゆっくりと上体を起こした。めまいで倒れそうだったが、それでもすぐに裸足の足を床におろした。視線を落とし、体に厚く包帯が巻かれていることに気づいたが、シャツは着ていなかった。「おれのモカシンとシャツはどこだ?」

モーガンがイアンの肩に片手を置いて制止した。「兄貴、その体じゃまだ無理だ!」

イアンがその手を荒っぽく払いのけた。「ほっといてくれ!」

コナーが首を振り振り立ちあがった。「兄さんの好きなようにすればいいさ。でも、あの善良な軍医の話じゃ、やつらが彼女を連れてったのは三時間前だそうだ。もう手遅れだよ、兄さん。ウェントワースが彼女に何を求めたにせよ、とっくに手に入れてるさ。何度もね」

15

アニーはチェス盤に集中するふりをしていたが、ウェントワースがその冷たい灰色の目でじっと見ていることは充分に意識していた。ゲームに興味があるそぶりを装ってはいるのだが、イアンの心配で心は乱れ、夕食のワインで頭は鈍り、寝不足で体が痛かった。そもそもわたしがチェスなんかに関心がないことくらい、この人にだってわかりそうなものなのに。

ウェントワースはすでに彼女のルークをひとつ、ナイトをふたつ取っていて、ビショップとクイーンで彼女の陣営に迫っていた。アニーはビショップを動かしてわざと自分のキングとクイーンを無防備にした。一刻も早くこの勝負を終わらせ、イアンのいる病舎に戻りたかった。

奇妙なものだが、もし違う場所で違うときにウィリアム・ウェントワース卿に出会っていたら、魅力的な男性だと思っただろう。まさに理想的な結婚相手で、悲しいかな彼女にはとうてい手の届かない存在だ。だが、こうして次の一手を練るウィリアム卿の前にすわっていると、憤りや強い嫌悪感を隠すのがほとんど不可能に思えた。

陽が沈む少し前に兵士たちが迎えにやってきたのだ。彼女は仰天して異議を唱えようとしたが、ウェントワースはこの砦の司令官で、彼にすべての決定権があることを思いだした。最悪の事態を予想していたが、意外にも案内されたのは彼の寝室ではなく夕食のテーブルだった。

「ミス・バーンズ、淫らな目的であなたをここへ呼んだと思っていたのではないだろうね」彼は非難がましい眼差しでアニーを見おろし、たしなめるような超然とした声音で言った。

「ああ、そう思っていたと、あなたのその不安そうな顔に書いてある。しかし、わたしの望みは夕食をご一緒していただくことだけだ」

その安堵感のほうがきついワインよりも彼女を酔わせた。

「今のは最善の手とは言いがたいかもしれないですな、ミス・バーンズ」クック中尉がそばから忠告した。

アニーは顔をあげ、戸惑ったそぶりを見せた。「これはむずかしいゲームですもの。一度ですべてのルールを頭に入れられるなんて、どういう人なのかしら?」

ウェントワースの目は盤上を見つめていた。「練習だよ、ミス・バーンズ。なによりも練習だ」

彼は大胆にもクイーンを前進させた。彼が打つ手を誤ったとアニーは思った。

ワインのせいか寝不足のせいかわからないが、アニーは自分のルークを動かしてウェントワースのクイーンを取った。だが、自分のやったことに気づいて頭に血がのぼった。ウェントワースの探るような凝視が彼女の視線を追いつめ、一瞬、アニーはクモの目に魅入られたハエの気分になった。

だが、クック中尉はわれを忘れていた。「おぉ、これはすばらしい、ミス・バーンズ！実に鮮やかな一手だ。ほら、あなたもルールが覚えられるんですよ」

本気で興奮する彼の様子がおもしろかったため、ついアニーは微笑を誘われた。

ちょうど微笑んだ彼女をイアンが目撃した。将校たちに囲まれてウェントワースとチェスに興じ、編みこんだ黄金色の長い髪を背中に垂らし、顔には微笑を浮かべたアニー。まさか彼女がこんなふうに楽しんでいるとは思ってもいなかった。腹の底に熱い怒りがたぎり、苦痛もめまいもこのときばかりはどこかへ吹き飛んだ。

「護衛がいなくなったすきをついて彼女を奪うなんて。おれはこの体で代償を払ったんだぞ、ウェントワース。おまえにはなんの権利もない！」

「イアン！」アニーの顔から一気に血の色が消えた。

ウェントワース以外の全員が驚きをあらわにして彼を見つめたが、すぐに激怒に変わった。

「さあ、見るがいい、少佐！」クックが椅子から飛びあがって怒鳴り散らした。「誰ひとり、ミス・バーンズを辱めようとする者などいないぞ！」

ドアの警護に当たっていた赤い軍服姿の衛兵ふたりがイアンの背後に近づいてきた。想像していたよりも彼らの立ち直りは早かった。イアンは自分の体が弱っていることを思い知らされた。

「申しわけありません、大佐。彼を止めようとしたんですが、しかし……」

「マッキノン少佐。これはまた思いがけないことだな」ウェントワースは手首を縁取る華やかなレースをひと振りして衛兵を追い払った。「君も一緒にどうだね?」

「いや、冗談じゃない」そして、彼は目を大きく見開いたアニーに視線を向け、ゲール語で「来るんだ、アニー!」と言った。

彼女は言われるがままに立ちあがったが、そこでウェントワースに目を向けた。

今度はウェントワースにもわかるようにイアンは英語で話した。「了解を取る必要なんてないんだよ、まったく! 君には彼に従う義務なんてないんだから」

それでもアニーはためらった。「イアン、わたし……」

「君に従う義務もないはずだぞ、少佐」ウェントワースが席を立ち、アニーの手を取って身をかがめ、手の甲に軽く唇を当てた。「お望みとあれば彼と一緒に行ってかまいませんよ、ミス・バーンズ。非常に楽しい晩だった。このわたしがあやうく打ち負かされそうになるとは、まったく記憶にないくらい久しぶりのことだ」

ウェントワースがアニーによからぬ下心を持っているのではないかとイアンはかねがね思っていたが、それが邪推ではなかったと今ここではっきりとわかった。欲情するウェントワースの血のにおいが部屋いっぱいに充満しているではないか。

イアンの喉に嫌悪感がこみあげた。彼はずかずかと入りこみ、クックをひとにらみして素通りすると、アニーの腕をつかんで引っ張った。

彼女はおとなしくついていったものの、次々に言葉を浴びせかけた。「あなた、頭がどうかしたんじゃない？　ちゃんと寝てなきゃだめでしょ。またウィリアム卿の怒りを買うような真似をするなんて！」

ウェントワースのファーストネームを彼女が口にしたことでイアンは爆発しそうになった。「うるさい！」

「イアン、彼はわたしに手を出してないのよ」

モーガンがイアンの前に立ちふさがった。「兄貴、彼女に八つ当たりするのはよせ。無理やり連れて行かれたんだから」

しかし、イアンの頭にはアニーが浮かべていたあの微笑みしかなかった。無理やりどころか彼女は喜んで行ったんだ。「どけ」

彼は弟を押しのけた。怒りの感情だけで力が生まれていた。アニーの異議を無視して些から連れだし、橋を渡り、驚愕《きょうがく》する部下たちのそばを通り過ぎて自分の小屋へ向かった。そして、戸口からなかへ引き入れ、掛け金を閉じた。

「イアン、お願い！　今のあなたはあなたじゃないわ！」

どうしてこんなことをしたのか、あとになってもイアンには説明できないだろう。おそらく、肉体的な激痛のせいで理性が吹き飛んでしまったのか。それとも、嫉妬《しっと》でおかしくなっていたか。アニーを非難し、怒りをぶつけ、その華奢《きゃしゃ》な喉を絞めてやりたかった。だが、気づくと彼女に口づけし、ほかの男が彼から奪おうとした甘くなまめかしい領域の隅々にまで自分の痕跡《こんせき》を残そうとしていた。

アニーはもう一度キスをされたいと思っていたが、こんな形でされたくはなかった。怒りのはけ口としてキスされるのはいや。彼がこれほどひどいけがをしているときもいや。彼女は顔をそむけ、イアンの胸を押し返してその力ずくの抱擁から逃れようとした。「お願いよ、イアン！　あなた、満足に立ってもいられないくせに」

彼は片手でアニーの顎《あご》を持ち、強引に目を合わせた。藍色の瞳が黒ずんでいた。「あいつはこんなふうにキスしたのか？」

「あの方は何も……」アニーは返事をしようとした。

しかし、イアンはその口に舌を押しこみ、彼女の言葉を封じた。

甘美な喜びが彼女の頭から何もかも消し去り、一瞬、焼けつくように激しい彼の唇やから み合う舌と舌の熱い動きに彼女はわれを忘れた。下腹の奥のほうから脈打つ興奮がわきあがり、アニーは口づけに応えずにはいられなくなり、ひとつひとつの動きに合わせてすがりついた。体が彼の体の何かを求めていた。

だが、すぐにわれに返って身を引こうとした。「イアン、だめよ、あなたはけがを……」

しかし、彼はアニーの髪を両手でまさぐり、顔を上に向けさせて首をあらわにした。「あいつはこんなふうに君を味わったのか？」

た。

彼は歯と舌でアニーの耳の下の敏感な肌を軽く噛《か》み、舐めた。彼女の背すじに快感が走った。

彼女はうめきながらイアンに抱きつき、両手で彼のシャツをきつくつかんだ。「彼は……わたしに指一本触れてないわ！」

不意に彼女はベッドへと仰向けに押し倒され、イアンの体が上から覆いかぶさった。アニーはかすかに怯《おび》えを感じたが、イアンの唇と歯と舌に責めたてられてたちまち不安は溶けた。

「やつはこんなふうに触ったのか？」イアンは大きな手でアニーの両手首をつかみ、彼女の頭の上で押さえこんだ。そして、彼女の肌着を剝ぎ取り、乳房をむきだしにして吸いはじめた。

「まあ、どうしましょう！」

イアンの舌が彼女の乳首に炎を吹きこんだ。彼の唇に吸われて乳首がピンと張りつめ、熱く疼《うず》いた。歯でなぶられ、軽く噛まれると、彼女の口からあえぎ声が洩《も》れた。下腹が急激に熱くなり、腿《もも》の奥が濡れはじめた。すすり泣くような自分の声に気づき、いつしか体が弓なりにそっていることに気づくと、もう抵抗はできないと悟った。

イアンはアニーの低いうめき声を聞き、欲求に身もだえする様子を肌身に感じ取りながら、たぎる怒りを彼女の体にぶつけた。だが、甘美な感触を味わううちに怒りが静まり、苦痛と疲労がよみがえってきた。そして、ようやくアニーの言葉が頭の奥まで届いた。

——彼はわたしに指一本触れてないわ！

ウェントワースは彼女をベッドに誘おうとはしなかったのか？

そう気づいたとたんに自分のしたことを理解した。

彼は顔をあげてアニーの緑の瞳をのぞきこんだが、表情がはっきりわからないために彼は自分を嫌悪した。「どうか許してくれ！」

しかし、意識が闇に包まれる直前、彼女の目にひとつの感情を確かに見て取った。欲情だ。

アニーの体は経験したことのない不思議な感覚で震えていたが、やがて自分の裸の胸にイアンが頭をのせたまま、ゆっくりと規則正しい呼吸をしていることに気づいた。疲れきって眠りこんだようだ。

だが、それは彼女も同じで、血のたぎりがおさまるひまもなく眠りに落ちた。

ウェントワースは目を閉じて歓喜の絶頂を迎えつつ、ペニスを押し包んでいるのが濡れたミス・バーンズだと想像した。彼は自分の手に強く押しこんだ。一度、二度、三度。そして、じっと横たわったまま、緊張が解けていくのを感じた。

彼は布を取り、腹部にたまった乳白色の液体を拭《ふ》き取った。できるものならミス・バーンズの体の奥深くへ放ちたかったが、兄のように大勢の庶子をこしらえて富を浪費するような愚かな真似はしないと心に誓っていた。庶子とはいえわが子をのたれ死にさせるのは卑劣な行為だろうが、庶子を養うために正統な嫡出子が継ぐべき財産を減らしたくはない。

だが、彼も禁欲主義というわけではない。それどころか、性欲はたっぷりある。しかし、人妻と情事を楽しむほうがいい。子供ができても夫のせいにしてそちらの家に養育を任せられる。未婚の女に扶養を求められるのはまっぴらだ。妊娠している女ならなおさら好都合だ。すでに種がまかれた畑にはさらなる植えつけはできないのだから。

こうした誓いにもかかわらず、今夜、当初の予定どおりに事を運び、ミス・バーンズをベッドに連れこまなかったのは、意外なほど忍耐を必要とした。当然、体を奪われると思って彼女がやってきただけに、それを見ただけで欲情をもよおした。しかし、彼はいやがる女を無理やりわがものとするより、喜んで身を任せる女のほうが好きだし、ミス・バーンズは彼に抱かれると覚悟して実に悲壮な顔つきだった。

はたしていつまでそれが続くか。

ウェントワースは立ちあがり、裸のまま部屋を横切って暖炉に薪を足した。そして、グラスにブランデーを注ぎ、手のなかでゆっくりと温めながら芳醇《ほうじゅん》な香りを楽しんだ。

彼女が男を知らないことは明らかだった。アニー・バーンズは清純な処女のオーラを全身から放っていた。なぜマッキノンがいまだに手をつけていないのか、それは彼がスコットランド人としての名誉と信義を極端なほどに重んじているからだろう。自分が守ると決めた女を誘惑するような男でないことぐらいは、ウェントワースにもわかっていた。少なくとも、自分自身との長く厳しい闘いに決着がつくまでは手を出さないはずだ。

鞭打ちの前に彼女に激しく口づけし、砦じゅうの男たちに彼女は自分のものだと見せつけたぐらいだから、すでにその闘いはとっくに始まっているだろう。その闘いにマッキノンが敗れるところをぜひ見たいものだし、今夜も怒りに任せて押しかけてきた彼を見て楽しかった。あの男が百回鞭打たれてもまだ自分の足で立っていられるのは、まさに驚異としか言いようがない。イアン・マッキノンはみじんも揺らがない忍耐力の持ち主だ。

ウェントワースはブランデーを口に含み、ふたたびミス・バーンズについて考えた。それが本名かどうかはわからないが。今夜、彼女を観察した結果、以前に会ったことがあり、しかも、彼女の身の上話が真実ではないという確信が深まった。

彼は彼女に用心させないように巧妙な罠《わな》を仕掛けたうえで反応を見守った。彼女は洗練されたテーブルマナーに縁がないふりをしようとしていたが、フォークを正しい持ちかたから間違った持ちかたに何度か持ち替えるところをウェントワースは見逃さなかった。デザートワインを勧めたときも彼女は迷わず正しいグラスを手に取った。チェスについても無知を装い、へたな駒の動かしかたをしたが、最後の一手は鮮やかで、ウェントワースですら不意を突かれた。

彼女が彼のクイーンを取った瞬間に仮面が剝がれ落ちたのだ。あのとき、ちょうど目と目が合った。彼女の目には無知な農民ではなく育ちのいい淑女の知性が表われていた。それに、狼狽《ろうばい》も。彼女はうっかり地を出し、自分でもそれに気づいた。

しかし、彼女ほど美しく無力な若い娘があえて特権に背を向け、こんな苦難に満ちた辺境の暮らしに身を投じているのはなぜだ？　いったい何から逃げている？　何を隠しているのだ？

ウェントワースはひとりほくそ笑み、知力がぶつかり合うすばらしいゲームを期待した。ミス・バーンズの秘密をひとつひとつ明らかにしていくのを楽しむとしよう。

誰かがドアをたたいていた。

最初、アニーは夢だと思った。無視してさらに眠るために寝返りを打とうとしたが、何か重いもののせいで身動きができなかった。

うとうとしたまま目を開けたが、とたんに息を呑んだ。

イアンが彼女に覆いかぶさって眠り、むきだしになった彼女の胸に頭をのせていた。

「兄貴、開けてくれよ。でないと、このドアをぶち破るぞ」モーガンだった。

こんな姿をイアンの弟たちに見られたらどうしようとアニーはあわてふためき、イアンを寝かせたまま、体の下から抜けだそうとしたが、手遅れだった。

彼は頭を持ちあげ、苦痛といらだちで眉間に深い皺を寄せながらドアに向かって叫んだ。

「ちょっと待ってろ！」

イアンと目が合うと、アニーの顔が熱く紅潮した。「もしあなたがわたしの上からどいてくれれば……ドアを開けてくるわ」

どこに寝ていたのか気づいたイアンは、その青ざめた顔にかすかな微笑を浮かべ、彼女の乳首にキスした。「男にとってこれほどやわらかく素敵な枕はないな」

彼は歯を食いしばって体を起こし、ベッドの端に腰かけた。

アニーは頬を赤く染めたまま、すばやく起きあがり、衣服の乱れを直してから急いでドアを開けた。

「ありがとう、アニー」モーガンが戸口から入ってきて、そのあとにコナーが続いた。

そして、ひとりのインディアンも。

近づいてくる男を見てアニーは戸惑った。マッキノン兄弟の友人にちがいないとは思うのだが、自然にこみあげてくる恐怖心を抑えようがなかった。

男はイアンとほぼ同じぐらいの背丈で、まっすぐな漆黒の髪は長く伸ばし、浅黒い肌は陽に灼《や》けていた。首に掛けた青銅の首当てと色鮮やかなビーズでできている細いひもを額に巻いているほかは、革製の腰布とレギンスを身に着けているだけで、アニーから見ればほとんど裸に近かった。腕、胸、腹の褐色の肌はイアンと同じように入れ墨で飾られていたが、顔に色を塗ってはいなかった。

モーガンが安心させるように彼女の腕に手を置いた。「すまないな、ジョゼフ。だが、このご婦人は自分を殺そうとしないインディアンに今まで会ったことがないんだ」

そのインディアンは黒い目でアニーの凝視に応えた。そして、微笑み、真っ白な歯を見せた。「じゃあ、あんたが今度の騒ぎを起こした張本人か」

16

アニーは手にした布と新しい軟膏《なんこう》の瓶にまず目をやり、それから生々しく切り裂かれたイアンの背中を見て、これから自分がやることに大きな不安を抱いた。この軟膏がどれほどの激痛をもたらすか知っているし、イアンのような深い傷に塗りつけることは想像がつかなかった。彼を苦しませたくはないが、しかし、高熱で傷が悪化することは絶対に避けねばならない。

夜ごと配給されるラム酒でレンジャー部隊員はくつろぎ、軽快なダンス曲を奏でるヴァイオリンの音色が外から流れてきたが、ほとんどアニーの耳には入っていなかった。

「用意はいいかい?」モーガンがイアンの両脚を押さえながらアニーに声をかけた。イアンが脚をばたつかせて人を傷つけないための用心だった。

コナーとジョゼフはそれぞれ左右の腕をつかんでいる。

イアンは怒りをこらえきれないらしく、モーガンに毒づいた。「このクソ野郎、なんで押さえられなきゃいけないんだ！　おまえなんざ、くたばっちまえ！」

「ええ、だいじょうぶよ」アニーは軟膏を布につけると、深呼吸をした。「ごめんなさいね、イアン」

彼女は手早く軟膏を彼の背中に塗り伸ばした。肩から始め、鞭打たれて裂けた皮膚へと広げた。この作業に努めて没頭し、たちまちこわばって弓なりに曲がる彼の体にもうめき声にも注意を向けないようにした。

しかし、うめき声はまもなく罵声に変わった。「クソッ、この野郎！」

「まさか痛いって言うんじゃないだろうな」と冷やかしたのはジョゼフだった。

イアンは嚙みしめた歯の隙間から声を振り絞った。「まさか……やわらかな羽で撫でられてるみたいさ。クソッたれ！」

この日の晩の出来事がアニーの脳裏によみがえってきた。血の気のない顔に怒りだけをたぎらせてウェントワース卿の書斎に押し入ってきたイアン。口づけで彼女を罰しようとしたイアン。乳房に口を押し当てて彼女の体を震わせたイアン。

だが、ほかのイメージも思い浮かんだ。足かせにつながれ、鞭打ち柱《むちう》へと歩きながら、部下たちににやりと笑いかけるイアン。人を元気づける力強い眼差し。鞭が振りおろされるたびに苦痛でこわばる体。

ただの赤の他人だというのに、その彼女を救うために進んで支払った代償。

最初、アニーは彼を野蛮人だと思ったし、たしかにその判断は正しかっただろう。しかし、彼には魂の奥深くにまでしみこんだ高潔な心と、何ものにも揺るがない強靭《きょうじん》な勇気がある。高潔な心と勇気。それこそまさに紳士の特性ではないか。

傷口に軟膏を塗り終えるころにはイアンは幸いにも気を失っていた。アニーは手際よく包帯を巻くと、彼のベッドの縁にすわりこんだ。急に立っていられないほど脚から力が抜け、手が震え、息が苦しくてたまらなかった。

まるで遠くから響いてくるようにモーガンの声が聞こえた。「よくやってくれたな」「あんたは癒やしの手を持ってる」これはジョゼフだった。

「これで兄さんは治るはずだ。軟膏の痛みで死なないかぎりね」コナーが大きな手をアニーの肩に置き、ギュッと力をこめた。「ありがとう」

外ではヴァイオリンの演奏が続いていた。

アニーはなおも震えながら手に持った瓶に目を落とし、まだ病舎にいるふたりのレンジャー部隊員のことを思った。そして、考えた。

甘い彼女の声がイアンの耳に入ってきた。

アニーがハミングしている。

目を開けてみると、自分のベッドで腹這いに横たわっていた。背中が恐ろしく痛み、生まれたての動物のように弱々しく感じた。口にはまたもやアヘンチンキの味が残り、そこで昨夜のことを思いだした。激痛で朦朧としながら浅い眠りで悶々としていたとき、アニーがなだめすかしてスプーン一杯の薬液を彼に飲ませたのだ。

アヘンチンキの影響でふらふらする頭をなんとか持ちあげ、アニーの姿を探してみると、彼女はテーブルに向かって腰かけ、何か縫い物をしていた。

彼のシャツだ。

どこもおかしくないのに。おっと、片方の袖の下が少し破れていたっけ。それに、左の肘《ひじ》。剣を鞘《さや》に収めるときにうっかり裾も切った。だが、繕う必要があるほどぼろぼろというわけではない。しかし、こうしてアニーが彼のものを直すという、まるで妻のような姿を見ていると、長らく忘れていた憧れが心のなかにさざ波を立てた。

その視線を察したのか、アニーがハミングをやめ、手もとの繕い物から顔をあげた。「目が覚めたのね。水を飲む？」

「ああ」イアンの声はひどくしゃがれていた。

アニーはシャツを横へ置くと、ブリキのカップを持ってイアンのそばに浅く腰をおろした。そして、カップを彼の口に寄せ、冷たいやわらかな手を彼の額に当てて熱を見た。

イアンは一滴残らず飲み干した。「もう一杯」

彼はさらに二杯飲んだところでようやく喉の渇きが癒えた。

「さっき、クック中尉が見えて、あなたを病舎に移そうとしたわ。でも、キリーが寄せつけなかったし、そのあと、弟さんたちが来て彼を追い払った」

「けっこう。おれは病舎には戻らない。行くのは部下の様子を見るときだけだ」彼は羊皮紙の窓に目をやり、すっかり夜が明けていることに気づいた。ベッドから出て任務に戻らなくては。「シャツを渡してくれないか。もう起きるから」

アニーが立ちあがった。「それはだめよ、イアン・マッキノン。あなたはベッドでゆっくり休みなさい」

イアンはいらだちを感じた。「ウェントワースの命令か？」

「いいえ。わたしの命令です」

イアンは彼女をにらみつけた。「おれは傷病兵じゃないぞ」

アニーは片方の眉を持ちあげた。「今のあなたに歩きまわる体力はないわ」

イアンは痛みで歯を食いしばりながら体を起こしてすわった。「君みたいな小娘におれを止めることはできないさ」

アニーは後ずさりしてドアの前に立ちふさがった。「この小屋からは出さないわ。必要とあればあなたをベッドに縛りつけます」

彼を拘束しようというアニーの考えがおかしくてイアンは低く笑った。「おれを縛りつけるって想像すると興奮するかい？」

アニーの顔から見る見る血の気が引き、目を大きく見開いた。

処女らしい慎みどころではない。一瞬、彼女の顔には紛れもない恐怖が浮かんだ。

「アニー？」

だが、たちまちその恐怖の表情は消え去り、彼女はイアンをにらみつけた。「横になりなさい。でないと、ジョゼフと弟さんたちを呼んで、また押さえつけてもらうわよ」

イアンはとりあえず無視してにらみ返した。「よかろう。しかし、ここで囚人同然の扱いを受けるとなると、おれの話し相手や食事の世話やら何やらを誰がやってくれるんだ？」

アニーが顎を持ちあげた。「わたしのためにあなたが苦しみを受けたんだから、当然、わたしがお世話をします」

イアンはうれしそうなそぶりを見せないように感情を押し隠した。

「両腕をあげてちょうだい」アニーはイアンの前に膝をつき、手にした清潔な亜麻布の包帯だけを見つめながら、背中の傷に巻きつけていった。彼の平たい乳首に目を留めたくなかった。縮れた黒い胸毛にも。身動きするたびにうねる筋肉にも。「痛い？」と彼女は訊いた。

イアンはベッドの端にすわり、長い黒髪を片方の肩に引っかけていた。「いちいち気を揉《も》むことはない。やるべきことをやればいいんだ」

なるべく痛みを感じさせないように気を使いながらアニーは包帯を背中にまわし、また前に引き戻して巻きつけた。この動作のせいで頬が彼の胸にくっつきそうなほど上体を寄せなくてはならなかった。自分に注がれるイアンの視線や体の温《ぬく》もりを感じ、深くゆっくりとした息づかいを聞いた。

こんなに男の人を意識したことがあったかしら？

いいえ。一度も。

　一週間、彼女はイアンの世話をし、キリーがキッチンから運んでくる食事を食べさせ、体力増強に効果のあるお茶を淹《い》れ、痛みを忘れて眠れるようにせめて夜だけはアヘンチンキを飲ませた。ひまな時間にはイアンの衣服を繕ったり小屋の掃除をし、毎日、少しだけそばを離れて病舎にいる彼の部下たちの世話をした。夜は暖炉の前の藁布団で寝た。

イアンの傷は深いし、苦しいことは確かなのだが、彼はこの状況を楽しんでいる気がした。彼の眼差しがたえず彼女を追っているように思えた。男としての満足感が顔に表われているようだし、彼女に話しかけるときの声は深みがあって満足そうだった。

それでも、あの晩のように彼女に手を出すことはなく、アニーの心のどこかに失望感があった。口のなかに押しこまれたあの情熱的な舌の動きや乳房にキスされた感触が忘れられなかった。実際、彼女は何度も何度も思い返していた。そして、思い返すたびに下腹が締まり、血が熱くなった。

　それが腹立たしかった。

　彼女はイアンと目を合わせないように気をつけながらふたたび包帯を背中にまわした。きつく引っ張って結んだとき、彼の体がこわばった。「昼間もアヘンチンキを飲んでくれたら痛みを感じなくてすむのに」

イアンは手の甲でアニーの頬を軽くこすり、彼女の肌にほてりを残した。「痛みを薬でごまかすより大事なことがあるんだ。しっかり目を覚ましていなきゃいけないときに、弱々しかったり自覚が足りなかったりしたら困るからな」

イアンはウェントワース卿のことを考えているのだとアニーは思った。しかし、ウェントワース卿が彼女をベッドに連れこむつもりはないと彼女は確信していた。あの晩、ウェントワースの意図を彼女が誤解しているとわかったとき、彼の顔に浮かんだ高慢な軽蔑《けいべつ》がそれを如実に物語っていた。

――ミス・バーンズ、淫らな目的であなたをここへ呼んだと思っていたのではないだろうね。

だが、イアンはウェントワース卿が彼女を連れ去るかもしれないと考えているらしい。イウェントワース卿を信頼しているとか、彼を高潔な人物だと思っているわけではない。イアンの減刑と引き替えに彼女をベッドに誘おうとしたあげく、イアンの部下たちが見守るなかで彼女に再度、決断を迫ったとき、ウェントワースは人間をもてあそぶのが好きなのだとわかった。だが、彼女を暴行するチャンスがありながら、そういう下心は不愉快だと言わんばかりの態度を見せた。彼女に好奇心を持っていたとしてもすでにそれは消えつつある。つというっかり彼のクイーンを取ったり無謀な行動をしても彼の不信を招かなかったのだとすれば、もはや疑われることはないだろう。

「イアン、あなたは無駄な苦痛に耐えているだけよ。今日もこれからもウェントワース卿がわたしを奪いに来ることはない。彼にとってわたしはただの厄介者にすぎないわ」

イアンがアニーの顎を強くつかみ、自分のほうに顔を向けさせた。その目には怒りをあらわにし、凄みのある声で警告した。「よく聞くんだ、アニー。あいつには絶対に近づくな。

平気で人を欺く男だし、自分の欲しいものはどんなことをしても手に入れる。いいか、あいつは君を欲しがってる。君はまだ世間を知らないし、人の心の奥底までは見通せないから、おれというガイドが必要なんだ。おれはウェントワースという人間もその手練手管もよく知ってるからな」

イアンの言葉は耳に入ってはいたが、ふと気づくとアニーは彼の唇を見つめ、なによりもこの人にキスしてほしいと思っていた。「あなたがそこまでウェントワース卿を嫌うのは彼がイングランド人だからね」

アニーの目が色濃くなり、その視線が自分の口に注がれることにイアンは気づき、彼女が口づけを求めているのだとわかった。この長い七日のあいだ、彼自身もその衝動と闘いつづけてきたし、痛みのおかげで欲望も鈍っていた。今は体が反応しないように意志の力で抑えることができる。アニーのためにウェントワースがどういう男か話すのが先決なのだ。

「いや、違う。イングランド人だから嫌ってるわけじゃない。おれをやつの奴隷にしたから嫌ってるんだ」

そして、彼はアニーにこれまでの経緯を語った。ジーニーの指に合うように母親の指輪を直すために弟たちとオールバニに来たこと。町で殴られている娼婦を助け、知らないうちにその現場を部屋の窓からウェントワースに見られていたこと。たたき伏せた男が翌朝、死体で見つかり、弟たちと共に殺人罪の濡《ぬ》れ衣《ぎぬ》を着せられたこと。牢獄《ろうごく》に入れられて数時間後、鎖につながれてウェントワースの前に連行され、悪夢のような取引を持ちかけられたこと。

すなわち、レンジャー部隊を率いてイギリス軍のために戦うか、あるいは、兄弟そろって絞首台で死ぬか。

「モーガンとコナーはおれをひとりで戦争には行かせないと言って、進んで入隊し、おかげでうちの農場は朽ち果てた。それ以来、毎日、おれはウェントワースの命令どおりに動き、自分の命を守るためにほかの男たちの命を奪いつづけているのさ」

アニーの指先がイアンの頬を撫でていた。視線を合わせると、彼女の目は女らしい共感と優しさにあふれていた。そして、アニーは、以前、彼が彼女を慰めるために言った言葉を口にした。「生き延びようとしたからといって何も恥じることはないわ。誰かに訴えることはできないのかしら？　ウェントワース卿の上官とか？　植民地の知事とか？」

「現国王の孫息子よりカトリックのスコットランド人を信じる者がいったいどこにいる？ありえないな」

アニーは立ちあがってイアンの横に腰をおろした。両手をスカートの襞《ひだ》の下に入れ、顔には不安の色が浮かんでいる。「そのジーニーという人だけど。あなたはその人と結婚したの？」

うまく隠しきれないアニーの好奇心にイアンは笑みを洩らし、同時に、質問されても動揺ひとつ感じない自分に驚いた。「いや、結婚はしなかった。彼女の親父さんが兵隊との結婚を望んでなかったし、まして、こっちはイングランド人と揉め事を起こした男だからな。おれは戦争が終わるまで待ってほしいと彼女に頼んだ。そのときにはおれの名誉も回復されるから。彼女は待つと言ってくれた。だが、三カ月後にはアルスター出身の農場主を夫に選んだ。それから数カ月後、ふたりはインディアンに殺された」

アニーがイアンの腕に手を掛けた。目が涙で濡れていた。「本当に大変な思いをしたのね、イアン。あなたからそんなにも多くのものを奪い取るなんて、ウェントワース卿は冷酷で憎むべき人だわ。もしこんなことにさえならなかったらどんな人生だったろうかと毎日考えるでしょうし、どんな子供たちが生まれていたかと想像せずにはいられないでしょう……」

アニーがここまで深い理解を示してくれたことにイアンは感動した。しかし、こうしてアニーが隣にいて、女らしい香りや温かい心づかいに包まれていると、もはやジーニーの顔が思いだせないことに気づいた。

彼はアニーの長い編みこんだ髪を背中へ払いのけ、腕を彼女のウエストにまわして自分の膝《ひざ》にのせた。

アニーはハッとあえぎ、驚愕の目で彼を見あげた。

彼はふっくらした彼女の下唇を親指でなぞった。「今のおれに考えられるのは、ずいぶん長いあいだこれをしなかった、ってことだけさ」

そして、彼は唇を重ねた。

アニーは泣きそうな声を小さく洩らしつつその口づけにみずから応え、唇を割って入ってくる甘い舌を受けいれ、固い彼の胸にひしとすがりついた。熱いものが全身を走り抜け、下腹の奥が燃えあがり、ただ息を切らしながら奔放に身をゆだねた。「イアン……」

彼はさらにキスを存分に深めて口をむさぼり、やがてアニーの唇は焼けつき、疼き、彼女の世界からイアン以外のものがすべて消え去った。チクチクと刺激する顎の無精ひげ。筋肉がうねる硬い肩。男っぽい体臭。

やめるべきだとわかっていた。彼と寝ることはできないのだから。でも、意志が言うことを聞かなかった。盛りあがった乳房へと彼の唇が移っていく。肌着のひもがはずされ、固く締まった乳首に貪欲《どんよく》な口が襲いかかる。手が腰にまわって尻を握りしめる。だが、やがて、その手がスカートをつかんで一気にまくりあげようとした。

「だ、だめよ。イアン、やめて！」アニーは彼の手を押しのけた。「わたしにはできないわ！」

イアンがうめきながら額をアニーの額に押し当てた。苦悩するように目をきつく閉じ、荒い息をついている。「あぁ、アニー、君が手に入らないなんて、男は死ぬぞ」

アニーは全身を震わせてイアンの腕に抱かれながら、言い訳を考えた。「わ、わたしが男の人にあげられるのは貞操しかないのよ。だから……」

イアンはまだ額を押しつけたまま首を振った。頬に当たる睫毛の黒さが際立って見えた。

「君は貞操しかないような、そんな女じゃないんだ、アニー。でも、説明は無用だ。おれが女に与えられるものは何ひとつないんだし、君には正式な夫の愛と保護こそがふさわしい。恥じ入る思いで新婚初夜を迎えさせるような真似は絶対にしないよ」

しかし、このイアンの優しい理解こそ、アニーを恥じ入らせた。実際、彼女がこだわっているのは純潔ではなく、むしろ切れ切れの嘘にあるからだ。

その夜、アニーは眠れないまま横たわっていた。体の疼きと同じくらいに良心が疼いている。彼に話すべきだった。イアンに真実を話すべきだったのだ。彼女を理解し、信じてくれる者がいるとすれば、それは間違いなく彼だ。それがわかっていながら、どうして黙っていたのか？

犯罪の濡れ衣を着せられるのがどういうことか、あの人にはわかっている。本来の人生を奪われ、めちゃくちゃにされるのがどういうことか、それもあの人にはわかっている。不当な扱いで他人に仕えさせられるのがどういうことか、それもわかっている。

でも、わたしの状況はそれよりもっと深刻なのだ。

そうよ、アニー、あなたはアーガイル・キャンベルの一族なのよ。

イアンに真実を話すには自分の本当の名前も言わなければならない。アーガイル・キャンベル一族を憎んでいないカトリック系スコットランド人など、ひとりもいないのだ。

あの人ならわたしを許してくれるかしら？　それとも、憎むだろうか？

それは重要なこと？

わたしのためにあれだけのことをしてくれたんですもの。イアンには真実を知る権利があるんじゃないの？

でも、彼に話す勇気がわたしにあるだろうか？

マッキノン少佐は病舎に戻ることを拒んだ。一週間後には寝ていることも拒み、その結果、部下たちからは英雄のように迎えられた。

「前にも言ったとおり、あれは忍耐の塊のような男だ」ウェントワースはブランデーを飲みながらクック中尉の報告に耳を傾けていた。

「ミス・バーンズが実に手際よく少佐の看護をしてくれるおかげでほかの患者たちを診る時間が増えた、とドクター・ブレイクが褒めちぎっていましたよ」クックの声はうれしそうだった。「ドクターの話では、彼女はまだ病舎にいるふたりのレンジャー部隊員の面倒も見ていて、看護婦としての天性の才能を発揮しているそうです。ミス・バーンズにはドクターと変わらない文字の読解力があるようですね」

その点についてはウェントワースもすでにドクター・ブレイク本人から聞いていて、異例のことだとは思ったが、どういうものか驚きはしなかった。ミス・バーンズは稀《まれ》な能力を持った娘だ。その辺にいる若い女とはまったく違う。「少佐がまた歩けるようになったのであれば、あの美しいミス・バーンズをどうするか、そろそろ決めねばならないだろう。本人は家族もいないし行く場所もないと言っている。だが、このエリザベス砦には規則があるからな」

「砦にいられる女性は将校の妻と、あとは……非戦闘従軍者です」

「そのとおりだ」ウェントワースは自分の裁量に任される一連の措置について考えるうちに、どんどん楽しくなっていた。「明日の夕食に少佐とミス・バーンズのふたりを招きたまえ」

「かしこまりました、閣下」クック中尉は小気味よく敬礼して出ていった。

ウェントワースはブランデーを口に含むと、薄く笑みを浮かべた。明日の晩はむずかしいチェスのゲームのように楽しくなることは間違いないだろう。ひょっとしたら、チェスよりおもしろいかもしれない。なにしろ、明日の相手はふたりなのだから。謎めいた美女ミス・バーンズと、気性が激しく手強いマッキノン少佐だ。

「君がこの小屋を使えばいい。おれはとりあえずモーガンのところに移るから」アニーと寝たくてたまらないのに、その自分の口からこんな言葉が出ていることにイアンはわれながら信じられない思いがした。

彼女への欲求に圧倒され、眠ることすらできず、そのせいで機嫌まで悪くなっている。彼女が眠っているときですら、その女らしさが狭い小屋の片隅から襲いかかり、引きつけ、呼びかけてくる。もはや気が紛れるほど強い背中の痛みはないため、うっかりしていると情欲に負けて自分の名誉を棒に振ってしまうのではないだろうか？

アニーは暖炉の前で立ちあがり、煤《すす》で汚れた睫毛の下からイアンを見あげた。炉の明かりで髪が黄金色に輝いている。「気づかってくれてありがとう、イアン。でも、あなたをここから追いだすわけにはいかないわ。さんざん迷惑をかけてしまっているんですもの。いずれウェントワース卿の手配で東部へ戻されるから、それまでは病舎の物置に泊まればいいとドクター・ブレイクから言われてるの」

「だめだ。ここにいるほうが安全だからな。部下たちはおれの命令に従う。誰ひとり、君に指一本触れようとする者などいないし、命をかけて君を守れと命じれば連中はそのために命は惜しまない」

アニーは顔を曇らせて視線をそらした。「わたしのためにこれ以上、レンジャー部隊の人を死なせるものですか。わたしのせいで何人も亡くなり、重傷者も出ているのよ。わたしは病舎で寝泊まりするわ。あそこなら誰の迷惑にもならないし」

彼女のせいではないのだとイアンは言ってやりたかった。たとえレンジャー部隊に借りがあったとしても、彼女はイアンだけでなくほかの隊員たちの看護や世話で何倍にも返している。ブレンダンは脚を失うこともなく、今では松葉杖を使ってどうにか歩けるまでに回復しているし、コナルはようやく熱が引いた。

「いいからここにいろ。ウェントワースのそばだとあぶない」

アニーはイアンの腕に手を触れた。「ウェントワース卿が残酷な人だというのはわかったけど、彼がわたしをベッドに連れこむことはないわ。わたしにはこれっぽっちも関心を持っていないのよ」

彼女はどうしてこんなにも無知なんだ？

「じゃあ、なぜあいつはまた夕食に君を誘ってきた？」

「夕食に誘われたのはわたしたちふたりよ。クック中尉の話では、わたしの処遇についてウェントワース卿が相談したいと言っているようだし」

「君にはあの男の正体がわかっていないんだ。とにかく、おれや部下たちの目が届くこのレンジャー部隊のキャンプにいろ」

アニーは懇願の眼差しを向けた。「いればどういうことになるかお互いわかっているのに、どうしてわたしにこの小屋にいろと言うの？」

この言葉にイアンは殴られたような衝撃を受け、そして、彼女の懸念を理解した。「おれよりもウェントワースのほうが君に手を出さないと信頼しているわけか？」

アニーがにらみつけた。「そんなことを言ってるんじゃないわ！」

「いや、そうだ」アニーも彼と同じように衝動を抑えられるか自信がないのだとわかっても、イアンの怒りはいっこうにおさまらなかった。「でも、いいか、よく聞け！　君がいるのは故郷のロスセーじゃなくアメリカの辺境で、しかも、戦争の真っ最中なんだ。君はおれの保護下にある。だから、おれの命令に従う義務もある。おれの小屋に住めと言われたら黙ってそうするしかないんだし、これについてはもういっさい口答えするな！」

17

床ではなくベッドで眠ったおかげで、翌朝、アニーは思いだせないほど久しぶりにゆっくり休めた気分で目覚めた。羊皮紙の窓に視線を投げると、夜明けの淡い光が見えた。すでに活動しているレンジャー部隊の物音が外から聞こえてきた。遠く離れた砦からは、朝の点呼で正規兵が練兵場を行進するための太鼓の音が響いてくる。

アニーは起きあがり、最後に残ったわずかな薪を暖炉に足すと、大きな木製のボウルに水を注いで顔を洗った。次に、もつれた髪に櫛《くし》を入れ、後ろにまとめてピンクのリボンを結んだ。そして、下着を取り替え、イアンが買ってくれたもう一枚の服、ピンクとアイボリーの幅の広いストライプ柄のものに着替えた。最初の服と同じようにサイズはぴったりだったが、襟ぐりはこちらのほうが深かった。スカーフかショールがあれば慎み深く襟もとを隠せるのだが、どちらもないため、マントをはおってバケツを持ち、朝の外気のなかへ出た。

穏やかな風はかすかな春の気配を含んで暖かく、ピンク色に染まった東の空は新たな一日を約束している。高圧的なイアンの態度に対する悲しみと不満が残っていなければ、心から幸福感を味わえたことだろう。昨夜のイアンはまるで部下のように彼女を扱い、思わず敬礼を返したくなったほど非情な口ぶりで命令した。

わたしに命令する権利があると本気で思っているのかしら？　彼の逆鱗《げきりん》に触れるようなことをわたしが何かしたというの？　この先どうなるかお互いわかっているのに、どうしてあの人はわたしをこの小屋に住まわせようとするのだろうか？

彼に真実を話す勇気はまだ見つかっていなかった。何度か口もとまで出かかったものだが、そのたびにまだふさわしくないように思えた。しかも、つい昨夜、ダギーがヴァイオリンを弾きながら反乱の歌を歌い、そのなかで彼女の一族を反逆者と罵《ののし》り、ハイランドの敗北を嘆いていた。

わたしは永遠にアニー・バーンズでいられるだろうか？

一瞬、彼女は小屋の戸口にたたずみ、目の前の新しい世界を見まわした。この砦に来てもう一週間を超えるが、ほとんどイアンの小屋かドクター・ブレイクの病舎で過ごしてきたし、イアンの身を案じるあまり、周囲に関心を向ける余裕はなかった。

キャンプ地では人びとがあわただしく動きまわっていた。厨房の近くでは数人の男たちが木を伐って薪を積みあげている。それぞれの小屋の前にすわりこんでかんじきの修理をしたり、ベルトやレギンス、モカシンに革を縫いつけている者もいる。さらに武器の手入れをしている者。遠くの河で魚を釣っている男たちが見えたし、また、ふたりの男は仕留めた鹿を棒に吊るして前後にはさみ、浮橋を渡ってくる。

そして、それが目に入った。インディアンのテント小屋だ。樹皮やアシで覆った円形のテントで、レンジャー部隊の小屋が連なるところからそう離れていない島の北端に並んでいた。三十張りはあるにちがいない。ジョゼフが率いる戦士たちの住まいだ、とアニーは気づいた。白人とインディアンがこんなにも近くで暮らしているのは聞いたことがないし、恐怖でアニーの背すじに震えが走った。だが、ジョゼフのあの目の優しさ、イアンに示した深い心づかい、そして、彼を〝兄弟〟と呼んだ親しげな口ぶりを思いだした。

──おれは成人したときにマッヘコンネオク族のマックアウ一族、つまり、〝クマの一族〟の養子になったんだ。おれが炉端でいつまでも連中の食料を食いまくってることに婆さんたちが愛想を尽かして、おれを一族に加えたんだよ。そうすれば、客扱いをしなくていいし、魚釣りに行かせられるからね。

ジョゼフの部族はイギリス軍の同盟軍というだけでなく、イアンや弟たちとは身内同然なのだ。彼らが彼女に危害を加えるわけはない。

アニーは小屋のドアを閉めると、河のほうに向かって歩きだした。洗濯用の水をくみ、暖炉の薪を手に入れる必要があった。服と下着を洗いたかったし、できれば熱いお風呂に入って朝食も取りたいと思った。そのあと、約束したとおり、ブレンダンとコナルの見舞いに行こう。

ほんのわずかばかり歩いたところで、数人のレンジャー部隊員が近づいてくることに気づいた。顔に見覚えのある男もいれば、まったく見知らぬ男もいる。アニーは驚いて立ちすくんだ。

「おい、おまえら、消えろ！」一軒の小屋の裏からキリーが現われ、気短に手をひと振りして男たちを追い払った。「すぐそばにアイルランド人がいるっていうのに、こんな美人さんがスコットランド人なんかを相手にするものか」

太陽の光の下で、しかも、間近で彼をじっくり見るのは初めてだった。背丈はアニーより少し高い程度で、やせ形の筋肉質、頭にはいつもと同じ青い縁なし帽をかぶっている。皮膚は赤みがかって硬く、傷跡だらけだった。首にはまるできつく絞められたような跡が丸く残っている。右頬にも縦に傷跡が走り、口の端が引きつっていた。左手の黒く丸い跡は弾丸の傷にちがいない。しかし、その顔に浮かぶ笑みは明るく陽気だった。

「おはよう、キリー」

「やあ、おはよう！　何か必要なものでも？」

「水をくんで、たらいを探そうと思ったの。洗濯したいし、できれば、お風呂にも入りたくて」

「またかい？」キリーはウインクをするとアニーの手からバケツを取った。そして、まだその場に残ってながめていた数人の隊員のほうに向きなおった。「おまえら、ボケッとしてないで、ちゃんと聞いたんだろうな？　ロバート、薪を運んで山のように積みあげろ。ダギー、彼女がやめろと言うまで河から水をくんでこい。マクヒュー、厨房へ行って、このお嬢さんにふさわしい朝食をもらってくるんだ。おれはたらいを取ってくる。いいか、みんな、彼女を待たせるんじゃないぞ！」

男たちは互いにぶつかりそうになるほど大あわてでそれぞれ言いつかった仕事に散った。

アニーは呆然《ぼうぜん》としながらもその光景がおかしくて微笑を浮かべずにはいられなかった。

「皆さん、働き者ですね」

「いや、どいつもこいつも怠け者だが、でも、みんな、あんたに感謝してるんだ。あんたが隊長のためにいろいろやってくれたこと、モーガンとコナーから聞いてるよ。それに、ブレンダンとコナルの世話もね。何か必要なことがあったら隊員に言ってくれ」

やがてイアンがアニーを見つけたとき、彼女は小屋のすぐ外で椅子に腰かけ、カップで何かを飲んでいた。まるで玉座にすわる女王のようだった。十数人の部下たちがその周囲にしゃがみこみ、憧れの眼差しで彼女を見あげていた。よほどうっとり見惚れているのか、誰もイアンには気づかないし、軍務に戻ろうとする気配もない。

イアンは彼らを責められない気がした。なんと彼女の魅力的なことか。長い金髪をリボンで後ろに結び、朝の光を浴びた肌はクリームのようになめらかだ。昨夜、彼はアニーのことを思って寝つけず、マツの枝で作った急ごしらえの寝床で何度も寝返りを打ったあげく、ついにモーガンに小屋から出て行けと言われそうになるありさまだった。

――なあ、勘弁してくれよ、兄貴。そんなに悶々とするくらいなら、彼女と寝るか結婚しろ！　とにかく、そうやってもぞもぞ動かれてたんじゃこっちが眠れやしない！

彼女と寝るか結婚しろ。できるものならそうするさ。

キリーがアメリカへ来た経緯をアニーにおもしろおかしく話していた。キリーはこの話をするのが好きなのだ。「やつらはおれが死んだものと思って絞首台のロープを切り、おれを木箱に放りこんだ。墓地へ向かう途中、おれが大声で叫びだしたときの連中の怯えた顔ったらなかったね」

この話に男たちは大笑いし、アニーは息を呑んだ。

「どうしましょう！」彼女は華奢な手を口に当て、緑の目を驚愕で見開いていた。「まあ、キリー！　あなた、本当に絞首刑にされたの？」

キリーは傷跡の残る首もとを広げて見せた。「ああ、そのとおり。でも、おれはやつらに殺されなかった唯一のアイルランド人なんだ」

「もう一度、絞首台に戻されて絞首刑のやりなおしはされなかったの？」

「ああ、そうはならなかった。おれの命を助けたのは神の御業《みわざ》だと牧師が判断してね。それで、おれは水漏れのする船に乗せられてアメリカ送りになったというわけさ」

キャムがにやりと笑った。「というより、悪魔の仕業だろうよ。おまえの魂が地獄にも置けないくらいどす黒いと判断して、悪魔がペッと吐きだしたのさ」

さらに笑い声が起きた。

だが、イアンにはもう充分だった。「諸君、どうやら戦争は終わったようだな。でなきゃ、今ごろみんな仕事に追われているはずだ」

すぐさま部下たちが立ちあがり、分別のある連中は四方に散った。

「隊長」キリーは傷だらけの顔に恥じ入った表情ひとつ見せないままイアンと向き合った。

「動きまわれるようになって本当によかった。おれたちはこのお嬢さんのために水や薪の用意を手伝ってただけなんだ」

イアンは薪の山に一瞥《いちべつ》を投げた。永遠に保《も》ちそうなほどうずたかく積みあげられている。

彼は爆発しそうな感情を懸命に抑えた。「ミス・バーンズに従順に仕えるのがおまえの任務になったときは、おれの口から教えてやるよ」

「そうカッカしなさんな。じゃ、お嬢さん、また」キリーはアニーにぺこりとお辞儀をすると、口笛を吹きながらのんびりと歩いていった。

イアンがその背中をにらみつけた。「あのアイルランド野郎め！」

「どうしてあの人たちに腹を立てるの？　みんな、わたしの手助けをしてくれただけなのに」

憤慨したアニーの愛らしい顔をイアンは見おろした。だが、すでに彼は怒りが先走って自分を抑えられなくなっていた。「いいか、アニー、今は戦争の真っ最中なんだ。部下がちゃらちゃらした女に目移りして軍務がおろそかになっては困るんだ」

アニーも怒りをあらわにした。「ちゃらちゃらしたですって！　あなたの目にはわたしがそんなふうに映るの？」

その瞬間、イアンが視線をおろしてアニーの服を見なかったら、自分の言葉を撤回していたかもしれない。なにしろ、胸もとが大きく開いていた。

彼の舌を勢いよく動かしていた精力が一気に下半身へと吸い取られたようだった。彼は口を開いたが、何も言葉は出てこない。ただ、ペニスのほうは元気よく張りつめていた。

「わたしはあなたの激怒を招くようなことは何もしていません、マッキノン少佐。この場に突っ立ってあなたの侮辱に耐えるつもりはありませんから」彼女はピンクのストライプ柄のスカートを翻してイアンの小屋のなかに姿を消し、彼の面前でドアをぴしゃりと閉め、掛け金を掛けた。

「おれを締めだすのは無理だぞ、アニー！」

彼女の震える声がそれに応えた。明らかに涙声だった。「だったら、ドアをぶち破ればいいでしょ。前々から思っていたけど、やっぱりあなたは野蛮人なのね！」

野蛮人？　彼女はおれのことを野蛮人だと思っているのか？

そして、たしかに自分が野蛮人であることを今にも立証しそうなことに気づいたイアンは、背を向けて自分の小屋から立ち去った。

その日の午後、アニーはコナルやほかの患者たちに読み物を読んだりドクター・ブレイクの手伝いをして過ごした。彼はひとりの〝非戦闘従軍者〟の世話のために何度か病舎を離れねばならなかった。この非戦闘従軍者というのが軍でどのような階級なのかアニーにはさっぱりわからなかったが、ほかの患者を君に任せると言ってドクター・ブレイクがでかけたとき、彼女は感動と喜びを感じた。

「もう聞きましたか、ミス・バーンズ？」彼女が新聞のページをめくっているときにコナルが問いかけた。「ぼくはオールバニに送られるんですって」

アニーは驚いた顔で彼に目をやった。「オールバニへ？　どうして？」

「ドクターの話では、ぼくは移動に耐えられるだけの体力がついたし、向こうで療養したほうが回復が早いって」

アニーはそのうれしい知らせを聞いて微笑んだ。「あなたに手紙を書いてもいいかしら？」

「その必要はないですよ。だって、まだ聞いてなかったんですか？　あなたも一緒に行くんだから」コナルがにっこり笑って顔を輝かせた。

アニーは愕然《がくぜん》とした。

オールバニへ？

オールバニへ行くわけにはいかない。ホーズ夫妻が彼女の年季奉公を登録したのはオールバニなのだ。もしも役人に見つかれば必ずわたしだとわかるだろう。

アニーは平静を装った。「その話、どこで聞いたの、コナル？」

「もちろん、ドクター・ブレイクからですよ。ウェントワースはいずれあなたをオールバニに移さなきゃいけないから、どうせならぼくと一緒に送るのがいいんでしょうね」

なぜウェントワース卿がわたしに会いたいと言ってきたのか、これでわかった、とアニーは思った。「わたしはニューヨークに行きたかったんだけど」

「ああ、だったらばっちりだ」コナルの笑顔がますます明るくなった。「ニューヨークへ行く出発点はオールバニですからね」

これほど愉快だったことは記憶にない、とウェントワースは思った。

夕食に招いた客は互いにほとんど口を利かないまま到着した。痣《あざ》や打ち身の跡も消え、前よりもいっそう美しく見えるミス・バーンズは貧しい小作農の娘を装い、つい先日、その男のためにひざまずいて懇願したというのに、当の男を無視している。一方、マッキノン少佐は陰鬱《いんうつ》に黙りこくり、怖い顔で全員をにらんでいるが、命がけで守り、そのあげく、百回の鞭打ちにまで耐えた当の女に誰よりも険しい眼差しを向けていた。

ウェントワースが想像していたよりも強い欲求をふたりが互いに抱いているのは明らかだが、しかし、まだその欲望は満たされていない。どうしてそのことに満足感を覚えるのかウェントワースにもわからなかった。彼自身が心のどこかでミス・バーンズを求めているなら話は別だが。もしそうだとしたら？　そういう欲求を持っている男が彼だけでないことは確かだ。

今宵《こよい》の登場人物の役を果たしている将校たちはミス・バーンズに心を奪われるあまり、本人たちもそれに気づかないまま、彼女の隣にすわる男に嫉妬の炎を燃やしている。とりわけ、クック中尉はみずから危険を招くつもりなのか、ミス・バーンズに寄り添い、手を彼女の手に重ね、砦の胸壁を案内しようと誘っている。ウェントワースとしても認めるわけにはいかない風変わりな誘いではあった。

ウェントワースの見るかぎり、今夜の夕食会は、感情の爆発や暴力ざたにまで発展する可能性どころか、それがいつ起きてもおかしくない状況だった。

「シェイクスピアの戯曲のなかでわたしが好きなのは『ロミオとジュリエット』ですね。ジュリエットが毒をあおり、彼女の霊廟《れいびょう》内で嘆き悲しむロミオが短剣でみずからを刺す場面」とクック中尉が言った。小作農の娘にウィリアム・シェイクスピアの戯曲の鑑賞眼が備わっているはずはないのだが、彼はまったく気づいていなかった。

ミス・バーンズが微笑んだ。「毒をあおったのはロミオで、ジュリエットはその毒が一滴も残っていないと知って彼の短剣で自害したんですわ」

ウェントワースは、マッキノン少佐の顔にかすかによぎった驚愕の表情や隣の女を見定めるように凝視する様子を見逃さなかった。つまり、マッキノンも彼女の矛盾する態度や作法に気づいているということだ。

クック中尉が顔をしかめた。「ああ、たしかに、そのとおりですね、ミス・バーンズ。どうして間違えてしまったんだろう？」

「たぶん、ジュリエットが仮死状態になるために飲んだ薬と勘違いなさったのでは？」

クックが笑顔を見せた。「ああ、そうだ。そうですよ」

「文学に造詣《ぞうけい》が深いんですな、ミス・バーンズ」とウェントワースが言ったとたん、アニーの目は用心深く曇り、彼女がここでまたひとつミスを犯したことに気づいたと物語っていた。「ドクターからもあなたの読解力はすばらしいと聞いている」

「そう、ドクター・ブレイクはあなたのことを褒めちぎっていますよ」クック中尉が笑顔で言った。「つい今朝もあなたがいてくれてとても助かっているとおっしゃっていた」

「先生はご親切な方ですわ」彼女は下唇を噛んだ。その美しい顔がいきなり不安そうに曇った。「閣下、ドクター・ブレイクの病舎での仕事が話題に出たことですし、わたしの今後についてお話ししてもよろしいでしょうか？」

こわばるマッキノン少佐にちらりと目をやってからウェントワースは答えた。「もちろん、どうぞ、ミス・バーンズ」

「わたしはエリザベス砦に残りたいんです。ここが……」

「バカなことを言うな。ここは女がいられるような場所じゃない。君はオールバニに行くんだ。すぐに！」この夜、マッキノン少佐はほとんど口を開いていなかった。突然の荒々しい発言にその場の誰もが驚いたが、ひとりウェントワースだけはひどく喜んだ。

「少佐、ミス・バーンズは君に話しかけていたわけではないと思うがね」ウェントワースは非難の一瞥をイアンに投げてからアニーを見つめた。「とはいえ、残念ながらこの件に関してはわたしも少佐に賛同せざるをえないな、ミス・バーンズ。今は戦時下で、このエリザベス砦からほんの数キロ先には情け容赦のない敵が大勢いるんだ。それに、ここで国王陛下の庇護《ひご》を受けるからには、君も何かをして陛下のお役に立たねばならないだろう？」

アニーは落ちつかない様子で、明らかにイアンを見ないように目をそむけていた。「ドクター・ブレイクのお許しをいただいて先生のお手伝いができればと考えていたんですが。わたしが役立っていると先生がクック中尉にもお話ししてくださったようですし……」

イアンが鼻を鳴らした。「で、君は何をするんだ、アニー？　脚の切断手術で悲鳴をあげる兵士を押さえつけなきゃいけなくなったら？　戦闘で頭蓋骨《ずがいこつ》が割れ、裂けた腹からはらわたを引きずって兵士が戻ってきたら？」

アニーはかすかに青ざめたが、引きさがりはしなかった。「閣下、決して楽な仕事ではないでしょうが、わたしなりにがんばってみたいんです」

冷ややかな目に激しい怒りを含んだマッキノン少佐がワインをあおり、それを見たウェントワースは危険地帯に踏みこむ興奮を感じた。「君の提案は非常に興味深いね、ミス・バーンズ。しかしながら、ほかにも問題がある。わたしの決めた規則によってエリザベス砦には女性が住むことはできない。例外は将校の妻と非戦闘従軍者だけだ」

アニーは困惑の表情を見せた。「非戦闘従軍者というのは女性なんですか？」

イアンがまたもや鼻で笑い、今度はテーブルクロスにワインを噴きだした。「そうとも、女だ」

「それなら、わたしも非戦闘従軍者になって、その仕事を覚えることができるかもしれませんね」

居合わせた将校たちが息が詰まるほど笑いころげるのではないかとウェントワースは思っ

たが、彼らは雄々しくも必死に笑いをこらえていた。

だが、マッキノン少佐はミス・バーンズの心情を思いやろうともしなかった。彼は高笑いを響かせた。「そりゃ、君なら絶対に覚えられるだろうし、立派なテクニックを身につけられるだろうよ」

クック中尉が椅子を後ろに押しだして勢いよく立ちあがった。「今の言葉を撤回したまえ、少佐！　ミス・バーンズを辱めるなんて、見過ごしにはできないぞ！」

「すわれよ、若造。唾を飛ばすのはやめてもらおう」イアンの顎の筋肉が引き締まった。

明らかに武勇では太刀打ちできないと判断したらしく、中尉はゆっくりと腰をおろした。ただし、顔は制服と同じくらい真っ赤になっていた。

アニーは視線をウェントワースに戻した。その澄んだ美しい緑の瞳は困惑と不安であふれていた。「あの……閣下、非戦闘従軍者というのはなんなのですか？」

いよいよ雲行きがあやしくなってきたことにうれしくなったウェントワースは、返事をしようとしたが、マッキノン少佐に先を越された。

「売春婦だよ。兵士とセックスする女たちのことだ」

アニーの顔が魅力的な深紅の色に染まった。「まあ、どうしましょう！」

「残念ながら、軍隊にはつきものの悪徳のひとつだな」もし売春婦を砦から締めだして兵隊から文句が出ないのであれば、ウェントワースも禁止しているところだ。娼婦は病気を持っているし、腐敗の温床にもなる。

「では、わたしがこの砦にとどまるためには将校と結婚するか、閣下の部下たちに体を売らねばならないということですね」アニーの声が心なしか震えていた。「ずいぶん偏っているように思えますが」

彼女の怒りが伝わってきたが、はたして誰に対して怒っているのだろうか、とウェントワースは思った。彼にか、それとも、マッキノン少佐にか？

何も知らない若い娘の無邪気さにつられて、ウェントワースはさらに話を進めずにはいられなかった。「実は、ほかにも規則があってね。部下たちを守るために、砦に残留することを希望する未婚の婦人には、まず検査を受けてもらわねばならない……つまり、あの病気だ」

遠回しにあの病気と言われてもアニーには理解できなかったため、クック中尉が身を乗りだしてささやいた。「命に関わる性病のことですよ」

だが、イアンはすかさず大声で病名を告げた。「梅毒のことさ」

アニーの顔はますます赤みの度を深めた。

「実際、わたしも今までにこのような状況に出くわしたことがなくてね、ミス・バーンズ。決断を下す前にじっくり考えてみなくてはならない。純潔である証拠を出してもらうか、あるいは、夫を見つけてくれれば、たぶん……」ウェントワースは語尾を濁し、片手をあげて、憤慨した将校たちの抗議を抑えこんだ。

「そ、そんな証拠、どうやって出すんでしょう？」

イアンがウェントワースと目を合わせた。その目はあからさまな憎悪でみなぎっていた。

「仰向けに寝て、そのあいだに軍医が君のスカートをまくりあげ、腿を広げて君の処女膜が無傷かどうか確かめるんだよ」

アニーは立ちあがった。ショックで呆然とした表情から、その場にいる男たちはひとり残らず彼女がまだ処女なのだと確信した。はっきりわかるほど体が震えていた。ウェントワースはここまで追いつめてしまったことを後悔しそうになり、そういう自分にわれながら驚いた。

アニーは顎をあげてウェントワースを凝視した。「閣下、わたしは売春婦ではありませんし、検査という名目でそのような辱めを受けるつもりもありません!」

18

アニーはテーブルにナプキンを投げると、背を向けて廊下を駆け抜け、玄関から夜の闇へと飛びだした。男たちの視線も頬を流れる涙も無視した。恐怖、まんまと罠にはまったような口惜しさ、怒り、狼狽、そういったもろもろの感情に追い立てられるまま、ひたすら走った。

わたしはオールバニへ送られるんだわ。あそこに戻るわけにはいかない！　せっかく手に入れた自由を失いかねないのだから。それに、医者の前で腿を広げれば焼き印が見つかるだろう。もし秘密が露見すればウェントワース卿に真実を話さざるをえないし、ウェントワース卿は必ずベイン伯父に連絡するだろう。そうなれば、もう逃げようがないのだ。

「アニー！」

イアンの呼び声が聞こえ、彼女はスカートをつかんでさらに速く走った。

あの人が高潔だなんて、どうしてそんなふうに考えたりしたのかしら？　あの男は粗暴な獣《けだもの》だわ。不作法な沈黙といい露骨な発言といい、彼のおかげでこんなにも辱められ、惨めな思いを味わわされた！

「アニー、おい、止まれ！」

彼女は最初の門を出て木の橋を渡り、第二の城壁にある大砲のそばを通り、何列も並ぶキャンバス地のテントのあいだを走り抜けた。

「いいかげんにしろ、アニー」すでにイアンが背後に迫っていた。

彼から逃げられないことはわかっていたが、それでもかまわなかった。傷心と憤怒と自暴自棄に駆られて必死に走った。そして、外側の城壁を抜けて浮橋へと向かった。

力強い腕が伸びてアニーの体をつかまえた。「まったく冗談じゃないぞ！　いったいどうしたんだ？」

「どうしたですって？　獣みたいにふるまったのはあなたじゃないの！」アニーはイアンの手を振りほどこうと蹴ったりもがいたりしたが、力では勝てるわけもなかった。

「ウェントワース配下の将校たちに色目を使って楽しいか？　あのうちのひとりでもつかまえたいか？　あのテーブルに溶けこもうといくらがんばったところで、あいつらにとって君はただの貧しいハイランドの美人でしかないんだ。ベッドに連れこむことはあるだろうが、誰ひとり君を妻に迎える男はいやしない！」

「どうしてあなたにそんな……？　もう、いいから……とにかく、放して……ちょうだい！」アニーはさらに激しくもがいた。ふと気づくと、イアンの腕のなかでくるりと体をまわされ、彼の胸に押しつけられて、激情が渦巻くその藍色の瞳を見あげていた。

そして、彼が口づけしていた。

あるいは、彼女が口づけしていたと言うべきなのか。

荒れ狂う感情が大胆な欲求となって一気にあふれた。彼を味わい、彼を感じずにはいられなかった。彼女は両手でイアンの長い髪をつかんでさらに引き寄せ、すでに彼の舌が彼女の唇を割って入ってきているのに自分からも彼の口に貪欲に舌を入れた。

イアンがうめいた。胸の奥で低く男っぽい音を響かせると、アニーの足が地面から離れるほどきつく彼女を抱きすくめた。彼の唇はやわらかく、熱く、容赦がなく、体は息を呑むほど強靭だった。それに気づいたことで震えが全身に走り、血をたぎらせ、体を燃えあがらせた。

口笛。はやし立てる声。

「おい、ハイランド人、その女をやっちまえ!」

城壁から投げかけられる淫《みだ》らな声が、欲望で曇っていたアニーの頭を貫いた。

――そりゃ、君なら絶対に覚えられるだろうし、立派なテクニックを身につけられるだろうよ。

アニーは身をよじってイアンの腕のなかから離れると、力をこめて彼の顔を引っぱたいた。「この人でなし!」

イアンはじっと彼女を見つめながら頬をこすった。「どういうことだ、アニー?」

「あなたがわたしの唇を奪ったのはこれで六回めよ！」

「なるほど、君は数を記録してるのか？」イアンがにやりと笑った。「こんなことを言って申しわけないが、今回の分はおれのほうが唇を奪われた感じだけどな。それとも、おれの口に入ってきたのは誰かほかの女の舌だったのか？」

アニーの頬が熱くほてった。「あなたって、本当に下劣な人ね！」

「君の命を救った男に向かってずいぶんなご挨拶だな」

「少なくとも、クック中尉は紳士だわ」

イアンが目を細めて険悪な表情を見せた。「それに比べておれは野蛮人ってわけか？」

自分の放った言葉に気づき、イアンの顔に浮かんだ激怒の色を見て、アニーは背を向けると、急ぎ足で浮橋を歩きだした。だが、ほんの数歩も行かないうちにスカートの後ろの裾が橋板に引っかかって裂け、そのはずみで暗い急流のなかへと放りだされた。

凍《い》てつく激流が彼女を呑みこみ、悲鳴をかき消した。

そのあまりの冷たさに仰天し、狼狽したアニーは、足を蹴り、腕をばたつかせてなんとか水の上に頭を出そうとした。しかし、流れは恐ろしく強かった。まるで河そのものが生きているかのように彼女を翻弄《ほんろう》し、川底へと引っ張り、石に押しつけ、スカートを脚にからませて自由を奪った。

彼女は焦りを抑え、焼けつくような肺の苦しさにも負けずに、水を含んで重くなったスカートを脱ごうとあがいた。イアンに助けてもらうまではなんとしても生きていなければ。だが、目を開けると、渦巻く闇しか見えなかった。

こんなところに落ちたあなたを誰も助けることはできないわ、アニー。河の流れは速すぎるし、彼にあなたの姿は見えないのよ。

奇妙なことに、そう思っても恐怖は感じなかった。すでに頭がぼんやりとし、激しく脈打つ鼓動が聞こえるほかはどこも静かだった。骨の髄まで痛くなるほど水は冷たく、手足の動きが利かなくなってきた。

死ぬというのはこういう感じなのかしら?

彼女は最後の力を振り絞り、河床の岩に足をつけて膝を曲げると、思いきり飛びあがった。

彼女がつまずいて河に落ちたとき、イアンはすぐさま駆け寄っていた。「なんてこった、アニー!」

彼は大きく息を吸いこむと、厳寒の河に飛びこんだ。今までもあちこちの河をさんざん泳いできたし、心臓が止まりそうな冷たさと流れの激しさは予期していた。予期していなかったのは完全な闇だ。夜の闇に包まれた深い河はまさに漆黒だった。

何も見えない。

彼は水面に顔を出し、胸いっぱいに息を吸いこむと、周囲に金髪やピンクのストライプ柄のスカートが少しでも見えないか探しまわった。目に入るのは荒れ狂う水の流れだけとわかると、もう一度、大きく息を吸って河に潜り、流れに身をまかせた。アニーが河に落ちてから数秒しかたっていない。彼女が激流に呑まれてどこへ運ばれようと、彼も同じところへ流されるはずだ。苦しくて肺が破裂しそうになるまでアニーの姿を探したが、まだ何も見えない。

凍てつく水よりも冷たい恐怖がイアンの全身を襲った。

彼はふたたび息を吸いこんで潜った。

アニー！

心のなかに悲痛な叫びが広がった。

時間が限られていることはよくわかっている。たとえパニックや呼吸困難でまだ彼女が死んでいなくても、この凍りつく寒さで間違いなく命を落とすだろう。悪天候に慣れている彼ですら、これだけ冷たい水にはそう長くは耐えられない。

そのとき、彼の右手に何かレースのようなものが触れた。反射的につかんだ彼は、それがレースではなく髪の毛だと気づいた。

イアンは流れに逆らい、懸命に潜ってアニーの長い髪をしっかりと握りしめた。彼女はずぶ濡れの服の重みに引きずられ、まるで天から落ちていく天使のように彼の真下で河底へと沈んでいた。

生きていてくれ、アニー！　ああ、神よ、彼女を生かしたまえ！

イアンが彼女のウエストに腕をまわすと、冷えきった彼女の手が弱々しく彼の手をつかみ、イアンは強烈な安堵《あんど》感で目がくらみそうになった。まだ彼女は生きている！

この事実に励まされ、彼は水面へと力強く脚を蹴った。

水から顔を出すまで永遠の時が流れたように思えた。一秒遅れればそれだけアニーは死に近づく。ようやくイアンは貴重な空気を肺に吸いこみ、アニーが咳きこんであえぎ、また咳きこむ音を聞いた。生きている証《あかし》としてイアンの耳に心地よくそれは響いた。彼は冷たい水の流れに乗り、空いている腕を動かして河岸へと移動した。

土手には部下たちが並び、数人は凍える水のなかに駆けこんで助けにきた。

「信じられないぜ、隊長！」

「おい、隊長が彼女を見つけたぞ！」

「彼女、息をしてるのか？」

興奮した叫び声のなかからモーガンの声が聞こえた。「彼女をつかんだぞ、兄貴。さあ、おいで、アニー。体を暖めてやろう」

震えるアニーの体からイアンはしぶしぶ手を離した。かけがえのない重みが腕のなかから持ちあげられていった。彼は寒さで歯を鳴らしながらかろうじて言葉を口にした。「ス、スウェットロッジ」と。

「ああ。ジョゼフがもう火をおこしてるよ」

男たちの力強い腕に助けられてイアンは立ちあがり、砂地の土手をのぼっていった。不思議なほど歩きづらかった。手足が硬直して動きが鈍く、体が猛烈に震えていた。誰かが彼の背中に毛布を掛け、手にラム酒のフラスクを持たせた。

すぐ近くでコナーが叫んだ。「マクヒュー、いったい彼女が何につまずいたのか、部下を連れて調べてこい。ほかの連中が落ちないうちに修理しないといけないからな」

イアンはフラスクの中身を一気にあおり、ラム酒が胃まで熱く流れこんでいくのを感じながら、ふらつく足でモーガンのあとからジョゼフのキャンプ地へと向かったが、その眼差しは、弟の腕から垂れる濡れそぼったストライプ柄のスカートにずっとはりついていた。


「起きろ、アニー」またイアンの声だ。

だが、アニーは疲れきっていた。「このまま放っておいて」

「このまま眠っていたら君は死ぬ。目を開けてこれを飲むんだ」彼の声は厳しく、何か温いものを彼女の唇に押し当てた。

アニーはそれを口に含んで呑みこみ、苦い味に顔をしかめた。

そばからシューッという大きな音が聞こえてきた。煮立ったスープがあふれて炉石にこぼれたときのような音だ。一回、二回、三回、四回。

アニーはどうにかまぶたを開いたが、真っ暗で何も見えなかった。「イアン！」

力強い腕が彼女を抱きしめた。「怖がることはない。ここはジョゼフのスウェットロッジのなかだ」

「あなたが見えないわ！」

「おれも君が見えない。フラップを閉めてるからな。でも、母親の子宮にいるときの闇と同じで、このスウェットロッジの闇を恐れる必要はない。ここはジョゼフと戦士たちが祈りを捧げる場所なんだ。彼がおれたちを暖めるために、熱く焼いた石に水をかけている」

「でも、わたし、寒くない」

「体が冷えきっていて寒さを感じないからさ。でも、すぐに体が震えてくる。さあ、もっと飲むんだ。できるかぎりの方法で君を暖めなきゃならない。それも、すぐに」

イアンの言うとおりだった。まもなくアニーは激しく震えだし、河の冷たさが体から抜けていくにつれてふしぶしが痛みはじめた。彼女は歯を鳴らしてうめき声を洩らし、イアンから飲めと言われたものを飲み、彼の強さに安らぎを感じた。

どれだけの時間が過ぎたのか見当もつかなかったが、熱く湿った空気を吸っているうちに震えが少しずつ収まり、頭がすっきりしてきた。ジョゼフが近くにいて、太鼓をたたきながら歌っていることもだんだんわかってきた。その言葉は彼女には理解できないものだった。イアンがジョゼフと一緒に歌っていた。低く温かみのある声だった。彼女はイアンの膝にすわって腕のなかに抱かれ、頭を彼の肩に預けていた。やわらかな厚い毛皮がふたりを包みこんでいた。

肌と肌が密着していた。ふたりとも全裸だった。

神秘的なジョゼフの歌のせいか、古代から続く太鼓のリズムか、あるいは、すべてを覆い隠す闇の解放感からだろうか、アニーはまったく恐れを感じなかった。まるで夢のなかの出来事のように彼女はイアンの裸の胸に片手を押しつけ、触れたことで彼の心臓が高鳴る手応えを感じると、汗にまみれた彼の肌に手のひらを滑らせた。

彼の筋肉が硬く締まったが、彼女の動きを止めることもなく、歌声がたじろぐこともなかった。

大胆になったアニーは、厚い胸板、なめらかな乳首、やわらかく縮れた胸毛をまさぐり、途中で小さな木製の十字架に触れた。しかし、まだ足りなかった。彼女の手や指に意志があるかのように、張りつめた肩の曲線を触り、腕の筋肉を触り、治りかけた背中の筋肉を触った。

今ではイアンの息づかいが荒くなり、歌の歌詞を忘れてしまっているようだ。何か硬いものが彼女の腰に当たった。彼の性器だ。

わたしがこの人をこんなふうにしたのかしら？

イアンが唇でアニーのこめかみに触れ、ささやいた。「君のおかげでおれの血が温まったよ。今度はおれが君の血を温める番だ」

その言葉にアニーは不安と興奮を覚えた。彼の姿は見えないし、ただ感じることしかできないため、何をされるのかわからないまま待った。しかし、長く待つことはなかった。

実にゆっくりとした手つきで彼はアニーの腰に軽く触れ、腹部に何度かなめらかな円を描き、脇腹を撫で、体の曲線を細かくまさぐっていった。次に乳房の下の敏感な部分を撫でまわした。節くれ立った指が彼女の肌にゾクッとする興奮を引き起こし、戦慄《せんりつ》の火花を腹部まで吹きこんだ。

早く触ってほしいと望むように乳首が固くなり、アニーは彼を求めているのだと自覚した。

このハイランドの野蛮人を。このレンジャー部隊の隊長を。イアンを。

大きなシュッという音。焼けた石から噴煙のように立ちのぼる蒸気。

イアンはたっぷりと重みのある乳房をつかみ、疼く乳首を指ではさんでつまみ、引っ張った。その動きに合わせたようにアニーの体内で何かが固く締まり、腿の内側に温かい蜜があふれた。彼女はうめき、イアンの手のひらに胸を深く押しつけながらさらに愛撫を求めた。

そして、イアンはその求めに応じた。乳房を揉みしだき、時にすばやく、時にはゆっくりと荒れた手のひらで乳首を刺激し、やがて彼女の乳房はたわわに実った果実のようになり、喜びは耐えがたいほどだった。しかし、まだそこで終わりはしなかった。

ふたりを包んでいた毛皮が押しのけられ、湿った濃密な熱気のなかに彼女の素肌がむきだしにさらされた。蒸気が玉の滴となって胸から腹部へ、さらにその下の濡れた恥毛まで流れ落ちていった。そして、イアンの口が片方の乳首を覆い、唇と舌と歯でなぶった。

その歓喜にアニーはあえぎはじめた。燃えるように暑い闇のなかでわれを忘れ、イアンの濡れた豊かな髪に指をからませ、彼をさらに引き寄せ、体を弓なりにそらしてみずからを差しだした。

イアンはそれを受けてさらに口の奥深くへと引きこみ、唇と舌で甘美な苦悶を与え、やがてアニーの腿の奥は脈打つほど疼いた。

焼けた石に水がかけられ、その大きな音がすすり泣くようなアニーの声をかき消した。

やがて、イアンの片手がアニーの濡れた腹部を滑りおり、湿った恥毛へと伸びた。彼が耳もとでささやいた。「体を開いてくれ。君を解き放ってやりたい」

わたしの焼き印！

アニーはイアンの手首をつかみ、腿をぴったり閉じると、彼の手を体から引き離そうとした。動揺で彼女の欲望は萎《な》えた。「だ、だめよ！」

イアンが彼女の耳たぶに鼻をこすりつけた。「心配することはない。君の貞操を奪わずに喜ばせることができるんだ。君は燃えている。それが感じられる。その欲求を解き放ってやろう」

彼は手首をつかまれていることなど無視してアニーの秘部を覆い、手のひらの付け根を恥丘に押し当てて、ゆっくりと強めに円を描き、彼女の体の奥深くでためらっていた喜びを一気に爆発させた。そして、口はふたたび胸に戻り、舌で乳首を責め、吸い、舐《な》め、味わった。

ふたたび水がかけられた。響きわたる音。蒸気。

アニーには何もわからなくなった。体が震え、快感で圧倒された。何かが体内にたまっていく。不可思議で原始的でものすごく不安なものがたまっていく。彼女は熱く濡れたイアンの胸に顔をうずめ、肩の筋肉に指を食いこませた。息づかいが荒かった。

「抵抗するな、アニー。おれに身を任せればいいんだ」イアンの声はハスキーで、張りつめていた。

腿が開かれ、太い指がアニーの濡れた襞のなかに入って優しく円を描き、最も感じやすいところを撫でた。その愉悦にアニーは驚嘆したが、次の瞬間には経験のない恐ろしい絶壁にたたずんでいるような気分になった。

彼女はそこから落ちないようにイアンにしがみついたが、彼の愛撫は容赦がなかった。濡れて滑りやすくなった指が何度も何度も彼女を撫でさすり、どんどん追いつめていく。一瞬、彼女のなかの熱が鮮やかに燃えあがり、そして、爆発した。恍惚《こうこつ》とした歓喜が全身を貫き、その喜びは体がバラバラになりそうなほど強烈だった。しかし、彼女は落ちることはなく、それどころか太陽の光や星の光の彼方までどんどん高く上昇していった。

彼女はイアンの腕のなかで体をそらし、「イアン!」と叫んだ。

その叫びを彼は唇を合わせて封じこめ、リズミカルな手の動きはアニーが呆然と震えながら彼に寄り添うまで止まることはなかった。

満たされない欲情に燃えてまだ硬く締まったままのイアンは、震えるアニーの体を抱きしめ、額にキスし、濡れた髪を撫でた。このうえなく大切な最高の存在に感じられ、あの激流のなかで彼女を探し当てることができた奇跡に心からの感謝を捧げた。神にも聖母マリアにもイエスにも、耳を傾けてくれるすべての聖霊にも。そして、もちろん、マッヘコンネオク族の精霊たちにも。もしもあのとき彼女の髪が手にからまらなかったら……。

そんなことは考えたくもなかった。今はこうして彼の腕のなかで彼女は温かな体をけだるそうに横たえているのだから。それにしても、なんて情熱的な女だ！　まるで弓の動きに合わせてヴァイオリンの弦が音楽を奏でるように、彼女は彼の指の動きに絶妙に反応していた。不思議なことに彼自身はまだ硬く張りつめたままでもまったく気にならなかった。彼女を絶頂に導いただけで充分に満足だった。

ジョゼフのスウェットロッジがこんな行為に使われたことは一度もないと思うし、きっとジョゼフは不快に感じているだろう。アニーの叫び声が彼の耳に入ったのは間違いない。もし無礼を働いたのであれば、労働でも浄化の儀式でも、このストックブリッジの〝兄弟〟に要求されたことはなんでもやって詫《わ》びを入れよう、とイアンは思った。

初めからアニーに性的な喜びを与えるつもりではなかった。スウェットロッジに入ったときは、ただ彼女を生かし、自分自身も生き延びることだけを考えていた。しかし、蒸気でふたりの体が芯《しん》から温まり、やがてアニーが彼の体をまさぐりはじめた。何も知らない彼女の手の動きは、テクニックに優れた経験豊富な女の愛撫よりもはるかに深い興奮をもたらした。いつしか彼はどんな男からも与えられたことがないものを彼女に与えたくなっていた。つまり、性的快楽を。これでイアンは彼女に絶頂の快感を教えた初めての男になった。どういうわけか、それが彼にとっては重要なことに思えた。

ジョゼフがクマの歌を歌っている。儀式を終了し、フラップを開ける前に歌う最後の歌だ。イアンが声を合わせて歌おうとしたとき、アニーが口を開いた。

「あなたが必ず見つけてくれると思っていたわ」穏やかな心地よい声だった。

自分にはそこまでの確信はなかったし、彼女を失う不安に怯えていた、とイアンは正直に答えたくなった。だが、罪の意識に襲われた。アニーがあんなに走ったのは彼から逃げようとしたからなのだ。「君に泳ぎを教えなきゃいけないな」

「沈まないようにスカートを脱ごうとしたんだけど、手がかじかんでうまく動かなかったの」

「ああ、見たとも。君は頭のいい女性だ。それに、勇敢だしな」激流にひとり呑みこまれ、必死に服を脱ごうとし、間に合わなかったかもしれない助けを待っていたアニーのことを考えると、イアンの胸が痛んだ。

「あなたをぶったりしてごめんなさい」

イアンはすっかり忘れていた。「気にしなくていい。たぶん、ぶたれて当然だったのかもしれないな」

「ひどいことばかり言ってわたしをばかにしたんですもの」

イアンの心のなかで何かが引きつった。だが、それを無視した。もしアニーを動揺させたとしてもそれは彼女自身のためだった。この砦にいるかぎり、彼女の身には危険がつきまとう。明らかに不純な関心を寄せているウェントワース。機会さえあれば彼女を残酷に扱うにちがいない兵士たち。まったく終わる気配のない戦争。そして、なによりもイアン自身。

彼はアニーの髪にキスした。「ばかにしてなんかいないさ。おれは真実を言ったまでだ。

君は辺境には向かない。もしウェントワースがいつまでも君をここに置いておくとしたら、能なしの愚か者だ」

「わたしはオールバニへは行かないわ。行けないのよ」

その声からは強い不安が感じられた。どうしてオールバニを恐れるのだろう、とイアンは思った。「たしかに、物騒な町だが、君が住んでたあの辺境の小屋よりずっと安全なんだぞ」

「とにかく、オールバニには行けないの。お願いよ、わたしを行かせないで」

「何を恐れてるんだ、アニー？」

彼女は躊躇《ちゆうちよ》しているようだった。「わたしにとっては危険なところなの。どうかこれ以上は訊かないでちょうだい」

信頼されていないことにいらだったイアンは、思ったよりもきつい口調で答えた。「おれが安全だと判断するところへ行けばいいんだ」

彼の腕のなかでアニーの体がこわばった。「わたしはここで安全よ」

「いや、安全じゃない。君が言ったことは正しい。おれは野蛮人だ。君がここにとどまれば、おれがベッドに忍びこんで唇どころか体まで奪うのは時間の問題だ。君にだってそれはよくわかっているはずだ。そうとも、君の心臓の高鳴りで伝わってくるさ。君がここにいればおれたちはいずれ寝ることになる。太陽が昇るくらいにそれは確実だ」

19

アニーは傷つきやすいカモミールの苗木を間違って抜かないように注意しながら、黒い土から雑草を取り除いた。病舎の裏にある小さな薬草園の手入れをドクター・ブレイクから任されていた。ここで彼は湿布剤やチンキ剤に使う薬草や植物を栽培している。少なくとも、この厳しい気候で育つものに限られるのだが。貴重な植物を兵士が盗んだり踏み荒らしたりしないように、高い板塀で囲まれているため、アニーにとっては男たちの好奇の目を気にしないで陽光を楽しめる唯一の場所といってもよかった。

彼女の扱いについてウェントワース卿はまだ決断を下していない。コナルだけをオールバニへ送り、アニーの今後に関する問題はひとまず棚上げにして、アバークロンビー将軍の応接に当たっていた。将軍は二週間以上前にかなりの数の護衛兵を引き連れていきなり現われ、それ以来、砦は閲兵式や軍事演習、視察でざわめいている。正規兵たちは将軍の前で技能を披露することに興奮しているようだったが、レンジャー部隊は軽蔑を隠そうともせず、将軍の決断能力の欠如を揶揄《やゆ》してミセス・ナニー・クロンビーと呼んでいた。「あれが武人だというんなら、おれは教皇さまさ」

「ナニー・クロンビーはこの軍隊の厄介者でね」とキリーが言ったものだ。

だが、レンジャー部隊がアバークロンビー将軍を毛嫌いしていたとしても、将軍のほうは部隊の働きに魅了されたらしく、彼らのキャンプ地を見てまわり、毎日の訓練を視察し、戦闘を想定した実地訓練まで要請したため、これにはアニーを除く砦の全員が見学に繰りだした。彼女はすでにレンジャー部隊の戦闘を見ている。それも模擬戦闘ではなく、流血と死がつきまとう本物の戦闘を。二度と見たくはないし、その時間もなかった。

彼女は将軍の訪問で手に入った猶予期間を使って、妻や非戦闘従軍者にならなくても軍の役に立つことをウェントワース卿に証明してみせようと決意した。自分にできる仕事のリストを急いでまとめ、明け方から夕暮れまでドクター・ブレイクの手助けをした。傷病兵の世話をし、毛布やシーツを取り替え、包帯を巻き、軟膏や湿布薬を調合し、薬草を挽《ひ》き、病舎を掃除し、尿瓶《しびん》の中身を捨てることまでやった。

なるほど、疲れる作業ばかりで、恐ろしいこともたびたびあった。苦痛の悲鳴、血、命の炎が消える可能性。男たちの苦しむ姿を見るのはつらくてたまらなかった。しかし、その苦痛と絶望を和らげる手助けは、かつて経験したことのない充足感を彼女にもたらした。本当に重要なことをやっている、と生まれて初めて感じた。

彼女はしゃがみこみ、痛む背中を伸ばした。すばらしい天気だった。灰色に曇った霧深いスコットランドでは決して見られないような青空に太陽が輝いている。空は無限に広く、想像を絶するほど真っ青だ。暖かなそよ風はなじみのない香りを運んでくる。春の予感に満ちた大森林の香り。冬の眠りから覚めたばかりの蜜蜂は薬草園に物憂げな羽音を響かせ、花の開花を待っている。

この空のようにわたしの心も晴れ晴れと明るければいいのに。

このところ、アニーは自分らしさを失っていた。われながら戸惑うほど気分が不安定だった。不機嫌だったかと思うと次の瞬間には涙ぐみ、次には心ここにあらずで夢想にふけっている。そして、常に考えているのはイアンのことだった。

どうしてわたしに話しかけようとしないのだろう？　どうしてわたしを避けているの？　愚かにも河に転げ落ちて溺《おぼ》れかけた夜から三週間が過ぎた。ジョゼフのスウェットロッジにかつぎこまれてから三週間、イアンの手で体の芯まで熱くなってから三週間。あれ以来、彼とはほとんど会っていないし、見かけたとしても遠くからだけだ。

彼女の様子を見に彼が現われることはめったになく、代わりに弟かキリーを差し向けてくる。すれ違うことがあっても、まるで他人のようにその態度は無愛想でよそよそしかった。これまであんなに優しくしてくれて、しかも、スウェットロッジで熱情を分かち合ったというのに、どうしてこんな扱いができるのだろう？

アニーは仕事に集中して、イアンのことは頭から払いのけようとまたもや自分に言い聞かせた。きれいに並んだ薬草のあいだを進みながら、それぞれの薬草とその薬効についてドクター・ブレイクから教えられたことを脳裏で繰り返し、肥沃《ひよく》な土壌で手を忙しく動かした。

カモミールの花はゆでると神経を静める効果があり、軽い痛みや悪寒、胃の不快感を和らげる。ケシの果実と一緒につぶして混ぜた湿布剤は、捻挫《ねんざ》や打撲傷の腫《は》れを抑える。アニーの母は消化をよくするために夕食後にしばしばカモミールティーを飲んでいたものだ。

キャベツの葉を使った湿布剤は、化膿《かのう》した傷や皮膚の潰瘍《かいよう》、火傷《やけど》に効果がある。ただし、コナルが負った火薬による熱傷には、ドクター・ブレイクが見ていないときにこっそり塗ってやった、例のものすごくしみる軟膏のほうがはるかに効いたようだ。

わたしはどうしてあんなふうにイアンに触ったりしたのだろう？　濡れた素肌を両手でまさぐるなんて？　凍てつく河の冷たさや呼吸困難、あるいは、あやうく死にそうになったことで心が弱くなったためか？　もしわたしの焼き印に気づいたらイアンはどうしただろう？

ペニーロイヤル。ペニーロイヤルのお茶は、発熱、風邪、胃痛、肝臓病に効果がある。ドクター・ブレイクの話では、妊娠中絶のために使う女性もいて、時には本人まで命を落とすという。しかし、アニーが子供のころ、ひどい咳に悩まされ、ベイン伯父の主治医からペニーロイヤルティーを与えられたことがある。

ラグワート……。

あの夜のことは今ではただの夢のように思える。冷たい急流に落ち、体に巻きつくイアンの力強い腕を感じ、これで助かると確信したこと。蒸気に包まれた真っ暗なスウェットロッジのなかで彼の腕に抱かれて意識を取り戻したこと。両手の下に硬く引き締まった男の肉体を感じたこと。身が引きちぎれるような快楽を彼が彼女の体から引きだしたこと。

男と女のあいだではああいうことが起きるのだろうか？　甘美な情熱に疼く欲求、そして、心と体と魂の隅々にまで奔流のようにあふれたエクスタシー。

アニーにはわからなかった。

自分の身に起きた変化についても理解できていなかった。新たな命に目覚めたみたいに体が独自の意志を持ったような感じだった。イアンのことばかり考え、島では彼の姿をちらりとでもいいから見たいと思う。そして、血が濃くなり、乳房が妙に重く感じられる。彼の声が聞こえただけで胸の鼓動が速くなるありさまだ。ベッドにひとり横たわり、あのときの彼の手の動きを思いだささずにはいられなくなると、股間《こかん》が疼き、彼を求めて濡れてくる。

でも、それだけではなかった。行為のあと、まるでこのうえなく貴重なもののように抱きしめてくれたが、もう一度、あんなふうに抱かれたくてたまらなかった。あのとき、彼女は安心感に浸れた。心からくつろぎを感じた。

少なくとも、オールバニの話が出るまでは。

――何を恐れてるんだ、アニー？

これ以上の嘘をつくことは耐えられなかったので、彼女はこの質問には答えなかった。

――わたし、オールバニには行けないの。

――おれが安全だと判断するところへ行けばいいんだ。

ローズマリー。ローズマリーは頭痛も含めて心の痛みを癒《い》やす効果がある。また空気を浄化し、患者から患者へ発熱が広がることを防いでくれる、とドクター・ブレイクは言った。

アニー、あなたという人は！　どうしてあんな真似ができたの？

あの夜のことを思いだすたびに恥ずかしさで顔が真っ赤になる。真っ暗な闇のなかでジョゼフは近くにすわっていた。わたしの声が聞こえたかしら？　彼は知ってるの？　たとえそうだとしても彼はいっさいそのそぶりを見せなかった。フラップを開けて傍らに立ち、まだ全裸のイアンが彼女をクマの毛皮にくるんで近くのテントへ運び、彼女は暖かい炉火の前でひとり服を着た。

そして、寒い外で着替えをすませたイアンが彼女にクマの毛皮を着せ、彼の小屋まで案内すると、暖炉の火をおこして彼女を眠りにつかせた。

「おれが言ったことを忘れるなよ、いいな」と彼は言い残して出ていった。

忘れられるわけがない。

――君がここにいればおれたちはいずれ寝ることになる。太陽が昇るくらいにそれは確実だ。

それを思いだして下腹がむずむずした。彼の言葉に怯えているのか、あるいは、興奮を感じているのか、アニーにもわからなかった。いずれにしても、イアンが彼女を砦から出ていくように仕向けるのは明らかだ。でも、あの人にはわかっていないことがある。

わたしにはほかにどこも行く場所がないのだ。

ラグワート。ラグワート。ラグワートの花の浸出液は目の洗浄に役立つ。湿布剤に葉を混ぜると関節痛の緩和に効果がある。スコットランドの高山でも育つスタッガーワートによく似た薬草だった。

ヒヨドリバナ。ヒヨドリバナの浸出液はマラリア熱やその他の発熱を発汗によって和らげる。胃の不快感にも効き、強壮剤の働きもある。アニーにとっては初めて聞く植物で、ヒヨドリとどういう関係があるのだろうかと思ったりした。

目新しいものがあまりに多かった。あまりに多くの出来事が起きた。自分の生活に懸命に追いつこうとする落伍《らくご》者のような気分になることがよくあった。あるときはレディー・アンで、スコットランドで安楽な暮らしに親しみ、母から慈しまれ、優しい伯父に甘やかされていた。次の瞬間にはアニー・バーンズになり、アメリカの辺境にある砦で荒くれ者のレンジャー部隊や兵士たちに囲まれて暮らしている。

しかし、スコットランドとそこでの安楽な生活がなつかしくはあるが、エリザベス砦に居心地のよさを感じはじめている部分もあった。太鼓やラッパ、正規兵の不作法な態度にもすっかり慣れた。それに、彼らの傷や病気の世話をし、日々、祈りの言葉に耳を傾けていると、いちいち彼らを恐れてもいられなかった。女性は周囲にひとりもいなかったが、レンジャー部隊員たちがいた。彼らはアニーに敬意を払い、しかも、親切で、小屋の外には薪を積みあげ、彼女のために水をくみ、浮橋を渡るときには付き添ってくれた。スコットランドでは口を利いたことがないような男たちばかりだが、戦死した兄弟を思いだすし、彼らは彼女を笑わせてくれた。

裏口のドアからドクター・ブレイクが顔を出した。笑みを浮かべている。「ミス・バーンズ、君に見せたいものがある。ガラガラヘビの尻尾の先から取ったガラガラだ」

アニーはあまり見たいとは思わなかったが、口には出さなかった。「すぐ行きます」

「少佐、実にすばらしいな」アバークロンビー将軍は広い訓練場を見おろし、ずたずたに破れた紙の的へ目を向けていた。子供っぽい興奮でにこやかに笑っている。「これほど大胆な射撃の技術を見たことがない」

イアンは無言だった。

ウェントワースが代わりに答えた。「将軍、マッキノン少佐の射撃の腕は抜群ですが、辺境で生き延びるか否かは弾丸をすばやく再装塡《そうてん》する能力にかかっています。そうだな、少佐?」

イアンは怒りを押し殺して冷静に答えた。「はい、もちろんです」

このクソ野郎め、こんなつまらないことにつきあわせやがって！　レンジャー部隊はもう二週間以上も、踊って餌《えさ》をもらうクマみたいに演習に駆りだされ、戦争をゲームと考えているような男を楽しませるために戦闘ごっこをやらされているのだ。階級などなんとも思っていないイアンは本来なら断わるところだが、事前にウェントワースから内々に釘を刺されていた。

「手を抜いてはならんぞ。アバークロンビー将軍はレンジャー部隊の必要性について、わたしほどには納得していないんだからな」

イアンは笑い飛ばした。「じゃあ、将軍を失望させればおれたちは家に帰してもらえるのかい？」

ウェントワースの顔が冷酷な表情を刻んだ。「わたしが言わんとしているのは、君もわたしもそれぞれの誓いに今も縛られているということだ」

「また絞首刑で威《おど》そうっていうのか？」イアンの胸に憎悪の炎が燃えあがった。彼は身を乗りだし、ウェントワースの高慢な顔をにらみつけた。「いつかはこの戦争も終わり、おれたちの貸し借りに決着をつけるときがくるだろう」

ウェントワースは薄く笑みを見せただけだった。「今日はその日ではない」

ウェントワースへの怒りで煮えたぎっているおかげで少なくともアニーのことを考えずにすんだ。ほんのちょっとだけだが。

過去三週間、イアンはアニーに近づかないようにできるかぎりの努力をした。スウェットロッジであんなことが起きたあとだけに、彼女に近づけばどうなるか、自分自身が信用できなかった。あの女らしいやわらかな肉体の感触、香り、彼の手で絶頂に達したときの甘い叫び声。それらを思いだしては夜ごとにもだえ苦しみ、ほかのどんな女にも燃やしたことがない熱情で彼女を求めた。

あの晩、彼女の言葉を聞かなかったら、ウェントワースを促して無理にでも彼女をオールバニへ送っていただろう。

——とにかく、オールバニには行けないの。お願いよ、わたしを行かせないで。わたしにとっては危険なところなの。

彼女を現地へ送る前にどうしてそれほど怯えているのか理由をつきとめる必要があった。むろん、そのためには彼女とふたりきりの時間を作り、彼女と話し、おれを信用してくれと説得しなければならない。でも、自分さえ信用できないというのにどうしてそんなことができるんだ？

将軍が彼の背中をたたいた。「そう思わんかね、少佐？」

「はい」イアンはうなずいた。将軍がなんの話をしていたのか見当もつかなかった。

この日、アバークロンビーはイアンと部下たちの射撃を見たいと言ったため、紙の標的を撃つためだけに膨大な量の火薬と弾丸を浪費した。まったく迷惑な話だったが、アバークロンビーはイアンの技量に惚《ほ》れこんだらしく、もう一時間もわけのわからない射撃を次から次へとやらされていたのだ。次は逆立ちして月を撃てと言われても驚かないくらいだった。弟や部下たちはライフルを手にしたまま片側に並び、にやにやと笑っている。正規兵は城壁に立って、望遠鏡ごしに彼を見つめていた。どいつもこいつもふざけやがって！

「君は、仰向けで装塡して、すぐさま伏射《ふくしや》ができると聞いている。ぜひ実演してもらいたい。そうだな、四発でどうだ？」

イアンは愉快そうなウェントワースの眼差しに目を合わせ、内心で呪った。

中央に黒い丸のある紙の標的が四つ、広い演習場のかなたに設置され、一方、イアンは、角製の火薬入れと弾丸と小ぶりの弾が詰まった袋をかかえて地面に仰向けになって身構えた。彼はひとつ深呼吸をして将軍の合図を待った。

「やれ、少佐！」

イアンの手がすばやくライフルを操り、装弾して腹這いになり、発射した。命中したかどうか確認するまでもなかった。

一発。二発。三発。

伏射姿勢になって四発めを撃とうとしたそのとき、オールバニからの道にひとりの男が現われた。怒鳴り、叫び、シャツは血まみれだった。

イアンはその先の暗い森へ狙いを移し、この哀れな男の追っ手が来ないか待ちかまえた。

男は従軍商人の息子のひとりだった。

「少佐？」将軍は明らかに四発めを待っていて、若者の姿が目に入っていなかった。だが、ウェントワースは気づいていた。「将軍、問題が起きました」

「これはなんだか変だな」イアンと並んで木立のあいだを這い進みながらコナーが小さくささやいた。

「ああ」イアンは前方の暗い森を見据えたままだったが、背すじに不安が走っていた。

従軍商人の息子の話では、砦までわずか三キロに迫ったところで、補給品を積んだ幌馬車隊がアベナキ族の待ち伏せに合い、彼を除いて全員が殺害されたという。どうやって逃れたのか訊かれた彼は、殺された牛の背後に隠れ、腹這いになって抜けだし、もうだいじょうぶだとわかってから走った、と答えた。

「やつらはたった三十人だったけど、いきなり丘の上から襲撃してきたんです」若者はすすり泣きながら語った。「何もかも殺しやがった。鶏まで！」

敵にこれ以上の弾薬を与えるわけにはいかないため、イアンはすぐさま部下に招集をかけた。「全員集合！　アベナキ族の襲撃だ！」

しかし、アバークロンビー将軍が無意味な躊躇を示して出発を遅らせた。「こういう任務には正規軍を出すのがいちばんなんじゃなかろうか、大佐。それとも、正規軍とレンジャー部隊の混成部隊にしたほうがいいかな。君はどう思うね？」

なるほど、優柔不断で知られるミセス・ナニー・クロンビーの本領発揮だった。

そして、イアン率いるレンジャー部隊が出動し、その左翼をジョゼフ大尉と少人数の部隊が固めながら、道路からはずれた森のなかを迅速かつ静かに進んでいた。幌馬車隊の残骸まではそう遠くはないはずだった。

そのとき、イアンの目にそれが入った。補給品を積んだ幌馬車六台。無数の矢を浴びている。その周囲には殺された家畜に混じって従軍商人とその従者たちの死体が散らばっていた。非戦闘従軍者の女ふたりも血まみれになった全裸の死体で近くに転がっていた。

イアンは手振りで部下たちに散開を指示した。待ち伏せから身を守るために戦闘現場を取り囲んだうえで、幌馬車に近づくつもりだった。

だが、ほんの数歩、進んだとき、警戒を知らせるジョゼフの口笛が聞こえた。

「隠れろ！」

次の瞬間、森が爆発したようにおびただしい銃声がとどろいた。

アベナキ族が待ち伏せしていたのだ。それも、三十人どころの数ではなかった。

20

ちょうど夕食が終わったころ、負傷者が少しずつ運びこまれてきた。初めは銃弾による軽傷者、やがて重傷者が増え、そのなかには腿に矢が突き刺さったキャムもいた。全員が同じ話をした。二百人を超えるフランス軍とアベナキ族の部隊が、幌馬車隊の攻撃地点近くで彼らを待ち伏せていて、イアンと弟たちは身動きできず、銃火にさらされた。

アニーは仕事に専念しようと努めた。軽傷者の傷を洗浄し、強壮剤代わりのラム酒とアヘンチンキを飲ませ、血に染まったシーツを取り替え、ドクター・ブレイクが必要とするときには喜んで手を貸した。しかし、時間がたち、さらに負傷者が現われるにつれて、彼女はイアンとふたりの弟が戻ってこないのではないかと不安になりはじめた。

日没直後、ウェントワース卿と将軍が病舎に入ってきた。ウェントワース卿は将軍のいる前ではアニーに気づいたそぶりも見せず、口の利けるレンジャー部隊員の事情聴取に取りかかった。

「幌馬車隊の襲撃は単なる罠でしたよ、大佐」アヘンチンキで朦朧としているのか、キャムの話しぶりは不明瞭だった。「あいつら、まるで隊長を殺すために全精力を注ぎこんでるみたいだ」

アニーは床に流れた血を拭き取っていたが、恐ろしい予感で身もだえしそうだった。

「それは驚くほどのことではあるまい。なにしろ、少佐の首には高額の懸賞金がかかっているんだからな。そうだろう、軍曹？」

このウェントワース卿の言葉にアニーは愕然とした。イアンがフランス軍とその同盟軍相手に大きな戦果をあげているため、フランス軍がイギリスの金で二千ポンドに相当する懸賞金をイアンの首にかけ、もし生け捕りにすればさらに金額が増えるという話を、ウェントワース卿は冷ややかな口ぶりで将軍に語り、アニーは戦慄と憤怒《ふんぬ》を抱きながら耳を傾けていた。そもそもイアンは冤罪《えんざい》を押しつけられて仕方なくこの戦争に加わっている事実を、ウェントワース卿はひとことも口にしなかった。

アニーはこの男を憎んだ。

そして、フランス軍に捕まればどんな目にあわされるか、イアンが語っていたことを思いだした。

――フランス軍は情報を聞きだすためにおれの口を割ろうとするだろう。そのあとはアベナキ族におれの身柄を引き渡す。やつらは大いに喜び、楽しみながらおれを拷問してなぶり殺しにするさ。

アニーの口が乾いてきた。

「とりわけ、アベナキ族はイアン・マッキノンを憎み、恐れています。ローマ人がハンニバルを憎み、恐れたようにね。ご記憶にありますでしょうか？　二年前の冬、少佐は敵地の奥深くまで潜入し、イギリス人が営む農場の襲撃を繰り返していたアベナキ族の村を破壊しました。戦士の大半を殺し、小屋を焼き払い、女子供だけを残した」

「ああ、たしかに、その任務については聞いた覚えがある」将軍はうなずいて頬を撫でた。

「少佐の部隊は進軍の途中で飢えに苦しみ、自分たちのベルトを煮て食べざるをえなかったとか」

それについてはアニーも、『ボストン・ガゼット』紙に掲載された記事をブレンダンに読み聞かせた記憶があった。まるで悪夢のような話だ。しかし、ウェントワース卿もアバークロンビー将軍も単なる好奇心の対象として話しているにすぎない。

「みんな、ベルトをゆでてごちそうと呼んだものですよ」とキャムが言った。その声は妙に単調だった。「かんじきの革ひもも煮たかったが、帰還するために必要なものだからと言って隊長が許さなかった。だから、おれたちは木の皮や凍ったガマの根っこを食べ、途中で見つけた鹿の枝角までゆでた。もし隊長がひとりででかけて年老いた牡鹿を連れて帰らなかったら、おれたちは餓死していただろう。どうして隊長にあんなことができたのか今でもわからない。おれたちはみんな、ほとんど立つことさえできなかったのに」

過去の苦難がよみがえり、加えてイアンが今ごろどんな窮地に立たされているのかと思うと、アニーの恐怖はますますふくらんだ。冷たい地面に息絶えて倒れたイアンの姿を想像することなどとうていできなかった。あるいは、すでに捕虜となり、拷問による死へと向かっていることも考える気にはなれなかった。

彼女は震える手を動かして包帯を巻き、ウェントワースに背を向けて怒りと心痛を隠しつつ、心のなかでたえず祈りを唱えていた。

神さま、どうか彼と弟たちが生きて戻ってきますように！

「なあ、軍曹、飢えで正気を失い、死んだ仲間の肉を食べた者もいたというのは本当なのかね？」

将軍のゾッとする質問を耳にして、アニーの脳裏にブレンダン・キニーの声がよみがえった。

――あなたたち、本当にベルトを食べたの、キニー？

――ええ、もっとひどいものまでね。でも、女性にその話はできないけど。

砦《とりで》にたどりつくまでどれほど空腹だったかアニーは覚えているが、あれはわずか三日間のことだった。凍てつく寒さのなかで食料もなく何週間も立ち往生する状況を彼女は想像しようとした。飢餓という苦痛。絶望。自暴自棄。

「そういう詮索がましい質問はあとにしてもらおう、将軍！　おれの部下を苦しめるのはやめてくれ！」

アニーは息を呑んで振り返ると、戸口にイアンが立っていた。

生きていた！

ホットワインが体内にしみこんだときのように安堵で心が弾んだ。彼女はイアンのほうに歩きかけたが、そばにウェントワース卿とアバークロンビー将軍がいることを思いだした。彼女は途中で足を止め、そして見た。

イアンの顔は汗と火薬で汚れ、緑の格子柄のシャツは血でどす黒く染まっている。ほとんど意識のないコナーが寄りかかり、その体をイアンが支えていた。ふたりの背後には、ちょうどイアンがアニーをおぶったようにキリーを背負ったモーガンが立っていた。

彼女はイアンの凝視に目を合わせ、その目に深い苦悩を見て取った。

「マッキノン少佐の無礼をお許しください、将軍」いかにも不快そうにウェントワース卿は言い、アバークロンビーを先導して外へと向かった。「なにぶん、戦闘で気が立っておりますのでね。少佐、わたしの書斎で報告を待っているぞ」

イアンはアニーから目を離すことができず、ウェントワースを無視した。

大きく見開いた緑の瞳は率直に語りかけていた。彼の生死を危ぶんだ恐怖。再会できた喜び。彼の部下たちに対する心配。彼女は死で埋め尽くされた世界に輝く生命の息吹であり、醜悪で残忍な風景に咲いた美しい一輪の花だ。

「少佐、こちらへ」ドクター・ブレイクが空いている二床のベッドへ手招きした。

イアンはコナーをベッドまで運んで寝かせ、モーガンもキリーをもうひとつのベッドへ運ぶと、レンジャー部隊のキャンプ地の守りを固めるために急いで出ていった。

「コナーは肩に銃弾を受けて大量に出血した」イアンは弟のシャツをつかんで真ん中から引き裂き、胸をあらわにした。「キリーはフランス兵の剣でやられたんだ」

彼はここではまったく役に立たないと感じながらコナーのベッドの横に膝をつき、一方、アニーはコナーの胸と肩の血を手早く洗い落とし、出血を止めるために傷口に布を押しつけた。

彼女はイアンの手を取って布の上にのせた。「強く押さえてちょうだい」

イアンは言われたとおりに押さえ、その間に彼女はコナーの口にアヘンチンキを流し入れた。

「さあ、呑みこんで、コナー」彼女の声は穏やかで女らしく、安心感に満ちていた。「そう、そうよ」

ドクター・ブレイクはアヘンチンキの効果が現われるのを待ってから診察を始め、傷口をつついたり指で押したりしたため、コナーはうめき声をあげて意識を取り戻した。「銃弾が筋肉の奥まで食いこんでる。切開して取りださないといけないな」

「クソッ！」コナーの顔が苦痛と怒りでゆがんだ。「そうなると思ってたぜ！」

イアンは弟に付き添い、ドクター・ブレイクはアニーを連れて隣のベッドに移り、キリーの傷を診察した。アニーは慎重な手つきでキリーのシャツを取り除き、腹部の深い切り傷をていねいに洗浄し、アヘンチンキを飲ませるためにこの年配のアイルランド人を優しく起こそうとした。その一部始終を見ていたイアンの心に、温かい感嘆の念が広がっていった。

彼女が掛けているエプロンは彼の部下たちの血で汚れていたが、気持ちが悪そうな様子はみじんも見せていない。それどころか、巧みな手さばきで仕事をてきぱきとこなし、軍医に指示されたことを即座にやってのける。作業に集中する表情は真剣そのものだ。ただ一度、衝撃の色が浮かんだのは、キリーの間に合わせの包帯をはずしたとき、頭皮が剝がされた生々しい傷を見たときだった。だが、すぐに彼女はその傷を洗浄して湿布剤を当て、清潔な布で包んでいた。

次にドクター・ブレイクがコナーの肩から弾丸を掘りだすという苛酷《かこく》な治療に取りかかると、イアンも弟の体を押さえたが、アニーは傍らにひざまずき、励ましの言葉をコナーの耳もとでささやきつづけた。イアンの感嘆はますます深まった。

「さあ、コナー、わたしの手を握りしめてちょうだい」

「強く握るとあんたの手が痛くなるよ」

「痛くなんかならないわ。わたしは見た目よりずっと強いから」

やがて包帯を巻かれたコナーがようやく眠りに落ちると、アニーはすぐさまキリーのベッドに戻り、ドクター・ブレイクが行なう腹部の傷の縫合を手伝った。

「おまえさんの彼女、あれはまさに癒やし手《ヒーラー》だな」ジョゼフがマッヘコンネオク族の言語で話しかけてきた。彼は音もなく病舎に入ってきて、今はコナーのベッドの傍らに立っていた。

イアンがうなずいた。彼女はそれ以上の存在だ。

「どうして彼女を遠ざけてるんだ？　おまえさんが苦しんでるのは見てわかってるぞ」

どうしてジョゼフはおれの心を見抜くんだ？　クソッ！「おれが遠ざけなければ彼女が苦しむことになる。おれには彼女に与えられるものが何ひとつない。家も確かな未来も汚点のない名前も」

「ワスタック・クア・アム！」これはジョゼフの表現で、おまえは大バカだという意味だった。

イアンの頭に血がのぼった。「もし彼女を抱いたら結婚しなきゃならない。彼女は白人社会の人間だし、屈辱を与えるわけには絶対にいかない。でも、この戦争でおれが生き延びられる可能性なんてほとんどないことくらい、おまえだってよくわかってるだろう」

「それは神が決めることだ」

「おれは彼女を未亡人にしたあげく、なんの保護もないままおれの子供たちをひとりで育てさせるような真似はしたくない！」

ジョゼフの黒い目に怒りの炎がきらめいた。「おれたちが、つまり、おまえの弟や仲間が彼女を見捨てるとでも思ってるのか？　おれなら彼女を妻にしておふくろの小屋に連れて行き、先の心配は後まわしにするけどな。そうじゃないのさ、兄弟、おまえさんは惚れるのが怖いんだ。しかしな、彼女はジーニーより芯の強い女だし、誠実な心の持ち主だ。男たちの世話をする様子を見てみろ。まるで母グマのようじゃないか」

イアンの耳の奥で血が脈打っていた。癇癪《かんしゃく》を懸命に抑えようとしたが、激しい消耗と何週間もの欲求不満のせいで抑制する力はほとんど残っていなかった。「おまえには何もわかっちゃいないんだ！」

「そうかな？　だったら、おまえ自身の心の声に耳を傾けるといい。スウェットロッジのなかで彼女になんて言ってた？　ああ、おれにも聞こえてたよ。『君がここにいればおれたちはいずれ寝ることになる。太陽が昇るくらいにそれは確実だ』って、おまえは言った。昇る太陽に抵抗してなんになる？」そして、ジョゼフは手を伸ばし、コナーの額に触れた。「この小グマはどうにか保《も》つだろうか？」

コナーが嫌っているにもかかわらずジョゼフは今もこんなあだ名で呼ぶ。コナーがいやがっているからこそあえて使うのかもしれない。

しかし、今のコナーに言い返す元気などなかった。

ジョゼフに心を見透かされてイアンの感情はなおも波打っていたが、末弟に目をやると胸に不安がわき起こった。「かなり出血がひどかったが、弾は取りだしてもらえた。傷が膿《う》まなければ……」

「彼は強い男だ。それに、おまえさんのときと同じように彼女が親身に看病してくれれば、一週間後にはまた歩けるようになって、自慢げに傷跡を見せびらかすだろうよ」

イアンはうなずいた。そして、怒りを忘れてジョゼフの目を見つめた。「おまえたちの部隊《ウニーウェ》がいなかったら、今夜、おれたちは全滅していただろう。また大きな借りができたよ。ありがとう」

「こっちだって何度も助けてもらってるんだ。貸し借りなんて、いちいち数えないさ」

「おまえのところの犠牲者は？」

「十六人が負傷。八人が死んだ」

イアンの肩にますます重荷がのしかかった。「死傷者にもその家族にも本当に気の毒なことをした」

「みんな、戦士として死んだんだ」

一瞬、ふたりは黙りこんだ。

やがてイアンは英語に切り替えた。「ウェントワースがおれを待ってるようだな」

ジョゼフがうなずいた。「クックが迎えにくるところだ」


ウェントワースとアバークロンビーから解放されたときにはすっかり真夜中になっていた。アバークロンビー将軍は次から次へとばかげた質問を浴びせ、森での戦闘について何もわかっていないことを露呈した。この男のうんざりする質問にいちいち答え、とりとめのない無駄話を聞いているだけで、イアンの忍耐心が底を突きそうになった。

ようやくウェントワースが事情聴取を打ち切りにした。「少佐、明らかに今回の襲撃は、君と君の部隊をおびきだして殲滅《せんめつ》するための罠だったようだ。またもやあのストックブリッジ・インディアンの同盟軍が力を発揮してくれたわけだ。ジョゼフ大尉にはわたしからも礼を述べておこう。もうさがってよろしい」

顔に当たる夜の冷気を心地よく感じながら、イアンは暗く静かな練兵場を歩いて病舎に向かった。

これまでのところ、十人の部下を失った。ルーカス。ビリー・マグワイア。フィニアス。ケイレブ。デヴィッド・ペイジ。チャールズ・グレアム。リチャード。オールド・アーチ。マルコム。ジェイムズ・ヒル。だが、負傷者は二十人を超え、そのうち七人は重体だった。あと何人が死ぬのだろうか？

疲労と悲しみがのしかかり、その重圧感はほとんど耐えがたかった。脚が鉛のように重く、心は荒野のように寒々としていた。この三年間、命令ひとつで部下たちを危険にさらしてきた。この三年間、戦場で倒れ、命を落とす男たちを見てきた。この三年間、敵でもあり同じカトリック教徒でもある男たちを殺し、墓場に送りこんできた。

手を血で染めるのではなくふたたび土まみれにするのはどんな感触なのだろうか？新しく掘った墓ではなく、土から新しく芽生えた作物を見るのはどんな感じか？傷つき、死にゆく者たちの悲鳴ではなく、産まれたばかりの子羊の鳴き声を聞くのは？

この戦争に加わることを了承したのは自分や弟たちの命を救うためだった。しかし、今や彼らは生き地獄にはまったようなものだ。絞首刑になるよりずっとましだったというのか？

そっと病舎のドアを開けると、アニーがキリーの傍らに付き添い、彼の口にスプーンを差し入れていた。彼女はすっかりやつれ、顔には疲労の皺《しわ》を刻み、目の下にはどす黒い隈《くま》ができていた。こんな悲惨な情景を見せたくなかったとイアンは思ったが、彼女には病人や負傷者の看護に天賦の才があることを否定はできなかった。初めて彼女を見た瞬間から勇敢な娘だとわかっていたんじゃないのか？

アニーがスプーンを横に置き、冷めたカモミールティーのカップを手に取ると、キリーの口もとへ運んだ。この小柄なアイルランド人はいつも彼女に親切で、優しく見守り、さまざまな話で笑わせてくれた。その彼が今は瀕死《ひんし》の床にある。内臓が見えるほど腹に深い傷を負っていた。しかも、敵方の戦士の戦利品として、頭頂部の髪と皮膚を削ぎ取られている。

アニーはキリーの頭を支えて薬湯を飲ませると、そっと枕に戻した。自分自身の疲労やひどい頭痛は無視した。これほど多くの勇者たちが重傷を負い、安らぎと慰めを必要としているときに、その程度のことで弱音を吐いていられるものか。このなかには夜明けの光を見ないまま逝《い》ってしまう者がいるかもしれないのだ。

「さあ、ゆっくり休んでね、キリー」

正面のドアが閉まる音に気づいて顔をあげると、イアンが彼女のほうに歩いてきた。アニーは無理に笑みを浮かべ、キリーの手を握りしめた。「ねえ、誰があなたのお見舞いに来たかわかる？」

部屋の奥からでも疲れきったイアンの魂の叫びが聞こえてきそうだった。彼の目に表われた絶望感、顔に刻まれた険しい皺、重苦しい足取り。

その気持ちが理解できるとアニーは思った。

ここにいるのは誰もが彼の部下であり、友人であり、家族なのだ。三年間、彼らと共に生き、彼らとパンを分け合い、彼らと力を合わせて戦ってきた。そして、今、そのうちの何人かを失い、何人かは瀕死の状態で苦しんでいる。イアンは真のハイランドの領主らしく、彼ら全員に責任を感じているのだ。

アニーの心までが痛んだ。

まずイアンは深い眠りに落ちているコナーの傍らにひざまずいた。彼は胸もとから小さな木製の十字架を引っ張りだし、小声で祈りを唱えた。感情があふれているのか、額に深い皺が寄っている。そして、彼は十字架に口づけし、シャツのなかに戻すと、胸の前で十字を切った。

不思議なことに、カトリックの作法をまのあたりにしても、アニーはもはやイアンを敵対者とは思えなかった。彼の信仰を忘れていたことは確かだが、スコットランドにいたころとは違って、そういった教義の違いなど大したことには思えなかった。何かが変わったのだろうか？

イアンは立ちあがって弟の額に手を当て、発熱の具合を確かめると、アニーのそばに歩み寄り、無理に作り笑いを浮かべてキリーの傍らにしゃがみこんだ。「なぁ、おっさん、やっとアベナキ族とイギリス兵の共通点がわかったぞ。あいつらにはあんたと死人の見分けがつかないんだ」

アニーは彼の言葉に仰天し、もしキリーの血の気のない顔に弱々しい笑みが浮かばなかったら、イアンを引き寄せてたしなめていたかもしれない。

「どこかのクソ野郎に頭の皮を盗まれちまったよ、隊長。いずれ取り返しに行くさ」

「その前に自分の足で立てるようにならないとな。そうだろ？」

奥の部屋からドクター・ブレイクが姿を見せた。「少佐、来てくれてよかった。ミス・バーンズを小屋まで送ってもらえないかと思っていたんだ。真っ暗な砦のなかを彼女ひとりで歩かせるのはいやだし、かといって、わたしも患者のそばを離れるわけにはいかないのでね」

病舎から追い払われようとしていると知って驚いたアニーはすぐさま立ちあがった。「でも、ここにはこんなに大勢の負傷者がいるんですよ！　今夜ほどわたしがお役に立てるときはないんじゃないですか？」

ドクター・ブレイクが優しげな笑顔を見せた。「大佐が今夜の助手に二名の兵士を付けてくれることになった。君のおかげで本当に助かったが、一日分としてはもう充分すぎるほどの働きをしてくれた。その親切に甘えて君自身を疲労困憊《こんぱい》させてしまっては大変だからね。手を洗ってエプロンをはずし、あとはゆっくり休んでくれたまえ」

「でも、先生、わたしはこの人たちに何が必要なのかわかっています。この人たちの痛みがわかるんです。みんながここに運びこまれてきてからずっとそばにいたんですから。わたしは疲労困憊なんてしてませんから……」アニーは肘《ひじ》に添えられたイアンの手を感じた。

「さあ、行こう、アニー。先生の言うとおりだ。君は今にも倒れそうだからな。小屋まで送るよ」

アニーは見くびられたような失意を抑えこみながら、イアンに付き添われて病舎をあとにし、眠りについた静かな砦を歩いたが、心のなかで不満げに問いかける声を黙らせることはできなかった。ドクター・ブレイクが徹夜で患者の治療に当たるのであれば、わたしだっていてもいいんじゃないの？　立派に働けることをすでに証明して見せたはずでしょう？　個々の患者の容態について何も知らない兵士が手伝いに来たって、わたしほど役には立たないだろうに。

しかし、いらだちの下から不安が顔をのぞかせ、彼女を動揺させた。もしドクター・ブレイクがわたしの病舎での働きを重要だと考えていないなら、オールバニへ送らないでほしいとウェントワース卿を説得することなど不可能ではないか？

イアンの小屋までたどりつくと、なかは真っ暗で暖炉は冷たくなっていた。アニーは蠟燭に明かりをつけ、イアンは暖炉に火をおこしはじめた。

「くよくよするなよ」不意にイアンの声が静寂を破った。「先生は君の技能を高く買ってるからこそ休ませてやりたかったのさ。病人やけが人を看護する君の才能が見抜けないとしたら、あの先生は相当の藪《やぶ》医者だろうな」

きつい口調に三週間も耐えてきただけに、イアンの口からこんな言葉を聞こうとは思ってもいなかった。振り向くと、彼は暖炉の前に膝をついて小さな炎に薪を足していた。「お世辞でもそう言ってもらえるとうれしいわ」

「いや、本当のことだ。君に世話をしてもらっておれはとても感謝してる。君が多くの命を救ってきたことは間違いない」黄金色の炉火に照らされたイアンの顔はすばらしく精悍《せいかん》でハンサムに見えたが、彼女のほうを向いたとき、その目は深い悲しみと疲労で曇っていた。

アニーの心に恋しさがつのり、朝の残り水に布を浸して絞ると、彼の隣にひざまずいた。

「あなたがわたしにしてくれたことを思えば比べものにならないわ」

そして、彼女はイアンの苦悩を少しでも洗い落とせたらと思いつつ、冷たい布を彼の頬に押し当て、汗と火薬の汚れをゆっくりとぬぐい取った。

イアンが目を合わせ、しゃがれた声で言った。「気をつけたほうがいいぞ。自分が何をしてるか、ちゃんとわかってるのか？」

21

イアンの心を溶かしたのは彼女の優しさだった。爆裂弾の攻撃にも持ちこたえたかもしれない。手斧《ておの》の一撃を食らっても。あるいは、銃剣の猛攻を受けても。だが、アニーのやわらかな手の感触、女らしい温かさ、その目にこもった純粋な共感、それらには対抗しようがなかった。

——昇る太陽に抵抗してなんになる?

彼はアニーの顔に手を寄せ、バラ色の頬を親指でなぞった。そして、豊かな髪のなかへ片方の手を滑り入れると、顔を傾けて唇を合わせた。

それは何週間もためこんだ欲求だったかもしれない。あやうく死にかけた今日の戦いのせいだったかもしれない。しかし、唇が触れ合った瞬間、彼女を求める欲望に一気に火がついた。彼はアニーにのしかかり、舌で彼女の唇を割り、息が苦しくなるまで存分に口づけした。

アニーは小さく声をあげてイアンに寄り添い、唇を開いて彼を受けいれ、恥じらう乙女ではなく求める女として彼の荒っぽい情熱に応えた。

彼女は慰め。彼女は美しさ。彼女は命。

イアンはその彼女が欲しかった。

しかし、こんなふうに求めるつもりはなかった。居酒屋の娼婦《しょうふ》でも抱くように汚れた床で寝るなんてとんでもない。

イアンは慣れた手つきでまずアニーの服を脱がせ、次にコルセットとペティコートをはずした。これらの衣類は床に滑り落ちてアニーの膝の周囲にたまり、彼女は肌着一枚の姿になった。彼は唇を合わせたまま、アニーの震える体を抱きあげてベッドに運び、自分も横たわった。

アニーは泣きそうな声を洩らして体を弓なりに反らし、じかに肌に触れたいと言わんばかりに彼のシャツを両手でまさぐった。

イアンはすばやく唇を離して上体だけ起こし、頭からシャツを脱いで横に放り投げた。そして、まだズボンをはいたまま、片腕で体重を支え、片方の手でアニーの両手をつかんで自分の裸の胸に押し当てた。「欲しいものを取ればいい。君の欲しいものをすべて」

アニーがイアンと目を合わせた。彼女の瞳には恐れと、そして、強い欲求がみなぎっていた。

やがて、イアンは、いつか彼女を悲しませることになるのではないかと危惧《きぐ》している言葉を口にした。「アニー、神に誓うぞ、おれは君と結婚する」

アニーの目が驚愕《きようがく》で大きくなった。「あ、あなた、本気で言ってるの？」

「もちろんだ。決して君を見捨てはしない。おれのようなカトリック教徒がプロテスタントと結婚するのは違法だが、なんとか手立てを見つけると約束する」

アニーはかすかな泣き声と共に視線をイアンの体にはりつけた。その魅力あふれる顔に憧れの表情を浮かべながら、彼女はイアンの胸毛に指をからませ、親指で乳首をこすり、手のひらで厚い胸板の筋肉をなぞった。

イアンはアニーの上で体を浮かせたまま、彼女のしたいようにさせていた。そして、スウェットロッジのときと同じように、彼の体に触れることでアニーは興奮を感じてきたらしい。肌がピンクに染まった。荒い呼吸に合わせて乳房が上下に動き、体が震えている。

だが、彼の体に触れてアニーが欲情するなら、イアンのほうはほとんど悶絶《もんぜつ》しそうだった。とっくに股間が脈打っているというのに、彼女の指が触れるたびに熱い稲妻が下腹部に突き刺さった。アニーの体から下着を剝《は》ぎ取り、両脚を大きく広げ、今度こそ貞操を突き破って彼女を自分のものにしたかった。だが、彼女はこれが初めてなのだし、痛い思いをさせたくない。

もはやこらえきれなくなったイアンは顔を近づけ、盛りあがった胸もとにキスし、綿の肌着を少しずつ押しさげてピンク色の乳首をあらわにした。そして、その乳首を口に含み、舌先でなぶり、唇でつまんで刺激を与えた。「どうだい、感じるか？　なるほど、感じているらしいな」

アニーはすすり泣きを洩らし、背中を反らして乳房をさらに突きだしながら、彼の背中に指を食いこませた。彼女が燃えているのはイアンにも痛いほどわかった。

彼はくぼんだウエストの下に手を入れて腰をつかみ、太く勃起《ぼっき》した彼自身をアニーの恥丘に押しつけた。至福の前兆。「ああ、アニー、君がいないせいでどれだけの夜を眠れずに過ごしたことか!」

アニーの腿が開き、腰を持ちあげてイアンに体を密着させたのは、まさに女の本能だった。「お願い、イアン、わたしに触って! 焦《じ》らすのはやめて!」

イアンの体内では血が熱く粘りを持って脈動し、一体となって解放することを強く求めていたのに、彼の口からは低い含み笑いがこぼれていた。「今回はそんなに早く炎を消したりはしないよ。まだまだ先は長いんだ」

彼はアニーの肌着をつかんで引きおろすと、片手を内股の柔肌に滑りこませ、さらにその奥の最も愛しい秘部に触れ、味わおうとした。

それに気づいたのはそのときだった。肉が盛りあがった傷跡。

アニーはハッと息を呑み、すぐさま体を起こして脚をぴったりと閉じた。

だが、その前に彼は見てしまった。

〝T〟の形をした焼き印。

泥棒の〝T〟。

アニーの胸の鼓動は激しくなり、体は恐怖で震えていた。イアンの顔に表われた困惑はまもなく怒りに変わった。

彼の目が細く、険悪なものになった。「それはなんなんだ、アニー？ 話してくれ」

アニーの頭から血の気が引き、めまいがして言葉を失った。

口を開くことすらできないうちにイアンが彼女の足首をつかみ、荒っぽく仰向けに寝かせて脚を広げた。そして、傷跡を指で触った。「これは焼き印だな？ つまり、君は罪人ということか？」

「お願い、イアン、やめて！」伯父にされたように、あられもない格好で押さえつけられる恥ずかしさに耐えられず、アニーはイアンの手を振りほどこうともがいた。

しかし、彼の力のほうがはるかに強く、あっというまに両手をつかまれ、腕ごと頭の上に伸ばされて、体は彼の体重で押さえこまれた。まだ硬くふくらんだペニスが革ズボンごしに彼女の秘部に突き当たっている。

「抵抗はやめて答えろ」憤怒が彼の顔をどす黒く染めていた。

アニーはイアンのきつい眼差しに目を合わせ、必死の思いで口を開いた。「お、お願いよ、イアン、こんなことはやめて」

一瞬、彼はにらみつけた。だが、やがてその目つきは和らいだ。彼はアニーを放して立ちあがり、暖炉の前まで行った。「まだ答えてくれてないぞ」

アニーはベッドの端まで後ずさり、両腕を体に巻きつけた。こんなことになったのが自分でも信じられなかった。どうして忘れていたんだろう?

「わ、わたしの名前はアン・バーネス・キャンベル。そ、それに、泥棒じゃありません」声は震えていたが、なんとかイアンの凝視に目を合わせた。「罪人じゃない。この焼き印はわたしを懲らしめるために……伯父にやられたものなの」

そして、自分の体から意識が離れたような不思議な気分で彼女は話しはじめた。父と兄弟がプレストンパンズの戦いで戦死し、結局、彼女は母と共に権力者である伯父のもとへ身を寄せざるをえなかったこと。

「伯父の計らいでわたしはなんの不自由もなく暮らすことができた。わたしを実の娘のように扱ってくれた。伯父はわたしの父によく似ていたので、お父さまはまだ生きているんだと思いこむことさえあったわ。伯父が大好きだった」

でも、ときどき、召使いや客が不自然な事故で亡くなることがあったのだ、と彼女は語った。召使いたちは陰で噂《うわさ》をしていたが、彼女は伯父に疑念を持ったことなど一度もなかった。伯父さまを信用してはいけません、と母から注意されたあとも。ある晩、置き忘れた本を探していたとき、母の悲鳴を聞くまでは。

「戸口の隙間からのぞいていたら母が見えたの。伯父は母を彼のベッドに縛りつけていた。伯父は裸で、母をいたぶっていたわ……それも、不自然な方法で。母の喉を絞めていた。母は苦しみ、やめてと訴えていた」

アニーは母と伯父の言葉を繰り返しながら吐き気を覚えた。

――もう充分でしょ！　やめてください！

――充分かどうかはわたしが決める。マーラ、もうわたしの遊びにつきあいたくないというのであれば、おまえの愛《いと》しい娘と交代してもいいんだぞ。あの子にも母親と同じ苦痛を味わわせようか？

悲痛な涙がとめどなく頬に流れ落ちたが、アニーはそれすら感じなかった。「翌朝、母は亡くなった。喉に青黒い痣を残して。階段から落ちたのだと伯父は嘘をついた。わたしが見ていたことを知らなかったのね」

アニーは全身を激しく震わせながらさらに語った。彼女は侍女から借りたスカートに母の宝石類を縫いこみ、亡き父の弁護士を訪ねるつもりでグラスゴーへと向かった。

「でも、ベイン伯父に捕まってしまった。彼は侍女のベッツィを白状させて、わたしを追ってきたの。そして、わたしを赤の他人として判事に引き渡したあげく、宝石が見つかるように仕向けた。三週間もわたしは忌まわしい牢獄に入れられ、そこには男たちが……」アニーにはあの牢獄でのおぞましい体験をとても口にはできなかった。

「ある日、ベイン伯父が牢獄に来てわたしに選択を迫った。彼と一緒に館《やかた》へ帰るか、それとも、泥棒として焼き印を押され、流刑となるか。わたしはうちに帰りたかったわ！　何もかも元どおりにしたかった。目撃したことをすべて忘れてしまいたかった。でも、伯父は母を殺したのよ。いずれわたしも同じ目にあうのは時間の問題だった」

アニーは唾を飲みこんで吐き気を抑えようとした。「わたしが拒絶すると……伯父は看守たちにわたしの体を押さえこませ、そして……そして、自分の手でわたしに焼き印を押したのよ。それも、楽しそうな顔で！」

この最後の言葉でついに胃が耐えきれなくなった。彼女はベッドから飛び降りてバケツをつかみ、激しく嘔吐《おうと》した。膝の力が抜け、体が小刻みに震えていた。

頬に何かを感じた。

濡れた布。

イアンが彼女の顔を拭き、抱きあげてベッドに横たえた。

アニーはやわらかなクマの毛皮に寄り添って丸くなったが、震えはいっこうにおさまらず、イアンが彼女の嘔吐の後始末をし、ラム酒を注いでいることにほとんど気づかなかった。

——男はおまえを信じないぞ、アニー。誰ひとり信じるものか。

イアンが彼女の横に腰をおろした。「さあ、これを飲め」

アニーは起きあがり、わななく手でカップを受け取って口に含んだが、その味に身震いした。

「全部、飲み干すんだ」

ベイン伯父の言葉が容赦なく脳裏によみがえってきた。

——いずれ愛する男ができたとき、これを見れば……どんな男でもおまえを捨てるぞ。

アニーは絶望感と闘いながら話を続けた。「オールバニでホーズ夫妻がわたしを買い、年季奉公の証文にサインしたの。あそこで働きだして三カ月後にあの襲撃に出くわした。ホーズ夫人はわたしを憎んでたわ。乳搾りや靴下の繕い、料理、何ひとつわたしが知らないものだから、怠け者だと思われていた。彼女はわたしの服を奪って自分の服をわたしに着させた。革ひもで鞭打《むちう》たれたわ。彼女の悲鳴が聞こえて、そしてインディアンの雄叫《おたけ》びが聞こえたとき、わたしは……逃げたの」

イアンは隣にすわる女を見つめた。青ざめて震え、乱れた金髪が肩に広がっている。彼は慰めてやりたい衝動をこらえた。美しい緑の瞳も、なめらかな肌も、甘くふっくらした唇も、何もかも変わってはいない。だが、今の彼女は見知らぬ他人のようだった。

彼女はおれに嘘をついていた。何週間もおれを欺いていた。アニー・バーンズですらなかった！　この女は憎むべきアーガイル・キャンベルの一族なのだ。

一瞬、彼は黙りこんだ。聞こえるのは、暖炉で薪が燃える音だけだった。

「君は嘘をついていたわけだ」

「ごめんなさい！　あなたという人を知らなかったから。でも、できるかぎりの真実は話したわ」

「おれを知らなかったって？」心の動揺が怒りとなって一気に爆発した。「おれは君の命を二度も助けたんだぞ！　君のために血を流した。君の横で眠り、腕に抱き、しかも、君の貞操を守った！　おれは自分のことを正直に話した！　それなのに、この何週間ものあいだ、おれを信頼して真実を話す気にはなれなかったというのか？」

アニーが顔をあげた。目が涙できらめいている。「話したかったのよ！　あなたを信頼したかった。あなたに嘘をついているのが苦しくてたまらなかったけど、でも、信じてもらえないと思った。これまでだって、誰もわたしの話を信じてくれなかったんですもの。またどこかへ売られて、奴隷として殴られたり、もっとひどい目にあう危険は冒せない。わたしは忘れたかったの。人生を取り戻したかった。自由になりたかったのよ！」

その言葉はイアンの胸に響いたが、怒りのほうが激しく、耳を貸す余裕はなかった。「ミス・キャンベル、嘘つきの困るところはな、何を信じていいのかわからなくなることだ。ひょっとしたら、すべて君の言うとおりかもしれない。しかし、君は本当に罪人で、奴隷という境遇から逃れるためならなんでもする凄腕《すごうで》の大嘘つきかもしれないんだ。おれにどうしてわかる？」

「イアン、ごめんなさい。あなたをだましたり傷つけるつもりはなかったの。わたしを信じてちょうだい！」

アニーの苦悶の表情にイアンの心は大きく揺れたが、怒りはいっそう強くなるだけだった。「信じていいのか？」

彼は背を向けて床からシャツを拾うと、戸口へ向かった。

か細く、怯えた声が背後から呼びかけた。「わたしのこと、ウェントワース卿に話すの？」

イアンは返事もせずに外の闇に出ると、力任せにドアを閉めた。

ウェントワースはなぜか寝つけないまま、チェス盤をにらんでいた。白のクイーンをすばやく前に出し、今はその攻撃を黒のナイトでかわそうと考えている。

将軍を追い払うために無限と言ってもいいほどの長い時間がかかった。アバークロンビーは深夜零時を優に過ぎるまでマッキノン少佐を質問攻めにしたあげく、次は戦闘の分析と称してとりとめのない話をし、ウェントワースの秘蔵のブランデーをボトルの半分以上も飲んでしまった。

明朝、将軍が帰るのは本当にありがたいことだ。アバークロンビーの存在は無意味な混乱を招き、状況を悪化させるだけなのだが、ウェントワースにはほとんどどうすることもできなかった。あの男は指揮官なのだから。ウェントワースは叔父や祖父に泣きついて政治的な援助を求めたことは一度もない。どんな賞賛にも値するように自力で出世を勝ち取るほうが性に合っている。しかし、この戦争で見せつけられるアバークロンビーの愚かさにこれからも耐えていけるかどうか、むずかしいところだった。

なるほど、将軍がマッキノン少佐に延々と射撃演習をさせる光景は見ていて楽しかった。少佐をひどく怒らせたからというだけでなく、マッキノン少佐が並はずれた射撃の名手だったからだ。自分以外の誰にも決して認めはしないが、ウェントワースは少佐の戦闘技能に羨《せん》望《ぼう》を抱いている。彼自身、ライフル射撃の腕はそれほど悪くないのだが、射撃手としては少佐の足もとにもおよばない。レンジャー部隊は全員が射撃の名手だった。もっとも、彼は腹を満たすためにライフルを撃つような育ちはしていないから当然と言えば当然だが。

彼はナイトを進め、白のクイーンの進撃を阻止すると、今度はクイーンの次の動きを考えた。

アバークロンビー将軍の突然の来訪で最も腹が立ったのは、アニー・バーンズの問題にまったく時間を割けなかったことだ。楽しい夕食も彼女を観察するひまもなかった。だが、彼女は彼の頭から離れなかった。考えれば考えるほど、以前どこかで会っているという確信が深まった。しかし、そんなことがありうるだろうか？　あれほど美しい女なら記憶に残っているはずだ。それでも、会ったことがあるという漠然とした思いは消えなかった。

まるで父親のような関心を寄せて彼女を見守っているドクター・ブレイクからは、毎日、報告を受けている。軍医から話を聞くたびに興味は増していくばかりだった。彼女の優れた理解力、ひるむことなく病人や負傷者と向き合う能力、知り合いでもない男たちに親身になって尽くす姿。今晩、アバークロンビーと共に傷病兵を見舞ったとき、ウェントワースは自分の目で彼女の資質を確認した。

ほかにも見たものはあった。マッキノン少佐が無事かどうかという強い不安。彼がまだ生きているとわかったときの安堵と喜び。あの娘は彼を慕っている。心から。そうと知ってなぜいらだつのか、ウェントワースにもわからなかった。ふたりともスコットランドのハイランド出身で、アメリカの辺境に縛られ、ふたりとも未婚。お互い、結婚にはふさわしい相手だろう。しかし、マッキノン少佐はスコットランドの大氏族の孫で、古代ケルト族の王族の子孫だが、ミス・バーンズは表向きはただのありふれた庶民だ。

といっても、彼女は決してありふれてはいない。不潔と死がはびこる辺境で救出されたというのに、シェイクスピアを読んでいるし、テーブルマナーがわからないふりをしているのは一目瞭然だったし、スコットランドの小作農どころか上流階級にふさわしい優雅で落ちついた身のこなしだった。不可解なことばかりだ。彼女はただの農夫の娘ではない。ウェントワースは確信していた。

彼女がエリザベス砦を離れたがらないことも不思議でならなかった。みずからここで暮らすことを選んだ女など今まで会ったことがない。もちろん、非戦闘従軍者は別だが。ドクター・ブレイクの意見を参考にすれば、どうやらミス・バーンズはオールバニに戻ることを恐れているらしい。

遠からずその理由も明らかになるだろう。アバークロンビーが訪れた直後、ウェントワースは、彼女や一緒に暮らしていたという身内に関する情報を調べるために部下をオールバニへ派遣していた。彼らは生活物資を仕入れにときどきはオールバニまで行っていたはずだ。ミス・バーンズのような若い美人は簡単に忘れられるものではない。

そうとも、誰かが何かを覚えているだろう。

イアンの振るった両刃の大剣がモーガンの大剣と接触した。鋼と鋼のぶつかる衝撃が、手のひらから手首、肩へと伝わった。彼は弟の刃《やいば》をはねのけ、自分の剣を持ちあげてまっすぐ振りおろし、あやうく弟の頭蓋骨を割りそうになった。

モーガンは剣を地面に突き立て、怖い顔でにらみつけた。「いったい今朝はどうなっちまってるんだよ？　兄貴がおれの首を落としかけたのはこれで二度めだぞ！」

イアンは荒い息をついて剣をおろした。「おれはどうもなってない。おまえが不注意だからだ」

「兄貴の剣がおれの脳天に突き刺さってないのは、おれが注意をしていたからさ」

モーガンの言うとおりだとイアンは思った。「悪かったな。コナーと部下たちのことを心配してたんだ」

「これはコナーとは関係ない。彼女のことだ」

モーガンの言葉はどんな刃よりも深く突き刺さり、昨夜からずっとためこんでいた怒りが腹の底から噴きあがった。「彼女の話はするな！」

「今朝はマクヒューが彼女を連れて浮き橋を渡った。まるでひと晩、泣き明かしたような顔だったって、言ってたぞ。兄貴のせいなのか？」

イアンは弟の顔に向かって、アニー・バーンズはアン・キャンベルで、泥棒かもしれない嘘つきだ、と怒鳴りつけたかった。しかし、彼女を辱めるようなことはできないと気づいた。彼女の秘密をウェントワースに明かすこともできない。きっとウェントワースなら次の買い手に彼女を売り飛ばすだろう。腹は立っていたが、彼女が奴隷になることは考えるだけで我慢ならない。こうして真実はイアンの体内でよどみ、憤怒と苦悩とアニーへの消えない欲情をさらに深めた。

「やかましい！　その口を閉じてやろうか！」

「おっと、じゃあ、やる気だな？」すぐさまモーガンが大剣を両手で握りしめ、イアンめがけて力いっぱい振りおろした。その強烈な打撃をイアンはかろうじてかわしたが、受け損じていればまっぷたつになっていただろう。

しかし、イアンは子供のころからモーガンと剣を交えてきた。弟の強さも弱さも知り尽くしている。彼は強く打ち返し、後ろへと追いやり、鋭い一撃で弟の剣をたたき落とそうとしたが、モーガンも兄の動きを読んで反対に打ち返した。

ふたりは何かに取り憑《つ》かれたように闘い、互いに剣を振りつづけ、ついにはイアンの腕が痛み、心臓が激しく打ち、顔が汗にまみれた。鋼がぶつかり合う金属音は明るい朝の大気に鳴り響いた。いつしかレンジャー部隊の隊員たちが周囲を取り囲んでいたが、イアンの目には入らなかった。

そのとき、イアンの剣が手から飛び、モーガンの拳が顎に食いこんだ。気づくと仰向けに倒れ、息切れして朦朧《もうろう》となり、喉には弟の剣の切っ先が向けられていた。

「兄貴の負けだ」モーガンの額から汗が滴り落ち、息づかいが荒かった。「心がかき乱れてるときにこんな勝負はやるもんじゃない。いずれ死んじまうぞ」

イアンは弟の剣を払いのけると、胸いっぱいに息を吸いこんで立ちあがった。痛みのおかげで頭がすっきりしていた。彼はモーガンの肩をたたいた。「おまえの拳は強いし、剣の腕も大したものだ」

そして、彼は自分の剣を取りに行き、水を浴びるために河へと向かったが、じっと見つめる部下たちの視線を感じていた。

ウェントワースに会いに行って、偵察の任務を志願しよう。この砦から離れなければ。

22

アニーは燃えさしをかき混ぜて炉に薪を足した。暖かい春の一日だったが、薬湯を作るために湯を沸かさねばならなかった。ドクター・ブレイクは何か重要な用件でウェントワース卿に呼ばれていた。すでに薬草はきれいに洗い、近くのテーブルに置いた銅製のボウルに入れてある。

後ろではコナーとキリーが眠っていた。病舎に最後まで残ったふたりのレンジャー部隊員だ。どちらも高熱との闘いだったが、コナーは快方に向かっていた。彼自身の不屈の抵抗力と、例のものすごくしみる軟膏のおかげだった。キリーの腹のけがは幸いにも腸にまで達していなかったため、これも治りつつあったが、頭の傷はひどく化膿した。

イアンの部下のうち、さらにふたりが命を落とした。アルバンとヘイミッシュで、ふたりとも腹に銃弾を受け、鉛の毒が体内にまわったのだ。アニーは彼らの苦しみを和らげるためにできるかぎりのことをした。アヘンチンキを飲ませ、熱い額を冷やし、手を握り、そして、亡くなったときには泣いた。残りのレンジャー部隊員は、島にあるそれぞれの小さな小屋に戻れるまで回復し、直近の任務から仲間たちが帰還するのを待っている。

イアンが偵察にでかけてすでに六日になる。この六日間、アニーは毎日、彼のために祈り、彼の身を案じた。ことによると、今ごろ傷ついて倒れているか、命がけで戦っているのかもしれないのだ。森を抜けて砦にたどりつくまでの、あの長く恐ろしい旅路を思いだすと、またもや危険な戦地へと突き進んでいくイアンを考えただけで胸が悪くなった。

待ち伏せ攻撃を受けた翌朝、彼は出発した。彼が砦を出た理由の一部はわたしにあるのだろう、とアニーは思っていた。姿を見るのもいやなほどわたしは嫌われてしまったのだろうか？

憂鬱《ゆううつ》な物思いに押しつぶされそうで、彼女は炉から離れると、籠《かご》いっぱいの切り裂いた亜麻布を手に取って腰をおろし、布を巻いて包帯にする作業を始めた。眠気でまぶたが重かった。この一週間はどれほどがんばっても眠ることができなかった。少なくとも熟睡はまったくしていない。不安な夢と後悔の念に苛《さいな》まれ、寝ているよりも闇を見つめて泣いている時間のほうが多かった。

あの夜を取り戻せるならなんでもするだろう。口づけをやめさせ、彼のほうから嘘を暴かれる前に真実を打ち明けてさえいれば、ひょっとしたら、信じてもらえたかもしれない。許すと言ってもらえたかもしれない。でも、とっくに手遅れだったのだろうか？

あの人は結婚するつもりだと言ってくれたのよ、アニー。

求婚されたら受けいれていただろう。カトリック教徒で、ジャコバイト派で、イギリス国王を嫌悪する男だろうとかまわない。今はそんなことなど重要には思えなかった。そうよ、わたしは彼と結婚したろうに。そして、誰よりも幸運な女だと思ったろうに。

彼を愛しているから。

そうよ、わたしは彼を愛している。

彼の強さを愛し、勇気を愛している。その公平さ、部下たちを常に守ろうとする態度。まさにハイランドの大氏族の末裔《まつえい》だ。あの優しさも愛している。あれほど猛々《たけだけ》しくライフルや剣を振るう大きな手が、彼女の肌を愛おしげに触れる。あの藍色の瞳、なめらかで深みのある声、褐色に陽灼《ひや》けした肌を彩る魅惑的な入れ墨。男らしいにおいも筋骨たくましい体も、彼女を燃え立たせるロづけも、何もかも愛している。

でも、わたしは嫌われてしまった。

苦い悲しみがアニーの胸を突き刺し、息すらできず、まるで陽の光が消えてしまったように暗い。

どうしてこの焼き印のことを忘れてしまったのだろう？　どうしてあんなに不注意になってしまったのか？

何度も何度も自問したが、答えはわかっていた。彼の唇と手の動き、そして、結婚の約束が体にも心にも刻みつけられ、彼のほかには何も考えられなかったのだ。

でも、今は？

今の彼はわたしを泥棒と思っている。彼の目にそう書いてあった。

――ミス・キャンベル、嘘つきの困るところはな、何を信じていいのかわからなくなることだ。

イアンはまだ彼女をウェントワース卿に突きだしていないし、部下たちにも話していない。それには感謝すべきだと思っている。ウェントワース卿にわかれば必ずオールバニへ送られ、またどこかへ売られるだろう。手かせ足かせをはめられるかもしれない。二度と耐えられない屈辱だ。しかし、ウェントワース卿に何をされようと、レンジャー部隊員たちの優しい眼差しが底深い嫌悪でどす黒く染まるほうがよほどつらい。

蒸気が音をたて、湯があふれて炉火にこぼれていた。アニーは包帯の籠を横に置いて炉へと駆け寄り、片手にエプロンを巻きつけて炉のフックからやかんをはずした。そして、火傷しないように気をつけながら、薬草の入った銅製のボウルに熱湯を注ぎ、清潔な布でボウルを覆って浸出液の用意をととのえた。やかんをフックに戻したとき、不意に後ろから声をかけられた。

「先生はいるかな? 腹が痛いんだ」

驚いて振り向くと、すぐそばに陽灼けした若い兵士が立っていた。乱れた金髪を無造作に結び、制服はよれよれでだらしない。絶対に入浴が必要なほど臭かった。「ドクター・ブレイクは大佐のところに行ってます。よかったら空いているベッドにすわって先生を待っていてください」

男は舐めまわすようにアニーを見つめると、「ああ」と薄く笑って答えた。アニーはなんとなく不安になり、男から一歩後ずさった。「カモミールティーを淹《い》れましょうか？　腹痛に効くかもしれません」

男はうなずいた。視線が彼女の胸もとにはりついている。

アニーは男から離れる言い訳ができたことにホッとしながら、炉に向かって歩きだした。

ただの若い兵士なのよ、アニー。ビクビクすることはないわ！

背後から荒っぽい手が伸び、彼女の口をふさいで悲鳴をかき消した。

臭い息がアニーのこめかみに吹きかかった。「痛いのは腹じゃないんだ。おれのナニのほうさ。お茶なんぞより、あんたのよく締まったあそこへぶちこませてもらおうか」

イアンは苛酷なまでの速さで隊を進めた。わずか三日で彼らはタイコンデロガ砦までたどりついた。イアンは歩哨《ほしょう》を立て、モーガンを指揮官として残すと、少人数のグループを率いてラトルスネーク・マウンテンを目指した。頂上にたどりついて偵察してみると、逆茂木《さかもぎ》の設営が始まっていた。倒木や枝を積み重ねた防壁で、完成すれば小さなタイコンデロガ半島の端から端まで延びるだろう。明らかにフランス軍は攻撃が来ることを予測し、できるかぎりの守りを固めているのだ。

「それほど高いものじゃなさそうだが」ダギーが真昼の太陽に目を細めながら言った。

「あれよりずっと高いところから見おろしてるからだ」とイアンが説明した。

ジョゼフが頭をひょいと持ちあげてインディアンらしい指摘をした。「逆茂木の上に枝を投げてる兵士たちの様子を見ろ。あれはおまえの身長より高いぞ」

「乗り越えられるだろうか？」

イアンは望遠鏡をジョゼフに渡した。「城壁から大砲やライフルの弾を浴びてこっぱみじんになるだろうな。上からの攻撃がくまなくできるようにあれだけの防壁を築いてるんだ。もしアバークロンビーがこの死の落とし穴めがけて軍を進めるようであれば、全軍壊滅だろう」

彼らは敵軍の戦力を可能な範囲で分析した。そして、山をおり、交代で仮眠を取ってからエリザベス砦に帰還するために歩きだした。

もしイアンがこの偵察の旅でアニーのことを忘れようと考えていたなら、それは大きな間違いだった。森のなかを無言で歩きつづけるだけに、考える時間はありあまるほどで、彼女を思いだすきっかけは尽きることがなさそうだった。アベナキ族に追いつかれたときに彼が破壊したボートの残骸。彼女が彼の腕に抱かれて眠った丘の上。ついに戦闘に遭遇し、フランス軍から身を隠した岩場。

今度の任務に出発したとき、アニーはただの嘘つきで、自分が腹を立てるのは当然だと確信していた。彼女は何週間もおれをだましてきたのだ。殺人罪で絞首刑になりかけたおれの話を黙って聞いておきながら、自分の大きな秘密はじっと胸にしまっていた。彼女はおれの目を見つめ、結婚すると約束した言葉を聞いたのに、それでも口は開かなかった。体をゆだねる気にはなっても、キャンベルという本名すら明かそうとはしなかったのだ。焼き印に気づかれて初めて彼女は作り話を始めた。あんな話、信じると思うのか？

しかし、モカシンで一歩一歩、大地を踏みしめていくにつれて確信が揺らぎ、ついにはアニーを疑ったように自分自身にも疑問がわいてきた。

真実でないとしたら、あんなに恐ろしい話をどうやってでっちあげられるのだ？　女についてはよく知っているから彼女が処女だということはわかる。彼女が言ったとおり、たまま目撃でもしないかぎり、処女の娘にセックスの異常な行為までわかるはずがあろうか？本来は罪を犯した印として、親指や手首、頬といった人目につく場所に押すものなのに、太腿の内側に焼き印を押せと命じる裁判所がどこにあるだろう？

ずっとおかしいと思いつづけてきた多くの事柄がひとつにまとまりはじめた。

――伯父の計らいでわたしはなんの不自由もなく暮らすことができた。

両手にできたばかりの新しいたこ、や赤ん坊のようにやわらかな足は、何不自由のない生活を物語っているし、彼女の読解力やウェントワースの夕食の席になんの違和感もなくなじんでいたのもその証だ。イアンはもともと大氏族の館で育ったが、その彼でさえ、あのずらりと並んだ銀器をどう使うのか知らなかった。

――伯父は母を彼のベッドに縛りつけていた。母をいたぶっていたわ……それも、不自然な方法で。

おれをベッドに縛りつけるのかと冗談で言ったとき、彼女は真っ青になった。大きく見開いた緑の瞳には恐怖がみなぎっていた。

――ホーズ夫人はわたしを憎んでたわ。乳搾りや靴下の繕い、料理、何ひとつわたしが知らないものだから、怠け者だと思われていた。革ひもで鞭打たれたわ。

彼女の腰に黄色い縞《しま》模様の痣があったんじゃないか？

――またどこかへ売られる危険は冒せない。わたしは人生を取り戻したかった。自由になりたかったのよ！

イアンにも理解できることがあるとすれば、それは自由への渇望だ。おれたち兄弟だって、やってもいない犯罪の濡《ぬ》れ衣《ぎぬ》を着せられたんじゃないのか？　イギリス国王の孫に当たる権力者を退け、カトリックのハイランド人三人を信じる者などいるわけがないとわかっていたからこそ、おれたちはウェントワースのために戦わざるをえなかったのではないか？

――あなたに嘘をついているのが苦しくてたまらなかったけど、でも、信じてもらえないと思った。これまでだって、誰もわたしの話を信じてくれなかったんですもの。

なによりも、彼女が話していたときのあの様子――とめどない涙で頬を濡らし、体は震え、嘔吐までした。演技であれだけのことができるというのか？　打ち明けざるをえなくなってさぞかしつらかったことだろう。それなのに、おれは同情のかけらさえ示さなかった。

「いくら急いだところで、敵軍の待ち伏せに出くわしたら彼女のところに早く帰れないぞ」

ジョゼフがマッヘコンネオク族の言葉で話しかけた。イアンにしか聞こえないほど低い声だった。

あるいはイアンがそう思っただけかもしれないが。

「いったいどんなバカなことをやらかしたのか知らないが、ここで死んじまったらやりなおしはできないしな」とモーガンが同意した。「もっとゆっくり歩けよ、兄貴。アニーのことは忘れて行軍に集中しろ」

イアンはカッとなった。「おれが何かバカなことをしたとどうしてわかる?」

「後悔してると顔に書いてある」とモーガンが言った。

「そんなにはっきりと?」

ジョゼフとモーガンが同時に答えた。「ああ」

そして、イアンが避けたいと望んでいた質問をジョゼフがぶつけてきた。「ここでおれたちに話すか、それとも、砦に戻るまでずっとおれたちで当てっこでもしていくか?」

イアンはアニーの正体を暴きたくはなかったが、ふたりとも、秘密は墓まで持っていく男たちだとわかっていただけに、いつのまにかすべての経緯を語っていた。話していくうちに、ますます自分がアニーにひどいことをしたという自覚が深まった。

「で、おれは彼女に背を向けて出ていった。おれが彼女をウェントワースに引き渡して、またどこかへ売られると思わせてしまったわけだ」

一瞬、ジョゼフもモーガンも無言だった。森の土を踏みしめる静かなモカシンの音だけが響いた。

やがてジョゼフが息を吐いた。「おまえさん、昔からそんなふうに女には疎かったのかい？」

モーガンが小さく罵声《ばせい》を洩《も》らした。「おれにはほとんど想像がつかない恐怖だ。身内である伯父に裏切られ、その手で焼き印を押され、奴隷として売り飛ばされた相手には鞭打たれ、そのあげく、殺されかけた。あそこまで強い女なんて普通はいないぞ」

「ああ」汚物と悪臭、そして、彼女自身、口にするのも忌まわしいと思った下劣な男たちに囲まれて、ひとり牢獄にいたアニーを想像すると、イアンは胸が悪くなった。彼女の脚を広げ、真っ赤に燃えた焼きごてを当てた伯父のことを考えると、ますます吐き気がしてきた。

「つまり、彼女はキャンベル一族なのか」モーガンがにやりと笑った。「マッキノンやキャメロン、マクドナルド、マクヒューなんて名前ばかりのキャンプで、その名前を秘密にしたいと思うのは当然だよな」

「キャンベル」ジョゼフが繰り返した。「それは敵方の一族なのか？」

「そうだ」イアンは一世紀におよぶスコットランドの歴史について説明する気分ではなかった。

「だから、彼女はウェントワースを知ってたんだ」モーガンが口をはさんだ。「彼女は明らかに彼が誰なのかわかってるものな」

イアンはそれについても考えたくなかった。「問題は、彼女がおれに嘘をついていたってことだ」

「彼女の立場だったら兄貴ならどうした？　アメリカの辺境でひとりぼっちの女だぞ」モー

ガンが非難がましい渋面をイアンに投げた。「彼女は生き抜こうとしてたんだよ」

正直、イアンにはわからなかったし、だからこそよけいに気になるのだ。

次はジョゼフが非難する番だった。「彼女、おまえさんが絞首刑になる身だってことは知ってるのかい？」

「ああ」

「で、キスしてる相手が人殺しだと知ったとき、彼女はどんな反応をした？」

「でも、おれは人殺しなんかじゃない！」

ジョゼフがイアンと目を合わせた。その黒い目は冷ややかだった。「どうしてそれが彼女にわかる？おまえさんなんぞよりよほど心の温かい女性と出会って運がよかったな、この鈍感野郎」

アニーは男から逃げようとしたが、片腕を背中にねじあげられ、倉庫のほうへ押しやられた。

「言うとおりにしないと、もっと痛い目にあうぞ！」それを実証するかのように男はさらに強く腕をねじった。

強烈な痛みが肩に走り、一瞬、アニーは骨が砕けるのではないかと思った。助けを求めて叫ぶことも男の手を振りほどくこともできず、男に押されるまま歩くしかなかったが、なんとか抵抗する手立てはないものかと必死に頭を働かせた。

倉庫の床で強姦《ごうかん》されると思った。だが、男はあまりにも急いでいた。彼女を大きなラム酒の樽《たる》にかがませ、体で押さえつけた。

そして、彼女の腕を放すと、スカートをめくりあげ、左右の脚を蹴《け》って大きく広げさせた。アニーはどす黒い恐怖に取り憑かれた。こんなことが起こるなんて嘘でしょ！

「なんだ、これは？　焼き印か？」男が低い声で笑った。「なるほど、マッキノンの女は罪人なんだ。おまえ、娼婦だったんだろ。この焼き印はその印なんだな？」

パニックで死にもの狂いになったアニーは男の向こうずねを蹴りつけ、口をふさいでいる手に爪を立て、血が出るまで噛《か》んだ。

「痛っ、このアマ！」男がアニーの口から手を離した。

彼女は悲鳴をあげた。

男がアニーの首の後ろに肘を打ちつけ、彼女は目がくらんで気が遠くなった。「静かにしろ。でないと、首の骨を折ってやるぞ！」

男がズボンのボタンをはずす音が聞こえた。アニーは朦朧とした意識と苦痛にもかかわらずなんとか抵抗しようとした。しかし、男のほうが重く、力もはるかに強かった。後ろから押さえつけられているため、殴ろうにも手が届かない。

「おまえも楽しんだほうがいいぜ。おれは楽しませてもらうさ」

「脳みそが壁に飛び散ったんじゃそうもいかないだろうよ」

一瞬、イアンの声かとアニーは思った。だが、次の瞬間、男は彼女を勢いよく引き起こして盾のように自分の前に突きだし、彼女の首に片腕をきつく巻きつけた。

コナーだ！

ズボン下一枚で、右肩に包帯を巻いたコナーが左手に銃を持ち、すでに撃鉄を起こしていた。「彼女を放せ。さもないと、頭を吹っ飛ばす」

「兄貴の娼婦を殺したらどうする？」

コナーの顎の筋肉が引きつり、目つきが険しくなった。「おまえら正規兵は射撃が下手だよな？　おれたちレンジャー部隊は絶対に的をはずさない」

アニーは男の胸の鼓動が速くなり、体がこわばるのを感じた。同時に彼女自身の脈も速くなった。

兵士はコナーめがけてアニーを力任せに突き飛ばし、アニーとコナーはそろって床に倒れた。コナーは自分の体でアニーを受けとめたが、その衝撃で手から拳銃が飛んだ。音をたてて床に落ちた銃はベッドの下まで滑りこみ、もはや拾うのは無理だった。

コナーはすぐさま起きあがった。兵士が体当たりし、ふたりは床に倒れて殴り合った。しかし、コナーの体力は高熱と失血ですでに弱っている。たちまち兵士に組み伏せられた。

アニーはあわてて周囲に目をやり、テーブルからアヘンチンキの瓶を取ると、その重いガラス瓶を兵士の頭に振り落とした。男は床に倒れこんで動かなくなった。

安堵のあまり力が抜けたものの、アニーは倒れているコナーのそばに駆け寄り、ひざまずいた。「傷はだいじょうぶ？」

彼はゆっくりと上体を起こし、下唇の血をぬぐった。「ちょっとプライドが傷ついただけだよ。もっと早く助けられなくて悪かったね。ごめん」

アニーはコナーの頬を手のひらで支え、顔の血をエプロンで拭《ふ》き取った。「謝ることなんてないわ、コナー。もしあなたがいなかったら……どうしましょう！」

震えが全身を走り抜けた。

コナーが彼女の頬から髪を払いのけた。「もう考えないほうがいいよ。でも、とりあえず片づけないと。おれの銃を拾って、それからウェントワースを連れてきてほしい。このクズ野郎はあいつの兵士だからね」

アニーはコナーに言われるがままによろめく足で駆けだしたが、そのときになって気づいた。

あの兵士は焼き印を見たのだ。ウェントワース卿に必ず話すだろう。

アニーは病舎にいるはずなので、イアンは河で体を洗い、装備一式をモーガンの小屋に預けると、砦に入っていった。報告のためにまずウェントワースを訪ねると、すぐに入室を許された。彼は収集した情報を手際よく説明した。一刻も早くアニーのもとに行きたくてたまらなかった。彼女に言うべきことも話し合うことも山ほどあるのだ。

そして、やりかけていたことの続きにも取りかからねば。仰向けに寝そべったアニーはあらわな胸に口づけを受け、彼は彼女の腿のあいだにいたのだ。

「こちらが攻撃する前にあの逆茂木の防壁が完成してしまえば、地上からタイコンデロガ砦に侵攻するのは不可能だろう。今のところ、集結している人数はわずか三千。攻撃するなら早いほうがいい。逆茂木が完成し、敵軍の数が増えてからでは手遅れだ」

ウェントワースはライティングテーブルに向かってすわり、ワインのグラスを傾けながら冷静な目でイアンを観察していた。「アバークロンビー将軍の意見は反対だ。圧倒的な数で上回る軍こそ答えだと将軍は信じているし、一万五千の軍勢を集めるまで待ちたいと考えている」

「アバークロンビーは能なしだ。それはあんただってわかってるだろう」

「少佐、そのような判断は君が下すべきものではない」

「ああ、たしかに。おれには戦闘の作戦や時期を選べないが、しかし、命を落とすのはおれの部下たちだ。そうだろ？」イアンはかがみこみ、鼻と鼻がくっつきそうなほど間近まで顔を近づけた。「ひとつはっきり言わせてもらうがね、レンジャー部隊からはただの一兵たりともあの砦の攻撃には出さないぞ」

一瞬、沈黙が流れた。

「それだけか、少佐？」ウェントワースの声は波ひとつない湖面のように穏やかだった。

「ああ」イアンは退室の許可も待たずに背を向け、戸口へ向かった。

ウェントワースの声がほんの少しばかり高くなった。「もしミス・バーンズを探しているなら病舎にはいないぞ」

イアンは途中で足を止め、上官に向きなおった。一日じゅう感じていた不吉な予感が一気に爆発した。「彼女はどこだ?」

「午後の時間のほとんどを二階で過ごした。わたしの部屋でね」ウェントワースが何かを鼻に近づけ、かぐわしい香りでも楽しむように目を閉じてにおいを嗅いだ。

アニーのリボン。

ウェントワースの言葉とそのリボンで、イアンは拳骨を食らったような衝撃を覚えた。アニーがウェントワースの部屋にいただと? その印として彼女はリボンを残していったのか?

アニーにそんな真似ができるわけはないと否定し、ウェントワースの小細工にすぎないと自分に言い聞かせても、それでも嫉妬《しっと》の炎がイアンの胸に燃えあがった。

おまえは泣いている彼女に背を向けて出ていったんだぞ、マッキノン。彼女がおまえに恋い焦がれているとでも思うのか? 待っていると思うのか? ジーニーがあっさり心変わりしたことをもう忘れたのか?

イアンは心のなかの声を押し殺した。

「つまらないゲームはやめてもらおう。彼女はどこにいる?」

「あいにくだが、彼女は君が任務にでかける前ほど無垢《むく》な乙女ではなくなった」

激しい怒りで耳鳴りがし、イアンはわずか三歩でドアまで行った。高慢な卑劣漢のレース飾りをつかんで首を絞めたかったが、それをこらえるだけで精いっぱいだった。「もし彼女を汚したのであれば、どんな階級や家柄であろうとおれから逃げられると思うな！　彼女はどこだ？」

ウェントワースは手にしたリボンに目をやった。「君の小屋に戻ったはずだ。疲れきっている様子だったからね」


マッキノン少佐が憤怒に駆り立てられた足取りで砦から出ていく様子を、ウェントワースは窓からながめていた。期待どおりに少佐がひどい過ちを犯してくれるといいのだが、と彼は思った。

たいていの人間は予測がつくものだ。マッキノン少佐の場合はそれがなかなかむずかしいのだが、だからこそ興味もあるし、勝負の相手として不足はない。だが、今日の彼はウェントワースが望んだとおりの反応を示してくれた。誇張したり歪曲《わいきょく》する必要すらなかった。

たしかにミス・バーンズは彼の部屋で午後のひとときを過ごしたが、そこで休めと彼女に強く勧めたからだ。それに、あやうく強姦されそうになったのだから、六日前に少佐がでかけたときほど無垢な乙女ではなくなったのも事実だ。リボンが髪から落ちたのはまったくの偶然だった。しかし、彼の宿舎に泊まるよう説得することはできなかったし、彼女がマッキノン少佐を思っていることは明らかだった。

だが、彼女はとても不安定な心理状態にある。嫉妬で怒り狂った、体格のいい大きなハイランド人に詰め寄られたら、いったいどんな反応を見せるだろう？　彼女なら我慢するだろうか？　それとも、彼の理不尽な怒りに耐えきれず、ふたりの絆《きずな》は破れ、ウェントワースに保護を求めてくることさえありうるか？

彼は後者を望んでいた。

23

アニーは肌着姿で暖炉の前にすわり、ほとんど乾いた髪に櫛《くし》を入れながら、気持ちを静めようとしていた。こなごなに砕けそうな心をかろうじてつなぎ止めようとしていた、と言うべきかもしれない。ブレンダンが水を運んでくれたおかげで風呂には入れたが、二度と清潔な気分にはなれそうになかった。あの兵士の手が触れた場所は今でもすべてわかるし、臭い息のにおいも悪意に満ちた声も頭に刻みこまれている。

――お茶なんぞより、あんたのよく締まったあそこへぶちこませてもらおうか。

わたしはもっとひどい目にあってきたんじゃなかったの？　そうよ、たしかに。でも、たぶん、あれでおしまいだったわけじゃないのね。あの夜、お母さまがベイン伯父に殺されて以来、わたしを支えてくれる確固たるものは何ひとつなく、安息の地はどこにもなかった。何も信頼できなかった。頼りにできるものは何もなかったのだ。

イアンとレンジャー部隊を除いて。

でも、すでにイアンを失ってしまった。そして、彼の部下たちとの友情まで失おうとしている。彼女を襲ったあの兵士がウェントワース卿に焼き印のことを暴露するか、あるいは、イアンが話すにちがいない。やがて彼女の本名が知れわたり、過去何週間もあれだけ親切にしてくれた男たちの軽蔑《けいべつ》の的になるだろう。数少ない友人を失ってしまう。またひとりぼっちになるのだ。

　こういう事件が起こるからこそ、彼女は病舎で働くこともエリザベス砦にとどまることもできないのだと、ウェントワース卿から言いわたされることを恐れていた。もっと恐れていたのは、あの正規兵がすぐに焼き印についてウェントワース卿に訴え、そのために尋問を受けるか、あるいは、ドクター・ブレイクに身体検査をされることだった。しかし、これまでのところ、どちらの事態も起きてはいない。ウェントワース卿は完璧な紳士で、恐怖の体験について話しているあいだも常に丁重な扱いをしてくれたし、襲った兵士には相応の罰を下すと約束したうえ、二階の客間でしばらく休んでいきなさいと強く勧めてくれた。どうやらあの兵士は何も話していないようだ。焼き印が彼女の秘密だと知らないせいか、あるいは、焼き印を見たと認めれば罪を自白したことになり、自分から絞首台へ行くはめになるからかもしれない。

　つまり、今日はこれで終わったということだろう。でも、こんなことにずっと耐えて生きていけるのだろうか？　常につきまとう恐怖、不確実な人生、孤独。ベイン伯父に押しつけられた運命から永遠に逃れられると期待していいのか？

イアンの小屋に戻り、彼の所持品や香りに囲まれていると少しは心がなごんだ。タイコンデロガ砦への偵察任務はたいてい六日はかかる、とブレンダンから聞いている。つまり、イアンが今夜にも帰ってくるかもしれないということだ。彼の愛情まで期待するのは無理だろうが、せめて彼の無事は確認できる。

そのとき、大きな音と共にいきなりドアが開き、ドアは勢いあまって壁にぶつかった。アニーはハッとして飛びあがった。心臓が大きく打っていた。

彼が戸口をふさぐように立っていた。

「イアン！」彼が無事に生還したと知って安堵の喜びがあふれ、不安や悲しみが吹き飛んだ。「あなた、帰ってきたのね！　無事だったのね！」

イアンの髪は濡れ、ひげはきれいに剃《そ》っているが、トゲのある目つきでアニーの全身を見つめている。

彼女は身震いした。

彼はアニーを見据えたまま、通りがかったひとりの隊員に肩ごしに怒鳴った。「マクヒュー、モーガンに隊の指揮を取れと伝えろ。今夜、おれのじゃまをするやつは誰であろうと鉛弾をぶちこんでやるからな！」

「はい、隊長」

そして、イアンはドアを閉め、掛け金を掛けた。

そのときになってようやくアニーは彼の表情に気づいた。不機嫌で険しく、重苦しい怒りを含んでいる。

不安が悪寒となってアニーの全身に走った。「イ、イアン?」

六日間を荒野で過ごしても、それでもわたしへの怒りは解けなかったのかしら?

彼はゆっくりとアニーに近づき、歩きながらシャツを脱ぎ捨てた。「アニー、ハイランドの古代の歴史を知ってるか?」

アニーは不安を感じ、無意識のうちに後ずさりしたが、ワインレッドの乳首や黒い胸毛からはどうしても目をそむけることができなかった。彼女は「ええ」と答えた。

彼は手を腰にやり、二丁の拳銃とハンティングナイフをすばやく取りはずし、テーブルに置いた。「だったら、ハイランドの氏族の物語を聞いたことがあるだろう。欲しかった女が別の男に奪われたとき、彼らがどうしたか、という話を」

アニーはなぜこんな話題を持ちだすのかと思いながら彼の目をのぞきこんだ。「ええ」

「彼らはどうした?」イアンはすでにアニーのすぐ前に立ちはだかり、存在感で圧倒していた。

「イアン、なぜ……?」と言いかけた言葉は、イアンの手がズボンをおろしはじめたとたんに途切れた。

「男たちは力ずくで女を奪い返し、自分のものにしたんだ」

手際よい動きで彼はひもをゆるめ、やわらかな革ズボンを腰から太い股へと引きおろした。彼のペニスは巨大で、黒く縮れた恥毛から太く硬い棒のように下腹部へと突き立っていた。その下には睾丸《こうがん》が重そうにぶらさがっている。

男の体のその部分をアニーは見たことがなかった。こんな状態になっているのを見るのも、もちろん、初めてだ。肉体の美しさに深く心を動かされはしたが、これほど大きなものを女性の体内に入れればさぞかし痛いだろうと驚嘆した。

そして、愕然《がくぜん》とした。

この人はこれをわたしのなかに入れるつもりなんだわ。

胸がドキドキし、口のなかが乾いた。

彼がズボンと一緒にモカシンも蹴り脱いだころにはアニーの呼吸が荒くなり、体が震えていた。「あ、あなた……まさか……わたしと寝るつもりなの?」

「察しのいい娘だ」彼はアニーの髪の房を指先にからめ取り、鼻に当ててにおいを嗅《か》いだ。「あいつのにおいを洗い落としたんだな」

あの兵士のことだ。わたしを強姦しようとした兵士のことを言っているにちがいない。脈は乱れ、息は切れていたが、なんとか意志の力で彼女は答えた。「え、ええ、そのつもりだったけど」

「けっこう。君をほかの男と共有するなんて我慢ならない!」

強姦しようとした男にどうして嫉妬心を燃やすのか不思議に思っているひまはなかった。彼はアニーに覆いかぶさると、唇を合わせるなり口の奥深くまで舌を押しこんだ。

これは優しい恋人のキスなどではなかった。性急で荒っぽく、粗野だった。

しかし、どういうわけか最高だった。

ああ、どれほどこの人が欲しかったことか！　どんなに必要としていたことか！

アニーはうめきながら口づけを返していた。この六日間の動揺や強姦未遂の恐怖は燃え尽き、彼と少しも変わらない強烈で狂おしい情熱だけが残った。

舌と舌がからみ合い、互いに口を求めて争った。ふたりがそれぞれの息を奪った。アニーはイアンの体をまさぐり、鋼の筋肉やなめらかな肌の感触を楽しみ、イアンの手も忙しく彼女の体を探った。

「君はおれのものだ、アニー！」彼の声はしゃがれ、熱い息が喉に吹きかかり、耳の下の敏感な皮膚を軽く噛んだときはさらに息が熱くなった。

アニーは独占欲のみなぎる彼の言葉にうっとりし、みずから彼の口の下に喉を差しだした。女としての本能がこのまま身をゆだねろと促している。彼の拳が胸のあいだに差しこまれた。そして、力がこもったと思った瞬間、肌着を引き裂かれる音が聞こえた。布地がさらりと滑り落ち、アニーは彼の腕のなかで裸になった。

「ああ！」アニーはあえいだ。乳首にすりつけられる胸毛の快い感触。下腹部に押しつけられた熱いペニスの衝撃。たこだらけの手のひらで肩から背中、腰を撫でまわされるざらついた愛撫。膝から力が抜け、彼女はすすり泣くような声を洩らして彼に寄りかかった。

うめき声と共にイアンは彼女のむきだしの腰を手で覆い、体を密着させたままかかえあげてベッドへ運び、やわらかいクマの毛皮の上にふたりで横たわった。

どうして今、こんなことをするのだろう、とアニーの頭のなかで小さな声が問いかけたが、彼女はそれを払いのけた。どうでもよかった。イアンが忘れさせてくれた。ふたたび自分の体が清潔になった気分だ。そして、彼の熱いキスが喉から乳房へと移ったとき、生涯でこの瞬間を待っていたのだと彼女は確信した。

イアンは獰猛《どうもう》なハイランドの血を感じつつ、腕のなかで震え、すすり泣くこの女性をいくら味わってもまだまだ足りないと思った。本当は性欲のおもむくままに彼女を罰するつもりだった。彼女の頭からウェントワースへの思いをかき消し、今度こそはっきり自分の女だとその体に刻みつけるつもりだった。しかし、彼女は彼の相手としてふさわしいどころではなかった。その情熱的な反応が彼を挑発した。おとなしく従う態度が彼を燃え立たせた。彼女の欲求を表わす麝香《じやこう》のような香りが彼を熱狂させた。

イアンは頭を持ちあげてアニーの姿をじっくりとながめ、その美しさにほとんど呆然《ぼうぜん》とした。勃起したペニスは痛いほど張りつめている。彼女は目をきつく閉じ、黄金色の髪が黒いクマの毛皮一面に陽の光のように広がっていた。つややかに輝く肌。固く締まって盛りあがるピンク色の乳首。まるで彼の唇を待ち受ける熟れた果実のようだ。

うめき声と共に彼は頭をさげ、ふっくらとした豊かな乳房を両手で揉《も》みしだきながら片方の乳首を舐めた。ハッと息を呑む音が聞こえ、彼女の体がのけぞるのを感じた。そこで彼は顔をさらに近づけ、片方の乳首を吸ってはまた次にもう片方の乳首を吸い、しゃぶった。

「ああ、イアン！」アニーは彼の髪をつかみ、体を弓なりに反らした。

彼はいったん頭をあげると、ピンと張りつめて濡れた乳首に息を吹きつけ、いっそう固く締まる様子をながめた。

彼女はあえぎ、身を震わせた。なめらかな腿《もも》をしっかりと閉じている。彼がそこにかき立てた疼《うず》きを懸命に静めようとしているのだ。

彼はその膝《ひざ》のあいだに手を入れて左右に割り、彼女に休む余裕を与えなかった。「だめだ。解放するのはまだまだこれからだ」

「ああ、イアン、お願い！」彼女は腰を反らし、それと知らずに甘い官能的なにおいでイアンの興奮を誘った。

彼女の要求を受けいれるには彼自身の欲求を抑えなければならない。だが、すでに体がこなごなに破裂しそうなほど強烈な欲望がふくれあがっていた。彼はアニーの叫びを口で呑みこみ、内腿の柔肌に片手をゆっくりと滑り入れた。指に焼き印が触れ、アニーがこわばるのを感じた。

「気にすることはないさ」彼はさらに口づけを深め、アニーの口の内側を舌で撫でまわしつつ、彼女の肉に無惨に焼きつけられたTの文字を指先でなぞった。

しかし、彼が探しているのはこの傷跡ではない。

彼は濡れた秘部の襞《ひだ》に拳をこすりつけて外唇を開き、すべすべした内側の陰唇を優しく引っ張ると、ふくらんだ小さなクリトリスの先を指でなぶった。そして、彼女自身を開き、その熱い内部へと一本の指をゆっくりと押しこんだ。

アニーの口から出た驚きの叫びはゆるやかな長いうめき声に変わり、イアンの肩の筋肉に彼女の指が食いこんだ。「イアン！　ああ、イアン！」

「よく濡れてるよ、アニー。ものすごく濡れている」

そして、固い。

処女膜だ。

無傷だった。

ウェントワースが何をしたにせよ、純潔は奪われなかったのだ。

イアンの全身にあふれかえった欲望のうねりはほとんど暴力に近い激しさだった。彼女の初めての男であり、唯一の男になることが自分にとってどれほど大きな意味を持つのか、このときになってイアンはようやく気づいた。

彼は切れ切れになった自制心にかろうじてしがみつきながら彼女を愛撫し、最初は一本、次に二本の指をねっとりした内部に入れては出した。彼女をみずからの滴で濡れさせ、腫《は》れたクリトリスを親指で円を描きながらさすり、彼を受けいれる用意をととのえた。疼くペニスに彼女の締まった膣《ちつ》がどう反応するか、考えただけで頭がおかしくなりそうだった。そう長くは待てないだろう。

「処女としての最後の瞬間をじっくり味わうといい。もうすぐ君のなかに入るからね」

その言葉に興奮と恐怖を同時に感じたアニーは目を開けた。イアンが彼女を見おろしていた。その目は黒っぽくなり、野獣のような表情がかいま見えた。「でも、イアン……」

「黙って。いずれこうなることは前から言っておいたはずだ。今夜こそ君はおれのものになる」そして、彼はアニーの乳房を口に含んで焦らした。

アニーは愉悦に溺れた女のうめき声を聞いたが、やがてそれが自分の声だと気づいて驚愕した。だが、彼女の体内にイアンの指がもたらす刺激はまったく未体験のものだった。指を突き入れられるたびに彼女は広がり、体の奥で疼く欲求が満たされると確信した。ただし、その欲求はますます耐えがたいものになっていく。どこよりも敏感な部分を刺激されて子宮が震え、下腹部を炎で満たした。いつしか恥じらいも忘れ、腿を大きく広げ、彼を迎えようと腰を持ちあげていた。

イアンがうめき、彼女の耳たぶを噛んだ。「そうとも、アニー、おれのために体を開いてくれ！」

われを忘れた悲鳴がアニーの口から洩れ、イアンの指は容赦ないリズムを刻んで彼女を責め、奥へと突き入れ、絶頂の縁へと追いこんだ。

しかし、絶頂を迎える寸前、彼はアニーの脚のあいだに体を移し、自分の腿を使って彼女の腿をさらに押し広げた。やがて、彼女は太いペニスの頭が疼く股間に当たるのを感じた。

彼を迎え入れたい。なかに入ってきてほしい。それでも、不安を感じずにはいられなかった。「い、痛いの？」

「愛しいアニー！　痛くしないようにするけど、でも、君はあまりに……」

その声が途切れてしゃがれたうめきに変わった。彼はわずかに腰を動かして硬いペニスの先端をアニーのなかに軽く押しこんでから抜いた。そして、また少し押しこんで抜いた。そうやって何度も繰り返しながら少しずつ彼女をゆるめ、ゆっくりと広げていったが、やがてこの動きは官能的な責め苦となった。

いつのまにかアニーはうめいていた。「イアン、お願いよ！」

次の挿入はきつく感じられ、彼が処女膜まで達したのだとわかった。

「ああ、アニー！」一瞬、彼は動きを止め、アニーの純潔を奪う手前でとどまった。緊張感がさざ波となって全身に広がり、噛みしめた歯の隙間から息が洩れた。そして、最後にゆっくり突き入れてアニーの処女膜を破った。

痛みは強烈だった。

アニーは悲鳴を噛み殺し、目をきつく閉じて、本能的に腰を引こうとした。

「だいじょうぶだよ、痛みはすぐに消えるから」イアンはまだなかに入ったまま、アニーの頬やまぶた、首すじに優しいキスの雨を降らせ、英語とゲール語、そして、彼女の知らない言語で愛情の言葉をささやきかけた。彼の体も声も張りつめていた。

だが、痛みは薄らいだものの、これで終わりではないのだとアニーは気づいた。まだペニスの頭が入っただけなのだ。「ねえ、イアン、わたしには無理だと……」

「だいじょうぶだ。君はおれを受けいれる運命なんだ。体をおれにゆだねてただ感じればいい」イアンはいったん抜いてから、じわじわとなかに入っていった。

今度は痛みではなく、満たされる興奮を感じた。彼女はその喜びに泣き声をあげ、イアンの胸に手を押し当てた。

「ああ、すごい！」イアンはうめき声と共にまた抜くと、もう一度、奥まで完全に挿入し、熱いキスと言葉を交互に浴びせかけた。「君は……本当に……完璧だ！」

アニーは子宮にまで彼が届いたと思った。彼の体が彼女の体を隙間なく埋め尽くした。あまりにすばらしい。たまらない充足感。そして、イアンが動きはじめた。彼の体が彼女の上を滑り、奥深くへと入り、彼女の体内にリズムを生みだし、わずかに残った理性は吹き飛んで魂まで燃えあがった。

イアンは無理やりひと息つくと、このまま絶頂に達したいという肉体の衝動を抑えつけ、アニーに可能なかぎりの喜びを与えてやろうと決めた。彼女を傷つけるつもりはなかったし、痛みを味わわせないように精いっぱい努めた。でも、彼女はおれに処女を贈ってくれたのだ。今度はそのお返しに男の愛の豊かさを存分に示してやろう。

彼はゆっくりとなめらかな動きを繰り返し、アニーをその感触に慣れさせ、彼女の欲望をかき立てた。彼女は目をなかば閉じ、開いた唇から歓喜の声をあげた。しゃがれたうめき声に混じって彼の名前を叫んだ。彼はアニーの首すじにキスし、耳の内側を舐め、耳たぶを噛み、ほてって湿った肌に愛の言葉をつぶやいた。

すでに彼女は彼をきつく包み、拳でつかむように強く締めつけはじめている。腰を浮かせて彼の挿入を受けいれ、動きのリズムに自分から合わせていた。その彼女のほてった体が彼を燃え立たせ、息づかせる。下腹部が絶頂を予感して奮い立ち、今にも達しそうだった。しかし、その誘惑に負けるわけにはいかない。どうしても。今はまだ。

彼は奥深く挿入すると、なかに入れたままペニスの付け根をアニーの恥丘にこすりつけた。「じっくり味わうといい、アニー。君が達するところを見せてくれ」

「ああ、イアン！」アニーの叫びは金切り声になり、爪が彼の肩に食いこんだ。

やがて彼女の息が途切れ、体がのけぞり……そして、砕け散った。

イアンは彼女の悲鳴を唇でふさいだ。ペニスが強烈に締めつけられ、残っていた自制心をあやうく失いそうになった。

アニーの体のなかで猛《たけ》り狂うように歓喜が爆発し、何度も何度もイアンの名を叫んだ。野火のように喜びが全身を燃やし、ほとんど耐えきれない衝撃が体を貫いたが、なおもイアンは深く巧みな動きで炎を吹きこみつづけていた。やがて、彼女は宙に浮きあがった。暖かい微風に誘われた羽のように。

彼の息づかいで彼女はわれに返った。目を開けるとイアンが彼女を見つめていた。眉間の皺には汗の滴がたまり、長い黒髪が汗に濡れた胸や頬に貼りついている。口づけしたせいで唇が腫れ、奥歯を噛みしめた顎《あご》には無精ひげが伸びはじめていた。胸も肩も、入れ墨が入った腕も、すべての筋肉が硬く隆起している。

まさに原始の男そのものに見えた。猛々しく、精力がみなぎり、攻撃的。戦士だ。ハイランドの戦士。

わたしの戦士。

そして、彼とわたしはひとつになった。彼はまだわたしのなかにいる。肺の息をいっぺんに吐いた。「イアン！」

彼はふたたび動きはじめ、消えたと思っていた火をまたもや彼女の体内に燃やした。だが、今度の動きは前とは違い、力強かった。アニーにも新たな喜びがつのりはじめたが、イアンがどれほど我慢していたのか気づいた。

彼にはもうわたしの情熱がわかった。今度はわたしが彼の情熱を知る番だ。

「君は男から理性を奪うぞ！」彼は片腕で支えて体を浮かせ、ふたりのあいだに片手を伸ばしてアニーの敏感なクリトリスを探り当て、愛撫した。

すぐに彼女はまた燃えあがり、体の奥が喜びで震えた。そして、あふれた。現実とは思えないほどすばらしい快感が押し寄せる波となって全身を襲った。

彼女の叫び声でついにイアンの自制心が弾《はじ》けた。うなり声と共に彼はアニーの腰をつかんで強く引き寄せ、角度を変えてもっと深く入れるようにした。そして、力強く速い動きで責めたて、ようやく解き放たれた熱い情熱で彼女を貫いた。

彼の歓喜をアニーも感じ、驚愕と恍惚であえぎながらきつくすがりつき、舞い飛ぶような絶頂にまたもや襲われた。しかし、今度はイアンも一緒だった。彼の体が震え、低いうめき声を発した。イアンはついに達し、みずからの種をアニーの体の奥深くに流しこんだ。

「たしかにその一家で間違いないのか？」ウェントワースは暗い窓から闇に目をこらした。

信じがたい思いと、ただ驚くほかはない気持ちがせめぎ合っていた。

アニー・バーンズが罪人だと？

「はい、閣下、間違いありません。小屋のあった位置、妻が妊婦だったこと、それに、娘の特徴がぴったり一致します」

「判事は虐殺があったことは知っているのか？」

「はい、閣下。インディアンたちは娘を村へ連れ去ったのだろうと判事は話していました。おそらくインディアンの男が白人の女に興味を持っていることや、娘が並はずれた美人だったせいだ、と」

並はずれた美人。

曖昧《あいまい》だが、ミス・バーンズの特徴には合致する。

「で、判事は彼女とじかに会っているのか？」

「彼女とミスター・ホーズを同席させたうえで、年季奉公契約の証文を作成したそうです。判事は彼女のことを鮮明に覚えていたようですね。ひとつの理由は美人だからで……」

ウェントワースはもっともな理由だと思った。

「それに、彼女が無実を主張し、自分はスコットランドの伯爵の娘で、忌まわしい悪巧みの被害者なのだと訴えたからです」

スコットランドの伯爵の娘。

ウェントワースは真実がわかりそうだと直感して部下のほうに向きなおった。「彼女の登録名は?」

「アン・キャンベルです」

スコットランドにはキャンベル姓を名乗る者は大勢いるが、貴族はそれほど多くない。ウェントワースはブランデーを注ぎ、キャンベル氏族のさまざまな家系を思いだそうとした。いちばんなじみのあるのはアーガイル・キャンベルで、なにしろ、あの一族は……。

ウェントワースの頭から血が引いた。

アン・キャンベル。

レディー・アン・キャンベル、か。

プレストンパンズの戦いの英雄ビュート侯爵ベイン・キャンベルの姪《めい》。

プレストンパンズの戦いで戦死したロスセー伯爵の娘。

そう思い当たったとたん、間違いないとウェントワースは確信した。おとなしい少女の面影が脳裏によみがえった。まだ胸もふくらまない幼さだったが、いずれ美女になるのは明らかだった。髪は、今の輝くようなブロンドよりは黒っぽく、顔も子供っぽかった。しかし、あの目。あのすばらしい緑の瞳はまったく同じだ。

彼はアーガイル公を訪ねる途中、ビュート卿の館に滞在し、そこで幼いレディー・アンに会っていた。彼女の母は娘を彼の目に留めさせようとうんざりするほど誘いをかけたが、彼はろくに注意も払わなかった。少女は性的関心を引くには幼すぎたし、裕福でもなくイングランド人でもないため、妻の候補としてはふさわしくなかったからだ。ただし、彼女の母親と寝ることは考えた。彼より少しだけ年上の美しい未亡人だった。

ウェントワースはグラスのブランデーをまわしながら、ミス・バーンズ、すなわち、レディー・アンが彼の前に通された夜のことを思い起こした。彼を見た瞬間に顔から血の気が引き、彼女は宮廷の貴婦人のように腰を低くしてお辞儀をした。

「か、閣下」と言って。

あの娘にはわたしが誰だかすぐにわかったのだ。それなのに、自分の身元を明かさなかった。彼女に救いの手を差しのべられる理想的な立場の人物に出会ったというのに。実際、彼女はわたしに嘘をついた。なぜだ?

「どのような悪巧みにはめられたとミス・バーンズが主張したのか、判事は話したか?」

「いいえ、閣下。判事は、有罪の罪人というものに会ったことがないと言っただけです。なにしろ、全員が無実を主張するので」

「もっともだな」ウェントワースはグラスを置くと、ライティングテーブルのいちばん上の引き出しを開け、現金を入れている箱から数枚の金貨を取って、差し伸ばされた手のひらに落とした。「みごとな働きだった。士官用の食堂で食事が用意してある。今の話は誰にも洩らすな。明朝いちばんで来てくれ。港まで手紙を運んでもらいたい。もうさがっていいぞ」

「ありがとうございます、閣下」

しかし、物思いにふけるウェントワースには部下が退室した音など耳に入らなかった。

どうしてキャンベルの姪が奴隷として売られるはめになったのだ? 彼女にどんな不正が

行なわれたにせよ、それを正すにはウェントワースほど力のある者はいないと知っているのに、なぜわたしに助けを求めなかったのか？　なぜキャンベルは姪を守ることができなかったのか？　なぜ彼女は伯父に連絡しようとしなかったのか？　いくつも疑問がわいてきたが、どれひとつとして答えは出なかった。

マッキノン少佐は情熱を燃やしている娘が罪人であり、なおかつ、イギリス貴族の娘と知っているのだろうか？　いや、もちろん、知らないだろう。マッキノン少佐にしろ彼の部下たちにしろ、ハノーヴァー朝をイギリス王家と認めないように、アーガイル・キャンベルの一門など誰よりも許さないに決まっている。もし少佐が彼女の正体を知れば、おそらく暴力的になるほど激怒し、その結果、レディー・アンがこの広大な荒野で頼れるのはウェントワースただひとりになるのだ。

そう考えただけでウェントワースの股間が硬くなった。

もちろん、彼女の正体は暴露する。そして、保護の手を差しのべよう。だが、その前にこの事態の全容を知っておく必要がある。ビュート侯爵と無用な争いは起こしたくなかった。ただのスコットランド人にすぎないが、ベイン・キャンベルは貴族院に盟友がいないわけではないし、誰よりも彼のいとこに当たるアーガイル公という実力者がいる。また、ベインは剣の達人という評判だ。

レディー・アンが真実を進んで話すとは思えなかったが、説明してくれそうな人物に心当たりはあった。ウェントワースはデスクに向かって腰をおろし、ブランデーのグラスを置くと、紙とインクと羽ペンを出した。すでに頭のなかには彼女の伯父に宛てて書く言葉巧みな文面ができあがっていた。

24

イアンは腕のなかで眠っているアニーを見て、もう自分には無縁のものだと決めつけ、口にするのも忌まわしいと思っていた感情が胸いっぱいに広がるのを感じた。ジーニーがほかの男と結婚したと聞いたとき、激しい怒りと苦しみで自分は死ぬと思った。三カ月後に彼女が殺されたときには、どんな感情や夢が残っていたにせよ、彼女と共に冷たい土の下に埋もれ、彼は中身のない残骸となった。こうして否応なく戦場に駆りだされ、もはや復旧した農場を見たり、妻をめとって子供をもうけるほど長生きはできないと確信していた。

だが、少なくとも妻を持つ喜びだけは得られそうだった。当然、彼は自分自身に腹を立てた。兵士との結婚はアニーにはふさわしくないからだ。家もない男、自由もない男との結婚。しかし、彼女を抱いて頭が真っ白になるほど体は満ち足りた。感じられるのは深い満足感だけだった。

眠っているアニーがわずかに身動きした。天使のように美しい顔だ。彼は頬から髪の束を払いのけながら、命あるかぎり彼女を大切にしようと誓った。

だが、プロテスタントで、イギリス王家に味方する裕福な一族の出身であるアニーが、流浪のハイランド人でカトリックで、しかも、武器と衣服しか持たない男の妻になることをどう思うだろうか？　カトリックの司祭が結婚の司式をし、カトリックの子供たちを育てることにどんな気持ちを抱くだろう？　アメリカの辺境で暮らすことは？

彼女は彼とベッドを共にし、惜しみなくその体を差しだしてくれたし、一週間前には結婚に乗り気に見えた。体の反応を見れば彼に惹《ひ》かれていることは明らかだ。でも、置かれた状況が厳しいからこそ彼に関心を示すのかもしれないという疑念もあった。見捨てられるかもしれないし危害を加えられるかもしれないから、あの荒野では不安で口を閉ざしていたのだ。今は食料や住居、男としての保護を与えているからこそ彼女は惹かれているだけなのか？　ひとつだけ確かなことがある。マッキノン氏族長の孫息子である彼と、裕福なアーガイル・キャンベルの一族として甘やかされて育った彼女が、もしスコットランドで出会っていれば、彼女は彼に話しかけることすらなかっただろう。

結局、大事なのは彼女がどう感じているかではない。こうなったからにはどうしようもない。彼女を決して辱めはしないし、万一、彼女の体に子供が宿ったら必ず守ってみせる。

子供が宿っても不思議はないくらい情熱的な交わりだった。あれほどの情欲に燃えるとは今までにない経験だった。もちろん、女の味はそれ相応に知ってはいるが、アニーと交わした愛の喜びはいまだかつて味わったことがないものだ。女の吐息、胸の鼓動、震え、そのひとつひとつにまで意識が向いたのは初めてだった。ついに達したとき、イアンの体からアニーの体内に流れこんだのは、まさに彼そのものだった。彼の命であり、彼の真髄だった。

彼はアニーに永遠の変化をもたらし、娘から女へと変えたが、しかし、彼もまた変わったのだ。

アニーが小さなため息をつき、心地よさそうにイアンの胸にさらにすり寄った。そのひょうしにクマの毛皮が滑り落ち、ほっそりとした白い腕があらわになった。そのとき、イアンは気づいた。

痣《あざ》だ。

上腕と手首に真新しい痣ができていた。紫に染まったひどい痣だ。

なんてことだ！　おれがやったのか？　たしかに、腹を立てていたし、アニーが欲しくて辛抱できなかった。でも、傷つけるような真似はしなかったのでは？　服を脱がせたときに痣を見た記憶はないので、彼がやったにちがいない。

彼女の言うとおりだ。おまえは野蛮人だよ、マッキノン。

次からはもっと注意しなければ、とイアンは思った。

彼女は空腹で目覚めるだろう。イアンはアニーを起こさないように気をつけながらそっとベッドから出た。すぐ厨房に行かないとふたり分の夕食がなくなってしまう。彼は股間から情交の名残を洗い落としたが、布に血痕が小さく付いていた。アニーの処女の血だ。あとから痛みが出るだろう。明日の朝、熱い風呂に入れるように手配しよう。

彼は服を着ると、静かに外へ出た。

すでに太陽は沈んでいたが、大気はまだ暖かく、微風に春の気配が感じられた。厨房からは揚げた魚や鹿の焙《あぶ》り肉、コーンブレッドのにおいが漂ってきた。ダギーがレンジャー部隊の元気な笑い声に合わせてヴァイオリンを奏でている。六日間の偵察任務から帰還してようやく腹を満たした男たちは、ラム酒で盛りあがっていた。

イアンは妙な安らぎと満足感に浸りながら厨房へと向かった。こんな気分になったのはいつ以来だろう？　思いだせなかった。

前方にいたモーガンが彼を見つけて近づいてきた。不安そうな顔つきだった。「彼女、どうだい？」

きれいだ、とイアンは言いたかった。ついにベッドを共にした。おれの女だ、と。

彼はその言葉を呑みこんだが、こぼれる笑みは抑えきれなかった。「眠ってるよ」

「明日の午後、あのゲス野郎は軍法会議にかけられる。縛り首になればいいんだが」

イアンは戸惑って足を止めた。「誰の話をしてるんだ？」

モーガンは唖然《あぜん》とした顔で兄を見つめた。「彼女を強姦しようとした正規兵だよ」

イアンは怒りをたぎらせながらコナーの病床の横に腰をおろし、アニーが襲われた一部始終を弟から聞いていた。話を聞くのはこれが二度めだった。最初はモーガンから聞いた。誰をいちばん憎んでいいのかわからなかった。アニーを襲った卑劣漢か、真実を歪曲して嫉妬の炎をたきつけたウェントワースか、それとも、ウェントワースの策略にまんまとはまった自分自身か。

アニーは正規兵に強姦されそうになったあげく、イアンから受けたのは慰めではなく怒りと情欲だった。イアンは後悔で打ちのめされつつ、彼女との会話を思いだした。

――あいつのにおいを洗い落としたんだな。

――え、ええ、そのつもりだったけど。

アニーが言っていたのはウェントワースのことではなく、男として最低の方法で彼女を傷つけようとした正規兵のことだったのだ。アニーはさぞかし汚された気分になったことだろう。その彼女におれはなんと言った？

――けっこう。君をほかの男と共有するなんて我慢ならない！

まったく、彼女はなんと思っただろう？

よくやったな、マッキノン、この最低のクズ野郎！

しかし、すでにやってしまったことを撤回したいとはこれっぽっちも思わなかった。絶対に。アニーもいやがってはいなかった。彼女はまるでそこがもともとの居場所であったかのように彼の腕のなかに溶けこんだ。彼のキスや愛撫に自分から応えたし、彼が奪ったと同じくらい彼女も強く要求した。ふたりが織りなす愛の営みに彼もアニーもわれを忘れて陶酔したのだ。

「もっと早く助けてやれなくて悪かった。もし彼女の悲鳴で目が覚めなかったら……」コナーの表情が後悔から怒りへと変わった。「あいつを殺せなかったのが残念だ。あのクソ野郎！」

イアンはコナーの負傷していないほうの肩に手を置いた。「おまえが自分を責める必要はない。できるかぎりのことをやったんだから。おまえがここにいてくれて本当によかった」

モーガンがコナーを軽くこづいた。「フランス軍の弾に当たったことを神に感謝しないとな」

やがてコナーが眉をしかめた。「彼女が自分からこの話をしなかったなんて、不思議だな」

「おれがそのチャンスを与えなかったんだ」イアンは深呼吸をすると、ゲール語に切り替えた。これなら近くをぶらぶらしているドクター・ブレイクにも理解できない。彼は不用意な発言でアニーの名誉を汚したくなかった。「ウェントワースが言ったんだ……おれはてっきり彼女がウェントワースと過ごしたと思った。それで、彼女を奪いに行った」

「なんだって！」モーガンがうんざりした顔で兄をにらみつけた。「じゃまをするなという命令が下ったとマクヒューから聞いたとき、兄貴は彼女を慰めに行ったと思ったのに。いったい何をしたんだ？」

イアンは弟たちに目を向けた。「司祭が必要だ」

「司祭？」まだゲール語のまま、弟ふたりが同時に訊き返した。

「ま、それは問題ないだろうよ。カトリックの司祭ならどこにでもいるからな」そして、モーガンはにやりと笑った。「兄貴はアーガイル・キャンベル一族の娘と結婚するんだよ」

「アーガイル・キャンベルだって？」コナーが不快そうに言ったが、やがて愕然とした表情を見せた。「あのアニーが？」

イアンは一刻も早く彼女のもとへ戻りたくて立ちあがった。今夜はとことん優しく慈しんでやりたい。「その話はモーガンから聞いてくれ。彼女が目を覚ましたときにおれがいないとわかったらかわいそうだからな。だが、彼女の身の安全についてはこれから考えないと。奴隷として強制労働を科せられてるんだ。ウェントワースが何か企むにちがいない。おれの直感だ。ジョゼフに頼んで戦士の会議を二時間後に招集してもらってくれ」

イアンはクマの毛皮をかぶって全裸で寝ているアニーを思い起こした。

「いや、三時間後にしよう」

まだ夢うつつのアニーは頬に触れる唇を感じた。腕を伸ばすとなめらかな毛皮が肌に触れた。何かとてもいいにおいがする。目を開けると、きちんと服を着たイアンがそばに寝そべり、彼女を見おろしていた。その眼差しは穏やかで、口もとに淡い笑みが浮かんでいる。

「おれのアニー」イアンが手の甲で優しく彼女の頬を撫でた。

「夕食を持ってきてくれたのね」

「ああ。お腹はすいてるかい？」

「ペコペコよ」

そして、じっと目を合わせた。彼と分かち合った情熱の記憶が脳裏によみがえり、少しずつ頬が熱くなっていった。ほかの女たちもわたしのようにふるまうのかしら？　歓喜に酔いしれ、慎みも何も忘れて喜びの叫びをあげつづけるのかしら？　わたしが出した声は人間というより動物のようで、淑女が出すべき声では決してなかった。しかも、体は汗に濡れて張りつめ、彼の……。

「何も恥ずかしがることはないんだよ」まるで彼女の心を読んだようにイアンが話しかけた。「おれたちの営《いとな》みは……あれは男とその恋人が交わす当然の行為なんだ」

「わたしのことを淫《みだ》らな女だと思わなかった？」

イアンは目を細め、下唇を嚙み、アニーの顔が真っ赤になるまで彼女をじっくり観察するふりをした。そして、微笑んだ。「まったく、君は血が熱くたぎるとものすごく興奮してくるのは確かだな。激しくて、貪欲《どんよく》で、猛烈だ」

この最後の言葉にアニーは息を吞み、笑っていいのかショックを受けるべきかわからなかった。

しかし、イアンが彼女の唇に手を当てた。真剣な表情だった。「でも、淫らなところなんて、これっぽっちもない。君は無垢で純潔な処女としておれを受けいれてくれた。生涯、忘れないよ。君が後悔していないことを祈るばかりだ」

イアンの目に不安の影がよぎった。彼にそんな半信半疑の思いを抱かせたくなかったので、アニーは起きあがり、彼の顔を手のひらで包みこむと、その目を見つめた。「男の人と交わってあれほどの喜びが得られるとは想像もしていなかったわ。あなたはわたしの体のなかにいたけど、でも、あなたが触れたのはわたしの魂よ、イアン・マッキノン」

そして、彼女は口づけした。かつて彼がしたように、そっくり同じ口づけを返した。まず上唇にキスし、次に下唇、そして、口のなかまで。

イアンはじっと動かなかった。眉間の皺と息を呑むあえぎだけが、彼女の言葉と口づけに心を動かされた証《あかし》だった。「ああ、アニー！」

アニーは舌の先で彼の唇をなぞり、次に口のなかへと滑りこませた。イアンがうめき声を洩らしながらそれを自分の舌で受けとめたが、主導権は彼女に与えて動きを合わせた。

ようやくアニーが唇を離すと、彼は仰向けに寝そべった。「おれは君のものだ。好きなようにしてくれ」

最初、アニーは驚いてただ見つめるしかなかった。だが、イアンの体に触れたい欲求は強く、いつしか彼のじゃまなシャツを脱がせ、胸と背中をあらわにした。彼が喜ばせてくれたやりかたを思いだしながら、彼女は膝をついて彼の体に顔を近づけ、自分がされたとおりに彼の乳首にキスした。

彼の筋肉が硬くなるのを見て彼女はうれしくなった。顔をあげると、イアンがにやりと笑っていた。

「そうとも、男も感じるんだ」

アニーはさらに大胆になり、黒い胸毛のあいだに指を滑らせて筋肉の感触を楽しみながら、舌で彼の乳首を舐め、唇でつまみ、口のなかでそれが固くなるのを感じた。彼の息づかいが荒くなり、速くなる胸の鼓動が手のひらに伝わってくると、アニーは喜びを与えることにゾクゾクする興奮を覚えた。

また顔をあげると、イアンは目をきつく閉じ、顔を横に傾け、張りのある首の筋肉を見せていた。片腕を頭の上に投げだし、拳を握りしめている。黒いクマの毛皮に広がった長髪は、まるで夜空を背景にした大ガラスの漆黒の翼を連想させた。

すばらしい肉体。荒々しい力と魅力を秘めている。アニー自身の脈拍も速くなった。下腹の奥に火がつき、腿のあいだがクリームのようにやわらかくなってきた。

この人がもっと欲しい。

彼女は震える手でズボンのひもをはずそうとした。うれしいことに、イアンの大きな手が彼女の手を覆い、場所を教えてくれた。そして、彼はやわらかな革ズボンをみずから脱いで放り投げた。これで彼はアニーと同じように全裸になった。ペニスが大きく勃起し、縮れた黒い毛と一緒に重い袋のようなものも体に引きつけられていた。彼は肉体を捧げるように毛皮に寝そべった。

アニーはためらいがちに彼の硬い太腿の筋肉を触り、手のひらにまとわりつく体毛を感じた。彼女の目はイアンの局部に注がれた。

彼は低く喉を鳴らすように彼女を促した。「怖がらずにおれに触ればいいんだ、アニー。今度は君がおれの体を知る番だからね」

彼女は好奇心と欲情に駆られて手を伸ばし、袋状のものを手のひらに載せてそっと揉み、なかにある丸い睾丸を感じた。そして、次に長いペニスを手に持った。

「なめらかでやわらかいのに、すごく硬いわ」

「そのほうが君を喜ばせられるのさ」声がしゃがれていた。

彼女はふくれあがったペニスの頭にゆっくりと手をやり、張りつめた先端からこぼれている滴に親指を滑らせ、紫がかった皮膚へとこすりつけた。

イアンの歯の隙間から息が洩れ、腹の筋肉が引き締まった。ペニスが彼女の手のなかで跳ねた。彼はうめき、彼女の名をささやいた。

彼の欲望をかき立てられるとわかって、アニーは興味がわくと同時に興奮し、親指で円を描きながら先端部を何度も何度もこすり、長いペニスを撫でさすってさらに液体を引きだそうとした。しかし、何も出てこないとわかると、今度は舌を使って舐め、やはり円を描いて刺激した。

「なんてこった！」イアンの全身がこわばった。

アニーはますます彼を喜ばせたくなって何度も繰り返し舐め、やがて先端部をそのまま口に入れてしゃぶりだした。

「やめろ！」イアンの手がアニーの髪をつかんでそっと彼女の頭を持ちあげた。「君は自分が何をやってるかわかってるのか？　わかってないだろう？　おれが教えてやろう」

彼は力ずくで主導権を奪い返して彼女に覆いかぶさり、舌で唇をこじ開け、脚も広げさせた。アニーは喜んで従った。新しい官能の世界に案内してもらいたかった。ところが、彼は最初のときのようになかには入ろうとはせず、熱い口づけを胸から腹、そして、股間へと移していった。

アニーは何もかも露出するような恥ずかしさを感じ、両手で彼の髪をつかんで止めようとした。「まあ、イアン、そんな……」

「黙って!」彼は指で彼女を押し開き、それをまのあたりにして熱い息を吐いた。「君はもうおれを味わった。今度はおれが楽しむ番だ」

イアンの口が彼女自身を覆い、執拗《しつよう》な舌の動きで戦慄《せんりつ》を吹きこむと、アニーは驚愕と歓喜であえいだ。彼女が舐めてしゃぶったように彼も彼女を舐めてしゃぶり、敏感なクリトリスを唇でつまみ、舌で責め、口で吸った。想像を絶する喜びだった。目もくらむような容赦のない快感。

「イアン!」彼の名を呼ぶ自分の声が聞こえた。苦しいほど息が荒くなり、彼の髪を必死につかみ、体は激しく震えたが、口による愛撫はなおも続いた。

「君はすごくおいしいよ、アニー。女と蜂蜜の味がする」彼はうめきながら言った。その振動さえ彼女をわななかせる愛撫となった。

そして、彼が舌を彼女のなかに突き入れた。

アニーは悲鳴とともに絶頂に達し、彼の口もとで弾けた。彼女は汗で湿ったイアンの髪に指をからませ、胸は激しく波打っていた。

そして、イアンは彼女にキスしていた。彼女の露で濡れた唇、彼女を存分に味わった舌。

アニーの体内にまた新たな火が燃えはじめた。すでに絶頂を迎えたおかげで彼女はなめらかに濡れ、彼がゆっくりと入っていって彼女を満たしても、今度は痛みはまったくなかった。

イアンはうなるような声をたて、彼女の腰をつかんで傾け、奥の奥まで充分に貫いた。

「ああ、アニー！　君はものすごく濡れて、ものすごく締まってる！」

アニーは彼の動きに恍惚《こうこつ》となっていた。彼女のなかで前後する甘美なリズム。「イアン、ああ、イアン！」

彼女は腰をあげて彼に合わせ、動きのたびに体の奥まで受けいれた。肉体と心の情熱がひとつに融合し、彼女の体とイアンの体もひとつに結合した。やがて、それがやってきた。焼けつくように甘美な絶頂。アニーはあえぎ声で彼の名を呼び、両脚を彼の体に巻きつけて引き寄せ、陶酔に溺《おぼ》れながら内腿で彼を締めつけた。

イアンも彼女の名を叫び、こめかみに燃える息を吹きかけた。そして、体がこわばった。アニーはペニスが痙攣《けいれん》するのを感じ、射精と共に彼の種が自分のなかにまかれたことを知った。

ふたりが夕食を思いだしたときにはとっくに冷めていた。彼らは古代ローマ人のように裸で並んで横たわり、ひとつの皿から分け合って食べた。イアンは汁気の多い鹿肉を裂いてアニーに食べさせ、彼女の頬に付いた汁を舐《な》めてぬぐい取り、彼女は彼の指を舐めた。アニーは偵察任務についていろいろ質問した。彼は答えたが、それよりもっと大事な話があることを自覚していた。

彼は会話が中断する一瞬を待った。そして、その沈黙が訪れた。「今日の事件のこと、コナーから聞いたよ」

アニーの顔から楽しげな表情がいっぺんに消え失せ、目は暗く曇った。彼女は顔をそむけ、毛皮を体にきつく巻いた。明らかに強姦されそうになったことを忘れていたのだ。

「ウェントワースから聞かされたんだ……おれはまんまと操られ、君が彼のベッドにいたと思いこんでしまった。真実を知っていたらあんなふうに君を奪ったりはしなかった。たとえ手を触れたとしても君を慰めるためだけだっただろう。すまなかった、アニー」

「ウェントワース卿が？」アニーは困惑の表情でイアンを見つめた。そして、謎が解けたという顔をした。やがて彼女はイアンが予想もしていなかったことをした。声をあげて笑ったのだ。「あなた、わたしが彼と寝たと思ったの？　そんなバカな！」

たしかにおれはバカだと思いながら、イアンはウェントワースが言ったことを詳しく話した。「あいつのベッドにいる君を想像しただけで頭がおかしくなりそうだった。本当に恥ずかしいよ。おれはチェス盤の駒みたいにあいつに動かされたわけだ」

「あなたは知ってるんだと思ってたわ。てっきり、あなたが怒ってるのはそのせいだと……」

イアンの脳裏に自分の言葉がよみがえった。

——けっこう。君をほかの男と共有するなんて我慢ならない！　君のせいじゃないんだから。おれのことをとんでもない冷血漢だと思ったりするもんか。なぜおれが怒ったりするもんか。なぜおれを止めなかったんだ？」

アニーの頰が赤く染まり、彼女は目をそむけた。「あなたに触れられたとたんに忘れてしまったの。わたし……あなたが欲しかったから」

その答えの愛らしさにイアンの心がとろけた。彼は優しくアニーを胸に引き寄せ、髪にキスして抱きすくめると、遅まきではあるが慰めを与えた。「どんな目にあったか、話してみるかい？」

アニーはかぶりを振った。しかし、沈黙が長引くと、自然に口から言葉が流れだしていた。正規兵が腹痛を訴えて病舎に現われたこと。ドクター・ブレイクが戻ってくるまで薬湯を飲んではどうかと勧めたこと。男に腕を背中までねじあげられ、口を手でふさがれたこと。酒樽に押しつけられ、スカートをまくられ、無理やり脚を開かされて、そして、焼き印を見られたこと。

「抵抗しようとしたわ。精いっぱい！」アニーの体が震えていた。

イアンにはそれが絶望的な悲鳴に聞こえた。女であるということはどういうものなのだろう、と彼は思った。男より小柄で、力ははるかに弱いのだ。彼はアニーを強く抱きしめた。

「自分を責めることはない。君はか弱い女としてできるかぎりのことをした。不意に襲われたわけだし」

「わたし、彼を噛んだわ。おかげで悲鳴をあげることができた。そのとき……コナーの声が聞こえて、わたし、あなたじゃないかと思ったの」

「おれだったらどんなによかったことか」イアンはなおも自己嫌悪と闘っていた。「必要なときにそばにいてやれなくて悪かった。おれは怒りにまかせて出ていき、ひとり残った君を悲しませた。おれを許してくれるか、アニー？」

アニーの目に涙があふれた。「じゃあ、わたしを信じてくれるの？」

「ああ、もちろん、信じるとも」

だんだんわかりはじめたのか、まるで少しずつ昇る太陽のようにアニーの顔が明るくなっていった。そして、驚嘆の目でイアンを見あげた。「本当に？」

「本当だ。このあいだはむごいことをした。やりなおせるものならやりなおしたいよ」

アニーの頬に涙が流れ落ちた。「いいえ、イアン、わたしにもやりなおしたいことがいろいろあるわ。嘘をついてごめんなさい」

イアンは彼女の涙をぬぐった。「嘘をつかれるのは好きじゃないが、しかし、君はそうやって生き延びようとしたんだ。おれに責めることなんてできるものか。君の伯父だが……最も残酷な大逆罪の死刑法を味わわせてやるべきだ」

アニーの目からとめどなく涙が流れた。イアンは彼女の気持ちを理解した。これまで自分を守り、生きていくために闘いながら、何カ月もひとり胸のなかにためこんできた悲しみが一気に涙と共にあふれたのだ。

「アニー、もう二度と誰も君を傷つけることはないからな」イアンは彼女の震える体を抱きしめ、優しくささやきかけ、力強い安らぎを与えつつ、内心では彼女の伯父と彼女を襲った正規兵に呪いの言葉を浴びせかけていた。

強姦未遂の兵士はいずれ犯罪の代償を払うことになるだろう。それに、もしその悪魔のような伯父とどこかで出会うことがあれば、そのはらわたをえぐり取ってカラスの餌にしてくれる、とイアンは思った。

時間が過ぎた。やがてアニーの涙がおさまった。

イアンは何週間も前から訊きたかった質問を口にした。「ウェントワースと最初に面会したとき、君はすでに彼を知ってたんだろう？」

アニーは鼻をすすりながらうなずいた。「わたしがまだ十二歳だったとき、館に滞在したのよ。彼と再会して驚いたし、伯父に連絡されるんじゃないかと思ってものすごく怖かった。でも、彼はわたしに気づいていないわ」

イアンにはそこまでの確信がなかった。ウェントワースの彼女に対するふるまいがどこかおかしく、気づいている可能性をのぞかせているからだ。「とにかく、あいつには近づくな。何かよからぬことを企んでいる。直感でわかるんだ」

アニーは身震いし、イアンにさらにすり寄った。

彼はアニーの髪にキスし、強く抱きしめた。だが、彼女を残して戦士の会議にでかける前に、最後にひとつ訊いておきたいことが残っていた。彼女の答えを聞く必要があった。

「ハノーヴァー王家に連なるウェントワースを館に迎え入れるぐらいだから、君の伯父というのはさぞかし裕福な権力者なんだろうな。教えてくれ、アニー、君の伯父はアーガイル公なのか?」

アニーは顔をそむけ、躊躇《ちゅうちょ》を見せた。「いいえ。アーガイル公は彼のいとこよ」

25

「少佐のふしだらな行ないには唖然とします。何も知らない娘を誘惑して自分の保護下に置いてしまうなんて！　彼女はあの男にはもったいないし、もっとふさわしい相手がいるのに」

ウェントワースは窓から夜明けの風景をながめ、マッキノン少佐を非難するクック中尉の腹立たしげな声に耳を傾けつつ、問題の娘が実は高貴な生まれの貴婦人だと知ればクックはなんと言うだろうと思った。ウェントワースはこの秘密をまだ誰にも話していない。副官のあからさまな嫉妬を見ている分には楽しいのだが、自分自身の反応には当惑していた。レディー・アンが少佐とベッドを共にしたと考えると不愉快になるのだ。

ウェントワースはあくまで平然とした冷静な物腰を崩さなかった。「いいかげんにしたまえ、クック。彼らはふたりともスコットランド人なんだし、それに、マッキノン少佐は大氏族長の孫だぞ」

「反逆者の氏族長じゃないですか」クックはつぶやきながら、衣装掛けに掛かっているウェントワースの軍服から糸くずをブラシで払い落とした。

ウェントワースは自分のうかつを責めるしかなかった。初めてアニーを見た瞬間から彼女がアメリカ植民地の辺境に暮らす身分の卑しい娘ではないとわかっていたのだ。それなのに、彼女の純潔を守るために何もしなかった。いや、彼自身のために彼女を確保しておく手立てと言うべきだが。実際、マッキノン少佐がいずれは良心との闘いに破れ、彼女を犯すと予想していたし、それはそれでおもしろいと思ったのだ。

だが、彼女がレディー・アンで、知人でもある貴族の娘だったとは知らなかった。まさかそこまでは想像すらしなかった。たしかに、今になって振り返ってみれば明らかにそれを暗示する手がかりは山のようにあったのだ。あの最初に見せた淑女らしいお辞儀。彼が貴族だと知っていたこと。夕食の席での上品なマナー。チェスで勝ちを収めそうになったこと。読書の能力。病人や負傷者に対する義務感。粗野な性的行為について無邪気なほど何もわかっていないこと。彼女は大切に育てられ、いずれは紳士に寄り添う華麗な花となり、家を守り、継承者を育てるはずだったのだ。

しかし、今の彼女にはそのどれひとつとして実現しないだろう。明らかにマッキノン少佐はおのれの卑しい本性に負けて彼女を奪ったからだ。この二週間、少佐が自分の小屋で寝起きしている事実だけではその証拠にならないとしても、レディー・アンの美しい顔から発散する光がなによりも真実を語っているだろう。官能に目覚めた魅力や、以前にはなかった女らしい色気が漂っている。

そうとも、花は摘まれてしまった。そして、摘んだのはウェントワースではない。

「祖父の行動の責任を少佐に負わせるわけにはいかないだろう？」

「少佐だって似たようなものですよ。傲慢《ごうまん》で、忠誠心がなく、無礼だ。彼がイギリスに愛国の念を持っていないことは誰よりも閣下がご存じのはずです。あの男を閣下が擁護することはありません！」

「わたしは彼の行動を大目に見るつもりはない」

もっとも、わたしでも同じことをしただろうが。

どうしてこういう事態になったのか、ウェントワースには理解できなかった。彼は少佐の怒りに火をつけてレディー・アンのもとへ送りこんだ。彼女が精神的に動揺していることはわかっていたし、少佐が激情に駆られて手荒いふるまいをするだろうと確信していた。ところが、ふたりを引き離すどころか、かえってこれが逆効果を生んでしまったらしく、結局、マッキノン少佐がレディー・アンの処女を勝ち取った。

この砦の指揮官としてウェントワースには処分の権限がある。国王の軍隊の将校にあるまじき行為として少佐を軍法会議にかけることもできるだろう。もう一度、鞭打ち刑に処してもいい。婚外性交でレディー・アンを鞭打ちにすることも可能だろう。オールバニへ送って判事に引き渡してもいい。少佐から引き離して砦の城壁内で暮らすように命じることもできるし、彼の宿舎に置くことさえ可能だ。

これらの処分には、軍律やキリスト教の倫理観、伝統、法律、礼節などそれぞれ正当な理由があるものの、どれもウェントワースにとっては戦略的過ちとなり、いたずらにレディー・アンを辱めて、少佐の激怒はもちろん、レディー・アンの憎しみを買うのは確実だ。そうとも、レディー・アンをベッドに誘い、彼女をわがものとしたいのであれば、ここは辛抱強く我慢しなければならない。

「彼女に異存がないかぎり、少佐は責任を取って結婚すべきなんでしょうけどね」クックの口調には、内心ではそう思っていないことが表われていた。

ウェントワースもふたりの結婚という考えには耐えられない。「たしかに、少佐にとっては名誉ある行ないとなるだろう」

「あの少佐が名誉など気にかけるとは思えませんが。おそらく、妊娠したとわかったとたんに彼女を捨てますよ。あの女性が惨めな非戦闘従軍者に堕落する姿なんて見たくないですね」クックは衣装掛けから上着を取り、ウェントワースのそばまで運んで持ちあげた。

ウェントワースは軍服に袖を通した。「わたしがそんなことは許さないよ」

わたしが彼女を手に入れるつもりなのだから。

「例の伍長の死には、やはり少佐が関わっているのではないかと思います」

ウェントワースは厳しい口調にあらためた。「少佐を伍長の死に結びつける証拠は何もないんだ。殺害を示唆する証拠すらない。そのような噂は流すなよ」

クックが眉間に皺を寄せた。「はい、閣下」

もちろん、ウェントワースもマッキノン少佐がなんらかの方法であの兵士の命を奪ったと思っている。ただそれが立証できないだけだった。レディー・アンを強姦しようとした伍長は、軍法会議が開かれるその日の朝、独房で死んでいるのが発見された。外傷はまったくなかった。見張りの当番兵らは誰も営倉に入ってこなかったと断言しているし、争った痕跡《こんせき》もなかった。ジョゼフ大尉と数人の部下が夜遅くに砦に入ったことは、門の警備兵が報告しているが、彼らが営倉に近づいたという目撃証言はまったくない。伍長はラム酒を飲んで眠りに落ち、そのまま目を覚まさなかったようだ。この奇怪な死にざまのせいで、正規兵たちは無知な迷信を本気で信じるようになってしまった。つまり、少佐とインディアンの仲間が伍長を呪い殺したというのだ。

伍長の死はべつに惜しくなかったが、厳守すべき軍律とイギリス法がある。ウェントワース自身、下劣な兵士の絞首刑を見たかったと思っている。

だが、伍長の謎めいた死は思わぬ抑止効果をもたらした。正規兵たちはレディー・アンに向かって卑猥《ひわい》な言葉を大声で浴びせたり触ったりするどころか、彼女を見ることさえ恐れているようだった。それに、インディアンの魔法の恐怖だけではまだ足りないと言わんばかりに、彼女の身辺には武装したレンジャー部隊員が必ずいた。少佐が部下に警護させていることを彼女は知っているのだろうか？　彼女が浮橋を渡るときにはいつも影のようにレンジャー部隊員が付き添っている。

しかし、レンジャー部隊の熱意も彼らの隊長ほど長くは続かないだろう。彼女はアーガイル・キャンベルの一族で、すべての隊員たちの憎悪の的である氏族の娘なのだ。その事実を聞いたとたんに少佐は彼女を捨てるだろうし、部下たちも同様に見捨てるだろう。そのときにウェントワースが手を差しのべ、彼女を破滅から救うのだ。

イアンはズボン一枚の格好でテーブルに寄りかかり、顎を剃る剃刀《かみそり》の感触に浸っていた。

「神父さんに結婚の司式をしてもらったら、君はストックブリッジへ行き、戦争が終わっておれが自由の身になるまでジョゼフの姉さんと暮らすんだ」

アニーが剃刀をイアンの肌から離し、彼をにらみつけた。彼女も肌着一枚で、寝起きの金髪はまだ乱れたままだ。彼女がそこに立っているだけでイアンはついつい気が散ってしまう。「わたしたちは牧師さまに結婚式をしてもらい、わたしはずっとここであなたと一緒にいるのよ。あ、しゃべらないで。剃刀が滑ってあなたの皮膚を切ってしまうわ」

この問題はふたりのあいだでちょっとした議論になっていた。アニーはイングランド国教会での結婚を主張し、イアンはカトリックの祝福を受けて結婚すると言い張った。彼女を責めることはできなかった。なにしろ、アニーはプロテスタントとして育ち、カトリック教会に不信感を持っている。それに、これは決して些細《ささい》な問題ではなかった。イギリスの法律ではカトリックの結婚が認められていないし、カトリックの祝福を受けて授かった子供は生まれの卑しい私生児とみなされるからだ。だが、彼女がイギリスの視点で合法と認められる結婚を望んでいる一方、イアンは神の目から見て神聖な結婚の誓いを立てたかった。

彼はこうした意見の相違を予期していたが、譲歩するつもりはさらさらなかった。神父に結婚式を執り行なってもらい、その翌朝には、ウェントワースに知られないようにジョゼフとその部下たちに彼女をストックブリッジまで送り届けてもらう。アニーと離れるのはいやだが、あの小君主づらのゲス野郎のそばにいれば彼女の身があぶない。万一、彼女のことをウェントワースに気づかれたら……。

アニーを怒らせる計画はこれだけではなかった。イアンは彼女の純潔を奪った夜、戦士の会議の席で弟たちやジョゼフと多くのことを話し合った。アニーの本当の名前を部下たちに話すべきだというイアンの考えに全員が同意してくれた。いきなり知って驚くよりもイアンの口から真実を伝えたほうがいいからだ。さらに、強姦未遂の兵士をすみやかに始末すべきだという点でも合意した。軍法会議でアニーの焼き印を見たと認めない可能性もあるが、万一の危険を残すわけにはいかなかった。イアンは自分の手でこの男を殺したいと望んだが、絶対に関わるべきではないとみんなから強く止められた。真っ先に疑われるのはイアンなのだから。

「今夜は彼女と一緒にいろ」とジョゼフが主張した。「そのクズ野郎はおれに任せておけ」

そして、イアンはアニーのところへ戻り、ベッドにもぐりこんで眠っているアニーを抱きしめた。翌朝にはすべてすんでいて、まずウェントワースから、次にアニーから兵士の死に関与しているのではないかと訊かれても、心から否定することができた。兵士の死体が空のラム酒の瓶と共に発見されたと聞いたとき、ジョゼフがどういう方法で始末したのか初めてわかったのだ。兵士の殺害に良心の呵責《かしゃく》はまったく感じなかったが、アニーはずいぶん心配したようだった。

「あなたが人殺しの焼き印を押されて絞首刑になるのを見るのはいやですからね、イアン・マッキノン」と彼女は言ったものだ。

イアンは彼女と離ればなれになると考えただけで感じる心の痛みを無視しようとした。そして、いかにも妻らしく彼のひげを剃るアニーを見つめた。イアンの胸に形容しがたい感動がわき起こった。親密で慈しみに満ちたこの行為。彼はこれまでめったに味わったことのない満足感を覚えながら、いつかこんな朝があたりまえになるのだろうと思った。あたりに漂う朝食の香り。ほとんど燃え尽きた暖炉の火。おそらく、毛皮の上にはまだ眠たげな子供がひとりかふたり、すわっているだろう。そして、アニー。

彼女は眉間に皺が寄るほど集中している。肌着の下で魅了するように乳房が揺れ、白い布ごしに乳首が色濃く浮かびあがっている。腰まで垂れた髪は、まるで絹と陽光の河だ。彼はこらえきれずに手を伸ばし、たわわな乳房を布の上から包むと、親指で乳首をこすった。息を呑む音が聞こえ、乳首が固くなり、首の脈が跳ねるように動いた。

アニーが手を止めた。「もう太陽は昇ってるのよ、イアン。いけないわ……今はだめ」

「そうかな?」彼は容赦なく手を動かして乳首を摩擦し、乳房を揉み、手のなかでアニーの胸が重たくなっていくのを感じた。

アニーは自分の体の反応を無視しようとしていた。彼女はイアンの顎を持ちあげて首の右側を剃ると、いったん手を止め、湯を張ったボウルで剃刀の刃を洗おうとした。しかし、息づかいは不規則になっていた。イアンがもう片方の乳房に手を移すと、アニーはまぶたを閉じて首をのけぞらせ、剃刀が音をたててテーブルに落ちた。

イアンの顔は石鹸の泡でまだ半分が覆われたままだった。血が熱く燃え、アニーを引き寄せると唇を合わせた。彼女も体を押しつけ、舌と舌をからませ、指をイアンの髪に差し入れた。ようやく唇を離したイアンは笑い声を洩らさずにはいられなかった。アニーの顔に石鹸の泡が付いていたからだ。

アニーは微笑み、手の甲で泡をぬぐった。甘い笑い声が響きわたった。「今度はわたしのひげを剃ってくれるつもり？　おバカさんね」

イアンの頭にアイディアがひらめき、血が逆流するほど燃え立った。一瞬、彼は激しい情欲の渦に呆然としながらアニーを見おろしていた。そして、驚くアニーをかかえてテーブルに仰向けに寝かせると、なめらかな首すじに沿ってキスをした。せっかちな手つきで肌着を引っ張りあげ、頭の上から脱がせると、背後のベッドに放り投げた。そして、彼女の脚のあいだに立って腿を開かせ、両膝を曲げて起こした。

彼女は花のように彼に体を開いた。局部はバラ色で、香りは野性的で甘い。金色の縮れ毛に縁取られた香り立つ慎み深いバラの花。彼はそのながめ、そのにおいを充分に味わった。股間《こかん》が痛いほど張りつめ、革ズボンの内側からしきりに押している。

「イアン、ど、どうして……？」

「太陽が昇ったときのほうがもっと君を欲しくなるんだよ」

イアンの大きな手が彼女の両手をつかんだ。そして、彼女の腿へと引き寄せ、広げた腿を自分で押さえるようにそこに置いた。アニーの頬が真っ赤に染まった。イアンは彼女の最も秘めやかな部分にじっと視線をはりつけ、その目が欲情で色濃くなっている。指先で軽く彼女自身に触れ、押し開き、どこよりも感じやすい部分をこすり、一本の指先をなかに滑りこませて、アニーにうめき声をあげさせた。そして、彼はひげ剃り用の石鹸を取った。

そのときになって彼が考えていることにアニーは気づいた。仰天のあまり肺から一気に息が抜け、わけもなく興奮した。「やめて、イアン！　まさか、あなた……」

「ああ、そのとおりだ」温かな指が石鹸の泡をアニーの恥丘から陰部の襞へと広げ、なかにまで揉みこんだ。その刺激がアニーの下腹部に喜びのさざ波を吹きこんだ。

「イアン、だめよ、そんなふしだらな……ああ！」抗議の声はうめきとなって消えた。彼女は恥じらいも忘れ、彼の指を求めて腰を浮かせていた。

「じっとして」

その言葉でアニーは息を詰めた。何かを洗うような水音が聞こえた。剃刀だ。

冷たい刃が恥丘に触れたとたん、アニーはすすり泣いた。つのる興奮の声でもあり恐怖の声でもあった。「ねえ、お願いよ、イアン、やめて……」

「静かに、アニー。痛くしないから」イアンは額に皺を刻んでアニーの肌に剃刀を当てた。器用な手つきで次々と剃っていき、何度か手を止めて剃刀を湯で洗った。

アニーが経験したこともないような感触だった。剃刀のざらついた愛撫。一度剃られるたびに走るゾクッとした戦慄。刃を当てるために彼女の秘部を押さえるイアンの手。彼女は動かないように必死に自分の腿を押さえた。恐ろしくてろくに息ができなかった。見えるのは大きく上下するイアンの胸と藍色の瞳。彼も同じように興奮していることが伝わってきた。

彼は剃刀を置くと、湯のボウルを持ちあげ、彼女の上から静かに流して泡の残りを洗い落とした。床に湯が流れ落ちた。

「イアン！」アニーは詰めていた息を吐きだした。敏感で繊細な肌に少しずつ流れる湯は、まるで暖かい絹で撫でられるような快感を呼び起こした。彼女は目を閉じ、思いもよらない喜びに陶酔した。

次に感じたのは冷たい空気だけだった。

目を開けると、剃刀があらわにした部分をイアンがじっと見つめていた。

「ああ、アニー！」彼は彼女を開き、指を走らせ、内部に一本を入れて彼女の喉からうめき声を引きだした。「君は夢でも描けないような美しさだ」

彼が見ているものを知りたくてアニーは視線を投げたが、目に入ったのはむきだしになった恥丘と、まるで不意にさらけだされたことに気づいて赤面したような、鮮やかなピンクの肌だった。「まあ、どうしましょう！」

しかし、すぐに彼女は言葉を失った。イアンが膝をついてアニーの足を肩に乗せると、彼女を味わいはじめたからだ。熱くなめらかな口。彼女の奥深くで動く指。彼はよく口で愛撫するが、今こうして彼女の腿のあいだで彼の舌が生みだす快感はほとんど耐えがたいほど衝撃的だった。恥毛がないため、彼女の疼く部分が隅から隅まで彼の舌と指にさらけだされ、存分に責められ、味わわれた。彼はふくらんだ襞を口いっぱいに含み、恥丘の敏感な肌を舐め、疼くクリトリスをしゃぶり、ついに彼女はすっかり濡れて彼をひたすら待ち望んだ。

　アニーはイアンの髪をつかんで身もだえし、彼の口を求めて体をのけぞらせ、彼の名前を呼ぶ声は悲鳴とすすり泣きとうめき声にかき消された。下腹部が燃えあがるように熱くなっていた。彼が欲しかった。今すぐ欲しい。「イアン、お願い！　わたし、もう……ああ！」

　彼も理解したようだ。彼女を焼き尽くすような強い眼差しのまま、立ちあがってゆっくりとズボンのひもを解いた。太く硬くなったペニスが現われた。彼はそれをつかんで撫でた。

「君が欲しいのはこれかい？」

「そうよ、イアン！」なるほど、わたしは激しい女だわ、とアニーは思った。腰がひとりでに持ちあがり、ふたりに解放をもたらす挿入を体が待ち焦がれていた。

　イアンは彼女のふくらはぎを肩に置くと、彼自身を前に突きだした。しかし、アニーが期待していたようになかに入るのではなく、長いペニスを濡れた襞のあいだで滑らせ、腰を上下に動かし、先端でクリトリスをなぶって焦《じ》らした。

「な、なんなの……？　ああ！　ああ、そんな！」体内に燃えあがった炎にはなすすべもなく、アニーは震える手でイアンを求め、この新たな官能の責めに溺れた。

　イアンもあまり長くは待てなかった。アニーのむきだしになった秘部。口のなかに広がる愛液の味と感触。濃厚な彼女の香り。快感の叫び。ほとんど彼にも我慢ができないほどだった。それでも、アニーの歓喜を引き延ばしてやりたかった。持てるかぎりのものを与えてやりたい。当分は愛を交わせないのだから。

アニーは快感に酔いしれて首を左右に振り、目を閉じ、必死の叫びをあげている。爪が彼の腕に食いこんでいる。乳房が豊かに盛りあがり、乳首がとがり、肌がピンク色に上気していた。

おれは彼女を愛している、とイアンは思った。彼女が欲しい。どうしても。

もはや待ちきれなくなったイアンは腰を引くと、濡れて光るアニーの入り口にペニスの頭を合わせ、ゆっくりと彼女のなかに押しこんだ。彼女が彼を押し包んだ。熱く濡れて、拳のようにきつく締まっていた。「素敵だ、アニー！　君は最高だよ！」

興奮したイアンの声はアニーの叫び声にかき消された。彼はアニーをさらに貫き、彼女の顔から喉、胸へとキスの雨を降らせた。アニーは両脚を彼のウエストに巻きつけて強く引き寄せ、彼の動きに合わせて腰をあげた。やがてイアンは絶頂を迎えようとするアニーの痙攣を感じた。

「イアン！」すすり泣きながら彼女が名前を呼び、爪がイアンの背中に食いこんだ。絶頂と共に彼女の内側の筋肉が彼を締めつけ、イアン自身を絶頂へと導いた。

「ああ、アニー！」彼はさらに三回深く突き入れ、強烈な絶頂感に身震いしながらアニーの子宮に彼の魂をあふれさせた。

まだ胸の鼓動がおさまらないまま口づけを続けていたとき、ドアにノックの音が響いた。

「兄貴、あの、じゃまはしたくないんだが、問題が起きたんでね」モーガンだった。「ジョゼフの部隊がいなくなった。で、クソ野郎の大佐閣下が兄貴と話したいそうだ」

「すぐに行く！」イアンはドアに向かって怒鳴ったが、まだひげ剃りも着替えもすんでいないことに気づいた。視線を落とすと、アニーの目に不安そうな表情が表われていた。彼はその頬から乱れた髪を払いのけてやった。「心配することはないよ、アニー」

彼女はイアンの顔を手のひらで包みこんだ。「心配しないではいられないでしょう？すぐ後ろから死が追ってくるような生活だというのに」

「君のために約束する。絶対に追いつかれたりはしないから」


一時間後、イアンはウェントワースの前に立ち、すでにジョゼフと打ち合わせていたとおりの返事をした。「おれが彼を非難したからだろうね。これから誤解を解いてきますよ」

ウェントワースは優雅な手つきで紅茶のカップを持ちながらイアンを見つめたが、その灰色の目には珍しく怒りをかすかにのぞかせていた。「失望という言葉では足りないくらいだ。君のように彼らの流儀を知り尽くしている人物には大きな期待を抱いているのでね」

「たとえ身内同士でも些細なことで言い争うのは珍しくない。違いますかね？」

ウェントワースは紅茶を置いて立ちあがった。「ああ、珍しくない。わが叔父カンバーランド公と国王陛下はたまに意見が合わなかったが、しかし、叔父上は父上に対する反感から自軍に退却を命じるようなことは決してなさらなかった」

「命じてくれればよかったのに」

ウェントワースにはこの反逆的な言葉が耳に入らなかったらしく、窓ぎわまでゆっくりと歩いていった。「君の提案というのは？」

「さっそく、モーガンとふたりでストックブリッジに向けて出発し、レンジャー部隊の指揮はコナーに任せる。たぶん、途中で彼らに追いつくだろう。適切な弁明と贈り物があれば、ジョゼフが説得に応じて部下たちと一緒に引き返すのは間違いない」

「君らふたりだけで行くのか？」

「ここからストックブリッジまでならほとんど危険はないからな。ひとりかふたりいれば充分な任務におれの部下の精力を費やすのは無意味だ」

「よかろう。迅速な帰還を期待する」

そして、イアンは今回の計画のなかでなにより不安な要素を切りだした。「おれの留守中、ミス・バーンズはコナーの保護下に置いてレンジャー部隊のキャンプ地にとどめる。彼女が島から出ないように見張ることと、彼女に危害を加えようとする者は誰であろうと殺せと部下に命じてあるので、どうかよろしく」

「むろん、知っているだろうが、彼女に関してはわたしが君の命令を撤回できる」

「試してみればいい」イアンは背を向けて立ち去った。

だが、ウェントワースの声がドアの外まで追ってきた。「少佐、彼らが君よりもうまく彼女を守れるといいんだがな」

ウェントワースの言葉に一抹《いちまつ》の不安を感じながらイアンは小屋に戻り、装備をととのえ、アニーに別れを告げた。

彼はきつくアニーを抱きしめ、彼女の涙を払いのけた。「これは危険な任務じゃないが、長くなるかもしれない。でも、心配しないでくれ」

アニーが微笑を見せた。目にこもった悲しみまでは晴らせない作り笑いだった。「イアン・マッキノン、あなたに神のご加護がありますように。それから、約束を忘れないでね」

イアンは口づけした。「ああ、絶対に追いつかれないよ」

26

イアンが出発した直後、アニーはまるで囚人のように島から一歩も動けないことに気づいた。病舎へ行ってドクター・ブレイクを手伝おうと思ったが、浮橋のたもとでキャムが警護し、どうしても橋を渡らせてくれなかった。

「おれも困ってるんですよ。本当に。でも、これは隊長の命令なんでね」

イアンとの別れで感じた悲しみが怒りに変わった。いったいなんの権利があってイアンはわたしを島に閉じこめているの？　病舎で働けないなら、ほかにどこでわたしは役に立てるの？　まるで捕虜みたいに一方的に押しつける前に、どうしてこういう命令についてわたしに相談してくれなかったのかしら？

彼女はなんとかしようとコナーを探しに行った。しかし、彼は河の対岸にいて、タイコンデロガ攻撃作戦に備えた軍事訓練を行なっていた。砦と森のあいだに広がる大きな練兵場で、泥遊びをする子供みたいに地面に這《は》いつくばって前進するレンジャー部隊員の姿が見えた。全員がライフルを持ち、背中に装備をかついでいる。

しかし、これは遊びではない。戦争なのだ。

イアンが彼女を島から出られないようにしたのも惨めな気分にさせるためではなく、それがいちばん安全だと考えたからだ。彼の命令には腹が立つものの、子供じみた癇癪を起こして人の時間を無駄にしてはならない。もはや着替えひとつにも侍女の手伝いが必要な貴族の娘ではなく、迷子の子供でもないのだ。何か役に立つことがほかにもあるだろうし、いずれはコナーとも話ができるだろう。

どこから始めていいのかわからなかったが、心配を紛らわすためにも忙しくしていたかったので、イアンの小屋に戻ると、今まで一度もやったことがなさそうな大掃除に取りかかることにした。まず寝具類を洗濯して、五月の暖かい陽射しの下に干した。次に窓枠やマントルピースのほこりを拭き、小さな十字架を磨いた。椅子に乗って四隅のクモの巣も払った。だが、どんなに働いても頭から不安が消えることはなかった。

イアンとモーガンがふたりだけででかける任務とはどんなものなのだろう？　ジョゼフをはじめとするストックブリッジの戦士たちがいっせいに引きあげてしまったが、いったい何があったのか？　イアンはストックブリッジに向かったのだろうか？　彼らを連れ戻すために？　イアンに訊いても任務については話せないと言われた。

答えが出ないまま、アニーはほうきを取って床を掃きはじめた。テーブルのそばまで進み、床に広がった水の染みを見たとき、彼女はひざまずいて湿った床板に手を触れた。彼女の肌着を脱がせたときのイアンのあの熱い眼差し。あらわになった秘部を口で愛撫されたときのたとえようもない快感。彼が絶頂に達して彼女を精液で満たしたとき、抱きしめる彼女の腕のなかで激しく震えた彼の肉体。思いだすだけでアニーの下腹が熱くなった。

愛し合うようになって二週間あまりが過ぎた。歓喜で満たされた二週間。夜ごと、イアンは男と女の交わりについて新しいことを彼女に教え、肉体の秘密を暴き、彼女には想像もつかなかった喜びをもたらしてくれた。そして、夜ごと、彼女はイアンに抱かれて安心感に浸り、体も心も満足して眠りに落ちた。

あの広く深い森のなかでイアンに出会うとは、いったいどんな奇跡が起きたのだろうか？土手から転げ落ちたら彼のすぐそばにいたなんて、偶然ではありえないことだ。彼女を守ってくれる男。視線だけで彼女の体に火をつけられる男。彼女を信じてくれた男。イアン・マッキノンをもたらしてくれたことに、生涯、神への感謝を欠かすことはないだろう。

わたしはあの人と結婚する定めなのだ。カトリック教徒で、ジャコバイト派の末裔で、ハイランドの野蛮人と。漠然と夢見ていた結婚相手――広大な領地と名誉ある古い家名を持つイングランドの貴族とは違う。フランス製の絹のドレスもない。首にバーネス家代々のエメラルドのネックレスが輝くこともない。肉のローストやワイン、砂糖菓子であふれたテーブルもない。香りのいい花で満たされた明るい部屋もない。室内オーケストラもないし、カドリーユを踊ることもない。

代わりに、見知らぬ他人のものだった亜麻布の服を着るだろう。首にも指にも宝飾品はない。焙った鹿肉と河で釣った新鮮な魚、ゆでたジャガイモが祝宴のごちそうになる。ダギーがヴァイオリンを弾いてくれるだろう。そして、アニーは結婚の祝福を受ける。

彼女は立ちあがり、笑みを浮かべながらふたたび掃除に取りかかった。

もちろん、誰が結婚式を執り行なうかという大きな問題がまだ残っている。カトリックの神父はそもそもここにはいないのだし、アニーは子供たちを私生児扱いにはしたくなかった。砦の従軍牧師は、イアンが改宗しないかぎり決して結婚の司式は引き受けないだろうし、イアンも絶対に改宗には応じないだろう。

だが、ふたりともこれまでさまざまなことに耐えてきたのだ。きっと何か方法があるにちがいない。

イアンは音もなくオールを動かし、カヌーはシャンプレーン湖の黒い水面を滑るように進んでいた。エリザベス砦を出発して半日後、集結地点でジョゼフと落ち合った。そして、イアンとジョゼフ、ジョゼフの部下の大半が北を目指し、モーガンと少人数の戦士は南のオールバニへと向かった。

「神のご加護を!」モーガンがゲール語でイアンの背に呼びかけた。

イアンが休暇を要請できる状況であればもっと簡単だったろうが、どっちみち、ウェントワースがカトリックの神父を砦《とりで》に近づけるはずもなかった。まして、フランス人の神父など論外だ。この時代、異端者であるカトリックの神父は犯罪者やスパイとして扱われていた。そこで、イアンとジョゼフはひと芝居打ってふたりのあいだにいさかいが起きたことにし、イアンが砦から出る口実をでっちあげた。

イアンは行き先もでかける理由もアニーには話さなかった。もしも彼らが見つかれば、アニーまで共犯者として拘束されかねない。指揮官の同意なく持ち場を離れれば脱走罪になるのだ。それに、留守中に彼女を心配させたくなかったし、もし彼が殺されたり捕虜になったときに自分のせいだと彼女に思わせたくなかった。危険な任務ではないと彼女には言ったが、これまで引き受けてきた任務のなかでも一、二を争う危険きわまりない仕事だった。仲間の命をそんな危険にさらしたくはなかったのでひとりで行くつもりだったが、ジョゼフがそれを拒んだ。

彼らの旅の目的は、敵地を抜けて北のモントリオールまで行き、ワイアンドット族の戦士に似せたペイントをして途中の関門をくぐり抜け、神父を見つけ、誰を傷つけることもなく神父を説得して連れてくることだった。そして、危険な道のりをふたたび引き返し、ストックブリッジでモーガンと落ち合ってから、秘密の結婚式のために神父と、そして、ジョゼフの部隊を連れてエリザベス砦に戻る。その後、ジョゼフの部下のなかでも最も信頼できる戦士数名を案内役に付けて神父をタイコンデロガ砦まで送り届ける。エリザベス砦に神父が来たことすらウェントワースは気づかずに終わるだろう。

計画どおりに事が運べば簡単な任務だ。

彼らの足取りは恐ろしく速かった。出発して四日後にはタイコンデロガ砦のはるか北に出ていた。しかし、シャンプレーン湖にはアベナキ族とワイアンドット族はもちろん、おびただしい数のフランス軍船があふれていた。まもなく彼らは湖をあきらめ、陸路で進むしかないだろう。

隣のカヌーでジョゼフが西の水平線を指さした。太陽が落ちている。そろそろ野営の準備をしなくてはならない。イアンは左前方に小さな入り江を見つけ、首を振ってそこを示した。ジョゼフがうなずいた。彼らは舳先《へさき》を岸に向け、小舟を木立のなかへ引きずりこんで下草で覆い隠した。周囲の森に五感が慣れてくると、野営地にふさわしい場所を探して入り江を歩いた。

しばらく行くと大きな岩場に突き当たった。ジョゼフの部下たちに背後を固めさせ、イアンとジョゼフは湖と周囲の森が一望できる岩場の頂上までのぼった。イアンが望遠鏡を出して湖に向けた。北側に、タイコンデロガ砦へとゆっくり南下する六隻の艦隊と十二艘《そう》の平底船が見えた。彼はジョゼフに望遠鏡を渡し、船団を指さした。ジョゼフは望遠鏡をのぞき、イアンの無言の提案に同感だとうなずいて見せた。ふたたび湖を使って移動するには、船団が通り過ぎる明朝まで待たねばならないだろう。

そのとき、ジョゼフが眉間に皺を寄せた。彼はもう一度、望遠鏡を目に当て、眼下の森にレンズを向けた。だが、イアンには望遠鏡がなくてもそれが見えた。

幌馬車隊。フランス兵。

補給部隊だ。

西へ向かっている。ワイアンドット族の陣地へ。

ジョゼフが望遠鏡をイアンに返し、肘《ひじ》で彼の肩をこづいた。意味ありげににやりと笑っている。

不思議に思ったイアンが望遠鏡を下へ向けると、問題の幌馬車隊が見えた。彼は人数を数えた。フランス兵が五十人ほど。ワイアンドット族の戦士は約三十人。自軍の陣地を移動する輸送隊の護衛としてはかなりの大人数だ。彼らは十二台の幌馬車を警護し、それぞれの馬車には物資が満載されていた。乗客はいないようだったが、しかし……。

イアンは驚いて目をみはった。

神父だ！

イアンはナイフをくわえて腹這いで進んだ。野営のたき火だけが頼りだった。彼はフランス軍の野営地を夜がふけるまで見張りつづけ、補給部隊の一行が眠るまで待った。そして、ズボン一枚になり、クマの脂と灰を肌に塗りつけて黒く染めた。音もなくゆっくりと這い進み、ただの黒い影となってワイアンドット族の歩哨のそばをすり抜けた。神父のテントはすぐ前方にあり、内部の蠟燭《ろうそく》の光で明るく浮きあがっている。

最初、イアンとジョゼフは輸送隊を待ち伏せして襲い、神父を拉致《らち》しようと考えたが、あまりに危険が大きすぎるとイアンが判断した。やむをえないとしても命を奪うことで罪を重ねたくなかったし、百人のストックブリッジの戦士たちがいきなり現われれば、フランス兵も同盟軍であるワイアンドット族もパニックに陥り、必ず銃撃戦になるだろう。たとえイアンが一時休戦の白旗を振って身元を明かし、神父に一緒に来てもらいたいと丁重に頼んだところで、彼の首には高額の賞金がかかっていることだし、生きてその場から脱出できるわけもなかった。そこで、仲間たちのために安全な方法を選んだ。彼にとっては危険だが、しかし、なんといっても彼自身の結婚のためなのだ。

といっても、彼はひとりきりではなかった。ジョゼフと部下たちが野営地を取り囲み、最悪の事態が起きたときに備えて待機している。イアンはそうならないことを祈った。

彼は腕を使って少しずつ前進した。寝息や足音、革がきしむ音、すべてに耳を澄ましつつ、前方の神父のテントに目をこらした。あとわずか二メートルにまで近づき、テントの後ろ側をナイフで切り裂くか、それとも、あえてフラップを開けるという大胆な方法を使うか、なかに入るにはどちらがいいだろうかと考えていたとき、若いフランス人将校が隣のテントから出てきてたき火の前を通り過ぎ、神父のテントに入っていった。ふたりが話しこむ低い声が聞こえてきた。

イアンは暗い影に溶けこんでじっと身を伏せたまま、見つめていた。

フクロウの鳴き声。咳の音。新緑の葉を騒がす風。背後ではワイアンドット族の男ふたりが女のことで小声で言い争っていた。たき火のなかで薪が崩れ、オレンジの火花が飛び散った。

このテントは将校と神父のふたり用なのだろうかとイアンが思いはじめたころ、内部の声が静まり、将校が外へ出てきた。

「お休みなさい《ボン・ニュイ》、ドゥラヴェ神父さま《ペール・ドゥラヴェ》。ゆっくり寝てください《ドルメ・ビヤン》」

だが、将校は自分のテントのほうへ三歩ばかり歩いたところで足を止め、暗がりのほうへ向きを変えた。まっすぐイアンを見ているようだ。

イアンは逃げるか戦うかという動物的本能を無視し、いつでも飛びかかれる態勢で息を詰め、殺すことにならなければいいがと心のなかで祈った。

将校はさらに近づいてきたが、警戒心はまったくなく、足早に歩きながら片手でズボンをゆるめている。

なんてこった！　こいつは小便をするつもりなんだ！

こんなことで命を落とすのはお互い情けない。

イアンはじっと固まったまま、わずか一メートル足らず前で将校がペニスをつかみ、イアンの顔のそばの地面に排尿するのをただ見ているしかなかった。やがて将校は鼻歌を歌いながらズボンの前を閉め、背を向けてテントへと入っていった。

イアンはこの瞬間を逃さず立ちあがり、神父のテントまですばやく近づくと、フラップを持ちあげてなかに入った。

ふさふさの白髪に高貴な面立ちをした年配の神父は、ショックと恐怖の表情でイアンを見つめ、喉が詰まったように小さく「モン・デュ！」と驚きの声を洩らした。

「イアン・マッキノンという者です。危害を加えるつもりはありません」手にしたナイフが誤解を与えることに気づいたイアンは、すぐに鞘《さや》に収めた。そして、胸の前で十字を切った。「お許しください、神父さま。わたしはこれから罪を犯します」

アニーはキリーの話に耳を傾けつつ、縫い目がそろうように気をつけていた。沈みかけた夕陽の貴重な光を頼りに、ブレンダンの破れた袖の繕い物を仕上げているところだった。

「でもね、補給品があんまり長く船に積んだままだったから、ビスケットが石みたいにカチンカチンになっちまってた！　ゾウムシまで寄りつかなかったからね」

この聞き慣れた話にも男たちはいっせいに温かい笑い声をあげた。訓練と射撃演習で明け暮れた厳しい一日の緊張が、夕食と毎晩配給されるラム酒で解放される。

アニーもいつのまにか悲しみを忘れて微笑んでいた。「あなたはどうしたの？　さぞかしお腹がすいたでしょう？」

「そうですとも。おれたちの腹の虫がやかましく音をたててた。そしたら、隊長が大樽を開けて、それを砦の城壁の下に置けと命じた」キリーは話術がうまく、まだ青白い顔に笑みを浮かべて芝居がかった間を置き、効果を演出した。「そして、ビスケットをやわらかくするために大砲の弾を落とさせたんですよ！」

男たちが大笑いした。

アニーもつられて笑った。「大砲の弾を？」

「そう。六ポンド砲弾を一ダース落としたんだが、真っ先に壊れたのは大樽だった！」

男たちの爆笑に合わせてダギーのヴァイオリンが陽気なジグの曲を奏でた。

アニーは繕い物を膝に置いた。「キリー、あなたが病舎からこっちへ戻ってこられて本当によかったわ。あなたの話、わたし、大好き」

キリーの顔が紅潮した。「おれのアイルランドの魅力が気に入ってもらえたようだね」

「ええ、それもあるわ」アニーは軽やかに笑うと、椅子代わりにすわっていた木の切り株から腰をあげた。「では、みなさん、お休みなさい」

「お休み、お嬢さん」

「ゆっくり寝てくださいな」

夏を予感させる暖かい微風のなか、アニーはイアンの小屋へと歩いていった。冗談を言い合う男たちの明るい声やダギーのヴァイオリンの音が背後から響いてくる。一羽のゴイサギがどこかの沼地で獲物を探すためにゆっくりと翼を羽ばたかせて飛んでいく。西の地平線は鮮やかなオレンジとピンクに染まり、沈みゆく太陽が光彩を放っていた。

イアンもこの夕陽を見ているかしら？　ちゃんと無事で、モーガンやジョゼフと一緒にラム酒を飲んでいるかしら？　部下たちがやっているように、おもしろい話を語り合って笑っているかしら？　わたしがあの人のことを思っているように、彼もわたしのことを思ってくれているかしら？　それとも、恐ろしい危険に遭遇し、命がけで戦い、ひょっとしたら負傷したり……あるいは、もっとひどいことに？

──すぐ後ろから死が追ってくるような生活だというのに。

──君のために約束する。絶対に追いつかれたりはしないから。

イアンが出発して十二日がたった。十二日間の長い昼と、さらにもっと長い夜。危険な任務ではないが長くかかるかもしれない、と彼は言った。この十二日間が永遠のように思えた。不安を隠し、いつもイアンが見せている勇気を自分も示そうと精いっぱい努めた。しかし、毎夜、寝つけないまま横になり、イアンや仲間たちがみんな無事でいますようにと祈りながらも、脳裏には彼女自身が味わったあの森での恐怖の記憶がつきまとって離れなかった。戦士の雄叫び、ライフルの発射音、地面に倒れて死んでいく男たち。ああ、神さま、どうか彼に約束を守らせてください！

コナーや部下たちは彼女を元気づけようと気を使ってくれている。重い責任を負っているにもかかわらず、コナーは毎日、時間を見つけては彼女とおしゃべりし、朝食か夕食は彼女と一緒に取り、必要なものがすべてそろうように手配してくれていた。キリーはまだ衰弱していて肉体労働は無理だが、舌のほうはあいかわらず元気いっぱいで、男たちに口うるさく命じてアニーのところへ薪《まき》と水を運ばせている。まるで守護天使のようにイアンの部下たちが彼女を見守っていた。悪態をつき、ラム酒が大好きな荒くれ天使たちだが、それでも天使であることに変わりはない。

心底驚いたのは、彼女がキャンベル一族だとみんなが知っていたことだ。イアン自身がその真実を知ってしばらくしたころ、部下たちに彼女の本名を明かしたのだとイアンから聞かされた。彼の口から聞くのが部下たちにとっては最善だという判断だった。アニーはきっとみんなから憎まれるだろうと思ったが、それどころか、男たちはいっそう彼女を守ろうとしているようだ。

これまで三度、ウェントワース卿から呼び出しを受けたが、三度とも緊急事態が起きて面会どころではなくなった。最初は火薬庫の近くで火災が発生した。二度めは砦の跳ね橋が崩れ落ちた。三度めは、森の周辺にアベナキ族の一団がまるで攻撃を仕掛けるように現われたため、砦全体が戦闘態勢に入った。

これらの事件の背後にレンジャー部隊がいることをアニーはよく知っている。マクヒューとキャムが朝食の席でブレンダン相手にアベナキ族の軍団について笑いながら話していたのだ。

「ふたりとも、勇ましいインディアンには化けられるだろうが、撃たれるのが心配じゃなかったんですか?」とブレンダンが訊いていた。

「あいつらがまともに撃てるわけがないじゃないか」とマクヒューが答えた。

「的より自分を撃っちまうような連中だからな。あいつらの顔を見たかい?」キャムが笑いだした。

ウェントワース卿を彼女に近づけないように隊員たちがそこまでの工作してくれたのかと思い、アニーは胸がいっぱいになったものだ。もし捕まれば彼らは軍法会議にかけられ、間違いなく鞭打ち刑を受けただろう。

「君はもう彼らの仲間なんだ」出発する前にイアンがそう言った。「君の秘密を暴露したり、君に危害がおよぶようなことをする者はあのなかには誰ひとりとしていない」

このがさつな男たちの集団、この粗野なレンジャー部隊の隊員たちが互いに家族となり、故郷に置いてきた身内の穴を埋め合っているのだと、アニーにもわかるようになった。彼らの多くはカロデンの戦いで父を失い、アーガイル公によって祖国を追われたのだが、それでも彼らは彼女を受けいれてくれた。たとえそのほとんどがイアンへの敬愛と忠誠心から出ているとしても、それでもアニーは感謝せずにはいられなかった。

しかし、彼らが本心から彼女に好意を持ってくれていることはわかっている。ほかにもわかることがあった。彼らは孤独で、アニーという存在を通して、あとに残してきたものをすべて思いだすのだ。彼らが故郷の話をしたり、あるいは、ダギーがヴァイオリンを弾くとき、彼らの目には思慕の念が表われ、その声は哀愁を帯びる。大勢の隊員がはるか遠くの辺境の村々に恋人や妻や子供たちを残している。愛する者たちを守りたいと願ってみずからの命をかけ、自分たちの敵の敵と戦ってでも故郷に平和をもたらそうとしている。

大半はイアンの部隊に入って三年になり、家族のもとへ帰るのはクリスマス休暇が与えられたときだけだ。どうしてそこまで耐えられるのだろう？　愛する人びとからこんなに離れた暮らしにどうして我慢できるのだろう？　彼らがまだ生きているのか、それとも、すでに戦死して永遠の別離となってしまったのか、たえず考え、不安におののく妻や恋人たちは、どうやって耐えているのだろう？

アニーの目に涙があふれ、頬に流れ落ちた。わたしはあの男たちやその家族のために泣いているのかしら？　それとも、イアンの身の案じて？　彼女にはわからなかった。でも、これだけは確かだ。イアンになんと言われようとわたしは絶対にストックブリッジには行かない。

小屋にたどりつくと、戸口でコナーが待っていた。彼女は涙をぬぐおうとしたが、すでに見られていた。

コナーが眉間に皺を寄せた。その表情がイアンとよく似ていた。彼は安心させるようにアニーの肩に手を置いた。「どうかしたのかい？」

アニーは肩をすくめ、笑顔を見せようとした。「もっと強くならなきゃと思うんだけど、でも……彼のことが心配で」

「ああ、そんなことか」コナーがあきれたように視線を上に投げた。そして、にっこり笑った。「だったら、これが役に立つかも」

コナーが片手を持ちあげた。小さな花輪を持っていることにアニーは気づいた。ピンク、黄色、白の野生の花を白いリボンで結びつけた花輪だった。

アニーはそれを受け取り、驚いて見つめた。「これは……？」

「あなたの髪を飾るための兄さんからのプレゼントだよ。おれを信頼しろって、兄さんが言ってる。手早く着替えてほしいそうだ。彼が森で待ってるから、河を渡ってそこまで一緒に行こう」

すぐにはコナーの言っていることが理解できなかった。「これはイアンからなの？ イアンは帰ってきてるの？」

コナーが満面の笑みを浮かべた。「ああ。兄さんはあなたと一刻も早く結婚したくてうずうずしている。衣装はベッドに置いてあるから。さあ、急いで着替えて！ 彼が待ってるよ」

27

「じっと伏せてて、アニー。もうすぐ着くから」

身を隠し、ドレスを守るために黒い毛布にくるまったアニーは、カヌーに腹這いに寝そべり、コナーとマクヒュー、キャムが河を泳ぎながらこの小舟を対岸の土手へと誘導していた。だんだん暗くなっていく向こう岸の森のどこかでイアンが待っているのだ。

わたしは夢を見ているのかしら？

アニーはなめらかな絹の新しいドレスや髪に飾った花輪に手を触れると、心が躍った。イアンがわたしと結婚するために待っている。

頭にはさまざまな疑問が渦巻いていた。まだ神父も牧師もいないというのにどうやって結婚式を執り行なうつもりなのか？　帰還したのであればどうしてキャンプにいないのか？　どうしてこっそりと河を渡って彼に会うのか？　こんなにきれいなドレスをいったいどこで調達したのだろうか？

これらの疑問をコナーにぶつけたが、にっこり笑うだけで答えようとはしなかった。「ねえ、そういうことを訊かれてもうんざりするだけだから、さっさと着替えて！　もう暗くなる。知りたいことはすべて兄さんが話してくれますよ」

アニーはまともに息もできないまま、震える手で緑とピンクの縞《しま》模様の亜麻布の服を脱ぎ、新しいドレスを身にまとった。くすんだバラ色の絹に象牙《ぞうげ》色の繊細なレースの縁取りが付いたドレスは、まるで彼女のためにあつらえたようにぴったりだったし、誰かが以前に着た古着にも見えなかった。レースをすべて結んだときに初めてそれが彼女のための結婚衣装なのだと気づいた。とにかく、絹のドレスを着て結婚することになるのだ。

小舟が砂浜に乗りあげる感触が伝わり、水辺を歩くモカシンの音が聞こえ、そっと頭をあげてみると、三人の男たちがカヌーを岸へと引きずっていた。彼らは服も髪もずぶ濡れになっていた。やがて、コナーの力強い腕で毛布ごとかかえられ、遠く離れた木立のほうへ足早に運ばれた。

「なるほど、兄さんがあなたをあんなに長く背負っていられたのは当然だね」コナーが腕のなかでアニーを抱きなおしながら言った。「子供みたいに軽いや」

ほどなく河の水音に代わって、木立を静かに揺らす風の音や枝に留まった鳥たちの眠たげなさえずりが聞こえてきた。森の奥深くまで入っていくと、緑の草と野生の花が広がる牧草地にたどりつき、空が開けて夕陽に染まっていた。

その薄暮のなかでイアンが待っていた。生きて、無事な姿で。

長い髪が濡れ、顔のひげは剃っている。河で体を洗ったのだろう。革ズボンとレギンスを身に着けていたが、シャツは新しい亜麻布のものだった。傍らには両刃の大剣があり、柄《つか》頭《がしら》にマッキノン氏族のタータンが巻いてある。

「イアン！」

地面におろされるや、彼女はイアンのほうに走っていた。彼のほかには何も目に入らなかった。彼女は彼の腕のなかに飛びこみ、彼女を包みこむ力強い抱擁を感じ、額や頬、そして、唇にキスする彼の温かい唇を感じた。アニーも口づけを返し、唇を開いて彼を味わった。恐怖と渇望に明け暮れした十二日間が熱い抱擁のなかで溶けていった。

笑いをこらえる男たちの声が耳に入った。

「まずは結婚式が先だろう？」とモーガンが言った。

アニーはゆっくりと唇を離し、イアンの藍色の瞳をじっと見つめた。いまだに疑問だらけだが、心は弾んでいた。

「君は今まで見たことがないほどきれいだよ、アニー。ああ、どんなに会いたくてたまらなかったことか！」

そのとき、誰かが咳払いをし、明らかにフランス訛《なま》りの英語で言った。「始めましょうか？」

振り返ったアニーは息を呑んだ。

モーガンとジョゼフの隣にひとりの男が立っていた。黒く長いローブをまとい、ウエストにはベルト代わりの質素なロープ。片方の腰からロザリオが垂れさがっていた。カトリックの神父だ。

アニーはイアンを見つめた。驚愕《きょうがく》、怒り、当惑が入り交じっていた。「こ、これは……？」

「申しわけありません、神父さま。花嫁と話をする必要があるので」イアンの腕がアニーの腰に巻きつき、少し離れたところまで連れて行った。そして、彼女の顎を持ちあげ、強引に視線を合わせた。「これが君の望みと違うことはよくわかっているよ、アニー。君が怒っていることは顔を見ればわかる。それを責めはしない。なにしろ、君の了解もないままにおれが勝手に事を運んでしまったからね。でも、おれがやったことはササナックから見れば反逆罪に等しいし、もし見つかった場合、君にその責めがおよばないようにしておきたかったんだ」

腹も立ち、ろくに考えることもできなかったアニーはただイアンをにらみつけた。「いったい何をやったの、イアン・マッキノン？」

彼は親指で彼女の頬を払った。「上官を欺き、フランス人の神父を誘拐し、君を守りたいためにこのことは明かさなかった。ちょっと待った、聞いてくれ！　おれはまもなくタイコンデロガ攻撃にでかけるだろう。戻ってこれない可能性だってある。もしおれが戦死して、君がおれの子を身ごもっているとわかったらどうなる？　金もなく不名誉なまま子供を産むようなことは絶対にさせたくないんだ。怒りたければ怒れ。おれに向かって怒鳴れ。おれを責めろ。我慢できないなら殴ればいい。でも、とにかくここで今すぐ結婚してほしい。おれたちにまだ時間があるうちに！」

アニーは気持ちが激しく揺れ動き、心臓は大きく脈打っていたが、なんとかイアンの説明を理解しようとした。彼の藍色の目には心づかいと、そして、不安が浮かんでいる。そのとき、ハッと思い当たった。この人はわたしが受けいれるかどうかわからないまま、これだけのことをやってのけたのだ。上官に背き、困難な長い旅をし、みずから大きな危険を冒した。

やがて不思議な静けさが彼女を包んだ。怒りも戸惑いも霧のように心から消え失せた。イアンはいずれ戦闘に出発して、戻ってこないかもしれないのだ。それ以外に何か重要なことがあるというのか？

彼女は神父に視線を向けた。真剣な眼差しで彼女を見ているが、その顔が疲労でやつれている。アニーはイアンを見つめた。彼女の目に涙がふくれあがってきた。「わかりました、イアン・マッキノン。わたしはここで今すぐあなたと結婚します。わたしたちにまだ時間があるうちに」

イアンは彼女の手を取り、強く握りしめると、神父のもとに引き返した。

「アニー、こちらはジャン＝マリー・ドゥラヴェ神父さまだ」

アニーはカトリックの神父にもフランス人にも会ったことがなかったため、どうしていいのかわからず、イアンの手を放すと、腰をかがめてていねいなお辞儀をした。「神父さま」

「立って、あなたの名前を教えてください」訛りはひどかったが、言っていることははっきりとわかった。

アニーは腰を伸ばしたものの、急に緊張してきた。「レディー・アン・バーネス・キャンベルです」

「レディー?」

モーガンが驚いてつぶやき、それがさざ波のようにコナー、マクヒュー、キャムへと伝わっていくのを感じたアニーはイアンに視線を向けたが、彼もまるで初めて彼女を見るような目つきで見つめていた。

イアンは彼女の手を唇に当ててキスした。「レディーなのかい?」

この人は知らなかったの? わたしの名前から想像がつかなかったのかしら?「ええ、そうよ」

ドゥラヴェ神父が話しはじめていた。まずふたりにひざまずくように求め、次にまた立たせた。ラテン語と英語とフランス語が入り交じった神父の言葉は、夢のなかの出来事かと思うように彼女の耳に流れこんできた。神父はふたりの手をマッキノン氏族のタータンで結びつけ、その上で十字を切ると、アニーにとっては妙になじみ深く、なおかつ、完全に異邦人の言葉で祝福を唱えた。

しかし、式のあいだ、彼女はイアンしか見ていなかった。彼女の震える手を握りしめるイアン。誓いを立てるときになって彼女を促すイアン。生涯、彼女を愛し、敬い、慈しむと約束するイアン。彼女の指に金の指輪をはめるイアン。彼女の顔から幸福の涙をぬぐうイアン。彼女に口づけし、抱きあげるイアン。

そして、アニーは花嫁として祝福を受けた。

ダギーのヴァイオリンと、マクヒューが吹き鳴らす禁じられたバグパイプの音楽に合わせてモーガンと踊るアニーを、イアンはながめていた。彼女は興奮で頬を上気させ、長い髪を花輪で飾っている。彼女はジグのステップを知らなかったので、モーガンとコナーが指南役を務め、レンジャー部隊の隊員全員が彼女を励ました。優雅で軽やかな足取りの彼女はすぐにこの踊りを覚えた。

イアンの血はラム酒と、そして、欲望で熱くなっていた。華麗なステップを踏んでいるアニーをいずれ抱きあげ、小屋まで運んでベッドに寝かせ、夫としてあらためて彼女を求める。でも、祝宴を中断したくはない。今はまだ。

彼は警護の任務についている者を除いた全員に追加のラム酒を用意し、ドゥラヴェ神父にはワインを一本、調達していた。河の対岸からレンジャー部隊のキャンプを見た神父は、二、三日、とどまることに決めたのだ。

「あそこにいるのがあなたの部下ですか？」と神父から訊かれた。

「はい、島にいる連中がそうです」

「皆さん、カトリック？」

「はい、全員が。大半はカロデン出身です。残りはアイルランド」

神父はローブの袖に手を通して腕組みし、その場にたたずんでいた。茶色の目にたき火の光が反射し、真剣な面持ちだった。「せっかくわたしがここへ来たのですから、皆さんの懺《ざん》悔《げ》を聞くべきでしょう。ただし、彼らの様子を見るかぎり、少し時間がかかるかもしれない。わたしを向こうに連れて行ってもらえますか？」

「はい、神父さま。ご親切にありがとうございます。しかし、もし見つかれば、あなたはスパイとして、わたしは反逆者として絞首刑になるでしょう」

ドゥラヴェ神父は微笑を見せた。「わたしは冒険を求めてこの地に来たんですよ。その冒険に遭遇したようだ」

そこで、弟たちやジョゼフと徹底的に話し合った結果、アニーはドゥラヴェ神父、コナー、マクヒュー、キャムと共に河を渡って島に戻し、イアン、モーガン、ジョゼフ、それに、ジョゼフの部下たちは川の上流まで歩き、あたかもストックブリッジから引き返してきたように森を抜けて南から砦に向かうことになった。イアンは任務が成功したことをウェントワースに伝え、浮き橋を渡って、彼の到着を待ちかねていたアニーと再会した。

彼の結婚の知らせを聞いて部下たちは歓呼の声をあげたが、コナーの小屋からドゥラヴェ神父が現われて物陰に立つと、唖然とした沈黙が彼らを覆った。十字を切る者もいた。信じられないといった表情でぽかんと口を開ける者もいた。

「なんですか、皆さん、そのいかめしい顔は？」ドゥラヴェ神父が立腹したように両手をあげた。「これは結婚のお祝いなんですよ、そうでしょう？」

そこでまたもやダギーがヴァイオリンを取りだし、深刻な空気が一転して陽気な宴に変わった。

今はキリーがアニーと踊っている。この年配のアイルランド人はアニーより少し背が高い程度だが、軽快な足さばきでは負けていなかった。彼女をくるくるまわして興奮の悲鳴をあげさせると、次にひとり離れて猛烈に速いアイルランドのステップを披露して見せた。

「彼女はみんなから愛されてるな」ジョゼフがイアンのそばに立ち、ブリキのカップに残ったラム酒を口に含んだ。

ウェントワースはストックブリッジのインディアンがラム酒を飲むことは許可していなかったが、そんな規則は真っ先に無視された。

「ああ、たしかに」そして、おれも愛している、とイアンは思った。

今やアニーが正式な妻になったと考えるだけでイアンは驚嘆を感じずにはいられなかった。勇敢で魅力的で賢明で優しくて情熱的。そう、彼女は激しい女だ。男が望むものをすべて持っている。対岸の森のなかで彼女はひどく傷ついたように見えた。だが、怒りを静めて彼を信頼し、最初は怒り、仰天し、その後は慣れない儀式に怯《おび》えていた。だが、怒りを静めて彼を信頼し、導かれるままに神聖な儀式を最後までやり遂げようとする積極性に、イアンは深く感動した。

「彼女の〝レディー〟という意味がまだよくわからないんだが」ジョゼフが当惑の色を見せた。

すでにモーガンとコナーがジョゼフやその部下たちに、上流階級と貴族の概念を説明しようと試みたのだが、うまく通じなかった。一部の人間が生まれながらに恩恵を受けるとか高貴な家系という考えそのものが、マッヘコンネオク族にとっては不可思議なものだった。

「要するに、彼女は偉大な部族長の娘で、〝レディー〟は敬意をこめた称号だと思ってくれ」

「なるほど、じゃあ、彼女は先祖から伝わった偉大な知恵の持ち主なんだな」

キャムが割りこんでキリーからアニーを奪うと、彼女が笑い声をたてた。「今度はおれがお相手をする番だ、マイ・レディー」

い、い、い、い、レディー・アン。

彼女の父親が貴族だということにイアンは気づくべきだった。彼女の伯父がアーガイル公のいとこであるなら、まず間違いなく彼女は貴族の家に生まれたのだろう。「いや、そういうわけじゃない。イギリスでは、知恵よりも権力や富、領地に関わることなんだ」

「ヨーロッパ人ってのは奇妙だな」

「ああ、たしかに」しかし、アニーがほかの男たちと踊るのを見飽きていたし、話も終わりにしたかった。彼は前に進みでて、ふざけた態度でキャムを押しのけた。「おれの妻から手を放せ」

彼はアニーの腰に腕を巻いてくるりとまわしたが、そのとき、アニーが息を呑み、笑い声も音楽も止まり、マクヒューのバグパイプの残響がくぐもったむせび泣きのように漂った。

なんの前触れもなくウェントワースとクック中尉が武装した正規兵十数名を引き連れて現

われたのだ。

「どうやら、われわれは祝宴のじゃまをしてしまったようだな、クック」ウェントワースが冷ややかな眼差しをイアンに向け、さらに視線をアニーに移した。

「そのようですね、閣下」クック中尉も不満げな目でアニーを見た。

イアンが前に出てアニーを背後に隠した。「モーガン、このドイツ出身の小君主をおれの結婚式にお招きするのを忘れたのか?」

「おっと、そうらしい。お許しください、お殿さま」

クックが動転した表情を見せたが、ウェントワースは薄い笑みをのぞかせただけだった。

「まずは祝福の言葉が先だろう。おめでとう、少佐。しかし、教区牧師も従軍牧師もいないのにどうやって結婚にこぎつけたんだ? なにしろ、わたしは従軍牧師に結婚式を執り行なう許可を与えた覚えはないからな」

イアンはすばやく頭を働かせた。とにかく、コナーの小屋にドゥラヴェ神父が潜んでいるのだ。もし神父が発見されれば、神父もイアンも絞首台送りになることはほぼ確実だろう。

「代理人を立てて、オールバニのはずれにいる知り合いの神父に頼んだんですよ」

一瞬、ウェントワースの顔に驚愕が走ったが、すぐに無表情の顔に戻った。「知ってのとおり、国王陛下はカトリックの結婚を認めていないぞ」

「国王なんて消えちまえ!」

背後から怒声があがった。ラム酒がまわりすぎて部下たちが愚かな真似をしなければいいが、とイアンは願った。アニーが戦いに巻きこまれるような危険は絶対に冒せない。

「黙れ！」彼は大声で部下たちを叱りつけると、ウェントワースと目を合わせ、冷然とした口調で答えた。「おれの子供を私生児と思いたければそう思えばいい。おれには関係ないことだ。アニーはおれの妻で、終生、おれの妻であることに変わりはない。おれがそう決めたことだ。彼女の名誉を汚したり、危害を加える者は誰であろうと、おれが生きているかぎり容赦はしない」

この力強いイアンの声をアニーは聞き、彼とウェントワース卿とのあいだに交錯する陰鬱《いんうつ》で重苦しい沈黙を感じ取った。古くからの憎悪と口には出さない威《おど》しが空気にみなぎっていた。これが危険なゲームだということにウェントワース卿は気づかないのだろうか？　すでにジョゼフ大尉の部隊がウェントワース卿と護衛兵を取り囲んでいる。レンジャー部隊員の多くは鞘からナイフを抜き、ライフルを手にしている者もひとりかふたりいた。もしここで戦いが始まればウェントワースの一行はレンジャー部隊のキャンプから生きては出られないだろう。

やがて、ウェントワースがアニーをじっと見つめた。「ミス・バーンズ、前に出たまえ」

アニーはドキッとした。彼女は一歩、足を踏みだしたが、イアンが片腕を伸ばしてさえぎった。

「彼女になんの用だ？」

しかし、ウェントワースは答えなかった。ゆっくりと近づき、アニーのすぐ手前で立ち止まった。そして、彼女の手を取り、わずかに身をかがめてその手をうやうやしく口もとに運んだ。

「許してください、レディー・アン。もっと早くわたしが介入してこんな運命からあなたを守るべきだった。もしあなたがわたしを信頼してくれていれば……」

アニーは顔から血の気が引くのを感じた。ウェントワース卿の残りの言葉が聞こえなくなるほど胸の鼓動が激しくなり、足もとの地面が揺れ動いたような気がした。「まあ、どうしましょう」

ウェントワースが彼女に手を伸ばしたが、それより早くイアンが力強い腕で彼女のウエストを包みこみ、自分のほうに引き寄せた。

「落ちつけ、アニー。君に危害がおよぶようなことはさせない」彼の声はまるで遠くから響いてくるようだった。「目的はなんだ、ウェントワース？」

ウェントワースの顔に薄ら笑いが浮かんだ。「彼女に危害を加えたりするものか、少佐。なにしろ、君の妻は上流の女性なのだから。本名はアニー・バーンズではなく、レディー・アン・バーネス・キャンベル。辺境の田舎娘ではなく、わが友アーガイル公の親類だ」

誰かの笑い声が聞こえた。やがて、その笑いは男たちのあいだに広がり、嘲笑《ちょうしょう》や高笑いの渦になったが、アニーは彼らと一緒に笑うことはできなかった。ウェントワース卿がわたしの身元を知っているということは、つまり……。

「おれは自分の妻の名前ぐらい知ってるさ」このイアンの言葉でまた男たちが笑いころげ

た。

ウェントワースはまるで殴られたような顔つきだった。その驚愕ぶりと、その下に潜む憤《ふん》怒《ぬ》を見たアニーは、ウェントワースがこの事実を突きつけることでイアンに打撃を与えるつもりだったのだと悟った。だが、ふたたび口を開いた彼の声は冷たく穏やかで、その内容はアニーを芯《しん》から戦慄させた。

「では、少佐、彼女が十四年の年季奉公という刑罰を受けていることも知っているんだな。彼女の正式な所有者はインディアンの襲撃で殺された。彼女はそれを偽っていた。年季奉公の期限はまだ残っていて、次の所有者に転売しなければならない」

「彼女の年季奉公契約の正式な所有者は今はこのおれだ！」イアンの大声に夜の闇までが静まりかえったように思えた。

アニーは驚いてイアンを見あげ、どうして彼にそんなことができたのだろうかと不思議に思った。そして、ウェントワース卿に視線を戻すと、またもや動揺が表われていた。頬の筋肉がヒクヒクと動き、鼻孔が広がった。「証文を見せたまえ」

モーガンがシャツの内側から羊皮紙の束を取りだしてウェントワースに手渡した。ウェントワースは封蠟をはずし、たき火の明かりに書類を傾けながら急いで文面に目を走らせた。

ふたたび視線をあげたとき、怒りは跡形もなく消え失せ、かすかな微笑さえ浮かべていた。「すべて整っているようだ。みごとな手並みだったな、少佐。実にみごとだ」

「これはゲームじゃない。おれの妻の人生だ」イアンの声には嫌悪感がこもっていた。

「ああ、そのとおりだな」ウェントワースは目つきを和らげてアニーを見た。「レディー・アン、これ以上、彼に頼る必要はない。もしお望みとあれば、わたしがこの結婚を無効にし、この不潔で屈辱的な境遇から優雅な暮らしへと引き戻してあげましょう。本当にあなたはこの辺境開拓者と結ばれたいのですか？　このカトリック教徒と？　名前も称号も富も何もない男と？」

激しい怒りがアニーの恐怖を押しのけた。「この人にはれっきとした名前があります！　彼はイアン・マッキノン。マッキノン氏族の氏族長イアン・オーグ・マッキノンの孫です。わたしは彼のそば以外にどこにも行くつもりはありません」

ウェントワースの眼差しが険しくなった。「早すぎる決断をのちのち悔やまないといいがね」

立ち去っていく彼の姿を目で追いながら、身震いするほどの強い安堵《あんど》感がアニーの全身に広がったが、そのすぐあとから恐怖感が襲ってきた。わたしの身元を知られたからには、ウェントワース卿がベイン伯父にそれを伝える可能性がある。

結婚した相手も年季奉公の契約者も同じ男性なのだから、もはやベイン伯父にできることはほとんど残っていない、と彼女は自分に言い聞かせ、心を静めようとした。しかし、ふたたびヴァイオリンが旋律を奏ではじめても、つきまとう不安を払いのけることはできなかった。ベイン伯父がその気になればどんなことをしてでも彼女に魔の手を伸ばすだろう、と。

「いつ、わたしに話すつもりだったの？」

イアンは、豊かな曲線を描くアニーの腰をゆっくり撫でていた。熱烈な愛の営みが終わって眠気を誘われていたため、頭がぼんやりしていた。「話って、なんのことだい？」

アニーはイアンの腹部の体毛を指先でもてあそんでいた。「わたしの年季奉公の証文を買ったこと」

その点については、彼女がどんな反応を示すだろうかと実はイアンも考えていたのだ。

「さあ、特に決めてはいなかったんだ。君に無用の心配をさせないために今夜話してしまいたい気持ちもあったが、生涯、黙っていられればそれでもいいと思っていた。十四年後、君が寝ているあいだに書類を火に投じて、それが燃えるのをひとりで見ていようって。悪くない考えだろう？　夫に所有されているなんて、女性の尊厳を傷つけるからね」

アニーは頭を持ちあげ、柔和な緑の瞳でイアンを見おろした。「あなたが法律的にわたしのご主人さまだと考えると、たしかに奇妙な感じがするわね。でも、わたしはあなたを信頼しているわ、イアン。あなたがしてくれたこと……あなたはまたわたしの命を救ってくれたのよ」

ウェントワースの顔に表われた衝撃と憤怒を思いだしてイアンは深い満足感を覚えた。あの卑劣な策士は、イアンと部下たちがアニーに反感を持つように仕向け、彼女が彼に保護を求めるしかない状況に追いこもうと画策したのだ。女をベッドに誘いこむ手口としては血も涙もないやりかただ。

「君を守ると言っただろう。あれは本気で言ったんだ」そして、イアンは詳しく説明した。彼はウェントワースがアニーを狙っていると直感し、彼女を守る最善の方法を考えるために弟やジョゼフ、その戦士たちと話し合い、念入りに計画を立てた。イアンとモーガンは砦から見えなくなったところでふた手に分かれ、モーガンはアニーの年季奉公契約の証文と結婚式の贈り物をいくつか買うためにオールバニへ向かい、イアンは神父を誘拐するつもりでジョゼフとその部隊と共に北へ向かった。そして、タイコンデロガ砦から北へ一日分の行程を進んだところで偶然ドゥラヴェ神父と出くわし、彼を説得しておとなしくついてきてもらうことにしたのだ。

「君に打ち明けるわけにはいかなかった。心配させるだけだし、もしもうまくいかなかったら君は自分を責めるだろうからね」

「神父を誘拐だなんて……まあ、イアン！」アニーは彼をにらみつけた。「それに、もしもあなたが殺されたりしたらどうなっていたと思うの？」

「でも、おれは殺されなかったし、あれだけ苦労したおかげでおれはこんな美人を妻にすることができた」

「とても危なっかしい計画だったわね、イアン。少なくとも、あなたが無事でよかったけど。でも、お願いだからもう秘密はやめてちょうだい。わたしは一人前の女で、子供じゃないんだから」

イアンは彼女のやわらかい尻をつかんでにやりと笑った。「その点は感謝しないとな」

アニーが眉をひそめ、険しい目つきを見せた。

イアンは低く笑い声を洩《も》らさずにはいられなかった。「ああ、わかったよ、もう秘密はなしだ」

「それから、明日の朝、わたしをストックブリッジに送るのもやめてもらいます。これもあなたの計画の一部でしょうけど、わたしは絶対にあなたのそばから離れないわよ」

「君のために最善の方法なんだ、アニー」

「お願いよ、イアン、あなたからそんなに遠く離れてしまうなんて、考えただけで我慢できないわ」

イアン自身も同じ気持ちだったので譲歩した。「わかったよ。ここにいればいい。とりあえず、今はね」

アニーが微笑んだ。その笑みでイアンの下腹部が張り、股間が重くなった。すると、アニーが彼の上にまたがり、胸に両手を這わせた。「どのようにお仕えすればいいでしょうか、ご主人さま？」

アニーのほうから積極的に誘いをかけてきたことに驚いてイアンはうなった。彼は欲望のおもむくまま彼女の腰をつかんで顔のほうに引きあげた。ピンク色の肌が金色の産毛に覆われている。かつての快楽の名残だ。イアンは彼女を開き、すすり泣くような喜びの声を引きだした。

「では、ご奉仕してもらおうか」

ウェントワースは空のグラスを冷えきった暖炉に投げつけた。グラスは砕け散ったが、渦巻く激しい怒りはほとんど顔には表われなかった。彼は技の差で負け、しかも、それをまったく予期していなかった。チェックメイト。完敗だった。

明らかにマッキノン少佐は、砦から離れた時間をジョゼフ大尉との不和の修復以外にも大いに利用した。ふたりのあいだに本当にいさかいがあったのかどうか、それすら疑わしいのだが。脱走にも等しい行為で、少なくとも鞭打ち刑には値するが、立証することはできないだろう。火薬庫近くの火災や跳ね橋の崩落、アベナキ族らしき集団の攻撃についても、その背後にレンジャー部隊がいることをやはり証明できないだろう。

マッキノン少佐は頭が切れるし技術も卓越している。彼の部下たちの忠誠心はすさまじく固い。

今夜はレディー・アンの本名を暴いて少佐の恋慕の情を打ち砕いてやるつもりだった。少佐にしろレンジャー部隊の隊員にしろ、彼女に反感を持つのは当然で、レディー・アンは彼にひざまずいてでも援助と保護を求めるにちがいないと計算していた。だが、少佐はすでに彼女の身元を知っていた。しかも、知ったうえで受けいれていた。そして、彼女は彼を選んだのだ。

マッキノン氏族の末裔《まつえい》とアーガイル・キャンベルの一族の結婚？

どう考えてもありえない。なぜレディー・アンは少佐を信頼して真実を打ち明け、このわたしには嘘をついたのだろうか？　マッキノン氏族とキャンベル氏族は敵同士《かたき》だ。なにしろ、レディー・アンの一族は現イギリス国王に味方したのだから。なぜレディー・アンのような女性がわたしよりはるかに非力な男と結婚するのだろうか？　なるほど、少佐は彼女の年季奉公の証文を買いつけたが、わたしならその判決じたいを破棄できるだろうに。どうして彼女は身分に背を向けるような真似をしたのだろう？　藁《わら》とクマの皮とビールを選んだ。わたしなら羽毛のベッドと絹のドレスと最高級のワインを与えられるというのに。

ウェントワースは服を脱ぎはじめ、かつらを無造作に化粧台へ放り投げつつ、事態を細かく分析した。ゲームと同様、レディー・アンに関する問題も整理ができるだろうし、いったん態勢を立てなおせば、またこちらの思うとおりに動かすことができるはずだ。

おそらく、少佐に命を助けられたことで彼女はロマンティックな空想の世界に羽ばたいてしまったのだろう。そうでもなければ、彼女のように貴族として生まれ育った女性がマッキノン少佐などに魅力を感じるはずはない、とウェントワースは思った。あの褐色に陽灼《ひや》けした肌、入れ墨に長い髪。ほとんど野蛮人と変わらない男だ。しかし、女というものは、ことセックスになると、必ずしも理屈どおりにはいかない。

彼は靴を蹴《け》り飛ばし、長靴下を脱いで蠟燭の火を吹き消した。そして、ズボンと下着を脱ぎ、裸でベッドに横たわると、闇のなかで天井を見つめた。部屋の窓の外では砦が眠りに落ちている。レンジャー部隊のキャンプですら静かになっていた。

彼は目を閉じ、少佐のベッドにいるレディー・アンを想像しないようにしたが、無理だった。ペニスが膨張し、彼女への欲望で張りつめた。彼はそれを自分で握り、ゆっくりと撫でさすった。

このゲームのむずかしいところは、まだ全部の駒がそろいきっていないことだった。どうしても答えが欲しい。それを与えてくれそうな人物はひとりしか残っていない。ビュート卿ベイン・キャンベル。一カ月以内に侯爵から返事が来ることを期待していた。そのあとはタイコンデロガ砦の攻撃に出発してしまう。返事が来れば状況が明らかになるだろう。ウェントワースにまた冷静な感覚が戻ってきた。

駒はまだ動いている。

ゲームはまだ終わっていないのだ。

28

「おれの奥方は貴婦人《レディー》だ」イアンの言葉がまだ夢のなかにいるアニーを揺り起こした。耳もとで声が低く響き、温かい息が首に吹きかかる。「まっとうな貴婦人ならこんなふうに男に触られるのはいやだろうな」

イアンの手がアニーの背後から腿のあいだに割りこんで彼女の秘部を覆い、どこよりも感じやすい部分に指先を押しつけてゆっくりと円を描いた。アニーの体に喜びが走り抜け、完全に目が覚めた。彼の親指が内部に滑りこむと、彼女はうめき声を抑えることができなかった。

「おや、この貴婦人はどうやらこれがお好きらしいぞ」イアンは彼女の内側も外側も撫でて刺激し、耳の下の肌を軽く噛《か》み、勃起《ぼっき》した彼自身を彼女の腰に押しつけた。

「ああ、イアン！」絶頂がすぐに襲ってきて、熱い絹のような歓喜に全身が震えた。

イアンは巧みな手つきで彼女の至福をできるだけ引き延ばし、やがて最後の身震いがおさまって甘い静けさが広がった。だが、これで終わったわけではなかった。まだこれからだ。「貴婦人の奥方は、四つん這いにさせられて、後ろから荒っぽく激しく責められたりしたら、どうお思いになるかな?」

アニーは、我慢できないほど張りつめているイアンを感じたし、彼女自身、彼が欲しくてたまらなかった。「いいわよ、イアン。お願い!」

一瞬のうちに彼女は四つん這いにされ、両脚を大きく広げられた。イアンが彼女の腰をつかみ、太いペニスの頭を押しこんだ。熱く濡れた彼女の奥深くまでそのまま一気に貫き、彼女の叫び声と彼の低いうめき声が重なった。

「ああ、いいぞ、アニー」彼は彼女を強く突き、満たし、奥へと伸ばし、刺し貫いた。そのリズムは猛々《たけだけ》しく、容赦がなく、完璧だった。

アニーは彼の睾丸が自分にたたきつけられるのを感じた。体内の敏感な場所を彼のペニスが突き、濡れた摩擦は焼けるように強烈で、とろけるように甘美だった。彼の手が前から伸びて、やわらかく腫れたクリトリスを刺激し、唇が肩に触れてキスし、くぐもったささやきを彼女の肌に伝えた。さまざまな喜びが幾重にも重なり合ってほとんど耐えがたいほどの歓喜を彼女にもたらした。

彼女は声をあげてイアンを求め、叫び、懇願した。「イアン! ああ、もうだめ、イアン!」

そして、それは襲いかかってきた。紅蓮《ぐれん》の炎のように彼女を呑みこむすさまじい歓喜の渦。のぼりつめた彼女の内側の筋肉が大きく震え、何度も何度も彼を締めつけ、イアンはアニーの名前を叫びながら彼女のなかで弾け飛んだ。

ふたりは息を切らしながらベッドに倒れこんだ。

イアンが仰向けに寝ころんでアニーを汗まみれの胸に抱き寄せ、彼女の髪にキスした。

「おれの貴婦人の奥方はまったく貴婦人とはほど遠い気がするな」

アニーは顔をあげ、笑みをこらえた。「たぶん、彼女はちょっとだけ……激しい貴婦人なのね」

朗々とした豊かな笑い声をイアンが響かせ、つられてアニーも微笑した。もはや彼は、アベナキ族から彼女を救ってくれたときのような、戦闘に疲れきった男ではなかった。結婚して一カ月、顔に皺《しわ》を刻んでいた緊迫感がすっかり消えていた。気軽に微笑み、よく笑った。ウェントワース卿の陰謀で無理やり戦場に駆りだされる前はこういう人物だったのではないか、とアニーはときどき感じた。イアンの弟や部下たちもこの変化に気づいたらしく、結婚は彼の性に合っていると口々に言い、彼が点呼に遅れるたびにからかい、夜はちゃんと寝たのかとわけ知り顔でにやにや笑った。

「ああ、おれの奥方は激しい貴婦人だが、でも、貴婦人であることに変わりはない」イアンは彼女の手を口もとまで運んでキスした。そのユーモアあふれる眼差しがやがて残念そうに曇っていった。「もう行かないと、アニー。連中が待ってるからな」

レンジャー部隊のキャンプが活気づき、点呼を待つ部下たちの物音が外から聞こえていた。

アニーは無理に笑顔を見せた。「そうね」

彼女はイアンのひげ剃りと着替えを手伝いながら、今日は軍事演習場までしか行かないことを神に感謝した。明日は戦闘に出発するのだから。

アニーは圧倒されそうな恐怖感と闘いつつ、ドゥラヴェ神父のもとに朝食を運んだ。その危険の大きさは計り知れないのだが、それでも神父は、先へ進めという神意を感じるまではレンジャー部隊のキャンプ地にとどまると決断した。神父がタイコンデロガ砦に行くことを渋っているのは、むしろ、自分の手で祝福を与え、食事を共にしたレンジャー部隊の隊員たちが、彼の同胞であるフランス人を殺し、また、反対に殺されるところを見たくないためではないだろうか、とアニーは思っている。その心情を責めることはできなかった。

目立たないようにレンジャー部隊員の制服を着てキャンプに紛れこんだドゥラヴェ神父は、今では小さな小屋に住み、そこで昼は祈り、夜は男たちと話をしたり懺悔に耳を傾け、大半の者が乏しい知識しか持っていない信仰について教えた。アニーが予想していたカトリックの神父やフランス人のイメージとはまったく違っていて、ドゥラヴェ神父を見ていると彼女は祖父を思いだした。ただし、祖父は何ごとにも愚痴をこぼすような人物ではなかったが、ドゥラヴェ神父は砦の食事とワインがないことに不満を洩らした。

この日もアニーが持ってきたソーセージとビスケットに横目をやり、「わたしがイギリス人なら、まともな食事欲しさに降伏するでしょうね」と言った。

「そんなにひどくはないですよ」アニーは笑って答えたが、しかし、このところ、キャンプの食事のにおいを嗅《か》いだだけで胃がむかむかしてくることを認めざるをえなかった。

神父に必要なものがそろっていることを確認してから彼女は病舎へ行き、午前中を軟膏《なんこう》の調合や包帯作りに費やし、薬剤や器具を梱包するドクター・ブレイクを手伝った。彼はウィリアム・ヘンリー砦の跡地に小さなテント張りの野戦病院を設営することになっていた。この跡地にはすでに一万を超える民兵やイギリス正規軍が野営し、タイコンデロガ砦攻撃の準備を進めている。アニーも軍医に同行して手伝いたいと頼んだが、イアンが許可しなかった。

「いいか、アニー、おれは君をストックブリッジに送らなかったが、この件でもおれを説得できるとは思うな」イアンは怒りを含んだ面持ちで突っぱねたものだ。「ウィリアム・ヘンリー砦は血にまみれた場所だ。忘れたのか？　あんなところへ君を近づけてたまるか！」

というわけで、アニーは仕方なくこのエリザベス砦で戦闘が終わるのを待ち、ただ祈るしかなかった。砦に残るのは病人と負傷者、それに、少人数の正規兵部隊だけだった。

木の箱に並んだ革袋に彼女は小さな薬瓶を次々に入れ、すべて密封されていることを注意深く確認した。暑さのせいで服が肌に貼りつき、襟もとにたまった汗が乳房のあいだへと滴り落ちた。めまいに襲われそうになり、イアンや隊員たちは照りつける太陽の下でどうして訓練ができるのだろうかと不思議に思った。だが、たぶん、彼らは暑さに慣れているのかもしれないと考えなおした。なにしろ、男たちの多くはこの土地で育ったのだ。涼しく雨の多いスコットランドで彼女がテーブルマナーを身につけ、裁縫や刺繍《ししゅう》を練習し、習い事をしていたころ、イアンは銃の撃ちかたや追跡法、木にのぼって蜂の巣から蜂蜜を取ることを覚えていたのだ。いずれ戻ってきたら、この蜂蜜採取の技術を彼女のために大いに役立てようと彼は約束してくれた。

彼は戻ってくるわ。

必ず戻ってこなければ。

イアンのいない生活など彼女には想像がつかなかった。

この一カ月はかつて経験したことがないほど幸せに満ちあふれていた。こんなにも生き生きとした自分を感じたのは初めてだった。この喜びは本当に現実なのかと信じられなくなるときさえあった。毎朝、イアンの腕のなかで目覚め、毎夜、存分に愛されて眠りに落ちる。昼間はそれぞれに務めがあり、イアンは来たるべき戦闘に備えた部下の訓練、彼女は病舎で病人と負傷者の看護に当たったが、夜には互いに話し、愛し、夢見る時間があった。

アニーは母や父、兄弟、ロスセーにあった領地の美しさを語り、イアンは自分の氏族の話や、アメリカの辺境でジョゼフや弟たちと共に成人したことを語った。そして、夜が更けると、彼はオールバニの北東にある農場の話をした。いつかこの戦争が終わり、自由の身になったら、もう一度土地を開墾してそこに彼女のための家を建てる、と。

しかし、幸福に包まれて日々が過ぎていったものの、たえず戦争がふたりの上に影を落としていたし、この喜びがひどくもろいこともアニーは知っていた。イアンの身を案じて心配になる気持ちを払いのけようと努めたし、ふたりで共有する時間を不安で曇らせるようなことは決してしなかった。だが、こうしてその時が迫ってくると、もはや恐怖心を抑えておくのは不可能だった。

もしあの人が負傷したり捕虜になったり、あるいは、戦死したらどうしよう？

アニーは愛《いと》しい彼の体を隅々まで知り尽くしている。彼の強靭《きょうじん》さにかなう男はほとんどいないが、皮膚と筋肉だけでは鉛の弾を止められないし、爆裂弾や大砲の威力に勝てるわけもない。彼女の父や兄弟たちと同じように、彼が切り裂かれ、血だまりのなかで息絶えることなど、考えたくもなかった。

それに、モーガンやコナー、ジョゼフはどうなの？　万一、誰かひとりでも深刻な重傷を負ったり命を落としたりしたら、イアンは自分を責め、永遠にその悲痛な苦しみを背負いつづけるだろう。部下たちは？　全員が生還することはありえないのだ。

あふれそうになる涙をアニーはまばたきしてこらえた。せめてわたしにできるのは、あの男たちと同じ勇気を示すことだ。命がけの戦いに行くのは彼らであって、わたしではないのだから。

「マッキノン夫人、こっちのやつもその木箱に入れるものだと思う」ドクター・ブレイクが病舎の奥から呼びかけ、小さな瓶の列を指さしていた。

アニーは立ちあがって軍医のほうへ一歩踏みだした。だが、まるで床に強く引っ張られたように体が傾き、周囲の景色が渦巻く濃淡の灰色に染まった。最後に見たのは、ドクター・ブレイクの驚く顔だった。

イアンはアバークロンビー将軍と目を合わせ、いったい何度、同じことを繰り返し言わねばならないのかと思った。「あの逆茂木《さかもぎ》は少なくとも高さが二メートル近くあり、しかも、その手前は、腰の高さまで積み重ねた柴や枝で一面が覆われ、その長さは十メートルを超えるんですよ。あれだけの防壁を突破するには、まず砲撃を浴びせないことには無理だ。兵士たちは枝の山にからまって無数の傷を負うだろう」

将軍は寛大な笑みを浮かべ、テーブルに広げた羊皮紙の地図の皺を青白い手で伸ばした。「わが軍は約一万六千の軍勢で、そのうちの六千は訓練を積んだイギリスの正規軍だ。少佐、明らかに君は彼らの能力を過小評価している。国王陛下の軍隊のなかで立派に戦えるのはレンジャー部隊だけではないんだ」

だが、イアンは黙っていられなかった。「イギリス正規兵が空でも飛べればね。それに、たとえ飛べても、敵の銃弾に当たればレンジャー部隊と同じくあっけなく死ぬだけだ」

周囲にいるほかの将校たちは居心地が悪そうに体を動かし、将軍は青い目でイアンを見ていた。明らかに腹を立てている。

そのとき、ウェントワースが口を開いた。「将軍、残念ながら、わたしもマッキノン少佐に同意せざるをえません。無用の犠牲を出さずに敵の防壁を突破するには、大砲による攻撃が肝要です」

イアンがウェントワースを見た。イアンの結婚式の夜以来、ふたりはほとんど口を利いていなかった。ウェントワースはクックを通じて命令を伝えるか、あるいは、執務室にイアンを呼びつけてもそっけない言葉を数語発しただけで退室を命じた。この閣下どのが負けることに慣れていなくて、しかも、無類の負けず嫌いなのは明らかだった。その彼がアバークロンビーではなくイアンの意見に賛成したのは、いやなゲス野郎ではあるが、少なくとも愚か者ではないということだ。

「よかろう」アバークロンビーがいらだたしげに鼻を鳴らした。「では、ここに大砲を置くとしよう」

将軍は自分の戦略を事細かに説明した。それを聞いていたイアンは結論を下した。アバークロンビーは物資輸送や食糧供給の点では独創性を発揮する男だが、戦争の遂行についてはほとんど何も知らない。もしもこの作戦で砦を陥落できればそれはまさに奇跡だろう。

この三年間、イアンは戦いのなかで生き、戦いのなかで呼吸し、今日が自分の最期になるかもしれないと常に思ってきた。数時間後に戦いを控えたときの執拗な不安も、冷たく乾いた恐怖の味も知り尽くしている。だが、タイコンデロガ攻撃について考えると、そういうものとは異質の不安で心がいっぱいになった。今回はいつもと違う。その理由は簡単に思い当たった。

アニーだ。

まさか彼女のような女性が現われるとは予想だにしなかった。まさに不意打ちを食らったようなものだった。あの鮮やかな緑の瞳、黄金色の髪、愛らしい微笑。彼女のおかげで、失っていたことにすら気づかなかった笑い、光、生きる希望がよみがえった。アニーが彼を本来の姿に戻してくれたのだ。

ひとりの女性とこれほどまでに密接な絆《きずな》を持ったことは今までにない。彼女が考えること、感じること、そのひとつひとつが自分のことのように大切だった。心も体も魂も、何もかも一心同体になった相手はほかにいない。彼の夢や今後の日々がこれほど重要だと思えたことは一度もないのだ。

自分が死と隣り合わせの人間だとこんなに自覚したこともない。

「ここにキャンプを張ってから北へ進軍しよう」と将軍が言い、地図上のジョージ湖からサバスデイ・ポイントまで指を走らせた。

全員がうなずいた。

ここにいる将校の大半がウィリアム・ヘンリー砦より北へ行ったことがない。彼らにはそこに何が待ち受けているのか想像もつかないだろう、とイアンは思った。ふさわしい案内人がいなければ森を抜けることすら無理かもしれない。

「補給隊は……」

ウェントワースの執務室のドアがいきなり開き、息を切らしたブレンダンが足を引きずりながら入ってきた。彼は軽く頭をさげた。「すみませんが、隊長に緊急の用件があるんです」

将軍はまずブレンダンをにらみつけ、次にイアンをにらんだが、ウェントワースがうなずいた。

「ドクター・ブレイクから伝言で、アニーが意識を失ったそうです！」

イアンは退室の許可すら求めなかった。

目を覚ましたアニーは、病舎の小さなベッドに寝かされていることに気づいた。ドクター・ブレイクが心配そうな顔つきで見おろしている。「わたし……どうしたんでしょう？」

「気絶したんだよ」軍医が濡れた冷たい布を彼女の額に押し当てた。

「気絶？」アニーは頭がぼんやりしてすぐには状況が呑みこめなかった。

「いやはや、わたしも肝を冷やしたよ。だが、熱はない。気分はどうだね？」

「ちょっとめまいがします。わたし、本当に気絶したんですか？」アニーにとっては生まれて初めての経験だった。

「ああ、そのとおりだ。食事はきちんと取ってるかね？」

「最近、どうも食欲がなくて。暑さがひどいせいだと思います」

「何か痛みは？　頭痛とか？」

「いいえ」アニーはゆっくりと体を起こした。「きっと暑いからですわ。こういう暑さには慣れていないので」

「かもしれないが」ドクター・ブレイクは納得のいかない口ぶりだった。「最後に生理があったのはいつだね？」

無遠慮に投げかけられた質問にアニーの頬が赤く染まった。男性相手にこんな話をしたことなど一度もないのだ。それでも、彼女は記憶をたどり、生理が遅れていることに気づいた。先月はなかった。彼女は驚いて腹部に手を当てた。

まさか、本当に？　こんなに早く？

「たしか、四月の終わりだったと思います」

「で、今は六月末だ」医師の額から皺が消え、顔に微笑が広がった。「マッキノン夫人、どうやら君は妊娠したようだ」

「妊娠？」イアンが戸口のすぐ内側に立っていた。精悍《せいかん》な男らしい顔が驚愕で呆然《ぼうぜん》としている。やがて、彼はアニーを見た。その目には心配そうな表情と驚嘆の念が表われている。

「アニー？」

アニーはわきあがってくる感情で喉が熱くなった。すでに妊娠しているという驚き。体内にイアンの子供が宿っている喜び。切ないほどの憧れをあらわにしたイアンの眼差しに感じる情愛。ここまで純粋に驚いたり、希望に満ちあふれたイアンは見たことがなかった。

アニーは思いを言葉にすることができず、ただ手を伸ばし、イアンの大きな手がそれをしっかり包みこんだ。

ドクター・ブレイクがイアンに笑顔を向けた。「夫人の出産は真冬になるだろう」

イアンは今にも壊れそうなはかないものでも見るような目つきでアニーを見た。「彼女の具合は……？」

「いたって健康だよ。妊娠初期にめまいを感じたり吐き気がするのは珍しくないことだ。少し休めばすぐ元気になるだろう」

イアンがふたたびアニーを見たが、彼女が思わず息を呑むほどその目は愛情深く優しかった。「君は知らなかったのかい？」

アニーは気恥ずかしくなった。わかりきった症状があったのに、どうして気づかなかったのだろう？「ええ。最近のひどい暑さのせいだとばかり思っていたから」

イアンが彼女の手を握りしめて微笑んだ。「君の体を冷やしてやらないとな」

「マッキノン夫人、手伝ってくれてありがとう。でも、今日はもう仕事はおしまいだ。午後は横になって休んだほうがいい」

アニーはベッドから起きあがろうとしたが、イアンが両腕でかかえあげた。

「休めと言われたんだからそのとおりにしなきゃいけない。ありがとうございました、先生」

正規兵からもレンジャー部隊員からも好奇の視線を浴びながら、砦のなかを抱かれて運ばれていくのは気詰まりだった。まして、気分が悪いわけでもないのだから。しかし、イアンは彼女をおろそうとはしなかった。

「ただちょっと気を失っただけなのよ。もうすっかりよくなったんだから。こんなことをする必要は……」

「黙ってろ、アニー」彼は彼女のこめかみに唇を当て、優しい声で言った。「こうやって君を抱いてるのが好きなんだ。抱けるあいだは楽しませてくれ」

とたんにアニーは不安に襲われ、喜びはほろ苦いものに変わった。彼の言葉にこそ、恐ろしい真実が潜んでいた。明日、彼は戦闘に出発する。わが子の誕生をその目で見ることがないかもしれないのだ。

アニーは彼の肩に寄り添い、目を閉じた。

イアンはアニーが眠りにつくまでそばにいた。服を脱がせ、濡れた布で素肌を拭《ふ》いて冷やし、子宮のすぐ上あたりの腹部に片手を置いた。彼女の体内ですでに自分の息子か娘が育ちつつあるのかと思うと、ただ驚愕するしかなかった。

アニーは目を閉じて微笑していた。「あなたも喜んでくれる？」

イアンは自分の感情を懸命に言葉で表現しようとした。「こんなにも豊かな祝福に恵まれるなんて信じられないよ」

わたしは少しも疲れていないと言い張ったにもかかわらず、アニーはまもなく眠りに落ちた。イアンは亜麻布のシーツを上から掛け、頬にキスすると、離れがたい気持ちを振りきって外に出た。そして、アニーとその体に宿った新たな命のことで頭はいっぱいだったが、戦争という仕事に戻った。

「わが軍の戦闘計画は欠陥だらけで、指導者は能なしのまぬけ野郎だが、敵軍は充分な備えを固めている」イアンはレンジャー部隊の将校たちに説明した。「おれたちの任務は命令を遂行することだが、もっとましな戦略を立てないと、ナニー・クロンビーのばかげた作戦でおれたちが全滅しかねないぞ」

彼はアバークロンビーの攻撃計画の概要を伝えたが、彼自身が将軍に訴えた内容と同じ異論が噴出した。レンジャー部隊はタイコンデロガ砦周辺の森を熟知しているというのに、なぜ軍の案内役としてレンジャー部隊を使わないのか？　ラ・シュート河から攻撃したほうがはるかに成功する可能性が高いのに、なぜあえて逆茂木という防壁に真正面から挑むのか？敵からはこちらの動きが丸見えになるのに、なぜ全軍を一ヵ所に集めるのか？

イアンに考えつく答えはひとつだけだった。「アバークロンビーはおれたちの射撃訓練を見て楽しんではいるが、民兵が正規兵と同じように戦えるとは思ってないわけだ」

コナーが鼻を鳴らして嫌悪感をあらわにした。「まったくの大バカ野郎だな！」

彼らは軍議に取りかかった。現地の地形とタイコンデロガ砦の配置に照らし合わせてアバークロンビーの作戦を見直し、どの行動が失敗に至るか検討した。

軍議が終わって解散したあと、ようやくイアンはモーガン、コナー、ジョゼフの三人に朗報を伝えた。

「アニーが妊娠した」

一瞬、男たちはイアンを見つめ、次の瞬間には三人が三人とも満面の笑みを浮かべた。

コナーがモーガンに顔を向けた。「なあ、兄貴、作物が実るのは、農夫の種の質と鋤《すき》の強さのせいか、それとも、彼が耕す畑が肥沃（ひよく）だからか、どっちだと思う？」

モーガンとジョゼフがドッと笑いだした。

そして、モーガンが答えた。「そりゃ、もちろん、両方がうまく合わないとだめだが、今度の場合、言っちゃなんだが、おれは兄貴の鋤を見たことがあるし、あれはおれのやつに比べて強くも大きくもないから……」

「おれのと比べてもそうだよ」とコナーが相づちを打った。

「……だから、耕していた畑の質がよかったんだな。そうとも、いい畑なんだ」

イアンが弟たちに罵声《ばせい》を浴びせようとしたとき、ジョゼフが彼の腕に手を置き、マッヘコンネオク族の言葉で話しかけた。「若造どもの冷やかしなんか気にするな。おまえさんの目には不安が映ってる。いいか、たとえおまえが帰還しなくても、おれたち部族が彼女と子供の面倒を見る」

イアンはうなずき、いつのまにか詰めていた息を大きく吐いた。そして、ドゥラヴェ神父からも同様の約束を取りつけるために出ていった。弟たちとジョゼフが交わした表情を見ることも、彼らが互いに誓い合った言葉を洩《も》れ聞くこともなかった。それは、もしも四人のうち誰かひとりしかタイコンデロガ砦から生きて帰れないとしたら、必ずイアンを生還させようという男同士の誓いだった。

29

アニーは頭が朦朧《もうろう》として吐き気を感じながら目を覚ました。彼女はゆっくりと起きて身支度し、小屋の戸口から静かなキャンプをのぞいた。陽は落ちていて、彼女の心も沈んだ。今夜はダギーはヴァイオリンを弾いていなかった。マスケット銃の手入れをしている。ほかの隊員たちもライフルの手入れに余念がなく、刃物や銃剣を磨き、角製の容器に火薬を詰め、装備をまとめながら、小声で話をしていた。

イアンが彼らのあいだを歩きまわってひとりひとりに声をかけ、武器を点検したり質問に答えたり、冗談を言い合っている。彼が部下たちに確信を吹きこむ姿が印象的だった。イアンと話すだけで全員の顔が明るくなる。かつてのハイランドの領主のように、彼はみんながどれだけ重要か身をもって示し、強靭な力を分け与えていた。

では、ハイランドの領主の妻はどうするのだろう?

こんなところに突っ立って泣いてなんかいないわよ、アニー。

彼女は涙をこらえて戸口から離れ、ベッドにイアンの装備品を並べはじめ、そのひとつひとつの品に手を触れた。拳銃、角製の火薬入れ、タータンの端切れを巻いた両刃の大剣、荷物を背負う負い革、革製の水筒。初めてこの水筒から水を飲み、剣の柄に巻きつけられたマッキノン氏族のタータンに初めて気づき、荷物の中身をあさる彼の姿を初めてながめたのが遠い昔のことのように思える。

恐怖に満ちた暗黒の日々だったが、そのおかげでこうして彼と結びつくことができた。決してどんなものとも交換はしない。

そのとき、ふと思いついて彼女は一本のナイフを取り、ひと房の髪をつかんで切り取った。その一方の端を結び、火打ち石と弾の入った袋にそっと入れた。彼の一部がわたしと共に子宮のなかにいる。そして、わたしの一部が彼と共にでかけるのだ。

「おれを早く出発させたいのか？」

アニーは驚くと同時に悲しみで胸がいっぱいになり、勢いよく振り向いた。「そんなことは言わないでちょうだい！」

イアンが小屋のドアを閉め、アニーに近づいて彼女を抱き寄せた。「ああ、悪かったよ、アニー。兵士っていうのは戦争に行く重苦しさを冗談で紛らすものなんだ」

「そんなの、ちっともおかしくないわ！」悲しみが深い分だけ、彼女の声は怒りっぽくかん高いものになった。

イアンが彼女の額にキスし、さらに強く抱きしめた。「まだおれたちには今夜ひと晩が残ってる」

アニーは体を押しつけ、その希望にすがりついた。「ええ、まだ今夜があるわね」

彼女はイアンの荷造りを見守り、彼女が用意しておいたかんじきとクマの毛皮を彼が見つけたときは一緒になって笑った。

「さすがにこれは必要ないだろうな」

そして、ふたりは焙《あぶ》った牛肉とゆでたジャガイモの夕食を取った。アニーにはまだ吐き気が残っていたが、イアンは彼女に少しでも食べるように説得した。

アニーはふたりきりの時間を大切にしたかったが、イアンの指示を必要とする用事が次々に起こるらしく、食事はたびたび中断した。

まずモーガンがやってきた。「支給された火打ち石がおれたちのライフルに合わないんだ」

「アバークロンビー配下の補給担当将校に、もしじゃまをしたらそいつのキンタマを撃ち飛ばせとおれに命令されたと言って、必要な物資を全部取ってこい」

次にコナーが来た。「マクヒューが正規兵三人と乱闘騒ぎを起こして営倉にぶちこまれちまったよ」

「おい、何やってるんだ、まったく！　そのまま放っておけ。朝までには出してもらえるだろう」

次はやけに怒った顔つきのブレンダンとキリーだった。キリーが代表してしゃべった。

「隊長、おれたちふたりは残れと言われたんだ。まさかおれたちをここに残していくつもりじゃないだろうな！」

イアンがアニーの手を握りしめた。「ふたりは部隊と共にタイコンデロガ砦に向かわなくていい。それは本当だが、しかし、体力が弱ってるとか戦闘の足手まといになると考えてるからじゃないぞ。おまえたちには別の任務があるんだ。おれに代わってドゥラヴェ神父とアニーの身を守ってもらいたい。これはまだ秘密なんだが、実は、アニーは妊娠してるんだ」

ふたりのしかめつらは大きな笑みに変わった。信頼してこの任務を託せる隊員はわずかしかいないことや、アニーには保護だけでなく、体調が不安定なときだけに小屋の管理にも助けが必要なのだとイアンは語り、ふたりはその話に耳を傾けた。

「おまえたちに任せていいか？」

ブレンダンが激しく首を振ってうなずき、若々しい顔に真剣な表情を浮かべた。「はい、隊長」

キリーはにやりと笑った。「もちろん、赤ん坊にはおれの名前をつけてくれるんだろうね」

イアンは手振りでふたりを追い払った。「ふざけたアイルランド野郎め！」

アニーはふたりが出ていくまで待ってから口を開いた。「あの人たちの気持ちを思いやってああいう言いかたをしたのね」

「べつにそういうわけじゃないさ、アニー」一瞬、まじめな顔で彼女を見ると、イアンは笑みをのぞかせた。「だが、すぐにわかるぞ。妊娠のことは黙っておいてくれとふたりに頼んだが、それはつまり、あっというまにレンジャー部隊全員に伝わるということさ。彼らはたとえ拷問されても正規兵やフランス軍には口を割らないが、レンジャー部隊員同士では秘密を守れないらしい」

まさにそのとおりで、アニーがもう何も喉を通らないと食事を断わり、残った料理をイアンが食べ終えたころ、ふたりに出てきてくれと口々に呼びかける声が外から聞こえてきた。

イアンがアニーを連れてドアの外に出た。彼女のためらいを察して肩に腕をまわしていた。

隊員たちが歓呼の声をあげた。そして、ひとりずつ前に出てきてアニーのそばへ行き、帽子を脱いで彼女と子供のために心からの祝福の辞を述べた。

「長寿と幸福を」

「ありがとう、キャム」

「あなたとお子さんに長寿と健康を」

「ありがとう、フォーブズ」

「もし女の子であればあなたの美しさを、男の子なら父親の勇気を受け継ぎますように」

「ありがとう、ダギー」

アニーとお腹の子のために隊員たちが惜しみない祝福を送り、イアンはその様子を傍らで見ていた。彼女がみんなから大切に思われていることは知っていたが、ここまでのことは予想していなかった。だが、このなかには生還できない者もいるだろうと思い当たったとたんにハッとした。そして、理解した。醜悪と死が待つ戦場へと出発する前夜、彼らは美と新しい命に敬意を払っているのだ、と。

アニーは内心の悲しみと不安にもかかわらず、いかにも高貴な生まれの淑女らしく気品ある物腰で隊員たちの挨拶を受け、感謝をこめたにこやかな笑顔で答えていたが、今にも泣きそうなことはイアンにはわかった。彼女は隊員らに幸福感をもたらしたが、しかし、イアンは彼女をひとり占めしたかった。

最後のひとりが彼女の前に進みでると、イアンはモーガンを脇に引き寄せた。「このあとはおまえに指揮を……」

「任せる、だろ。了解。彼女のそばに行ってやれよ、兄貴」

イアンは部下たちにゆっくり休めと告げ、アニーを連れて小屋に入り、ドアを閉めて夜の闇を遮断した。やっとふたりきりになれた。

明滅する蠟燭の光のなかでアニーはうつむいて立っていた。体を抱くように両腕を巻きつけた姿は、ひどく華奢《きゃしゃ》ではかなげで怯えて見える。彼女は震える息を吸い、泣くまいと懸命にこらえていた。

イアンは彼女を抱き寄せて髪にキスした。「おいで、アニー」

「わ、わたしもあなたのように強くなりたいけど、でも……」声が途切れた。

「女の強さの一部は涙のなかにあるとマッヘコンネオク族は信じている。泣いて恥じることはないんだ、アニー。おれの目に映る君は少しも変わらないんだから」

アニーは目をあげてイアンを見つめた。緑の瞳が涙できらめき、頬が濡れていた。「あなたを失うことなんて考えられないわ、イアン・マッキノン」

彼女の苦悩がイアンにもよくわかった。アニーが彼の子をひとりで出産することになるかもしれないと考えるだけで、彼自身、耐えられないのだから。しかし、その不安を口にはしなかった。「おれは死ぬつもりはないぞ、アニー」

「お願い、忘れさせて、イアン！　忘れたいの。たとえ、ほんのしばらくのあいだだけでも」

「ああ、わかってる」

イアンは彼女を慰めようと顔にキスし、塩っぽい涙を舐めた。しかし、唇に触れたとたん、欲情に圧倒された。猛々しい情欲の前に優しさはあっけなく消え、自制心は吹き飛んだ。彼はアニーの髪をつかんで口と口を合わせ、絞首台を前にした男の荒っぽさと自暴自棄をぶつけるように激しく口づけした。アニーもそれに応え、すすり泣きながら彼に溶けこんだ。彼女の熱情はイアンと完全に融和した。

ふたりともお互いを知り尽くしていた。それぞれの手がひもを引っ張り、革や亜麻布を押し分け、素肌への早道、真の喜びへの方法を探った。やがて、全裸になったふたりはベッドに倒れこみ、手足をからませ、体は結合と解放を待ち焦がれていた。イアンが彼女の腿《もも》を押し開き、アニーは彼のペニスを手で包みこみ、すでに熱くなっている自分のほうへと誘いこんだ。

「アニー、ああ！」濡れてきつく締まった彼女の感触に思わずイアンの肺から息が噴きだし、股間に炎が走り、ペニスが跳ねあがった。

アニーは彼の名を呼び、両脚を彼の腰に巻きつけ、背中と腰のうねる筋肉を撫でさすり、ペニスをつかんで揉《も》みしだいた。そして、彼がなかへと入ってきた。「ああ、イアン、あなたが欲しい！」

イアンは彼女の奥深くにみずからを沈め、ペニスの太い根もとを彼女の欲情した秘部にこすりつけた。彼女がいなければ喜びは味わえないと思った。アニーはしゃがれたうめき声を長く響かせ、容赦なく続くイアンのリズムに顔を左右に振り、彼女の内側の筋肉はひたすら彼を締めつけた。

イアンは彼女の頬や唇、喉のそばで他愛のないことをささやき、英語やゲール語、マッヘコンネオク族の言語で愛の言葉をつぶやいた。

やがて、アニーの息が喉に引っかかった。彼女は絶頂に達し、ベッドから浮くほど体を弓なりに反らし、爪をイアンの肩に食いこませ、新たな涙がこめかみに流れ落ちた。「イアン！」

彼女ほど魅力あふれる存在をおれは知らない、とイアンは思った。その美しい顔に恍惚と悲哀が交錯し、やがて忘却が彼女を呑みこんだ。アニーの至福の表情を見てイアンの自制心もついに消え去り、彼女の名前を呼びつつ共に甘美な忘却へと昇りつめていった。

「イアン？」

「うん？」

「もし女の子だったら、わたしの母とあなたのお母さまの名前を合わせて名づけましょうよ。マーラ・イーラセイド、と」

「素敵な名前だ。もし男の子だったら？」

「その場合は父親と同じ名前にしましょう」

「ああ、なるほど、いい考えだな。で、なんて名前なんだ？」

「まあ、ひどい！」

アニーはイアンの胸に頭を置いたまま、夜遅くまで眠気と闘っていた。眠ってしまえば夜明けが訪れ、イアンが出発してしまうから。彼女はイアンのゆっくりとした息づかいや落ちついた心臓の鼓動に耳を澄ましながら、温かい肌や硬い筋肉、縮れた胸毛に頬をこすりつけた。とても力強く生き生きとして、活力に満ちているように感じられた。今の彼から命を奪うなど、残酷で恐ろしいことだ。

ふたりはさらに二度愛し合い、時間をかけて優しさを味わい、ささやかな喜びをいくつも重ねて貴いひとときを長引かせた。アニーは彼の感触、香り、自分の体が彼の体にもたらす至福に酔いしれ、手、舌、目、鼻、すべてを使って彼を味わい尽くし、記憶に刻みつけた。彼が与えてくれるものはすべてを受けいれ、何ひとつ拒まなかった。

こんな感情の嵐にはたして心は耐えられるものなのだろうか？　悲しみと喜び、恐怖と希望に？　愛がこれほど悲しいことも、歓喜がこんな悲哀をもたらすことも、彼女はまったく知らなかった。しかし、この混乱が、彼女の全存在、つまり、肉体、心、魂、すべてをかけてイアンを愛するということであるなら、甘んじてそれを受けいれよう、と彼女は思った。

「アニー？」イアンの唇が彼女の頬に触れた。

アニーはハッとしてまぶたを開いた。

イアンがベッドの横に立っていた。すでにズボンをはき、背後の羊皮紙の窓は早朝の光でピンクに染まっていた。

彼女は驚いて体を起こした。「まさか！」

イアンは彼女の顔からひと房の髪を払いのけた。「よく寝ていたからね。それも当然のことだが」

アニーはベッドから起き、呆然としながら服を着た。そして、これまで何度もやってきたようにイアンのひげ剃《そ》りと身支度を手伝い、ベルトと銃とナイフを手渡し、やがて彼は夫としてではなく戦いにでかける戦士として彼女の前に立った。彼女は涙で喉を熱くしながら彼と共に戸口を出た。

外にはモーガンとコナー、ジョゼフが立っていた。

建ち並ぶ小屋の向こうには部下たちが待機している。

ジョゼフが前に出てアニーを抱擁した。「あなたと赤ちゃんのことを常に祈っていますよ」

「わたしもあなたの無事を祈っています」

そして、コナーが彼女を引き寄せ、頬にキスした。「元気でいてくださいね。それから、あれこれ気を揉まないこと。兄さんのことはおれたちに任せなさい」

「あなたも気をつけてね、コナー・マッキノン」アニーは涙を浮かべながら微笑んだ。「わたしの赤ちゃんには叔父さまたちが必要ですから」

「心配はいらないよ、アニー。万事、うまくいく」モーガンが彼女をきつく抱き寄せ、こめかみにキスした。そして、ささやいた。「おれが必ず兄貴をここへ帰ってこさせる」

「無事でいてね、モーガン。約束よ、無事に帰ってきて！」

そして、三人の男たちはきびすを返し、彼女とイアンを残して立ち去った。

イアンはアニーのほうを向き、最後にもう一度、抱きすくめた。「アニー、おれの愛は君と共にある。未来永劫《えいごう》」

次に彼は、アニーが思ってもいなかったことをした。両膝をついて彼女の腰をつかみ、子宮のあたりに唇を押し当てた。

アニーは泣き声を押し殺しながら彼の髪に指をからませた。「イアン、わたしの愛も未来永劫、あなたと共に」

やがて彼は立ちあがり、アニーの手をもう一度強く握りしめてから去っていった。指を一本ずつ離しながら……そして、ついに彼女の手からイアンがいなくなった。

「ビュート侯爵ベイン・キャンベル？　彼がこちらへ向かっていると？　確かなのか？」

「はい、閣下。ニューヨークで不運な事態に巻きこまれなければ、もうこちらに着いていたでしょう。明日には到着されるはずです」

ウェントワースはキャンベル側からなんらかの返事が来るだろうとは思っていたが、まさかキャンベル本人が出向いてくるとは予想していなかった。「実に意外なことだな」

「姪御《めいご》さんのことを深く心配されているのでしょう、閣下」

「だろうな」彼は部下の手に金貨を一枚握らせた。「ご苦労。さがっていい」

「はい、閣下」

「そうだ、あとひとつだけ。不運な事態に巻きこまれたと言ったな。不運な事態とはどのようなものだったんだ?」

「侯爵が滞在されていた宿で働く女が絞殺されたとかで、別の使用人が侯爵の仕業だと訴えたらしいです。彼は尋問され、そのため、旅程が数日遅れたわけです」

「なるほど。わかった」

クック副官が出陣してから一週間、ウェントワースは自分ひとりで服装や朝の身支度を整えることに慣れた。彼はジャケットにブラシをかけて昨日の髪粉を払い落としてからはおると、襟もとのレースをいじりながら苦労して左右均等にそろえた。

エリザベス砦の指揮官として残留させるというアバークロンビー将軍の決断に彼はひどく憤っていた。将軍の戦略に繰り返し異議を唱えたために不興を買ったことは充分にわかっている。だが、アバークロンビーには、戦闘の作戦を立てることにも人の心を動かすことにもほとんど才能がないように思われた。

先週、正規軍が北に向けて出発する前に彼はロンドンへ信書を送り、タイコンデロガ砦攻撃に関するアバークロンビー将軍の戦略に不安があることを書き連ね、万一、タイコンデロガ攻撃が失敗に終わったときは国王陛下にその手紙を提出するようにと指示書も添えた。ウェントワースがアバークロンビーよりも有能な戦略家であるばかりか、彼が窮地を救おうとしたあげく、そのせいで冷遇されたことを、手紙が証明するだろう。祖父である国王は激怒するにちがいない。

アバークロンビーがタイコンデロガで大勝利でも収めないかぎり、将軍としての彼の地位は終わる。ウェントワースは確信していた。

彼はスタンドのかつらの位置を調整して髪粉を振りかけた。

だが、アバークロンビーのおかげでひとつだけ好都合な事態になったようだ。レディー・アンに関するさまざまな疑問がまもなく解き明かされるだろう。マッキノン少佐をはじめとするレンジャー部隊の大半は戦地に向かった。あとに残ったひとにぎりの病人と負傷者、それに、ストックブリッジのインディアン戦士十数人では、ビュート侯爵の障害にすらならないだろう。彼は今でもレディー・アンの合法的な後見人だ。もしベイン・キャンベルが、姪の非合法な結婚を破棄してスコットランドへ連れて帰りたいと望めば、それを妨げる権限は誰にもないのだ。

もちろん、ウェントワースは別の選択肢を期待していた。キャンベルからレディー・アンの保護を任されることだ。

すでに彼は自分なりの説明を用意していて、しかも、大部分は真実で構成されている。レディー・アンは辺境であやうく虐殺されるところを救出されたが、本名を明かそうとはしなかった。残念ながらウェントワースが彼女の身元に気づいたときにはすでに手遅れで、マッキノン少佐との不運な結婚を止めることはできなかった。謝罪はするつもりだが、キャンベルから責任を追及されることはまずありえない。なにしろ、彼の姪がそもそも嘘をついていたのだから。

次に彼のほうから質問する。どうしてレディー・アンはこんなアメリカの辺境に来ることになったのか？　なぜ年季奉公を強いられる身となったのか？　どうして彼女は本当の身元を隠そうとしているのか？

これらの答えに伯父と姪の再会まで加われば、さぞかし楽しい午後のひとときになるだろう。

ウェントワースは手に付いた髪粉を払い、かつらを軽くたたいて余分な粉を落とすと、かつらをかぶって鏡を見ながら整えた。自分の姿に満足すると、彼は階下の執務室へ行き、前線から届いた多くの手紙に目を通しはじめた。いちばん新しい日付は七月五日の夜のもので、軍隊がサバスデイ・ポイントに到着したことを伝えていた。

その日付は二日前だ。順当に運んでいれば、タイコンデロガ攻撃がついに始まっているだろう。

イアンは山頂に腹這いになってイギリス軍の進軍状況を観察した。進軍と言えるものかどうかは疑問だったが。「あの迷える赤い羊どもを一カ所に駆り集めてやろうと思うんだが、誰か手伝うやつはいるか？」

右下から後方にかけて赤い軍服を着た大勢のイギリス正規兵が、タイコンデロガ半島の西側に通じる森のなかで右往左往しながら恐る恐る進んでいた。

モーガンがイアンから望遠鏡を受け取ってのぞくと、あきれたように首を振った。「いったいあいつらどこに行こうとしてるんだ？」

イアンは部下たちに迅速な行動を命じつつ、アバークロンビーの愚かさを罵《ののし》った。将軍はレンジャー部隊を正規軍の案内役に使おうとはせず、左側面からの援護と、待ち伏せに備えた高台の確保を命じたのだ。おかげで正規兵たちはそれぞれ少人数にまとまって森のなかに散らばっていた。フランス軍の指揮官モンカルム将軍に見つかれば、たちどころに餌食《えじき》となるだろう。

山腹は傾斜が急で深い木立に覆われ、身を隠す場所も待ち伏せの機会も多いところだった。それでも、イアンは今回の軍事行動でしょっぱなから味方が虐殺にあうことを防ぐために、部隊を率いてすばやく移動した。

エリザベス砦を出発してすでに一週間がたっていた。残骸となったウィリアム・ヘンリー砦の跡地で数日を過ごし、イアンも初めて見るような大規模な軍隊をジョージ湖に繰りだすために、ボートや平底船による船団を建造した。七月四日、ついに全軍が水上に出たとき、その光景は感動的ですらあった。コナーでさえ驚嘆のあまり息を呑んだ。

「ナニー・クロンビーは船団のまとめかたは知っている。それだけは確かだな」

しかし、上陸してからは別問題だった。上陸して二日になるが、まだタイコンデロガ砦に近づいてもいなかった。砦は戦闘態勢が整い、イギリス軍が攻撃してくることを知っている。不意打ちという要素はないのだ。

イアンはシャツの内側に手を入れ、昨日、ジョゼフからもらった薬品の小袋を握った。そのなかにつややかなアニーの髪のひと房を入れてある。それに気づいたのはウィリアム・ヘンリーにたどりついた直後で、髪の房を取りだして鼻に当てたものだ。まだ彼女のにおいが残っていた。麝香《じゃこう》と蜂蜜の香りが。こんなふうに驚かすとはいかにもアニーらしい。

彼女に別れを告げるのは本当につらかった。妊娠していなければ、もう少し楽だっただろう。女が分娩《ぶんべん》で命を落とすのは日常茶飯事だし、最初の呼吸もできずに死んでしまう子供も多い。出産のときにはアニーのそばにいてやりたい。だが、彼の身に何が起きようとも、ふたりの愛と神の御心が子供という形に結晶し、アニーに喜びと慰めをもたらすと考えれば心が安らぐ。子供が生まれたら洗礼を授けるし、最悪の事態が起きた場合にはアニーに洗礼と臨終の秘跡《ひせき》を与えると、ドゥラヴィェ神父が約束してくれたことも心強い。

イアンがさらに南方へ進みかけたそのとき、真正面から銃声が聞こえてきた。「どうやらうちの羊どもがオオカミに見つかったらしい。行くぞ！」

彼らは隊形を維持したままできるかぎりすばやく森を駆け抜け、やがてフランス軍の背後を突くところまで来ていた。フランス兵はレンジャー部隊に背中を向けてイギリス正規軍に射撃を浴びせ、正規兵たちは弾丸をよけるために木陰に逃げこんでいた。

命令されるまでもなくレンジャー部隊はそれぞれ持ち場について狙いを定め、発砲した。イアンが再装塡《そうてん》して狙いをつけたとき、勇敢にも部下をふたたび集結させようと鼓舞しているイギリス将校が目に留まった。彼の背後におびただしいフランス軍がいることに気づいていない。その将校は部下たちを怒鳴りつけ、落ちつかせ、混乱のなかで秩序を回復しようと努めていた。しかし、フランス軍はまたもや弾を込めている。すぐに木陰に身を隠さないと将校は全身を蜂の巣にされるだろう。

そのとき、イアンは彼の顔を見た。

クック中尉だ。

ほんの数秒しか余裕はない。キャムとモーガンに手振りで援護を頼むと、イアンは戦闘のまっただなかに駆けこみ、クックの背中に飛びついてそのまま地面に押し倒した。その瞬間、フランス軍の銃弾の雨が飛んできた。

クックはうつ伏せに倒れ、息もできずに呆然としていた。

イアンが仰向けに転がりざま、標的をひとり選び、すぐさま腹這いになって狙いをつけ、引き金を引いた。周囲の森からもレンジャー部隊の銃がいっせいに火を噴き、フランス軍の戦線をちりぢりに乱した。

隣でクックがあえぎ、咳きこんでから、驚愕の表情でイアンを見つめた。

「ごきげんよう、中尉」イアンはにやりと笑った。「会えてうれしいかい？」

30

翌日の午前遅く、ビュート侯爵ベイン・キャンベルがエリザベス砦に到着した。若い女を連れていて、侯爵いわくレディー・アンのかつての侍女だということだった。キャンベルは姪が年季奉公の刑罰に処せられた経緯をウェントワースに理解させようとやけに熱心で、侍女の話を聞けばわかると主張した。

「この娘はその場にいてアニーに手を貸したのだから」と彼は言った。

だが、若い侍女のしどろもどろの説明に耳を傾けたウェントワースは、それが嘘だとすぐに見抜いた。伯父の館《やかた》から宝石を盗んだ罪で貴族の娘を流刑にする裁判所など、イギリスのどこを探してもないだろう。単純にありえないことだ。

絶対に。

また、キャンベルが言い張るような悪賢い行為などレディー・アンにできるわけがない、とウェントワースは思った。伯父を欺き、裕福な商人の息子と駆け落ちするために公然と逆らい、盗んだ宝石を持参金としてスカートに縫いこむ。そんなことが彼女にできるか？　なるほど、ウェントワースに嘘はついたが、決して嘘をつくことに慣れてはいない。テーブルマナーがわからないふりをすることすらできなかった。それに、富を得るために男を利用するような女性でもない。もしそうであれば、マッキノン少佐ではなくウェントワースとベッドを共にしたことだろう。

「お嬢さまにはおやめくださいとお願いしたんですけど、聞いてはくださいませんでした。ビュート侯爵にお願いしてお嬢さまを止めていただくしか、どうしようもなかったんです」

侍女の悲痛な声は震え、涙で喉を詰まらせている。

いいいいいや、どうしようもなかった。

ウェントワースの判断に間違いがないかぎり、この若い侍女はこういうふうに説明しろと強制されているのだ。うなだれた様子や小刻みに震える手だけで足りなければ、ベイン・キャンベルの威圧的な態度やたえずそばから離れないことがその証明になるだろう。キャンベルは彼女を上から見おろし、視線をはりつけたままにらんでいる。まるで侍女の口を通して彼の言葉を聞いているようなものだ。

答えが明らかになるどころか、ますます疑問が増えてしまった。キャンベルがなんらかの形で姪を苛酷《かこく》な境遇に追いこんだのではないか、という漠然とした疑惑も感じた。レディー・アンのかつての侍女だという若い娘が真相を知っていることは間違いない。いずれこの娘とふたりきりになる時間を作れるだろう。

「この何ヵ月ものあいだ、どれほどつらかったか想像もつかないでしょうな。彼女はどこにいるのかと案じ、生きて、元気でいてほしいと願っていたんだから。貴殿から手紙を頂戴して感謝にたえません」キャンベルはシャツ一枚にズボンという格好で、かつらすら着けていない。体の大きな男で、体重はウェントワースよりも二十キロは重いだろうし、大剣を振りまわしつづけた人生だけに腕も異様に太かった。

ウェントワースは微笑を浮かべて上品に会釈したが、あまりにも見え透いた嘘をついていることにキャンベル本人は気づいているのだろうか、と思った。もしレディー・アンの居場所を知りたければ、彼女がオールバニへ送られたことはすぐに調べがつくだろうし、最初の奉公先となった小屋もわかるはずだ。それでも、キャンベルのだらしない姿や態度から精神的にまいっているのは明らかだった。それがレディー・アンのためなのか、ほかに何か理由があるのか、ウェントワースにもまだわからなかった。

「お役に立ててなによりです。ただ、あいにくわたしがあの手紙を書いたあとにレディー・アンの境遇は変わりましてね。姪御さんは結婚しました」

キャンベルが仰天した。口をあんぐりと開け、大きく目をむいている。「結婚？」

「ええ。彼女を救出した将校と秘密裏に結婚したんです。彼は年季奉公の証文も買い取りました。彼女をスコットランドに連れて帰るおつもりだったとすれば、残念ながらそれはむずかしいかもしれません」

キャンベルは声をあげて笑うと腰をおろし、大きな手に顔を埋めた。顔をあげてウェントワースと目を合わせたときもまだ笑みを残していたが、激しい怒りが透けて見えた。「その将校とは誰です？」

「イアン・マッキノン少佐。マッキノン・レンジャー部隊の指揮官です」

キャンベルが椅子から飛びあがった。「マッキノン？　スカイ島の？」

ウェントワースはうなずいた。「マッキノン少佐はイアン・オーグ・マッキノンの孫に当たる男です」

「ジャコバイト派の亡命者？　カトリック？」キャンベルが嫌悪をあらわにして吐き捨てるように言った。

「残念ながら、わたしが彼女の本当の身元を知ったときには手遅れで、ふたりはすっかり恋仲になり、正式に結婚してしまったというわけです」彼女がレディー・アンだとわかっていれば、ウェントワース自身が奪っていただろう。

キャンベルが腹立たしげに行きつ戻りつ歩きだした。「あんたのせいではない。悪いのはそのマッキノンという男だ。つまり、カトリックの結婚式だったんですな？　そんなものは意味がない。彼女をスコットランドに連れて帰ればそれでおしまいだ。わたしを姪のところへ案内してくれたまえ」

ウェントワースはキャンベルを伴って砦からレンジャー部隊のキャンプへと向かったが、この古い知り合いに手紙を送ったのは大きな間違いだったのではないかと思った。

「さてと、イギリス軍にとっては偉大なる日だな。やっと砦までたどりついたぞ」イアンが太い幹の陰で身構えていた。ライフルには装弾し、体は戦闘を予感して固く張りつめている。

部下たちの静かな忍び笑いが森のなかへと伝わっていった。

レンジャー部隊の準備は整っている。

木々のあいだから前方に広がる逆茂来が見え、その背後には急ごしらえの胸壁もできていた。土塁に高い板塀を立てたような粗末な代物だった。塹壕《ざんごう》に沿って持ち場へと急ぐフランス兵の帽子とマスケット銃の銃身が、上下に動いていた。

敵も準備が整っている。

なぜアバークロンビーがタイコンデロガ砦の攻略は簡単だと考えたのか、イアンにもわかった。胸壁じたいは大砲でこっぱみじんに吹き飛ばせるだろう。だが、イアンが心配しているのは胸壁ではない。逆茂木だった。顎《あご》の高さまである木の幹が壁となって立ち並び、その周囲を太く曲がりくねった枝が幾重にも取り巻いていて、通り抜けることは不可能だ。乗り越えようとしても枝にからまって身動きが取れなくなり、射撃自慢のフランス兵にとっては苦もなく撃ち抜ける的になる。

イアンは自分の位置とフランス軍の銃との距離を目測した。こめかみから胸、背中へと汗が流れ落ちる。暑い日だった。「おれたちは敵の射程距離のなかにいる。頭をさげてろよ、みんな」

太鼓の音が近づいてきた。大砲と歩兵隊の接近を知らせる合図だ。昨日、兵士が森をさまようはめになった失態に屈辱を味わったアバークロンビー将軍は、今日こそ軍が間違いなく進軍できるように手配したのだ。ただし、レンジャー部隊を案内役に使ったわけでもなく、昨日、森で迷った正規軍部隊を救出したことに対してレンジャー部隊に感謝すらしなかった。それどころか、レンジャー部隊の協力に憤慨しているらしく、クック中尉をはじめとする迷った正規兵と、それに、百五十人以上のフランス軍捕虜を連れて野営地に戻ったとき、将軍はイアンに面と向かって怒鳴った。

「君の行為は命令を逸脱しているぞ、少佐！　軍の前進のために高台を確保しろと命じたのであって、道案内や捕虜を取れと命じた覚えはない！」

イアンも怒鳴り返した。「軍は前進なんかしてなかったぞ！　まだ戦闘も始まらないうちにあんたの部下が皆殺しにされるのを、黙って見ていたほうがよかったっていうのか？」

少なくとも、クック中尉は感謝を示した。「あなたやあなたの部下を過小評価していたかもしれませんね。ウェントワース大佐があなたの反抗的態度に我慢している理由がやっとわかりました。あなたの森の知識はすばらしい。あなたはわたしの命を救ってくれた。わたしの部下たちの命も救ってくれた。ありがとうございます」

クックが敬語で話したのは初めてだった。

太鼓の音がますます近づいてくる。兵士の命の最期の瞬間を刻々と数えていく響き。イアンが聞き飽きるほど耳にしてきたリズムだ。いつもこのあとに銃声が鳴り響き、砲声がとどろき、死にゆく者たちの悲鳴が続く。

彼はシャツのなかから薬袋を出し、唇に押し当ててキスした。

心配するな、アニー。おれはすぐに戻る。

そのとき、コナーが大きな声で言った。「イギリス軍があれだけ派手に太鼓を鳴らして真っ赤な軍服を着て到着を知らせてるんだから、なにもおれたちが声を忍ばせたりこそこそ動いたりしなくてもいいんじゃないのかな」

男たちがいっせいに大笑いした。

しかし、何かがおかしいとイアンは思った。右側の木立の隙間からイギリス軍の赤い軍服が見えるのだが、重い車輪がきしむ音はいっこうに聞こえてこない。ということは……大砲がないのだ。

指示を下す大声と共に太鼓のリズムが変わり、正規軍に攻撃態勢を命じた。兵士たちは急いで隊形を整えた。森の大地を踏みつけるブーツの鈍い音。バックルや銃剣の金属音。荒い息づかい。

「おい、まさか、冗談だろ！」

しかし、手遅れだった。イアンにできることは何もない。命令は下ってしまったのだ。

モーガンが銃の狙いを定めた。「これでアバークロンビーは地獄に堕ちるぞ！」

動悸《どうき》が激しくなるほど怒りに燃えながらイアンはライフルを構えた。「おまえたちに神のご加護を。神よ、われら全員を守りたまえ」

アニーは亜麻布に慎重な縫い目を入れた。この二日間、午後の時間を縫い物に割き、小さな産着がほぼ仕上がっていた。布と針、糸はイアンからの贈り物だった。キャンバス地に包んで暖炉のそばにこっそり置いてあったもので、できるだけ早く帰るから心配しないでほしいという手紙が添えられていた。まだ胎動も始まっていないし、赤ん坊の服を作るのは少し早すぎるかもしれないが、こうして手を動かしているだけでも不安な気持ちが紛れた。それがイアンの目的だったのだろう。

キリーの小屋の物陰で、ドゥラヴェ神父がわずかなレンジャー部隊員を相手に無原罪の御《おん》宿《やど》りについて説明しようとしていた。

「〝無原罪の御宿り〟という言葉はキリストではなく聖母マリアを示しているのです」と神父が言った。巻き舌が混ざるフランス訛りの言葉がアニーにはおもしろく感じられた。

「男の精液にまみれないで腹ぼてになったからだね」とブレンダンが言った。

アニーは髪の付け根まで真っ赤になり、うつむいて縫い物に目を落とした。

「ノン、モン・デュ！　マリアさまが生まれながらに原罪で汚れていなかったということですよ。まったく、バカなスコットランド人なんだから！」

一週間あまりも笑顔を忘れていたアニーだが、久しぶりに口もとがほころんだ。

イアンが出発してから長い八日間が過ぎた。一日たつごとにますますつらく耐えがたくなっていった。昼間はまるで霧のなかで動いているようなものだった。肉体はレンジャー部隊のキャンプに、心はイアンのもとにいた。夜は闇のなかで起きたまま祈った。

神さま、彼らをお守りください。みんなが無事でいますように。

あの人を生きてわたしのところへお戻しください。

彼女は明るい青空の下にすわって周囲の鳥たちのかわいい鳴き声を聞いているというのに、北へ数日ほど歩いたところでは軍隊が殺し合い、人が死んでいる。なんと奇妙なことか。男たちの争いにも、そして、女たちの悲嘆にも、自然はほとんど関心を払わないようだ。

父や兄弟がプレストンパンズの戦いに出ていったとき、母もこんな気持ちを味わっていたのだろうか? あの朝のことはよく覚えている。母の涙。きつく抱きしめる父。陽気にからう兄弟たち。霧。秋の香り。裸足《はだし》で歩いた冷たい床。

六歳だったアニーの目には、戦争に出陣する父と兄弟の姿が立派で無敵のように映ったが、しかし、彼女の頭にあったのは彼らを待ち受ける運命よりも、お腹がすいて早くポリッジが食べたいということだった。

その四日後、血糊にまみれたベイン伯父が悲報をもたらした。

「みんな、やられたよ、マーラ。全員戦死した」

母は悲痛な声を洩らして床に倒れ、そのまま泣き伏していた。母の泣き声にアニーは怯えたが、その意味を理解していなかった。あのときはまだ。

ああ、お母さま!

手もとの布にひと粒の涙が落ち、初めてアニーは母の思い出に浸って泣いていることに気づいた。彼女はすばやく涙をぬぐった。母の泣き声が今でも心を揺さぶる。

近くで男たちが笑っていた。彼らの話題はアニーの耳には入っていなかった。

そのとき、警戒を呼びかける合図の口笛が鳴った。アニーも口笛を聞き分けられるようになっていた。

たちまち笑い声が止み、男たちが立ちあがった。

「神父さま、早くなかに隠れて」キリーはすでに拳銃を手にしていた。「アニー、あんたもだ」

ドゥラヴェ神父は急いで姿を消し、ブレンダンが小屋の隅から河のほうをのぞき見た。

「ウェントワースが河を渡ってくる。六人の正規兵が一緒だ。それに、民間人がふたり。見たことのない大柄な男と……若い女だ！」

「女？」

男たちが小屋の隅に駆け寄り、ひと目見ようと互いを押し分けながら、小声で感想をつぶやいた。

「おっと、いい女だな」

アニーも好奇心に駆られ、思いきってのぞいてみた。ほかにも女性が加わると思うと気分が浮き立った。

そして、目に入った。

彼女は狼狽《ろうばい》して後ずさり、キリーにぶつかった。頭から血が引き、口が乾き、息ができないほど胸の鼓動が激しくなった。遠く離れたところからでもふたりの特徴ははっきりとわかった。男の歩幅の大きな足取りと広い肩。女の白っぽい金髪とほっそりした容姿。ベイン伯父。それに、ベッツィ！

なんてことでしょう、あのベッツィまで！

「ま、まさか！」

「誰なんだい、あれは？」キリーが銃を片手にアニーの前に立った。

「ビュート侯爵ベイン・キャンベル……わたしの伯父よ」声が小さくかすれていた。舌がもつれて彼の名前をまともに言えなかった。「あの女性は……昔、わたしの侍女だったの」

「おれたちがついてるからだいじょうぶだよ」ブレンダンは近づいてくる一行とアニーとのあいだで身構えた。片手にナイフ、片手に銃を持っている。「みんな、位置に着け。アニー、あんたは小屋のなかに入って！」

男たちはすぐさま行動に移った。ライフルの準備をし、手にはナイフや手斧《ておの》を構えた。

だが、レンジャー部隊の陰に隠れることはできない、とアニーは思った。今度ばかりは無理だ。もし彼らが立ちはだかればベイン伯父はなんの躊躇《ちゅうちょ》もなく殺すだろうし、レンジャー部隊も黙って彼女を連れて行かせようとはしないだろう。男たちが死ぬ。たとえ伯父を倒したとしても、このレンジャー部隊の勇敢な男たちはその罪を命であがなうはめになる。

アニーひとりでベイン伯父と立ち向かうしかないのだ。

彼女は震える手で小さな産着をつかんで胃に押しつけ、イアンの金の指輪の温《ぬく》もりを指に感じた。もはやわたしは、伯父に焼き印を押されて流刑にされた、か弱い無知な娘ではないのだ。すばらしい男性の愛を知った。戦争の恐怖をこの目で見た。この手で人を殺しさえした。

もうわたしに危害を加えるような真似はさせない。二度と絶対に。

レンジャー部隊の隊員や気の毒なベッツィにも指一本触れさせるものですか。

アニーはなんとか男たちを説得しようとした。「キリー、ブレンダン、どうか伯父とは戦わないで！　間違いなく殺されるわ。わたしのためにこれ以上、レンジャー部隊の人が犠牲になるなんて耐えられない！　わたしが彼のところに行きます」

ブレンダンがかぶりを振った。「だめだよ。あんたを守れって、隊長から頼まれてるんだ。だから、おれたちの手で守る！」

「いや、アニーの言うとおりだ、ブレンダン。あのクソ野郎を殺せば、おまえは即刻、絞首刑になるか、さもなきゃ、死ぬまで逃げまわらなきゃならない。アニー、あんたに何か考えはあるのかい？」

「伯父と話すわ。あなたたちが本気でわたしを守るつもりでいることをわからせる。でも、彼とは戦わないでね」

「どうしてあいつがここに来たんだ？」

「わからないわ、キリー。わたしをスコットランドに連れ帰るつもりなのか、あるいは

あるいは、わたしを殺して母の死の真相をわたしもろとも闇に葬るつもりか。

……」

「まさかあいつと一緒に行くつもりじゃないよね！」

「まさか、ブレンダン。でも、誰かイアンにこのことを伝えてちょうだい。あの人にすぐ来てもらわないと、ひょっとしたら……」

いくらベイン伯父でもウェントワース卿のいる砦のなかでわたしをあっさり殺すことはできないだろう。強引にわたしを砦から連れ去ることもできない。わたしは既婚者で、お腹には夫の子供を宿しているのだ。

でも、この結婚はカトリックで行なわれたのよ。伯父が認めるわけがない。

そう、彼なら一笑に付すだろう。だが、さすがの伯父にも無視できないことがある。アニーは年季奉公の契約に縛られた身だ。お腹の子の権利がイアンにあるだけでなく、法律上は彼女自身の所有権も彼が持っているのだ。ベイン伯父はイアンから彼女を買い取らねばならないのだが、イアンが売るわけがない……もしまだ彼が生きていれば。

ベイン伯父がイアンに戦いを挑んだらどうなるだろう？

そう思い当たったとたんにアニーは強い衝撃を受け、体の芯まで恐怖が広がった。ベイン伯父は大剣の使い手として名高い男だ。しかし、今はそこまでは考えられなかった。まず自分の知恵を働かせることに集中しなくては。

「隊長への連絡は任せておけ、アニー」キリーが柄のなめらかな小型ナイフをアニーの手に押しつけた。「これを持っていくといい。できるかぎりおれたちが見守ってるからな」

一行が近づいてきた。

アニーはナイフをスカートのなかへはさみこんだ。「行ってくるわ」

「神のご加護を！」

アニーは顎をあげ、彼女の人生を破滅に追いこもうとした男に対する恐怖で今にもよろけそうな脚を、必死の思いで動かした。だが、一歩進むごとに恐怖が薄れ、強い怒りへと変わっていった。やがて、彼の目の前に立ったころ、彼女の体を震わせているのは恐怖ではなくなっていた。

「アニー」ベイン伯父の粘っこい視線が彼女の全身に注がれた。着ている服と、彼女が手にしているほぼ仕上がった産着を見たとき、彼の目に嫌悪感がよぎった。「まさか、おまえ、その腹に……」

「この人でなし！」彼女は一歩さがった。「どうしてここへ？　わたしにあれだけひどいことをしておきながら、まだ足りないというの？」

だが、ベインは有無を言わせず鋼のような腕でアニーを抱き寄せ、威しつけた。「おれに恥をかかせてみろ、アニー、おまえのかわいい侍女がそのつけを払うはめになるぞ。おまえが逃げだした夜と同じようにな」

ライフルの撃鉄を起こす重い金属音がいっせいに響いた。「わたしやベッツィに危害を加えたら、後ろにいる男たちがあなたを殺すわ」

ベインは体をこわばらせ、鼻を鳴らした。「そんなことがあいつらにできるものか!」

「彼らはわたしの主人の部下で、生きるも死ぬも彼の命令ひとつと誓った人たちです。ウェントワース卿の命令では動かない。あの人たちにとってはイギリスも貴族もどうでもいいんです。みんな、あなたがやったことは知ってるし、発砲を控えているのはわたしがそう頼んだからよ」

ベインはゆっくりとアニーを放し、彼女の背後のレンジャー部隊に視線をはりつけたまま後ろへさがった。「あいつらを鞭打《むちう》ち刑にしてくれる」

「あなたにはこの島の指揮権なんてないわ。指揮権を持ってるのはわたしの主人です。もし主人がタイコンデロガから戻ってここにあなたの姿を見たら、あなたは二度とスコットランドには帰れないでしょうね」

ベインはアニーを見おろして高笑いを響かせた。よそよそしい冷たい目つきだった。「マッキノンが戻るころにはおまえはここからいなくなってるさ」


退却を命じる太鼓の音が鳴り響いた。胸壁ごしにマスケット銃の狙いをつけるフランス兵に気づいたイアンが引き金を引いた。フランス兵はのけぞって視界から消えた。銃は発砲されないまま手から飛び、悲鳴は瀕死《ひんし》のうめき声となってかき消えた。イアンはふたたび弾を込めて狙いを定めた。イギリス正規兵たちは森に逃げこんでくる。攻撃は終わったのだ。

イアンは目を閉じて木の幹に寄りかかった。喉はからからに渇き、口には火薬の苦み、鼻には血のにおいが充満していた。銃弾を受けた左肩が痛んだ。フランス軍の砲弾が木にあたり、砕け散った木片で切った頬からはまだ血が流れている。砲弾の破片が腿をかすめ、裂傷を負った。それでも、彼の傷はどれも浅いものだった。ただし、落ちてくる枝をよけるためにモーガンが突き飛ばしてくれなかったら、深刻な事態になっていたかもしれない。人間ひとりを押しつぶすくらい大きな枝だったのだ。

周囲には負傷者と死にかけた男たちの悲鳴とうめき声があふれていた。逆茂木の前にはまるで壊れたおもちゃの兵隊みたいに何百という正規兵が折り重なって倒れていた。死体はズタズタで、その下の草はおびただしい血で濡れていた。アバークロンビーは六回攻撃命令を出し、六回とも将校たちは忠実に部下を引き連れて死の戦場へと繰りだした。自身の忠誠心と指揮官の傲慢《ごうまん》さが招いた雄々しいまでの犠牲である。累々たる屍《しかばね》の山の向こうにはフランス軍の胸壁が無傷のまま残っていた。

イアンはこんな情景を見たことがなかった。これほどの無駄死にがあろうか。レンジャー部隊はフランス兵をひとりひとり狙い撃ちして敵軍に大きな被害を与えた。しかし、胸壁全域を攻撃できるほどレンジャー部隊は数がいるわけではないし、こちらに大砲がないため、フランス軍の防壁を撃破することはできない。しかも、レンジャー部隊は開けた戦場に身を置いてはいないものの、やはり大きな犠牲を払った。どこから狙い撃たれているのか気づいたフランス軍が大砲の砲口を森に向け、レンジャー部隊を砲火でなぎ倒そうとした。

イアンとジョゼフの部隊で合わせて約三十人が死に、同数の重傷者が出ている。攻撃と攻撃の合間に死傷者に対処する時間はわずかにあったが、アバークロンビーはすぐにまた新たな攻撃命令を出した。

「これほど無能でこれほど頑固な人間がこの世にいるとは思ってもみなかったぞ！」モーガンがイアンの横にすわりこんだ。火薬で真っ黒になった顔に玉の汗が噴きだし、目には戦いにうんざりした表情が表われている。「あいつは攻撃計画を変えるどころか、もっと大勢の戦死者を出そうとしてる。あんなクソ野郎が将軍だなんて、よく言えたもんだ。兄貴、肩の傷を見せてみろ」

「おれのことはかまうな。おまえたち三人が考えてることくらい、わかってるんだからな」

イアンは弟の手を払いのけた。「キャムを見てやれ。やつは胸に弾を食らったんだ」

「もう何もできることはない」モーガンはイアンに水筒を手渡すと、肩の傷に包帯を巻きはじめた。「あいつはさっきの攻撃の最中に息を引き取った。チャーリー・ゴードンは砲弾で頭を吹き飛ばされたよ」

モーガンの言葉がイアンの胸に突き刺さった。彼は十字を切った。悲しみと怒りが腹の底に渦巻いた。

キャムは誰にもまして勇敢な男だった。レンジャー部隊創設以来の仲間だ。チャーリーはたった十八歳だった。

イアンはうんざりした。死も殺戮《さつりく》も戦争も、もうまっぴらだ。「コナーは見たか？」

「あいつは火薬と弾と火打ち石の補充を取りに行ってる」

イアンは水を飲むと、水筒をダギーに放り投げた。彼は近くの木の陰で呆然とすわりこんでいた。キャムはダギーの親友だったのだ。

イアンはライフルを背中に掛けて立ちあがった。「隊の負傷者をここから運びだそう」

フランス軍の狙撃手がまだ狙いをつけているため、彼らは姿勢を低くしたまま、イアンのような軽傷者の手当てをし、重傷者は軍医のいるテントへと送った。それから二十分もたたないうちにまたもや太鼓が鳴り響いた。しかし、今回は全軍撤退を告げる太鼓だった。

レンジャー部隊からは歓声が起こり、生きながらえた正規軍の兵士たちからは安堵の叫びがあがった。だが、ほかにも聞こえてくるものがあった。フランス軍の将校が部下に隊列を整えろと命じる呼び声。モンカルム将軍がイギリス軍の来訪の返礼として反撃に出てくるのだろう。

コナーがイアンのもとに駆け寄ってきた。顔はインディアン戦士の塗料と火薬で黒ずみ、髪は汗でべっとり貼りついていた。「撤退の援護をしろって、アバークロンビーからおれたちへの伝言だ」

モーガンが地面に唾を吐いた。「あの野郎、ひとりで蜂の巣をつついたあげく逃げやがって、あとの蜂の始末はおれたちに任せるってのか！」

「少なくとも、今日一日でいちばんまともな判断だな」イアンは部下たちに呼びかけた。「みんな、応戦の準備だ。モンカルムが別れの挨拶に部下どもを送ってよこすぞ」

彼は船まで何キロも続く森を思った。足を引きずって不慣れな土地を歩く正規兵たちを思った。部下たちの黒ずんだ顔には疲労が色濃く表われ、無傷の者はひとりもいないのだ。

そして、彼はライフルに弾を込めた。

31

アニーがベイン伯父やウェントワース卿と共に砦に移ったのはベッツィのためだった。小屋にとどまるつもりでいたのだが、ベッツィをベイン伯父とふたりきりにさせることはできなかった。ベッツィに駆け寄って抱きしめたとき、侍女の目には恐怖に取り憑《つ》かれたような苦悩の色がしみこんでいた。その瞬間、彼女自身が耐えてきたよりもはるかに恐ろしい日々をベッツィが生き抜いてきたのだと、アニーは思い知ったのだ。

ベイン伯父はベッツィを自分の部屋に入れてふたりを引き離そうとしたが、アニーが止めた。「なんというはしたない行ないでしょう。ウェントワース卿に恥をかかせるおつもりですか？」彼女はこのうえなく高慢な声で言った。「ベッツィはわたしの部屋に泊め、昔のように身のまわりの世話をしてもらいます」

ウェントワース卿がふたりに割り当てた部屋は彼自身の寝室の隣だったが、しかし、その寝室はすでに歓待のしるしとしてベイン伯父に使わせていた。アニーはベイン伯父のすぐ隣というのが気に入らなかったが、少なくとも部屋のドアには錠が付いていたので、ベッツィの旅行トランクが運ばれてくるなり錠を掛けた。それから窓辺に行き、窓を大きく開けて身を乗りだした。これで彼女の居場所がイアンの部下たちにわかるだろう。近くにストックブリッジのインディアンふたりが立っていた。そのうちのひとりがうなずいて確認し、おかげでアニーの不安が少し和らいだ。

彼女は囚人になったわけではない。

そして、ベッツィのほうに振り向いた。ふたりは互いに抱き合って泣いた。

「二度とお会いできないと思ってました。お嬢さまは途中で襲われて殺されたとだんなさまはみんなに話しましたが、きっとお嬢さまはだんなさまに見つかってしまったんだと思いました。最悪の事態を心配しました。あたしのせいなんです！　お嬢さまがどこへ行かれたか、あたしが話してしまったんです。本当に申しわけありません！」

「謝らなきゃいけないのはわたしのほうよ。あなたを伯父のところに置いてくるべきではなかった。彼はあなたをひどく殴ったあげく……」

ベッツィが目をきつく閉じた。「お願いです、その話はやめてください！　もう過去のことですから。でも、お嬢さまがこんな辺境にどうして来ることになったのか、そのお話はぜひ伺いたいです」

そこで、アニーは話した。ベイン伯父に見つかった恐怖の瞬間から、イアンがタイコンデロガ砦攻撃に出発した当日のことまで。伯父の手で焼き印を押されたこと。海を渡る長い旅。奴隷として売られ、服を剥《は》ぎ取られた屈辱。そして、アベナキ族の襲撃にあい、森のなかを逃げて、目が覚めたらイアンのクマの毛皮にくるまっていたこと。さらに彼女は話した。イアンが無事に砦まで彼女を連れてきて、そのために命令違反の罪で百回の鞭打ちを受けたこと。イアンと恋に落ち、森のなかで結婚式をあげ、今は彼の子を宿していること。そして、イアンや部下たちの身が心配で、彼らが全員無事に帰還してほしいと心から願っていること。

「その方はハンサムな人ですか?」ベッツィがはにかんだ笑みをのぞかせて尋ねた。

「ええ、ハンサムよ。それに、堂々としている。ビュート侯爵だろうと彼がいればわたしたちに危害を与えることはないわ」

もしまだ彼が生きていれば。

いいえ、いい、いいえ。

するとベッツィが立ちあがってトランクに近づき、蓋《ふた》を開けた。なかから彼女が取りだしたのは、銀の柄のブラシと、ピンクの絹のドレスを着た繊細な磁器の人形、そして、小さな羊皮紙の包みだった。

かつてお祖母さまのものだった銀の柄のブラシ。幼いころ、クリスマスにお父さまがくれた磁器の人形。バラの石鹸《せっけん》。

アニーは石鹸を鼻に当て、大切な宝物を膝に置くと、熱い涙がこみあげてきた。「まあ、ベッツィ、あなた、なんて優しいの!」

「もし本当にお嬢さまが生きてらっしゃるなら、きっと故郷のものをなつかしんでらっしゃるのではないかと」

そして、アニーは何カ月もずっと言いたかったことを口にした。「もしあなたがわたしの侍女としてつらい思いをしたのであれば、どうか許してちょうだいね。奴隷のように人に仕えるのがどういうことなのか、自分がその身になって初めて……」

しかし、ベッツィがアニーの口もとに手を当てた。青い目に新たな涙があふれている。

「お嬢さまにお仕えしてつらいと思ったことなんて、一度もありませんでしたよ」

アニーは自分でも気づかないうちに背負っていた重荷が肩からおりた気がした。


ウェントワースは暗い書斎でブランデーをすすりながらすわっていた。チェスにはまったく関心がわかなかった。真上の部屋からベイン・キャンベルの大きないびきが響いてくる。キャンベルにはウェントワース自身の寝室を、そして、レディー・アンと侍女にはその隣の客間を使うように主張した。自分の羽毛ベッドをあきらめて応接間の固い藁布団を使いたかったわけではなく、レディー・アンの身の安全に気を配るにはこれしか方法がなかったからだ。明らかにキャンベルはしぶしぶ承知した。もっと簡素な兵舎に泊まると主張すれば疑惑を招くだろうし、キャンベルがそれを避けたかったのは間違いない。

ウェントワースはとっくに気づいているが、キャンベルはたえず彼をレディー・アンから遠ざけようとしている。一瞬たりとも彼女とふたりきりにすることはない。レディー・アンを悲惨な境遇に追いこんだ真実がなんであれ、キャンベルはそれをウェントワースに聞かせたくないのだ。だからこそますますウェントワースは聞きたくなっている。

しかし、誰も彼に話そうとはしない。彼がそばにいると、レディー・アンは沈黙するし、一方、キャンベルはとりとめのない話を延々と続ける。一度だけ侍女に尋ねてみたが、彼女は異様なほど怯えたため、かわいそうになって質問を打ち切り、解放してやった。ただし、彼女の首のまわりに黒い痣《あざ》ができていることは見逃さなかった。

ひとつだけわかったことがある。レディー・アンは伯父を恐れ、憎み、彼と一緒にスコットランドへ帰りたいとは思っていない。彼女が初めてキャンベルの姿に気づいたとき、その顔に浮かびあがったショックと恐怖をウェントワースは見ている。彼女はその恐怖にもかかわらず毅然《きぜん》と顔をあげて彼らのほうにやってきた。その勇気にウェントワースは敬服したものだ。

彼女をスコットランドに帰したくないとウェントワースも思っているのだが、なぜ妨害工作まで考えているのか自分でもわからなかった。レディー・アンがこの地に残っても、彼女が温めるのは彼のベッドではなくマッキノン少佐のベッドだ。万一、キャンベルを怒らせると無用なリスクが増えるだけで、得るものはほとんどない。ウェントワースは王族の血筋で、国王である祖父に目をかけられてはいるが、キャンベルは貴族で貴族院にも名を連ねている。彼の政治力や、スコットランド人であるという事実が、国王の盟友としての地位を高めている。キャンベルの怒りを買えば祖父との関係が悪くなり、正式な爵位と自分自身の領地を持つという希望がかなわなくなるかもしれない。

妨害するための合法的な理由さえ見つかれば……。

キャンベルも彼に仲裁を求めてきたが、その方法はまったく異様だった。

「そのマッキノンというやつを最前線に送りこんで、うまく始末するような命令は出せないもんかね？」と彼は言ったのだ。

あからさまに殺人を依頼されることなど初めてだったので、さすがにウェントワースも驚いたが、それでも声を荒げないように懸命に抑えたものだ。「マッキノン少佐はしょっちゅう最前線に派遣され、最悪の戦闘を三年間も生き抜いてきた男ですよ。しかし、もしお役に立てるようであれば、わたしからレディー・アンに助言をいたしましょう」

キャンベルが神経質な高笑いを響かせた。「その必要はありませんよ。彼女の好きなようにはさせない。後見人はわたしだ。明朝、われわれは出発します」

そううまくはいかないだろう、とウェントワースは思った。彼は残ったブランデーを飲むと、脚を伸ばした。そのとき、ドアのノブがまわる小さな音が聞こえ、部下の到着を告げた。

「閣下」

「わたしの予測どおりか？」

「はい、閣下。レディー・アンがこちらへ移された直後、レンジャー部隊員二名が砦《とりで》を出ました。北へ向かっています」

「マッキノン少佐を連れ戻すためだな」

「そうだと思います」

「それはなによりだ」ウェントワースは立ちあがると、現金をしまってある箱に近づいて、金貨の入った小袋を取りだした。「ほかにもひとつやってもらいたいことがある。いや、ふたつだ。まず、残っているストックブリッジ・インディアンの責任者をつきとめ、ここに連れてきてくれ」

「はい、閣下」

「それから、宿舎を見張り、各部屋で秘《ひそ》かに交わされている会話を聞き取り、その内容を報告してほしい」

「わかりました、閣下。どの宿舎でございますか?」

ウェントワースは振り向いて小袋を部下に放り投げた。「わたしの宿舎だ」

次の朝、アニーはすばらしい知らせを聞いた。戦いのペイントで顔や体を飾ったアベナキ族の戦士が砦周辺の森に現われ、雄叫《おたけ》びをあげているというのだ。まだ彼らは城壁に数本の矢を放っただけだが、その出現によってウェントワースは、オールバニへの出発を一日か二日延期するようにベイン・キャンベルを説得した。

「あの連中はイギリス人と見れば迷わず虐殺するでしょう」全員が朝食を終えたとき、ウェントワースが言った。「やつらが森を占拠している最中に出発するのは自殺行為です」

ベインは不満そうだった。「軍隊を出して追い払ったらどうなんだ? 弱腰なんですな」

「彼らの狙いは、われわれを砦からおびきだして待ち伏せ攻撃の餌食にすることだ。木立の隙間から十人程度しか姿が見えなくても、隠れて待ち伏せているのは数百人規模でしょう。軍の大半はタイコンデロガ砦を攻撃中なので、残った兵をむやみに出すことはできない。ちょうど六週間前もそうだったが、こちらから反応しなければ向こうも興味を失って村に引きあげます。そうですよね、レディー・アン?」

アニーはウェントワースに目を合わせたが、彼は妙に強い眼差しで見つめていた。「はい」と彼女は答えた。

六週間前、ウェントワースの注意を彼女からそらすために、アベナキ族に変装したのはレンジャー部隊だった。だが、ウェントワースはそれを知っているか、少なくともその疑いを持っている。彼の目がそう語りかけていた。今度も同じ手口を使っているとわたしに言いたいのかしら? まさかウェントワース卿がわたしに手を貸そうとしているの?

アニーは彼の灰色の目をじっと見返したが、伯父に不審を抱かれないうちにすばやく顔をそむけた。しかし、心のなかで希望がふくらみだした。

朝食後、彼女は応接間で縫い物をしながらウェントワースとふたりきりで話すチャンスを待った。ベイン伯父もいつかは用足しに部屋を出るはずだ。だが、彼はアニーの意図に気づいているのか応接間に居すわり、ウェントワースと無駄話を続け、このままでは頭がおかしくなりそうだと彼女は思った。

そこへ兵士が飛びこんできて、ウェントワースは何かの緊急事態で出ていったため、彼女はウェントワースではなくベイン伯父とふたりきりになってしまった。不愉快な事態を避けるために彼女は立ちあがって戸口に向かったが、ベインがその行く手をさえぎった。

「おまえとこうして話をするのは久しぶりだな」彼は大きな手でアニーの肩をつかんだ。

彼女はその手を振り払い、押しのけて歩を進めた。「何も話すことなんてありません。あなたは人殺しで一族の裏切り者だわ」

ベインの声が後ろから追ってきた。「おまえの母親は自分から進んでわたしのベッドに来たんだ」

アニーは怒りに燃えて振り向いた。「嘘よ！」

ベインが窓の外をのぞいた。ウェントワースが戻ってくるかどうか確認しているのだ。

「いや、本当のことだ。わたしを見て彼女はおまえの父を思いだしたんだ。おまえがわたしに父の面影を見たようにな。彼女は女盛りで孤独だった」

「母はわたしに警告したわ。あなたを信じてはいけないって」

しかし、ベインは聞いていなかった。「最初、彼女はわたしとのちょっとした遊びを楽しんでいた。そうとも、おまえの母親は軽い苦痛を楽しんでいたんだ」

「やめて！　母のことをそんなふうに言うのは」

「だが、わたしはもっと欲しくなった」

「あなたは母を殺したのよ。ほかにも大勢殺してきたようにね。わたしは母の泣き声を聞いた。しかも、この目で見たわ！　あなたが母の喉に手をかけているところを」

ベインが振り返ってアニーと向き合った。「おまえが見たと思ってるのは真実とは違う。いいか、かわいいアニー、おまえの母親は絶頂に達して息絶えたんだ！」

「やめて！」アニーは叫んだ。頬に涙が流れ、縫い物を胸に押し当てた。「あなたは想像を絶するほど下劣だわ」

しかし、ベインはまたもや窓のほうを見ていた。「ああ、たぶんな。しかし、偉大な男の欲求と欲望は凡人とは違うんだ。わたしはセックスする相手の命をこの手で感じ、命を握っているおのれの力を感じないことには、絶頂が味わえないんだ。おまえにはわからんだろうが」

アニーは伯父から一歩さがった。冷たい戦慄《せんりつ》が背中を走り抜けた。伯父の話を聞いていると、まるで地獄の入り口をのぞきこんでいるような錯覚に襲われる。「あなたは自分を偉大な男だと思ってるの？ 人に苦痛を与えて快楽を感じるあなたが？ あなたはその手でわたしに焼き印を押した。焼きごてをわたしの肉に押しつけて楽しんでいたわ。偉大な男のやることじゃない。悪魔のやることよ！」

アニーの非難はベインの耳に入っていない様子だった。「たいていは息を吹き返してまた呼吸を始めるんだが、でも、時には……」

「人でなし！」

「おまえを流刑にすれば口封じになるし、少なくとも生かしておけると思った。なにしろ、わが弟の娘だからな。だが、ウェントワース卿から手紙が来た」ベインは笑い声を放った。

「おまえがあいつのところにたどりつくとは、なんという偶然だ。それで、おまえをそばにおいておかねばならないと思い知ったんだ」

彼が振り返った。険しい目つきだった。「アニー、おまえはわたしとスコットランドに戻る。それでおしまいだ」

「どうしてわたしを放っておいてくれないの？　ウェントワース卿には何ひとつ話してないわ。わたしはイアンを愛している。あの人から絶対に離れません！」

「反逆者のマッキノンなんぞ忘れてスコットランドに来い。さもないと、その腹の子と一緒に埋めてやるぞ」

アニーはとっさに胎児を守ろうと腹部に手を当てた。「そんなことをしたらイアンがあなたを殺すわ」

そして、彼女は背を向けて逃げた。

イアンは十字を切ってレミュエルのまぶたを閉ざし、若者の土気色の顔に毛織りの毛布を掛けた。レンジャー部隊員二十六人、ストックブリッジ戦士十八人、そして、千三百人を超える正規兵と民兵が死んだ。ただの無駄死にだった。タイコンデロガ砦はイギリス軍が到着する前とまったく変わらない姿で建っている。フランス軍の戦死者は五百人にも満たないだろうとイアンは思った。

用意周到な待ち伏せ作戦や圧倒的な戦力による殺戮でフランス軍に破れたのであれば、話はまた別だろう。だが、あの逆茂木があることをアバークロンビーは知っていた。イアンが大砲の必要性をあれだけ警告したにもかかわらず、将軍は敵軍の防壁に何度も何度も歩兵を送りこみ、そのたびに兵士たちは枝や木の幹にからまって身動きができないまま、フランス軍の餌食となった。

あのバカ将軍こそ銃殺すべきだ。

少なくとも、撤退は思っていたほど苛酷なものではなかった。モンカルムは頭の切れる戦略家だけに、守りの堅い砦を出て遠くまで追走しようとはしなかった。アバークロンビーの愚かさのおかげでフランス軍は勝利を拾ったわけで、モンカルム将軍はそれ以上の無茶をするつもりはなさそうだった。

イアンはサバスデイ・ポイントにある野戦病院のテントから出ると、部下たちが今夜の野営用にキャンプを張っている場所へ向かった。軍医に弾を抜いてもらった左肩に激痛が残っている。体は睡眠を求め、頭は夢ですべてを忘れたいと望んでいた。だが、自分の寝場所を探す前にまず部下たちを見舞わねばならなかった。

彼は隊員たちのあいだを歩いてまわりながら、負傷の具合を訊いたり、勇気を褒め称《たた》えたり、できるかぎりの安らぎを与えた。

「隊長」ダギーの目はキャムを失った悲しみで満ちていた。

イアンはダギーの肩に右手を置き、ギュッと力をこめて悲しみを分かち合った。「彼はよく戦ったよ。まったく、もうやつに会えないなんてつらいな」

　ダギーがうなずいた。頬の無精ひげを涙が濡らしている。「あいつは勇敢な男で、いい友達だった」

　イアンは歩を進めた。「その目はどうだ、マクヒュー？」

「まだなんとか見えますよ」

「ああ、それはよかった。じゃあ、最初の当直を頼もうかな」

　部下が落ちついたことを確認してから弟たちを見つけると、その隣に寝床を作った。重ねたマツの枝に毛織りの毛布。彼は腰をおろし、モーガンが鼻先に突きつけたフラスクを受け取ると、ラム酒をたっぷりと飲んだ。そして、コナーにフラスクをまわした。コナーは片方の目に真っ黒い痣をこしらえ、頬には縫合の縫い目が並んでいた。

「おまえ、かっこいいぞ」

「兄さんもね」コナーはにやりと笑い、フラスクをあおって酒を飲んだ。

「この三人のなかでいちばん神の恩寵《おんちょう》を受けてる顔は一目瞭然だな」モーガンがフラスクを取り返し、白い歯をきらめかせて微笑んだ。「かすり傷ひとつない」

　コナーが鼻を鳴らした。「神さまは兄貴の顔とケツを間違えて、ちゃんとすわれるように って配慮してくれたんだと思うな」

　イアンは寝床に横になって星空を見つめ、弟ふたりが無事に戦いから生還したことを神に感謝した。生還できなかった者はあまりにも多いのだ。そして、シャツのなかから薬袋を引っ張りだしてキスした。明日にはアニーのもとに戻れるだろう。

彼は疼《うず》く肩の痛みをなるべく無視して目を閉じた。

ジョゼフが彼を起こしたのは真夜中だった。「おまえさんに客だ」

キリーとブレンダンだった。

イアンは跳ね起きた。みぞおちが恐怖で固まった。「アニーのことか?」

キリーがうなずいた。この年配の男の顔には疲労の皺ができている。「彼女の伯父が会いに来たんだ。昨日、砦に着いた。おれたちは大急ぎで知らせに来たんだよ」

キリーの話が終わらないうちにイアンは荷物をまとめはじめていた。怒りが痛みも疲労も焼き尽くし、血が勢いよく胸に流れこんだ。「来た理由をやつは話したか?」

男たちはかぶりを振った。

「いったい何ごとだ?」コナーがナイフを片手に起きあがった。

その隣でモーガンが目を覚ました。

「スコットランドに連れ戻すつもりだって、彼女、怯えてましたよ」とブレンダンが言った。「おれたちに手を出させようとはしなかった。あいつに島から連れだされたときでさえ、絶対に発砲してはだめだと言ったんですよ、隊長。そんなことをすればおれたちが罰を受けるし、自分のためにこれ以上レンジャー部隊員が命を落とすのは見たくない、ってアニーはそう言ったんです」

つまり、アニーはベイン・キャンベルに捕まったのだ。きっとウェントワースが連絡したにちがいない。あのクソ野郎!

「ウェントワースの宿舎に見張りをつけてから、おれたちは隊長を呼びに出発した。今、アニーはそこにいるからね」

「よくやってくれた。ここでしばらく休んでくれ」イアンは荷物を背負うと、腰に銃をはさんだ。そして、弟たちのほうに顔を向けた。「モーガン、このあとは……おい、おまえら、ふたりとも何をしてるんだ?」

「おれたちも一緒に行く」モーガンは荷物をまとめて立ちあがり、角製の火薬入れを腕からさげた。

コナーも荷物を背負い、重さの調節をしていた。「そのキャンベル一族のゲス野郎に、兄さんひとりで立ち向かわせるとでも思ってるのかい?」

イアンは弟たちの目を見つめた。「アバークロンビーからすればこれは敵前逃亡だ。もし捕まれば銃殺になるんだぞ。おまえたちにそんなことは頼めない」

するとモーガンが前に進みでた。「あの雪深い三月の朝、もしおれが指揮を取っていたら任務を優先させただろう。この恥ずかしさは永久に消えないが、もしおれだったら、あの娘が強姦《ごうかん》され、虐殺されようと、見殺しにしていた。でも、兄貴は危険を冒し、その代償も払った。そして、今は美人で優しい奥さんができ、子供も生まれようとしている。それを失わせるようなことは絶対にするもんか。二度とアニーの身に危害がおよぶことも許さない」

コナーがうなずいた。「おれは兄さんに代わって彼女の面倒を見ると誓った。この森を抜けて砦に戻れる保証があるのかい?　もし兄さんに何かがあったときは誰かがアニーを取り返さなきゃいけないだろ?」

なるほどそのとおりだが、ふたりとも大きな危険を冒すことになる。

そのとき、ジョゼフがふたりのあいだから顔を出した。「おまえさんたちは女々しくおしゃべりしてるようだが、おれたちのほうはもうカヌーの準備ができてるぜ」

イアンはキリーとブレンダンに顔を向けた。「ふたりとも、よくやってくれた。ありがとう。キリー、マクヒューにこのあとの指揮を頼むと伝えてくれ。もしナニー・クロンビーがおれたちを呼びに来たら、ベリーを摘みにでかけたと言えばいい」

そして、イアンはジョゼフと共にジョージ湖へと向かった。その後ろにはモーガンとコナーが続いた。

アニーは縫い物から目をあげ、ぐったり垂れているベイン伯父の頭を見た。目を閉じている。ウェントワース卿はデスクについて膨大な量の通信文に目を通していた。ベイン伯父がいびきをかきだしてさえくれれば。そうすれば話をしてもだいじょうぶだろう。

伯父との対決に動揺し、彼の言葉に愕然《がくぜん》とした彼女は、施錠した寝室に閉じこもり、午後の大半をベッツィと過ごした。ウェントワース卿が戻ってきてようやく思いきって部屋から出た。彼とふたりきりで話したくてたまらなかった。しかし、ベイン伯父は片時もそばから離れなかった。

あきらめて寝室に引きあげようかと思ったそのとき、ドアにノックが響き、タイコンデロガ砦からの報告書を携えた急使が入ってきた。その男の顔を一瞥《いちべつ》しただけで戦況が不利なのだとアニーにもわかった。

ウェントワース卿は手紙の束を受け取り、無表情のまま、一通ずつ黙読した。「ご苦労だった、中尉。軍の帰還はいつごろになりそうだ？」

「将軍は明日までにウィリアム・ヘンリーにたどりつくと考えておられるようです。ただ、負傷兵があまりに多く、しかも、陸路ですから、あと丸一日はかかるでしょう」

「わかった。さがっていい」

使いの男は敬礼して出ていった。

アニーは立ちあがり、息を詰めて待った。

ウェントワースは席を立って窓辺まで行った。背中で手を固く組んでいる。しかし、口を開いたとき、その声に感情はまったくなかった。「国王陛下の軍隊は決定的な敗北を喫した。多大な犠牲者が出ている。将校のほぼ全員が負傷したか戦死した。将軍は攻撃に大砲を使わなかったのだ。わが軍はモンカルムの作った胸壁に穴ひとつ開けることはなかった」

アニーの膝から力が抜け、椅子にすわりこんだ。「レ、レンジャー部隊はどうなったんでしょうか？」

ウェントワースがアニーのほうを振り向き、一枚の通信文を手に取ってちらりと見た。「この報告書によるとレンジャー部隊にもかなりの犠牲が出たが、マッキノン少佐は戦いを切り抜けたようだ。彼をはじめ、生き残ったレンジャー部隊が撤退の援護をした。書いてあるのはそこまでだ」

アニーは詰めていた息を吐いた。ひとつの事実だけが心のよりどころとなった。

イアンは戦いを切り抜けた。

「犠牲者が出たことを深くお悔やみいたします、閣下。では、失礼します……ありがとございました、閣下」

彼女が階段を途中までのぼったとき、伯父の声が聞こえた。

「護衛の用意をしてくれ。明朝、姪を連れて出発する」

32

恐怖で震えるベッツィをアニーはきつく抱きしめた。

「だんなさまはわたしたちを殺します、絶対に！」

「もう誰もあの人に傷つけられることはないわ。もう二度と」アニーは自分の言葉に確信があれば、と思った。彼女は腰に隠したナイフの硬さを感じつつ、伯父が襲ってきたときにはこれを使おうと決意した。

ドアの錠を開けろと怒鳴るベイン伯父の声が外の廊下に響きわたった。「今すぐ開けないと、おまえの尻にドアをくっつけたまま引きずりだすぞ！」

「わたしの夫が到着したら話をしてください。それまでわたしはこの部屋から出ません！」

それは一気に起こった。ドアをぶち破る大きな音。ベッツィの恐怖の悲鳴。アニーの髪をつかんで力任せに立たせるベインの拳。

「階下《した》へ来い！　馬車が待ってる！」

そこへウェントワースが現われた。「落ちつきなさい、キャンベル。あとで好きなようにすればいいが、わたしの宿舎で彼女に乱暴を働くのはやめていただこう。さあ、そこまでお供しましょう、レディー・アン」

「よけいな口出しをするな、ウェントワース」ベインは腹立たしそうになってアニーを放した。

絶望と憤怒の涙をこらえ、アニーはウェントワースの腕を取った。「いらっしゃい、ベッツィ。途中でイアンがわたしたちを見つけてくれるわ」

その希望にすがりつきながらアニーはウェントワースに導かれて階段をおり、待機している馬車に向かった。「ストックブリッジの戦士諸君がオールバニまでお供します」まるで楽しい外出にでも送りだすような口ぶりでウェントワースが言った。

「わたしの意志に反してこのような形であなたの宿舎から連れだされたと知れば、わたしの夫は喜ばないでしょう。わたしは夫のものであり、このお腹の子供も同じです」

「レディー・アン、あなたの結婚は国教会で行なわれたわけではないので、したがって無効です。イギリスの法律に基づけば、あなたには夫はいないし、あなたの子供にも父親はいないわけだ」

「だとしたら、イギリスの法律が間違っているんです！」アニーの涙声は怒りで震えていた。

「かもしれない」ウェントワースは彼女に手を貸して馬車に乗せた。「あなたの年季奉公契約に関しては、マッキノン少佐の購入額に相当する金額を、少佐への補償として伯父上が置いていきましたよ」

アニーは腰をおろしてスカートを整えた。涙が頬を濡らしていた。「売りに出されてもいないものをどうして買えるんですか？　それは窃盗だわ！」

ウェントワースは馬車のドアを閉めた。「少佐が異議を申し立てても、おそらく裁判所はこの売買を認めるでしょうな。なにしろ、これであなたは高潔な伯父上に保護されるわけですから」

「あの人に高潔なところなんてひとかけらもありません」アニーはベインの耳に入ることもかまわず言い放った。

ウェントワースは彼女の左手を取って口もとに運び、別れのキスをした。「違う状況で再会を果たせていたらどんなによかったかと思いますよ、レディー・アン。あなたは実にすばらしい女性だ」

そして、一瞬のうちに彼はアニーの指から金の結婚指輪を引き抜いた。

アニーは驚愕の叫びをあげて手を伸ばした。イアンの指輪を失うことは心臓に刃を突き立てられるようなものだ。「まさか、そんな……」

「そのちっぽけな金はマッキノンのものだ。ウェントワース卿が持ち主に返すだろうよ」アニーの向かい側にすわったベインが低い声で笑った。彼の隣でベッツィが真っ青になって震えていた。

「人でなし！　こんなに大切なものをわたしから奪うなんて」アニーはウェントワースに怒りをぶつけた。やがて、本当に砦から連れだされてしまうという実感が身にしみ、叫び声はすすり泣きに変わった。

ベイン伯父と目が合った。アニーの父親とよく似たその青い目は、はっきりと彼女の死を予告していた。そして、ベッツィの死も。「おまえの行くところでは金の指輪なんて必要ないからな」

アニーの背すじに悪寒が走ったが、腰に当たるナイフを感じて気持ちを落ちつけた。イアンがあなたを助けに来てくれるわ、アニー。彼は必ず来てくれる。

彼女はベインの恐ろしい威しがウェントワースの耳に入っただろうかと思って彼を見た。ウェントワースはベインをちらりと盗み見ると、唇を動かした。

馬車が動きだした。ウェントワースが「まだこれからですよ」と言ったようにアニーには聞こえた。

イアンと弟たちがジョゼフと共にエリザベス砦に到着したのは正午前で、彼らはまっすぐウェントワースの執務室に向かった。衛兵を押しのけてなかへ入ると、ウェントワースは側近と話をしているところだった。

彼はすぐに若い将校をさがらせた。「ずいぶん遅かったたな、少佐」

イアンはウェントワースの襟のレースをつかんで引っ張り、強引に立たせた。「おれの妻はどこだ?」

ウェントワースはイアンと目を合わせた。その灰色の目は冷静そのものだった。「二時間前に伯父上と出発した」

「もし彼女の身に何かあったら……」

「当ててみよう。わたしを殺すんだな。やることはわかってるんだから、君ら四人とも、さっさと次の戦いに備えてはどうだ? すでにわれわれの馬が待機しているぞ。馬車をのんびりと進め、レディー・アンを注意深く見守ることは、ジョゼフ大尉の部下たちも承知している。オールバニよりはるか手前で追いつけるだろう」

イアンが驚いてウェントワースから手を放した。「どういうことだ?」

「レディー・アンを救いだす時間はまだあると言ってるんだ」

彼らはすぐさま行動を起こした。イアンは痛む肩に軟膏を塗りつけ、新たな戦いのために身支度をした。イアンが着替えているあいだ、ジョゼフは鷲《わし》の羽を振って彼の体に煙を当て、弟たちは彼の大剣と短剣を研いだ。イアンは心を閉ざし、恐怖も、アニーの絶望を想像することも、弱気になりかねない感情も、すべてを締めだした。

気を強く持て、アニー。おれは決して君を見捨てないぞ。

砦の正規兵たちは彼を見つめた。大半の兵士は目を大きく見開き、怯えをのぞかせていた。

ウェントワースがそっけなくうなずいた。「準備ができたようだな」

まもなくイアンは重い大剣を背中に負って騎兵隊の馬にまたがり、ふたりの弟とジョゼフ、それに、ウェントワースと並んでオールバニへの道をひた走っていた。彼は砦を出て以来、訊きたくてたまらなかった疑問を投げかけた。「どうしておれたちに手を貸すんだ？キャンベルは同じ貴族だろう？　やつをここへ呼び寄せたのはあんただったんじゃないのか？」

「君にもわかっていると思うが、ベイン・キャンベルは下劣な人殺しだ」ウェントワースの声には嫌悪感がみなぎっていた。「真相を知っていたらあの男に連絡などしなかったろうに」

「で、その真相をどうやって知ったんだ？」

「わたしなりの手段がある」

たしかにそうだろう、とイアンは思った。

「君はタイコンデロガの戦いで負傷し、疲労困憊《こんぱい》しているうえに、強行軍で引き返してきたことを忘れるな。キャンベルは充分に休息を取っているんだ」ウェントワースが警告した。

「あれは大剣の勝負では恐るべき使い手で、カンバーランド公を助けて重要な役割を果たし、カロデンでハイランド人に対抗する方法を考案した男だ」

カロデンの戦いの話はイアンもよく知っている。イングランド兵は目前の敵兵だけでなく、そのそばに残された無防備の民間人まで攻撃するように訓練されていた。それだけでもキャンベルは死に値するのだ。だが、大勢のハイランド人がそうやって殺戮されたが、カンバーランドに勝利をもたらしたのはマスケット銃だった。遠くから発射される銃弾に大剣がかなうはずはなかった。

「まさかおれの身を案じてくれてるんじゃないだろうな」

「わたしはかなりの危険を冒しているんだよ、少佐」

「ああ、そのとおりだ」イアンは弟たちのほうに顔を向けた。「おい、こちらの大佐閣下を守ってやれよ。枝で引っかき傷を作ったりボタンをなくしなりしないようにな」

「君に死んでもらっては困るんだよ」ウェントワースがいらだった口ぶりで答えた。

「ああ、たしかに。おれだって死にたくないし、あんたに面倒な問題を山のように残したくはないさ」イアンはつい笑わずにはいられなかった。弟たちもジョゼフも笑った。「どうかご心配なく、閣下どの。ベイン・キャンベルの命は今日でおしまいだ」


アニーはうめき声を噛み殺した。馬車の振動と息苦しい熱気のせいで吐き気がひどくなっていた。オールバニへ行き着くまで嘔吐《おうと》しないでいられるかどうか、自分でもわからなかった。彼女はベッツィの手をさらに強く握り、ゆっくりと呼吸して吐き気をこらえようとした。だが、こんな胃のむかつきは心配のうちに入らないくらい些細《ささい》なことだ。もしこのままベイン伯父の好き勝手にさせておけば、彼女は生きてスコットランドの地を踏むことはないだろう。しかし、ここで殺しはしないはずだ。ウェントワース卿にもイアンにも砦にも近すぎる。ふたりきりになれるまで待つだろう。

——まだこれからですよ。

何かが秘かに計画されているとアニーが気づいたのは、砦を出た直後だった。護衛として付けられたのは少人数のジョゼフの部下たちで、イギリス正規兵ではなかった。あまりにも狼狽が激しかったため、最初は護衛のことにまで頭がまわらなかったのだ。

「あの人たちはわたしがイアンの妻だと知っているのよ」ベイン伯父が用足しのために馬車を止めたすきにアニーはベッツィにささやいた。「彼らはイアンの身内同然なの。ほら、戦士がドアに近寄ってわたしたちの様子に目を配ってるでしょ？　この人たちがいるかぎり、伯父はわたしたちに手を出せないわ。何が起きても対処できるように心の準備をしておいてね」

ストックブリッジ・インディアンたちは馬車の旅を遅らせようとさまざまな手を打っていた。偽りの待ち伏せもそうだが、二本の倒木が道をふさいでいたときに彼女は確信した。だが、それでも馬車は車輪をきしませて進んでいき、みずみずしい緑の森をどんどん通り過ぎていく。オールバニが近づいてくる。

もし撤退の途中でイアンが戦死していたら？　負傷して、助けに来られない状態だったら？

恐ろしい不安が脳裏をよぎった。吐き気がいっそうひどくなり、今度ばかりはうめき声を抑えきれなかった。

「ただの兵士で、しかも、カトリックの男に股《また》を開くなんて、まさに自業自得だな。おまえの父はさぞかし恥じ入ることだろうよ」ベインが強い嫌悪をあらわにした。「なあ、マッキノンがおまえの焼き印を見たとき、なんて言った?」

アニーは目を開いて伯父を見つめ、微笑んだ。「いつかあなたを殺してやると誓いました」

ベインは笑ったが、その目に浮かんだ恐怖の色をアニーは見逃さなかった。

そのとき、それが聞こえた――鳥の声ではない鳥の鳴き声。

馬車がゆっくりと止まった。

「いったい今度はなんだ?　まったく、ウェントワースはイギリスの正規兵を護衛に付けてくれりゃよかったのに、こんな……」

馬車のドアがいきなり開いた。アニーはウエストに巻きつく力強い腕を感じ、ベッツィの悲鳴が聞こえ、ベイン伯父の喉に銃剣の切っ先が押しつけられるのを見た。

そして、次の瞬間には目の前にモーガンの顔があった。彼はアニーを馬車から降ろして安全なところまで連れて行った。「もうだいじょうぶだ、アニー」

「まあ、モーガン!」アニーは彼に抱きついた。自分が救われた安堵感だけでなく、けがひとつなく無事な彼の姿を見て喜びがこみあげた。

彼女は周囲に目をやってイアンを探した。そばにはベッツィが立っていた。両手を口に当て、目を見開いている。馬車にはコナーがいた。片目が黒ずんで頬に縫い傷を作った彼は、意識を失った御者から手綱を奪い取った。ライフルを構えたストックブリッジ・インディアンたちが木々のあいだに立ち、馬車を取り囲んで道をふさいでいた。

「彼はどこに……?」

モーガンが顎で指し示した。

アニーが顔を向けた。そこにいるイアンを見て息を呑んだ。

彼は馬車から十五メートルほど先の道の真ん中に立ちはだかっていた。かつてのハイランド人のようにマッキノン氏族のタータンを身に着け、右肩をむきだしにし、両刃の大剣を右手に力強く握りしめている。長い髪は左右のこめかみから戦士らしい太い三つ編みにして、残りは背中に垂らしている。しかし、顔の上半分に塗っている顔料はゲールの青ではなく、インディアンの朱色で、腕を取り巻いているのは飾り帯ではなくインディアンの入れ墨だった。

「ベイン・キャンベル！　出てきて剣を抜け！」イアンの言葉が森じゅうにこだました。

アニーにはわかった。イアンはベインに決闘を挑んでいるのだ。レンジャー部隊としてライフルを使うのではなく、ハイランド人として剣と剣を交える死闘を挑んでいる。

彼女の体内に恐怖が広がった。

剣の戦いで伯父に勝った者はほとんどいないのだ。

ジョゼフの部下たちはまだ武器を構えたまま、馬車から離れた。

ベインが憤怒の顔つきで馬車から降りた。彼はまずかつらを取り、上着を脱ぎ、それらを馬車のなかに投げこんだ。そして、座席の下から両刃の大剣を取りだした。彼は自信にあふれた足取りで馬車の前へと進みでた。土を踏みしめるブーツの音が鳴り響いた。

イアンを見たベインは高笑いを放った。「このわたしに挑むつもりか、マッキノン？　おまえのような男の死骸の山を築いてきた勇者だぞ、わたしは」

イアンは剣を持ちあげて薄く笑った。「おれのような男に会ったことはないだろう」

アニーは息を詰めて見守るしかなかった。ベインが突進して骨まで砕きそうな勢いで剣を打ちこんだ。だが、イアンはベインの剣を難なく受けとめ、反対にどんどん打ちこんでベインを馬車のほうにまで押し返した。そして、剣の刃がベインの左腕に当たった。

ベインがあえぎ声を洩らし、亜麻布のシャツに赤いリボンのような血の染みができ、みるみる広がった。

イアンが後ろにさがった。荒い息づかいで胸が上下に動いている。「それは、おまえがカロデンで裏切ったすべてのハイランド人のための一撃だ」

ベインが獣のようなうなり声をあげた。怒りで恐ろしい形相になっている。彼は剣を振りあげると、次から次へと強烈な力で打ちこみ、イアンを押さえこむか、あるいは、その手から剣を打ち払おうとした。しかし、イアンは巧みにかわし、反撃した。鋼と鋼のぶつかる音が森に鳴り響いた。

「力が落ちてきてるぞ、マッキノン。それに、おまえの左腕、あまり力が入らないようだな？」

そのとき、アニーは初めて気がついた。イアンは両手で剣を必死に支えているようだし、タータンの下には包帯が見えた。彼は負傷しているのだ。

モーガンが彼女をさらに強く抱きしめた。「落ちつくんだ、アニー」

「これでお互い五分五分ってことさ、この老いぼれ野郎。おまえを片づけるぐらいの力はある」いきなりイアンがベインのふところに飛びこんで彼の剣を打ち落とすと、ベインの左の太腿を剣の切っ先で突き刺した。「これはレディー・マーラ・バーネス・キャンベルの分だ」お母さまの敵《かたき》を討ってもらえたのだ。

アニーの目に涙があふれた。

ベインは叫び声をあげ、後ろによろめいて片膝をついた。ズボンの前が血で濡れている。だが、ふたたび身を起こしたとき、その手には小型の銃が握られていた。

アニーの心臓が跳ねあがった。

彼女は絶叫した。「イアン！」

拳銃が火を噴いた。

イアンが両膝をついた。顔には驚愕《きょうがく》の表情が浮かび、肋骨《ろっこつ》の右側に血の染みが広がった。彼は自分の血に手を当て、額には苦痛の皺がくっきりと刻まれた。「おれでおしまいじゃないぞ、キャンベル。おれを殺しても、次には弟たちが待ちかまえているし、その次はマッヘコンネオク族の友人たちがいる。おれたち全員を殺すのは無理だ」

「ああ。だが、おまえを殺すことはできるし、残された姪はさぞかし苦しむだろうさ」

アニーの頬に涙が流れ、戦慄に震えながら見守った。ベインは剣を持ち、死の一撃を加えようと前に出た。

モーガンがアニーの顔を自分の胸に押しつけてこの戦いから目をそむけさせた。「見るな、アニー」

彼女はモーガンのシャツをつかみ、イアンの名をささやいた。

そのとき、聞こえた。鋼が肉に打ちこまれる鈍い音。体じゅうの息を噴きだす肺の音。獣じみた長いうめき。そして、静寂。

「最後にこれはアニーの分だ！」

それはイアンの声だった。

勢いよく振り返ると、ベイン伯父の死骸をイアンが見おろしていた。イアンの脇腹は血に濡れ、顔は疲労と苦痛でゆがみ、血まみれの剣が地面に突き刺さっていた。周囲からいっせいに勝利の歓声がわき起こり、モーガンとコナーもジョゼフたちの奇声に声を合わせて叫んだ。

「イアン！」彼がまだ生きている安堵と、致命傷を負ったのではないかという恐怖を抱きつつ、アニーはそばに駆け寄った。彼女は傷ついたイアンの体に注意しながらそっと抱きついた。

「君は見ちゃいけない。貴婦人にはふさわしくない光景だ」イアンは彼女の髪にキスし、弱った左腕で抱き寄せると、切り裂かれたベインの死体からふらつく足取りで彼女を遠ざけた。「あいつに乱暴されたのか、アニー？」

「いいえ、あなたやジョゼフの部下のおかげで……」

そこへ森のなかから馬に乗ったウェントワース卿が出てきた。

つまり、彼もわたしを助けてくれていたということなのね。

「……それに、ウェントワース卿も」

やがてイアンがうめきながら彼女に重く寄りかかってきた。「もう長くは立っていられないように思う。馬車に乗せてくれ」

次の瞬間、コナーがそばに来てイアンの体重を受けとめ、馬車へ運びこむ手伝いをしてくれた。「兄さんを軍医のところへ連れて行こう」

砦に引き返す馬車のなかでアニーはイアンの脇腹に布を押し当てて止血し、髪を撫でながら祈った。

神さま、どうかこの人をお助けください!

イアンは痛みと昏睡のあいだをさまよっていた。砦に着いて馬車から降ろされたことは覚えている。アヘンチンキを飲まされ、革ひもを歯のあいだに噛まされたことも覚えている。脇腹から弾を除去されたときの激痛も覚えている。いつもそばにアニーがいて額を撫で、ささやきかけ、手を握ってくれていた。その手は小さく温かかった。

ドクター・ブレイクの声が聞こえた。「運がよかったな。弾は肋骨に当たって骨は砕けたが、内臓は無事だった。傷が膿《う》まないように気をつければ回復するよ」

アニーの泣き声が聞こえ、胸に寄り添う彼女の頭を感じて彼はなだめようとした。

だが、あまりにも疲れ果て、彼女の名前をどうにかつぶやいたきり闇に吸いこまれた。

33

　ウェントワースは窓の外に目をこらし、彼女の姿を目で追いながら、自分でも整理のつかない奇妙な居心地の悪さを感じていた。彼は今日、イギリス国王にまったく敬意を持たないカトリック教徒の部下が、貴族で政治的な盟友でもある男を殺害する現場にいて、それを傍観していた。いかがわしい生まれの男が武勇と名誉のある戦いをし、一方、自分と同じ上流階級の高貴な生まれの男が卑怯《ひきょう》なふるまいで恥をさらすのをまのあたりにした。しかも、致命的な一撃が振りおろされ、その貴族が殺されたとき、彼は安堵感と同時に喜びを感じたのだ。

　彼は戦いを見ていただけでなく、それを実現させるために画策した。もしウェントワースが妨害工作をしなければ、ベイン・キャンベルはマッキノンに二日分の差をつけていただろうし、その二日のあいだにレディー・アンを暴行したり殺害していたかもしれない。イギリス正規軍ではなくストックブリッジの戦士を護衛に付けていなければ、馬車の待ち伏せもあれほどたやすくはなかっただろう。

そうとも、キャンベルの死にウェントワースは重要な役割を果たしたし、それに満足もしている。

でも、なぜだ？

キャンベルは正義の裁きをすり抜けてきた卑劣な犯罪者で、誰かが行動を起こさなければ今後もその犯罪は続いたのだ、とウェントワースは自分に言い聞かせた。自分のしたことは社会のためであり、良識や道徳にかなうことだ、と言い聞かせた。だが、彼は自分に嘘をついている。そんなことはどうでもいいのだ。

真実の答えが練兵場を歩いてやってくる。その美しい顔には疲労の皺ができ、スカートには血の染みが付いていた。

レディー・アン。

彼女に会うまで、たとえその男がどんなに卑劣で堕落していようと、同胞の貴族の私生活に干渉したことはなかった。

玄関を歩く彼女の軽い足音が聞こえてきた。入室を認める護衛兵の声に耳を澄ますと、ウェントワースは振り返り、書斎に入ってくる彼女を見つめた。

彼女は腰を沈めて貴族らしいお辞儀をした。「お呼びでございましょうか、閣下？」

ウェントワースは珍しく言葉に詰まった。「マッキノン少佐は回復するそうですな」

レディー・アンは顔色が悪かった。今日の恐ろしい体験のせいか、それとも、体調のせいなのだろうか、とウェントワースは思った。「はい、閣下」

ウェントワースはデスクから報告書を取った。「アバークロンビー将軍は彼と弟ふたりを敵前逃亡の罪で告発した。すでにわたしは自筆の文書で回答を送っておきましたよ。緊急の極秘任務のために彼らを呼び戻した、とね。それから、伯父上の悲劇的な死は敵軍の手によるものだと関係筋には報告済みです。わたしの忠告を聞き入れて、森の安全が確認されるまで待ってくれればよかったのに、と」

彼女の目にはあらゆる感情が浮かびあがっていた。不安、安堵《あんど》、感謝。「ありがとうございます、閣下」

緊張が和らいだレディー・アンの眼差しにウェントワースは妙に心を動かされ、彼女に背を向けて歩きだした。「クック中尉が少佐をはじめレンジャー部隊の諸君を高く評価している。彼の命だけでなく、戦闘に向かう森のなかで迷った大勢の正規軍の命を、レンジャー部隊が救ったようだ」

「中尉が難を逃れたのはなによりです、閣下」

「あなたの侍女は落ちつきましたか?」ウェントワースはあの娘の名前を覚えていなかった。

「はい。モーガンとコナーがひとつの小屋で同居し、彼女のために住まいを提供してくれました」

やがてウェントワースは彼女のほうに向きなおったが、自分でもいらだつほどためらいがちな口ぶりだった。「本題に入ろう。もう伯父上という脅威はいなくなったわけだから、あなたはいつでもイギリスに戻ることができる。その場合はわたしが喜んでお力になりますよ。あなたを保護し、社交界へも徐々に復帰できるように取りはからい、必要な資金援助もしましょう。むろん、この戦争が終わるまでオールバニのわたしの屋敷にいてもらわねばならないが、戦争が終わったら共にロンドンに帰ればいい」

一瞬、レディー・アンは呆然とした顔つきを見せた。「つまり、あなたの愛人にしてくださるということでしょうか?」

ウェントワースはなんとか説明しようとした。言葉があふれでた。「あなたがレディー・アンだということを知っていたら、わたしの保護下に置いて屋敷で暮らすように強く勧めただろう。わたしがあなたの伯父上の知り合いだったからあなたはわたしを信頼しなかった。今となってはそれも理解できる。男の保護が必要だったためにマッキノン少佐に協力を求めた。しかし、今はもう身を隠す必要がなくなった。この非合法な結婚をいつでも解消し、あなたの名誉ある社会的地位を回復することができる。あなたには持参金に値するものがないから結婚はできないが、しかし、こんな辺境から遠く離れたところで、恐怖や不安に怯えることのない安穏な生活を約束しましょう」

「わたしのお腹の子はどうなります?」彼女は腹部にそっと手を当てた。

手応えを感じたウェントワースは自信を深めて話を続けた。「たしかに、ほかの男の子供を育てると思うと楽しくはないが、このわたしもほかの男たちの巣にわが種の子をゆだねてきたのだから、これはいわば当然の報いとして考えよう。あなたが子供を手放すと決断しても止めはしないが、そうしろと強制するつもりはまったくない」

彼女は微笑んだ。そして、笑った。「閣下、あなたは今日、想像もつかないほど大きな手助けをしてくださいましたし、そのご厚情には感謝いたします。そして、今のお話をいただいて名誉に思うべきとは存じますが、お断わりいたします。わたしがイアンと結婚したのは、単に男性の保護が必要で、たまたま手近に彼がいたからではありません。わたしは彼を愛しているから結婚したんです」

ばかげているとしか思えない発言を聞かされてウェントワースは苦々しさを感じた。「あなたのような貴族の女性が彼のような男のどこに惹《ひ》かれたのか理解に苦しみますな」

「まあ。でも、あなたにはわかっているはずです。あの人がどれほど高潔で、どれほど力強く、勇気があるか。彼がわたしを助けに来るとあなたにはわかっていらした。すべてを犠牲にしてでもわたしを救いだすはずだとわかっていた。でも、誤解がないように申しあげておきますが、それがあなたとイアン・マッキノンの違いです。わたしが極貧の小作農の娘だろうと、キャンベル一族の伯爵の娘だろうと、イアンにとってはどうでもよかった。わたしが赤の他人だったときでさえ、彼はわたしに敬意を払って丁重に扱い、命をかけてわたしを守ってくれました」

ウェントワースはまるで上官から叱責《しっせき》されているような気分になり、いつのまにか足もとに視線を落としていた。

そして、レディー・アンは彼の誘いなどなかったようにあっさり無視して話を進めた。「せっかく閣下とこうしてお目にかかれたのですから、三つのお願いを聞いていただけますでしょうか？」

ウェントワースは唾を呑みこみ、傷心を顔に出さないように努めた。「わたしにできることでしたらなんなりと」

「まずわたしの指輪を返してください」

「もちろん」ウェントワースはポケットから指輪を出して彼女の手のひらに置いた。

「次のお願いはむずかしいかもしれません。伯父はわたしの相続財産を持っていました。母方のバーネス家の宝石類と、あとは個人的な所持品です。それらを取り返し、わたしの夫に預けていただけますか？」

〝わたしの夫〟という言葉が突き刺さった。「わかりました、レディー・アン。あなたの所有物を取り返すために喜んでお手伝いいたしましょう」

「ありがとうございます、閣下」彼女はスカートの皺を伸ばし、両手を組み合わせ、急に緊張した面持ちに変わった。しかし、視線だけはウェントワースをじっと見つめたまま、そらすことはなかった。「わたしの夫と弟ふたりを国王陛下の軍務から解放していただければ、心より感謝申しあげます」

ウェントワースの体内に怒りがわき起こった。「それは論外ですな」

「彼らは三年も戦ってきたんですよ、閣下。ほとんどの志願兵よりも長い年数です。閣下のためにあの人たちは何度人殺しをしたことでしょう？　何度命を失いかけたことでしょう？」

「戦争はまだ終わっていないし、技能の優れた軍人はどうしても必要なんだ。タイコンデロガ砦での敗北がそれを如実に物語っている」

「だから三人を罠《わな》にはめたんですか？　ええ、そのことは知っていますとも。わたしの伯父と同様、あなたは犯してもいない犯罪をでっちあげて人を陥れた」レディー・アンの声が震えていた。彼女の怒りがウェントワースにも伝わってきた。

しかし、彼も腹が立っていた。「彼らが自分の意志で志願したのであれば、いつでも除隊できる。だが、彼らは当然払うべき国王への敬意を拒み、イギリスの要求をはねつけた以上、わたしは強引な手段を用いてでも彼らを軍に入れるしかなかったんだ！」

レディー・アンが彼をにらみつけた。そして、チェス盤から白いポーンをひとつ取った。

「あなたはわたしの夫を妬《ねた》んでいるんです。夜、わたしが喜んで彼と寝るからだけではない。あなたが妬む理由は、彼が部下を率いる真のリーダーだからです。部下というのは、単にもてあそんだり気紛れで動かすちっぽけな駒ではないことを、彼は知っているんです。あなたと違ってね。イアンの部下は彼を敬愛しているからこそ彼のために戦うんです。あなたの兵士はそうせざるをえないから戦うだけです」

彼女は駒をチェス盤に戻した。「どうかお慈悲です、閣下、三人を解放してください！」

レディー・アンの言葉が胸をえぐったが、それでもウェントワースはなんとか答えた。

「それはできない」

「できないのではなく、そのつもりがない、ということでしょう！」彼女はチェス盤をつかんで台から放りだした。精緻《せいち》に刻まれた大理石の駒が床一面に散った。「あなたは名誉ある魂をお持ちのはずですけれど、わたしの夫の貴重な血の一滴一滴にこそ本当の名誉がこもっているんです！」

そして、彼女は出ていった。

ウェントワースはその場に立ち尽くした。飛び散ったチェスの駒のように考えがまとまらなかった。彼は震える手で黒のキングをつかんだが、ひびが入っていることに気づいた。壊れたキングを手にしたまま、窓から外をのぞき、愛していると断言した男のもとへ走っていくレディー・アンの姿を目で追った。怒りはわかず、奇妙な虚《むな》しさを感じた。

イアンが目を開けると、自分の小屋の長い壁が見えた。口にはアヘンチンキの味がねっとりと残っていたが、頭はすっきりしていた。左肩は痛み、右の脇腹は息をするごとに激痛が走った。アヘンの効果が消えたという明らかな証拠だった。彼は楽な姿勢を求めて体を動かしたが、隣に温かい重みを感じた。

アニーだ。

彼女はまだ服を着たまま熟睡していた。穏やかな寝息は規則正しく、体をぴったりと寄せ、顔には長い髪が覆いかぶさっている。凄絶《せいぜつ》な恐怖をまのあたりにして疲れきっているのだろう。彼は彼女の顔が見たくて髪を払いのけた。

アニーが驚いて頭をあげ、心配そうに彼を見た。「イアン？」

「起こすつもりはなかったんだが」

アニーが起きあがった。「喉は渇いてる？」

「ああ」

すぐに彼女は水を持ってきて飲ませると、熱がないか額に手を当て、包帯の具合を確かめ、アヘンチンキを与えようとした。

「いや、いらない。瓶をそっちに置いてくれ」

アニーが当惑顔を見せた。「痛みはないの？」

「いや、痛みはあるが、また意識が朦朧となる前に少し君と一緒にいたいんだ。さあ、また隣に寝てくれよ」

彼女は言われたとおりに横たわり、片手をイアンの胸に軽く添えて見つめた。やがて、その目に涙があふれた。「あなたがもう生きていないんじゃないかと何度も心配する日々を過ごしてきたというのに、こうやってあなたと一緒に寝ていられるなんて、まるで奇跡だわ」

彼女の頬に落ちたひと粒の涙をイアンがぬぐった。「必ず生きて戻ると約束しただろう？」

アニーはうなずき、口もとに微笑を漂わせたが、それはたちまち消えた。「あなたの部下が大勢亡くなって本当に悲しいわ。寂しくなるわね。特に、キャムはなつかしい」

いつしかイアンはタイコンデロガの敗北について語っていた。ただし、凄惨な内容は避けた。「ひょっとしたら全滅するんじゃないかと思いはじめたころ、やっとアバークロンビーが退却命令を下したんだ。まさに地獄図だったな」

新たな涙がアニーの頬に流れ落ちた。「大勢の人たちが苦しむなんて。奥さんや子供たちのことを考えると……」

「おれの頭にあるのは、こうして君と一緒にいられることへの感謝だけだ」彼はアニーの髪を撫で、彼女の感触を楽しんだ。「君の伯父が現われたとキリーとブレンダンから聞いたときには、もう二度と生きている君に会えないんじゃないかと恐怖におののいた。砦に引き返す旅はおれの人生のなかでいちばん長い夜だったよ。やつがどんな苦しみを君に与えているかとたえず考えていた。やつが到着したとき、おれがここにいなかったのは残念だ。もしいたら、この島に一歩たりとも近づけなかったのに」

アニーは愛している男の目をのぞきこんだ。すべて忘れてしまいたいと思っていたにもかかわらず、ウェントワースとベッツィと共にやってくる伯父の姿を初めて見た瞬間からの出来事を、すべてイアンに話した。ベッツィを守るためにベイン伯父に従ったこと。ベイン伯父が彼女の母についてひどい中傷をしたこと。部屋に施錠して伯父を締めだしたとき、彼女に危害がおよばないようにウェントワース卿が協力してくれたこと。イアンが戦死したか負傷したのではないかと心配し、二度と会えないかもしれないと怯えていたこと。

「ものすごく怖かったわ!」

「君はすばらしく勇敢だったよ」

さらに彼女は森を抜けていく馬車の旅についても語った。何かが起こりそうだと確信したこと。ベッツィにあらかじめ知らせたこと。本物のハイランドの戦士の格好で道の真ん中に立っているイアンを見たとき、心臓が止まりそうになったこと。

「まだあなたを好きになっていなかったとしても、あれを見たら必ず恋に落ちたでしょうね」

イアンはにこりと笑った。ひげが伸び、切り傷や打撲傷だらけになっても、その顔は魅力的だった。「じゃあ、伝統的な衣装のおれを見て気に入ってくれたわけだ」

「ええ。あの三つ編みにした髪も」アニーは顔を寄せてキスした。「でも、赤い顔料はみっともないと思うけど」

「その感想はジョゼフに聞かせないようにしないとな。マッヘコンネオク族は朱色が大好きなんだ」

アニーはイアンの胸に手を滑らせ、彼の鼓動に手のひらを押しつけた。「伯父が銃を持って立ちあがり、発砲したときには……」

「そのことは考えるな、アニー」

しかし、考えずにはいられなかった。「モーガンがわたしに見せないように頭を押さえていたんだけど、でも、聞こえた。あの音が聞こえて……あなたを失ったと思ったわ」

「剣を使いこなす技のひとつさ。あえて敵を引きつけ、振りおろしてくる刃の下に潜りこめ。やつはあっけなく死んだよ」

アニーは目を閉じ、あの瞬間の恐怖を忘れようとした。「今夜、こうして一緒にいられるのはウェントワース卿のおかげだと思うと不思議ね」

「ああ、たしかに不思議だ。彼について考えをあらためると言いたいところだが、実際は違うな。やつは危険な大芝居が打てることをみずから証明したんだ。おれと同じくらいベインの死を望んだ。理由も同じだ。彼は君が欲しかったのさ」

アニーは目をそむけた。ウェントワース卿とのやりとりがつい思いだされた。

「どうしたんだ、アニー?」イアンの声が真剣味を帯びた。「話してくれ」

「今晩、ウェントワース卿から愛人にならないかと誘われたの」彼女はウェントワースの申し出について語り、イアンの除隊を懇願した事実だけは除いてすべてを話した。「子供を育ててもかまわないとまで言ったのよ。ほかの男の子供を育てるのは〝当然の報い〟だろう、って」

イアンがきまじめな顔でアニーを見つめ、手の甲で彼女の頬を撫でた。「彼の言うとおりだ。君はスコットランドに戻ってもいいんだ。夫が撃たれたんじゃないか、敵軍に襲われたんじゃないかと心配することもなく、飢えの不安もあくせく働くこともない暮らしを送ることができる。絹のドレスを着て、召使いたちにかしずかれて、裕福な男を見つけて公認の教会で結婚することだってできるんだ。でも、おれはそこまで無欲な男じゃないから、君を放しはしないけどね、アニー」

彼女は振り向いてイアンの手のひらに口づけした。「そして、わたしはものすごく欲張りな女だから、ここを離れるつもりなんてないわ。たとえ何があろうと、あなたのそばで生きていきたいの。わたしの愛はあなたと共にあります、イアン・マッキノン」

「おれの愛は君と共に」

エピローグ

ニューヨーク植民地　ハドソン河沿いオールバニ　一七五九年四月十五日

耳に快く響くアニーの歌声でイアンは目覚めた。

「ある霧深い早朝、ストリクンの町にやってきてみたら、恋人が帰ってこないと嘆く娘がいた」

目を開けると、アニーが赤ん坊をあやしながら乳房に抱き寄せていた。彼女は幼いイアンの顔をじっと見つめ、息子の小さな握り拳を片手で包みこんでいた。美しい彼女の顔が満足そうに輝いている。黄金色の髪がもつれた絹の束となって片方の肩に掛かり、息子のやわらかく縮れた黒髪とは対照的だった。

陽光のような温もりがイアンの胸いっぱいに広がった。この母と子の姿ならいつまでながめていても飽きることはないだろう。自分はこの世でいちばん幸運な男だし、充分にそれを自覚していた。

赤ん坊は来週で生後三カ月になる。凍えるような一月の朝に生まれた息子は、今でもイアンにとっては奇跡に思えた。アニーの陣痛は前の晩に始まり、すぐにひどくなった。イアンは真っ暗な小屋の外でうろうろ歩きまわり、なかではジョゼフの姉のレベッカとベッツィがアニーの世話をしていた。弟たちやジョゼフ、心配するレンジャー部隊の一団も長く寒い夜を彼と共に過ごし、たき火を囲んでラム酒と毛皮で暖を取っていた。

レベッカが彼を安心させようとした。「最初のお産がいちばん大変なのよ。彼女が叫んでるからといって、死にかけているわけじゃないんだからね。そう、たしかに痛いけど、それで死にはしないの」

だが、太陽が昇ったころ、アニーの叫び声は悲壮なものになり、イアンは心の底から不安になってきた。そもそも彼自身が関わったことなのだから、アニーの苦しみを聞いているだけで胸が張り裂けそうだった。しかも、人生で初めておのれの無力を痛感させられた。彼女を守るためならどんな苦痛にも耐えてみせるが、この苦しみばかりは代わってやることができないのだ。

やがて、レベッカが小屋のドアを開けた。「彼女がそばにいてほしいそうよ」

最悪の事態を予想して小屋に入ると、アニーが分娩用の椅子にすわってまどろんでいた。肩を覆う毛布以外は素裸で、顔は大粒の汗にまみれ、苦痛と疲労で皺が寄っていた。

彼はそばにひざまずき、彼女の手を握って頬を撫でた。「アニー？」

彼女が目を開け、弱々しい笑みを見せると、か細い声でささやいた。「イアン、あなたはこれまでたくさんの死を見てきたわ。今度は命の誕生を見てちょうだい」

この最も女である瞬間に立ち会いを許されてイアンは驚愕したものの、アニーの頭を肩で支え、次の陣痛が始まると、彼女は彼の手を強く握り返し、全身をのけぞらせて震えた。そして、彼が息もろくにできないまま見守っている前でアニーは最後の陣痛に耐え、悲鳴と共に胎内から彼の息子を押しだした。

ようやくイアンが小屋のドアを開け、布にくるまれた赤ん坊をかかえあげて男たちに見せ、強い息子の父親になったと宣言すると、レンジャー部隊のキャンプじゅうに歓声がとどろいた。一週間後、ドゥラヴェ神父に祝福されて赤ん坊は洗礼を受け、キャムの追悼をこめてイアン・キャメロン・マッキノンと名づけられた。

なぜウェントワースが唐突に彼の除隊を許可し、レンジャー部隊の指揮をモーガンに任せたのか、その理由はまったくわからないが、彼がアニーへの愛着を断ち切れないことに関係があるのではないか、とイアンは思っている。息子が誕生して数日後、ウェントワースがイアンを呼び、これまでの軍務に感謝を示すと、レンジャー部隊がどうしても彼を必要とした場合には復隊するという条件で彼の軍役を解いた。最初、イアンは弟や部下たちと別れることを拒んだが、モーガンとコナーが頑として譲らなかった。

「おれたちが任務に出発するたびにアニーの目に不安が浮かび、いつもおれは、兄貴が戦死したとか捕虜になったと伝えなくてすみますように、って神に祈るんだ」とモーガンが言った。「おれの口からそんなことを話す勇気はないもんな」

「兄さんには美人の奥さんとかわいい息子ができた」とコナーが言った。「ふたりには兄さんが必要なんだ。農場に戻って、おれたち全員のための家を建ててくれよ。この戦争はいつかは終わるんだからさ」

そこでイアンはアニーの回復と雪解けを待った。そして、荷造りし、アニーの相続財産を収めた箱も荷物に入れて幌馬車に積みこみ、数頭の頑丈な牡牛に幌馬車をつないだ。

「神のご加護を、お嬢さま！」クリスマス直前にブレンダンと結婚したベッツィが、かつての女主人との別れに号泣した。「お名残惜しいです！」

アニーは涙を浮かべながら微笑んだ。

ジョゼフと部下たちが森を抜ける護衛として付き添い、イアンは手綱を握ってエリザベス砦をあとにした。彼の隣にはアニーと幼いイアンがいた。

「三人に祝福あれ！」モーガンが後ろから大声で言った。

コナーは手を振っていた。「温かい料理をいつも用意しておいてくれよ！」

弟たちが別れを告げ、ウェントワースとクックまでが城壁から彼らの出発を見守ったが、レンジャー部隊は次の任務の準備に忙しく、見送りには現われなかった。もはや自分が彼らの一員ではないことを、なによりも強く実感させられた。おれはもうレンジャー部隊員ではないのだ、と。何かふさわしい形でみんなに別れを告げたいと願っていたが、これでよかったのかもしれない。なにしろ、彼らはまだ戦争から離れられないが、イアンの暮らしは別のところにあるのだから。それでも、イアンの出発に無関心なのかと思うと、妙な虚しさが体の芯《しん》に残った。

彼らを忘れることは決してない。生きている者たちも、死を看取った者たちも。

イアンとアニーがオールバニに来て一週間になる。イアンはこの間に家畜や飼料、生活物資を買い、それらを農場まで運ぶための幌馬車を雇った。森をふたたび農地に戻すには一年の重労働が必要だろうが、まずは小屋と納屋を建て直さねばならないだろう。一週間以内に屋根を作り、炉には火を入れるとアニーに約束してある。その約束は守るつもりだった。

歌を口ずさんでいたアニーがふと顔をあげ、イアンの視線に気づいて笑みを浮かべた。

「ねえ、ちっちゃなイアン君、あなたのパパが勇敢な男だって知ってる？　そうなの、とっても勇敢なのよ。それに、高潔な男性なの」

イアンが起きあがってアニーのそばへ行き、頬にキスした。「おはよう、アニー。それから、君もおはよう、坊や」

そして、彼は洗面と着替えに取りかかった。幌馬車への荷物の積み込みは終わり、彼らを待っているだろう。一時間後には出発したかった。

ほぼ四年の戦いを終えて、今日、彼は故郷に帰るのだ。

アニーは腕のなかで赤ん坊を抱きなおし、周囲に広がる平原や森をながめた。初めのうちは、踏み固められた道を進み、牛や羊のいる農場を通り過ぎた。やがて、農場がまばらになり、徐々に森が多くなっていった。今では道は雑草にびっしり覆われ、小屋も干し草の山もめったに見なくなった。聞こえる物音といえば、幌馬車隊の車輪の音と家畜たちの鳴き声、そして、後ろに続く幌馬車の御者のひとりがたまに発する言葉だけだった。

イアンにはどうしても言えないが、オールバニを離れるのは悲しかった。店や教会をまた見ることができたし、新聞を読み、通りを行き交う群衆に交じり、ほかの女たちとおしゃべりするのはとても楽しかった。イアンは彼女のために新しい素敵な服を三着買い、子供服を作るために布と針と糸も買ってくれた。

どこへ行っても彼女は、ロスセー伯爵令嬢レディー・アンとして知られていたし、またイアン・マッキノン夫人として敬意を持って扱われた。オールバニの全員がイアンの噂《うわさ》を聞き、彼の活躍ぶりを新聞で読んでいるようだった。おそらく、ウェントワース卿がマッキノン兄弟の殺人罪についていまだにその無実を明らかにしないためか、なかには疑り深い目つきでイアンを見る者もいたが、レンジャー部隊長としての彼の尽力に、大半の人びとが深く感謝しているのは明らかだった。彼から代金を受け取ろうとしない店まであった。

こうしてアニーは、自分が生きた伝説の妻であることに気づかされたのだ。

オールバニを離れるのはつらかったが、故郷へ帰ることがイアンにとってどれほど大事なことか、アニーにもわかっていた。しかし、そこで何が待ちかまえているかもわかっている。小屋も納屋もすでに焼失したことはイアンから聞いていた。畑には雑草と下草が密生している。果樹園はただの若木の林になりはてた。しばらくは差し掛け小屋で寝泊まりするしかないだろう。初めてふたりが出会ったときに森のなかで同じように寝たものだが、たとえ新しい小屋を再建しても、その後の生活は厳しい。

「楽じゃないぞ、アニー」イアンはそう言って心の準備をさせた。「最初のうちは、食べるものといっても、ライフルと仕掛けた罠でおれが捕ってくる獲物に頼るしかない。でも、来年の収穫期までにはふたたび畑が実りをもたらしてくれるだろう。山ほどの量になる。絶対にひもじい思いはさせないよ」

しかし、たとえトウモロコシ粉と河の水で飢えをしのぐしかないと言われたとしても、それを拒んだり、不安の色を浮かべて彼の興奮に水を差したりはできなかっただろう。イアンは失ったものを取り戻したいと強く望んでいるのだ。早くも彼の顔は期待で輝いている。

「そろそろマッキノン家の土地だ」彼はアニーに目を向けて笑顔になった。

アニーはあたりを見まわして石を積んだ目印や境界線を探した。「どうしてそれがわかるの？」

イアンの手は手綱さばきで忙しく、彼は顎だけ動かした。「あそこの小さな印がうちの南側の境界を示してるんだ」

馬車は小川を渡り、車輪が水しぶきを飛ばし、石にぶつかってがたがたと揺れた。そして、曲がった道をまわりはじめた。

イアンが眉をひそめた。

「どうしたの？」

「煙だ」

アニーもそのにおいに気づいた。木が燃えるかすかなにおいが微風に乗って漂ってくる。

それと一緒に遠くで何かをたたくような音も聞こえてきた。現地には、たとえばインディアンや脱走兵が無断で住み着いているかもしれないし、そのときは彼らを追い払うためにまた血を流さねばならないだろう、とイアンに言われている。

「もしそうなったら隠れてるんだ」と彼は警告した。「インディアンであればストックブリッジかイロコイ連邦の連中の可能性が高いから、おれたちに危害を加えることはないだろうが、脱走兵はおれたちを歓迎しないし、女と見たら何をするかわからない」

ジョゼフや戦士部隊がまだ一緒に付き添っていてくれたらよかったのに、と不意にアニーは心細くなった。オールバニに到着すると、彼らはモーガンたちの任務に合流するためにすぐ砦へと引き返していったのだ。今はイアンと後ろの幌馬車の御者五人だけだ。一時雇いの御者ばかりで、イアンに敬意は持っていても、いざとなれば戦うより逃げるだろう。

イアンがライフルをつかんで膝《ひざ》に置き、牛の歩みを抑えながら道なりに曲がっていった。

そのとき、それが聞こえた。

レンジャー部隊の警告の口笛。

イアンの顔に驚愕と当惑の色が浮かび、アニーもどうしてこんなところで聞こえるのか不思議に思った。モーガンとコナーが何か危険に遭遇し、ここに避難してきたのだろうか？誰かがこの口笛を覚え、イアンを罠にはめて襲うつもりなのか？

アニーは赤ん坊を強く抱きしめ、まっすぐ前に目をこらした。

そして、道がふたたび一直線になった。森が大きく開けて、開墾された黒っぽい地面が一面に広がり、遠くに一軒の家と納屋が見えた。そこらじゅうで男たちが働いていた。鋤《すき》で畑を耕す者、果樹園の手入れをする者、納屋や家で釘を打つ者。

一瞬、アニーは不法占拠者の一族に土地を乗っ取られたのかと思った。しかし、そのとき、畑にいる男たちのひとりが顔をあげ、ニヤッと笑った。

「やっぱり、そろそろ来てくれないとな、隊長。これだけ骨の折れる仕事を全部おれたちにやらせるつもりじゃないだろ?」

キリーだ!

アニーは啞然《あぜん》とし、そして、喉に熱いものがこみあげてきた。「まあ、どうしましょう!」

レンジャー部隊もジョゼフの部隊も任務にでかけたのではなかった。彼らはここに先まわりし、土地の開墾に精を出していたのだ。

「なんてことだ!」

アニーが目を向けると、イアンの顔にはただ驚嘆の表情しかなかった。

畑で働いている男たちから叫び声があがり、家の屋根の上では誰かが立って手を振っていた。モーガンだった。

アニーは手を振り返した。「ねえ、イアン、みんながやってくれたことを見て!」

「ああ、見てるとも。でも、どういうことなんだ、これは?」

彼は牛たちを急がせ、家の前で幌馬車隊を止めた。周囲ではレンジャー部隊の男たちが薪《まき》を大きさごとに分けたり、板をのこぎりで切ったり、せっせと金づちをたたいたり、地面を掘ったりしている。ジョゼフと部下たちは、根深い木立や低木を焼き払うために小さな火事を起こしている。モーガンがもっと釘をよこせと叫び、コナーは玄関の扉の設置に取り組んでいた。

アニーは彼らの仕事の成果にただ呆然《ぼうぜん》とした。おがくずと、耕したばかりの土のにおいが鼻を刺激していた。ウエストをかかえるイアンの手を感じて視線を合わせた。彼は赤ん坊ごと彼女を地面におろした。その藍色の目には彼女自身と同じ混乱した感情が渦巻いていた。驚嘆、感謝、そして、胸が痛くなるほどの感動。

イアンが彼女の額にキスした。「馬車のそばにいてくれ。何かが落ちてきて、君や子供に当たったりしたら大変だからね」

コナーが肩ごしに振り向いてふたりに目をやった。「そこに突っ立ったまま、いつまでもあんぐりと口を開けて見てるつもりかい、兄さん？　それとも、こいつを手伝ってくれるかな？」

イアンが大きな笑みを見せた。彼は扉の片側を持ちあげて支え、コナーが蝶番《ちょうつがい》を取りつけようとした。

「これはずいぶん頑丈で立派な扉だな」

「マクヒューに感謝するといいよ」コナーがひと声うなって反対側を持ちあげた。「彼はもともと大工なんだ」

何度も悪態が飛んだあげく、どうにか扉がまっすぐ玄関に収まったころ、屋根仕事を終えたモーガンがおりてきてふたりに手を貸した。「新居を見てみないか、アニー？」

レンジャー部隊が幌馬車から荷物をおろして御者たちをオールバニへ帰し、モーガンはアニーとイアンを連れて家のなかを案内した。コナーとジョゼフも加わった。なめらかな仕上げを施した厚手の板を張った床。大きな暖炉。そして、広々とした正面の部屋。その奥には、それぞれ暖炉の付いた寝室が三つあり、さらに階段の上には広い屋根裏部屋まであった。

「大きな家だわ」アニーは屋根裏部屋の端から端まで見まわした。

「兄さんたちはこれから大家族になるだろうって、みんなの意見が一致したんだ」コナーがウインクし、アニーは顔を真っ赤に染めた。

「それに、おれはどこで寝るんだ？」ジョゼフがうれしそうに笑った。「おまえさんの家はおれの家だからな。そうだろ、兄弟？」

イアンが顔をしかめた。「ああ、まあ、そうだな」

次にモーガンは主寝室の床下に組みこまれた秘密の保管庫を見せた。さらに裏口を出て、屋外便所、大きな石のかまど、燻製《くんせい》作りの小屋を通り過ぎて納屋まで行くと、すでに家畜が干し草とトウモロコシを与えられて落ちつき、鶏は藁をついばんでいた。

アニーは抱いた赤ん坊をあやしながらイアンを見ていた。彼は家畜が入った仕切りの扉を確かめ、屋根裏の干し草置き場にのぼり、四方の壁のなめらかな板材に手を滑らせた。そのハンサムな顔に浮かんでいるのは、夢に浸る男の満足そうな表情だった。それは彼女にとっても夢のようなものだった。寒い夜の大気のなかで赤ん坊をかかえて眠る不安や、畑でひとり重労働をするイアンの心配が消えてなくなったのだから。

モーガンが案内を終えるころには男たちが家と納屋のあいだに集まっていた。泥と汗にまみれた顔に満面の笑みを浮かべている。

イアンは言葉を失ってしどろもどろになっていた。「みんながここでやってくれたことは、本当に想像もつかない。この感謝の念は、生涯忘れないよ。でも、おまえたちはモンカルムの偵察に行くはずじゃなかったのか？」

隊員たちが含み笑いを響かせた。

「ウェントワースに一杯食わせる方法を思いつくのは兄貴だけじゃないってことさ」モーガンがイアンの肩をたたいた。「モンカルムはちょっとぐらい後まわしでもいいが、こっちはそうはいかないからね。男ひとりで一年かかることでも、二百人の男ならほんの数日で片づく。兄貴とアニーにそんなつらく苦しい新生活を始めさせたいなんて思うやつは、このなかにひとりもいなかったよ」

アニーは感動で喉を詰まらせながら懸命に口を開いた。「こんなに親切にしてもらって、いったいどうやってお返しをすればいいんでしょう？」

「お返しをしてるのはおれたちなんですよ」ブレンダンが前に進みでた。「アニー、あなたはおれたちが病気になったりけがをしたときに、親身になって世話をしてくれたし、ここにいる男たちのなかで、イアン・マッキノンに命を助けられてない者はほとんどいないんだから」

そして、アニーは目をうるませながら、ひとりひとりの話に耳を傾けた。

初めての戦闘で恐怖に凍りつき、弾を込めることもできず、ふたりのフランス兵が銃剣を突きだして迫ってきたとき、ふと気づくと、すぐそばでイアンがライフルを構えていた、というブレンダンの話。森でクマに出くわし、まだ十七歳だったイアンがこの猛獣相手に戦って撃退してくれた、というジョゼフの話。獣用の罠に掛かって足首を痛め、アベナキ族の追撃から逃げられなくなったとき、イアンに背負われてキャンプまで無事に戻った、というマクヒューの話。

次々に話が続いた。そして、最後にダギーが、アベナキ族の戦士団に捕らえられ、丸裸にされて拷問のために木に縛りつけられたときのことを語った。「これでおしまいだと思ったよ。むごい死にざまだな、って。ところが、ライフル音が聞こえて、アベナキ族がひとりずつ倒れていった。みんな、心臓をきれいに撃ち抜かれてね。その弾がどこから飛んでくるのか、やつらにはわからなかったんだ。一発はこっちから、次はあっちから、って感じだったからね。そのとき、わかったんだ、こんなバカな真似をして命がけでおれを助けようとしてくれるなんて、イアン・マッキノンのほかにはありえない、って」

真っ先に声をあげたのはダギーだった。その声は力強く澄んでいて、次から次へと男たちが声を合わせ、やがてレンジャー部隊とマッヘコンネオク族の全員が大声で叫び、大空に向かって拳を高く突きあげていた。「マッキノン！　マッキノン！　マッキノン！　マッキノ

ン！　マッキノン！」

アニーの頬にとめどなく涙が流れ、感動で胸が張り裂けそうだった。この瞬間のことをいずれ孫たちに話して聞かせよう。砦では姿を見せなかった男たちの、これがそのやりかたなのだ。これが彼らなりの別れの告げかたなのだ。

イアンは毅然と姿勢を正し、経験豊かな戦士のような顔つきでこの賛辞を受けていた。だが、その目がうっすらと涙で濡れていることにアニーは気づいた。イアンは彼女の腰に腕をまわして抱き寄せ、やがて賞賛の声がやんだ。

「おれほど部下を誇りに思っている指揮官はどこにもいないだろう。諸君は最高だ。そうとも、それに最も勇敢だ」その声はささやくほど小さなしゃがれ声になった。「みんなのことは決して忘れない」

一瞬、静寂が流れた。

すると、コナーがモーガンのほうを振り向いた。「マッキノン少佐、そろそろ北へ出発する時間ではありませんか？」

「ああ、そうだな、大尉」

アニーはこれほど早く彼らと別れるのは忍びがたかった。「でも、だめよ、そんな！　しばらく休んでいってください。一緒に夕食を食べましょう」

モーガンが笑みを返した。「ぜひそうしたいところだが、しかし、このままじゃモンカルムが寂しがるだろうからね。アマースト将軍はタイコンデロガ砦に狙いを定めた。彼には判断力も根性もありそうだから、あのナニー・クロンビーにはできなかったことをやり遂げるかもしれない。でも、アニー、また会えるよ。すぐにまた」

そして、彼は男たちのほうに向きなおった。「レンジャー部隊、解散！」

歓声や叫び声をあげると、レンジャー部隊とマッヘコンネオク族はそれぞれの道具や武器を集め、別れの言葉を告げて森のなかに消えていった。

アニーは夫に顔を向けて目を見つめた。「イアン・マッキノン、あなたに会ったときからずっと、わたしは悲しみと大きな喜びを同時に感じているような気がするわ」

「ああ、それはおれも同じ気持ちだよ」彼はアニーの頭にキスし、彼女の頬から涙をぬぐった。その藍色の瞳にはこのうえない優しさがみなぎっていた。「でも、マッヘコンネオク族の婆さんたちいわく、誰かに心を開くには別の誰かを失う覚悟がいるそうだ。アニー、人生に悲しみはつきものだが、君と幼いイアンが毎日もたらしてくれる大きな喜びがあるかぎり、おれはどんな覚悟でもするよ」

そして、彼はアニーを抱きあげ、彼女と赤ん坊と共に敷居をまたぐと、新しい家へ、新たな人生へと最初の一歩を踏みだした。

訳者あとがき

どんなジャンルであれ、歴史というものは、美しく人間味に満ちあふれた力強い物語を紡ぎだす。積み重ねられた時の重さが、一編の虚構に史実というリアリティの衣を着せ、生き生きとした躍動感と肉づけを与えてくれる。今回、本書『タータンの戦士にくちづけを』(原題"*Surrender*")を訳してみてつくづくそう思った。歴史という舞台のなかで生き、呼吸し、戦い、助け合い、愛し合う登場人物たちの、その存在感の豊かさを感じずにはいられない。

本書の舞台は一七五八年、フレンチ・インディアン戦争まっただなかのアメリカ東部ニューヨーク植民地辺境。そう、まだニューヨークが辺境とみなされた時代で、西部開拓や先住民と白人との戦いが始まるのはこれから百年ほど先になる。アメリカにはイギリス、フランス、スペインが植民地を持っていた。このアメリカ独立以前の時代にとりわけ魅力を感じる、と著者パメラ・クレアは語っている。広大で未開拓な大自然と人間との葛藤。ヨーロッパ各国同士の、そして、ヨーロッパ人と先住民族との文化的葛藤。葛藤や対立、衝突からこそおもしろい物語が生まれるからだ。こうして本書のヒーロー、イアン・マッキノンの物語が誕生した。正確には、イアンの弟、モーガンとコナーを含めたマッキノン三兄弟を描く三部作の第一巻である。

イアン・マッキノンはもともとハイランドと呼ばれるスコットランドの高地地方の大氏族出身だが、イギリスの王位継承争いをめぐるジャコバイトの戦いで祖父がイングランド勢力に敗れたため、親兄弟ともどもアメリカに逃れ、新天地で新たなマッキノン一族の繁栄を築くという父の夢を果たそうと考えていた。彼ら三兄弟は勇猛果敢なハイランド氏族の血を受け継いでいるだけでなく、幼くしてアメリカに渡り、辺境で育ったため、厳しい大自然のなかで生き抜く技能やたくましさを身につけ、先住民とも親しく交わって彼らの言語や知識、戦闘や狩猟の方法を学んだ。とりわけ、ストックブリッジのモヒカン族とは身内同然の固い絆で結ばれている。だが、そんなイアンに目をつけたのがウェントワース卿だった。イギリス国王ジョージ二世の孫でエリザベス砦の指揮官である彼は、深い森のなかでの戦闘やフランスの同盟軍である先住民部族との戦いには、イギリス正規軍だけでなく特殊作戦を行なうレンジャー部隊が必要だと強く感じていた。イアンこそまさにその適任者だったが、ジャコバイトの戦いで多くのハイランド人を虐殺したイギリス軍のためにイアンが働くわけがない。そこでウェントワース卿は彼ら兄弟に殺人罪の濡れ衣を着せ、絞首刑になるかレンジャー部隊長として従軍するか、二者択一の選択を迫った。イアンは弟たちの命を救うために、憎むべきイギリス軍のために働く決断をした。こうしてスコットランド人とアイルランド人から成るレンジャー部隊が結成され、モーガンとコナーもこれに加わり、イアンの親友ジョゼフが率いるストックブリッジのモヒカン族戦士団と共に最強の戦力が誕生した。

ある日、彼らが偵察のためにフランス軍のタイコンデロガ砦近くまで向かったとき、イアンのすぐ目の前に敵軍に追われる若い娘が現われた。焼き討ちにあった農家から必死に逃げてきたのだが、か弱い女に待ちかまえているのは暴行と死だけだ。レンジャー部隊は課せられた任務をまっとうすることが本分で、たとえ正規軍の戦闘に出くわしても民間人が襲撃されていても素通りするのが鉄則だった。これまでのイアンはその規律を守ってきた。しかし、なぜか今度ばかりはそれができなかった。なんとしても生き延びようとする彼女の強い意志に感動したのか、見過ごしにはできない魅力が彼を引き留めたのか。規律違反で懲罰を受けると知りつつ、それでもイアンは娘を助け、彼女を背負ってエリザベス砦までの長く険しい道のりを歩きだした。

娘の名はアニー・バーンズ。家族を亡くし、身内を頼ってスコットランドからアメリカに渡ってきた——というのは、実は嘘だった。本名はレディー・アン・バーネス・キャンベル。ロスセー伯爵令嬢だが、父も兄弟もジャコバイトの戦いで戦死し、母は幼い彼女を連れて、父の兄であるビュート侯爵ベイン・キャンベルの館に身を寄せた。だが、伯父は異常な性癖の持ち主で、ついに母はその犠牲となった。アニーは母から言われていたとおりに宝石類を隠し持って館を逃げだすが、すぐさま伯父に捕まり、泥棒の汚名を着せられて牢獄《ろうごく》につながれてしまう。そのあげく、伯父自身の手で内腿に罪人の焼き印を押され、奴隷奉公の刑罰を受けてアメリカへ流刑となったのだ。大きな危険を冒して自分を助けてくれたイアンに真実を話したかったが、ふたたび奴隷生活に落ちるかもしれない恐怖が彼女を沈黙させた。

　長い黒髪に藍色の目、強靭な肉体に高潔な魂の持ち主であるイアン。腰まで届く長い金髪にひときわ印象的な緑の瞳、強い意志も勇気もある純潔な乙女アニー。ふたりのあいだに磁力が生まれ、互いに惹かれ合うのに大した時間はかからなかった。だが、戦争が終わるまで、あるいは、戦死するまでレンジャー部隊に拘束されているイアンには、アニーに与えられるものが何もなく、一方、アニーも自分の秘密をどうしても打ち明けられない。しかも、残忍なベイン伯父のどす黒い影はたえずアニーの不安を誘っていた……。

　映画『ラスト・オブ・モヒカン』でも描かれているが、一七五五年から一七六三年にかけてフレンチ・インディアン戦争という戦いがアメリカ東部で繰り広げられた。まだ植民地だったアメリカの支配権をめぐるイギリスとフランスの争いで、なおかつ、当時は広大な土地を保有していた先住民族の各部族がイギリス側フランス側に分かれ、それぞれの同盟軍としてこの戦争を戦った。最終的にはイギリスの勝利で終わったが、この戦争が引き金となって十数年後にはアメリカ独立戦争が勃発する。フレンチ・インディアン戦争が「アメリカを作った戦争」と呼ばれるゆえんである。ちなみに、本書に登場するイギリス軍指揮官アバークロンビー将軍やフランス軍指揮官モンカルム将軍、タイコンデロガ砦はいずれも実在した。エリザベス砦のモデルはエドワード砦で、イアンのレンジャー部隊の居住地であるハドソン河に浮かぶ島は、ロジャーズ・アイランドをモデルにしている。アメリカ史上最も有能な軍事組織のひとつと言われたのが、ロバート・ロジャーズ少佐率いるレンジャー部隊で、フレンチ・インディアン戦争当時、この島が彼らのベースキャンプだった。著者はこのロジャーズについて綿密な調査を行なったそうだが、だからこそレンジャー部隊長としてのイアン・マッキノンの活躍ぶりには現実味があるのだろう。リアリティを貴ぶ著者の本領発揮である。

ヒロインのアニーは、なんの不自由もなく育った貴族の娘からいきなり奴隷の境遇へと落とされ、アメリカの辺境で重労働をする身となっても、それでも生き抜こうとする気丈なたくましさがある。自由への渇望、常に前向きな姿勢、芯の強さ、そして、なにより純粋な愛を求める気高さには心を打たれる。

アニーとイアンは同じスコットランドのハイランド出身だが、ふたりには敵対関係と言ってもおかしくないほど複雑な背景があった。イアンのマッキノン氏族はジャコバイト、アニーのキャンベル氏族はイギリス国王支持派。ジャコバイトとは名誉革命で王位を追われたステュアート朝の復位を求める一派で、ハイランド地方はその最大の支持基盤だったが、カロデンの戦いで大敗し、このとき、カンバーランド公率いるイギリス軍が虐殺を行なった。その後、氏族の解体や領地没収だけでなく、ハイランドの伝統的衣装であるキルトの着用や、各地方によってさまざまな色調や格子柄を持つタータン地の使用、さらに、ゲール語の使用やバグパイプの演奏まで禁止したため、深い恨みを残した。

一方、キャンベル家はハイランド有数の大氏族で、アーガイル公ジョン・キャンベルは政府軍に味方し、カロデンの戦いでジャコバイト軍を打ち破った。それに先立つプレストンパンズの戦いでは、アニーの父と兄弟がジャコバイト軍に殺されている。これだけでもふたりを隔てる溝は大きいのだが、さらに、イアンはカトリックでアニーはプロテスタントである。言うまでもなく、キリスト教徒にとってこの違いは大きい。とりわけ、この時代のイギリスではカトリックは違法とされ、カトリックによる結婚は認められず、生まれた子供は非嫡出子として扱われた。これらの障壁をふたりがどう乗り越えていくのかも、本書の読みどころのひとつである。

著者パメラ・クレアについて少しご紹介しておこう。彼女は無類の文学少女で、十二歳のころには児童文学からC・S・ルイス、J・R・R・トールキン、ドストエフスキーまで読みこなし、大人になったら作家になりたいとすでに決めていたそうだ。そして、十五歳でロマンス小説と出会い、たとえどれほど知的で芸術的であろうと、悲劇よりはハッピーエンディングのほうが好きだと気づいた。高校生のときに交換留学生としてデンマークに渡るチャンスをつかみ、それを足がかりにヨーロッパを旅してまわり、数々の古城や大聖堂を訪れた。それがきっかけとなって歴史に目覚めたという。大学ではラテン語、ギリシャ語、古代史、考古学を学び、歴史への造詣をさらに深めたが、大学院在学中に、自分が本当にやりたい職業は作家だと自覚して中退。新聞社でさまざまな仕事を経験し、ついにその新聞で最初の女性編集長となる。ジャーナリストとして文章を書く訓練を積み、コラムや事件記事で数々の賞を受けたが、しかし、あくまでも目標はフィクションの執筆で、二〇〇三年、ついにロマンス作家としてデビューを果たした。現在は週刊紙の編集長を務めつつ、ヒストリカル・ロマンスとロマンティック・サスペンスのふたつのジャンルで作品を書いている。著者は自身で認めるように歴史オタクであり、本作にも可能なかぎり歴史的な事実を採り入れ、細部にまでこだわりを見せている。ロマンスにもリアリティが必要だと彼女は考えているからだ。イアンにもアニーにも骨があるのは、こうした著者の意向が反映しているからだろう。

本国では、すでにこのマッキノン・シリーズの第二弾、モーガンを主人公とした"*Untamed*"が刊行されている。兄イアンの跡を継いでレンジャー部隊の隊長となったモーガンは、重傷を負ってフランス軍の捕虜となる。拷問という苛酷な処分が待っているのだが、看護人として現われたのは修道院育ちの純真無垢なフランスの娘だった。さて、このふたりの運命は？

このあとは末弟コナーの物語を書き、できれば、ジョゼフとウェントワース卿にもそれぞれの物語を与えたい、と著者は構想を練っているという。訳者も、一読者としてぜひ読んでみたいと思う。特に、ウェントワース卿がどんな女性と恋に落ちるのか、興味津々である。

最後になりましたが、イアンとアニーの素敵な物語を訳出する機会を与えてくださいましたヴィレッジブックスの小野寺志穂さんに、この場を借りて心からお礼を申しあげます。

二〇一〇年　二月

タータンの戦士にくちづけを

著者 パメラ・クレア

訳者 中井京子《なかいきょうこ》

2010年3月20日 初版第1刷発行

発行人 鈴木徹也

発行所 株式会社ヴィレッジブックス
〒108-0072 東京都港区白金2-7-16
電話 03-6408-2325(営業) 03-6408-2323(編集)
http://www.villagebooks.co.jp

印刷所 中央精版印刷株式会社

ブックデザイン 鈴木成一デザイン室＋草苅睦子(albireo)

 ISBN978-4-86332-225-7 Printed in Japan

ヴィレッジブックス好評既刊

「令嬢レジーナの決断　華麗なるマロリー一族」

ジョアンナ・リンジー　那波かおり[訳]　819円(税込) ISBN978-4-86332-726-9

互いにひと目惚れだった。だからこそ彼女は結婚を望み、彼は結婚を避けようとした……。運命に弄ばれるふたりの行方は？ 19世紀が舞台の珠玉のヒストリカル・ロマンス。

「舞踏会の夜に魅せられ　華麗なるマロリー一族」

ジョアンナ・リンジー　那波かおり[訳]　840円(税込) ISBN978-4-86332-748-1

莫大な遺産を相続したロズリンは、一刻も早く花婿を見つける必要があった。でも、彼女が愛したのはロンドンきっての放蕩者……。『令嬢レジーナの決断』に続く秀作。

「風に愛された海賊　華麗なるマロリー一族」

ジョアンナ・リンジー　那波かおり[訳]　903円(税込) ISBN978-4-86332-805-1

ジェームズは結婚など絶対にしたくなかった――あの男装の美女に出会うまでは……。『令嬢レジーナの決断』『舞踏会の夜に魅せられ』に続く不朽のヒストリカル・ロマンス。

「誘惑は海原を越えて　華麗なるマロリー一族」

ジョアンナ・リンジー　那波かおり[訳]　893円(税込) ISBN978-4-86332-925-6

怖いもの知らずの娘エイミー・マロリーが愛してしまったのは、叔父ジェームズの宿敵ともいうべきアメリカ人船長だった……。大人気のヒストリカル・ロマンス待望の第4弾！

「炎と花　上・下」

キャスリーン・E・ウッディウィス　野口百合子[訳]　各798円(税込)
〈上〉ISBN978-4-86332-790-0 〈下〉ISBN978-4-86332-791-7

誤って人を刺してしまった英国人の娘ヘザー。一夜の相手を求めていたアメリカ人の船長ブランドン。二人の偶然の出会いが招いた愛の奇跡を流麗に描く！

「まなざしは緑の炎のごとく」

キャスリーン・E・ウッディウィス　野口百合子[訳]　966円(税込) ISBN978-4-86332-939-3

結婚は偽装だった。でも胸に秘めた想いは本物だった……。『炎と花』で結ばれたふたりの息子をヒーローに据えたファン必読の傑作ヒストリカル・ロマンス！

事件記者“Iチーム”シリーズ

人気ロマンス作家が放つ傑作サスペンス

パメラ・クレア　中西和美＝訳

事件記者カーラ
告発の代償

デンバーの新聞社で働く事件記者カーラは、郊外の工場の環境汚染について、匿名のリークを受ける。しだいに明らかになる巨大企業の闇と恐るべき陰謀。だが若き上院議員リースと真相を追う彼女にも魔手が忍び寄り……。

定価:924円（税込）
ISBN974-4-86332-064-2

事件記者テッサ
目撃の波紋

夜更けのガソリンスタンドで少女が射殺された。事件を偶然目撃した美貌の記者テッサは取材中に謎めいたある男と出会う。彼は未成年の人身売買組織を追う覆面捜査官だった……。

定価:924円（税込）
ISBN978-4-86332-179-3